Gente que llama a la puerta

Patricia Highsmith

Gente que llama a la puerta

Traducción de Jordi Beltrán

EDITORIAL ANAGRAMA

BARCELONA

Título de la edición original:
People Who Knock on the Door
William Heinemann Ltd.
Londres, 1983

Ilustración: © Pablo Gallo

Primera edición en «Panorama de narrativas»: diciembre 1984
Primera edición en «Compactos»: septiembre 2023

Diseño de la colección: Julio Vivas y Estudio A

ISBN: 978-84-339-2127-7
Depósito legal: B. 239-2023

Printed in Spain

Liberdúplex, S. L. U., ctra. BV 2249, km 7,4 – Polígono Torrentfondo
08791 Sant Llorenç d'Hortons

Al valor del pueblo palestino y de sus líderes en la lucha por recuperar una parte de su patria.

Este libro no tiene nada que ver con su problema.

1

La piedra que lanzó Arthur tras apuntar bien rebotó seis o siete veces en el agua antes de hundirse y dibujar círculos dorados en el estanque. Pensó que tiraba piedras tan bien como a los diez años, edad a la que ciertas cosas, por ejemplo patinar de espaldas, se le daban mejor que ahora, cuando contaba diecisiete.

Recogió su bicicleta y empezó a pedalear hacia casa. Era un día distinto. Aquella tarde le había cambiado por completo y se dio cuenta de que aún no se atrevía a pensar detenidamente en ello.

¿Y Maggie? ¿También ella era más feliz? Aún no habían transcurrido diez minutos desde que la muchacha le sonriera y en tono casi habitual le dijese:

—¡Hasta la vista, Arthur! ¡Adiós!

Consultó su reloj: las cinco y treinta y siete. ¡Una hora absurda y aburrida! ¡Era absurdo medir el tiempo! El sol de mayo le acariciaba el rostro, la brisa le refrescaba el cuerpo debajo de la camisa. Que fueran las cinco y treinta y siete significaba que la cena estaría lista al cabo de una hora más o menos, que su padre llegaría a casa sobre las seis, cogería el periódico de la tarde y se dejaría caer en el sillón verde de la sala de estar. Su hermano Robbie estaría de mal humor o se quejaría amargamente de alguna injusticia sufrida en la escuela durante el día. Arthur levantó bruscamente la rueda delantera y aligeró la de atrás para sortear una rama caída en la calzada.

¿Notaría su familia alguna diferencia en él? ¿Estaría Maggie haciéndose la misma pregunta?

La cita de aquella tarde había sido la segunda con Maggie Brewster, si es que quería pensar en términos de citas, y el día había sido como cualquier otro hasta las tres y cinco, momento en que Maggie, al salir de la clase de biología, le había dicho:

—¿Sabes a qué se refiere Cooper con eso del dibujo del plasmodio?

—Al ciclo vital —había contestado Arthur—. No quiere que lo copiemos de algún diagrama, suponiendo que lo encontremos. Nos ha mostrado su forma. Quiere estar seguro de que entendemos la reproducción por esporas.

Así que Arthur, después de brindarse a ayudarla, había ido a casa de Maggie en bicicleta. Maggie tenía coche propio y llegó antes que él. En el cuarto de Maggie, que estaba en el piso de arriba de la casa de su familia, Arthur había dibujado en unos diez minutos el ciclo vital del citado parásito de la malaria.

—Seguro que esto servirá —dijo Arthur—. Ya procuraré que mi propio dibujo no se parezca a este.

Luego se levantó de la mesa de Maggie, que estaba de pie cerca de él. Los momentos siguientes resultaban demasiado asombrosos o increíbles para pensar en ellos por el momento. Era más fácil recordar su primera cita con Maggie seis días antes: solo habían ido al cine, a ver una película de ciencia-ficción. ¡Durante la película la timidez le había impedido cogerle la mano a la muchacha! Pero así era Maggie, o así le hacía sentirse a él. Arthur no había querido correr el riesgo de echarlo todo a perder cogiéndole la mano durante la película. Tal vez ella la habría retirado por no estar de humor. Arthur tenía la sensación de llevar cuando menos dos semanas enamorado de Maggie, enamorado desde lejos. Y, a juzgar por lo de aquella tarde, quizás Maggie estaba enamorada de él también. ¡Maravilloso e increíble!

Arthur entró en la cocina después de dejar la bicicleta en el garaje. El aroma de jamón al horno flotaba en el aire.

—¡Hola, mamá!

—Hola, Arthur. Te acaba de telefonear Gus. —Su madre se volvió para mirarle—. Le dije que estabas al caer.

Gus tenía una bicicleta que Arthur pensaba comprar.

—No importa. Gracias, mamá. —Según pudo ver Arthur su padre ya estaba instalado en el sillón de la salita—. Buenas tardes, hermano Robbie. ¿Cómo estás hoy? —preguntó Arthur a la figura delgaducha, de pantalón corto, que se cruzó con él en el pasillo.

—Bien —dijo Robbie, jadeando. Llevaba calzada una aleta negra y tenía la otra en la mano.

—Pues me alegro —contestó Arthur, y entró en el cuarto de baño.

Se lavó la cara con agua fría, se peinó y luego se miró detenidamente en el espejo. Concluyó que sus ojos azules tenían el aspecto de siempre. Se arregló el cuello de la camisa y salió del baño.

—Buenas, papá —saludó Arthur, entrando en la sala de estar.

—Hum. Hola. —Su padre le miró distraídamente por encima del hombro derecho y siguió leyendo las páginas centrales del *Chalmerston Herald*.

Richard Alderman era vendedor de seguros de vida y de planes de jubilación por cuenta de una compañía llamada Heritage Life, cuyas oficinas estaban en el otro extremo de Chalmerston, a seis o siete kilómetros. Arthur le consideraba un hombre trabajador y lleno de buenas intenciones, pero desde hacía cosa de un año pensaba que lo que su padre vendía a sus clientes eran sueños, promesas de un futuro que tal vez nunca llegaría. Sabía que su padre, para convencer al posible cliente, hacía hincapié en que el trabajo y el ahorro eran beneficiosos en combinación con algún medio de ahorrarse impuestos y con planes de jubilación exentos de contribuciones. Últimamente Arthur era muy consciente de la inflación; su madre pronunciaba casi siempre esa palabra al volver de la compra; pero cuando Arthur hacía algún comentario, su padre señalaba que los inversionistas de la Heritage Life se ahorraban impuestos y tenían cónyuges o hijos a los que legarían sus valores, de modo que nada perderían. Exceptuando el valor del dólar, se decía Arthur. Él era partidario de comprar terrenos u objetos de arte, y que ninguna de las dos cosas le restaba valor a la virtud o a la necesidad de trabajar de firme y todo lo demás. Algunos pensamientos de esa índole pasaban en aquel momento por el cerebro de Arthur: ¿y si él y Maggie se gustaban lo suficiente para desear casarse algún día? Los Brewster tenían más dinero que su familia. Lo cual era un factor inquietante.

Un grito de Robbie le sacó de su ensimismamiento.

—¡Puedo hacerlo si me dejas! —chilló Robbie con una voz que aún no había cambiado.

—¡Arthur! —llamó su madre—. La cena está lista.

—La cena, papá —dijo Arthur por si su padre no lo había oído.

—Oh. Hum. Gracias. —Richard se levantó y por primera vez aquella tarde miró directamente a su hijo—. Caramba, Arthur. Diría que hoy has crecido otros dos o tres centímetros.

—¿De veras? —Arthur no le creyó, pero la idea le resultaba agradable.

La mesa estaba a un lado de la espaciosa cocina, cerca de un banco apoyado en un tabique que separaba la cocina del pasillo principal. Había una silla en un extremo de la mesa y otra en el lado correspondiente a la cocina.

El padre de Arthur se puso a hablar de su trabajo, puesto que Lois, la madre, acababa de preguntarle qué tal le habían ido las cosas durante el día. Richard habló también de la moral, de cómo mantener «la moral y el decoro», palabras que pronunciaba con frecuencia.

—Hay un montón de trucos —dijo Richard, mirando de reojo a Arthur—. Decirte a ti mismo que has tenido un día bastante bueno, felicitarte, o intentarlo, por algún éxito de poca monta. El deseo de progresar forma parte de la naturaleza del hombre. Pero no es nada comparado con tener dinero en el banco y una reserva o una inversión que vaya creciendo de año en año...

O una chica en tus brazos, pensó Arthur. ¿Qué podía compararse con eso, hablando de moral? Su madre, sentada frente a él, presentaba el aspecto de siempre. Tenía el pelo castaño y corto, entre peinado y despeinado; su cara era más bien redonda, poco maquillada, y mostraba arrugas incipientes y bolsitas debajo de los ojos. Pese a ello, era una cara radiante y feliz y permanecía atenta al aburrido monólogo de su marido.

Robbie comía sin pausa, metiendo el tenedor debajo del jamón al horno después de cortarlo en pedacitos. Robbie era zurdo. Sus cejas rubias aparecían fruncidas bajo una frente tersa, igual que la de un bebé, como si comer fuese una tarea rutinaria, aunque lo cierto era que tenía un apetito fantástico. Su torso era estrecho y en verano, cuando usaba pantalones cortos con cintura elástica, se le veían las costillas; y si se enfadaba o se ponía a chillar se le marcaban unos músculos delgados como hilos en el abdomen.

—¿Cenas con las aletas puestas esta noche? —preguntó Arthur a su hermano.

Robbie alzó sus ojos grises y parpadeó.

—¿Y qué?

—¿Piensas practicar en la bañera después de cenar?

—Las necesito para la clase de natación de mañana —replicó Robbie.

—Te veo subiendo al autobús de la escuela, con las aletas puestas, mañana por la mañana. Flop, flop, flop —Arthur se limpió los labios con una servilleta de papel—. Supongo que no te las quitarás para dormir; ¡si no, mañana no podrás ponértelas!

—¿Quién dice que no podré? —contestó Robbie con los dientes apretados.

—Basta ya, Arthur —intervino la madre.

—Iba a decir —prosiguió Richard— que la venta de *acciones*... en bienes raíces para proyectos comunitarios... nos viene de perilla, Loey. Buenas comisiones, no hace falta decirlo.

—Pero lo que no entiendo es a quién se las vendes —dijo Lois—. ¿Estas acciones las compran las mismas personas que tienen un seguro de vida?

—Sí. A menudo. Personas que podríamos calificar de modestas, no de millonarias. Iba a decir que mi gente es la gente modesta, pero no siempre es verdad. Cincuenta mil dólares aquí y allá pueden permitírselos... o prometerlos... si empleo la táctica apropiada y a ellas les parecen bien las condiciones.

Su madre hizo otra pregunta y los pensamientos de Arthur volaron hacia otra parte. La conversación le parecía tan aburrida y olvidable como los detalles de la historia de los Estados Unidos alrededor de 1805, por ejemplo. Su padre volvía a hablar de «seguridad».

En aquel momento Arthur se sentía extremadamente seguro, puede que no por su cuenta de ahorros, en la que había poco más de doscientos dólares, pero el dinero no era la única base de la seguridad, ¿verdad?

—Papá —dijo—. ¿No crees que la confianza en uno mismo también es una forma de seguridad? Equivale al decoro, ¿no es así? Y tú siempre hablas del decoro.

—Sí. Estoy de acuerdo contigo. En parte es una actitud mental. Pero una renta segura y en aumento, por modesta que sea... —Richard pareció azorado ante su propia seriedad, miró de reojo a Lois y le apretó la muñeca—. Y llevar una vida tranquila, hogareña, en el temor de Dios..., eso también es seguridad, ¿no opinas igual, Loey?

En aquel momento sonó el teléfono.

Arthur y su madre se levantaron para contestar, pero ella se sentó, diciendo:

—Puede que sea Gus otra vez, Arthur.

—Con permiso —dijo Arthur, saliendo de detrás del banco después de que Robbie se levantara.

—¿Diga?

—Hola —dijo la suave voz de Maggie, y Arthur sintió un grato estremecimiento de sorpresa.

—Hola. ¿Estás bien, Maggie?

—Sí. ¿Por qué no iba a estarlo?... Te llamo desde abajo porque dispongo de un minuto antes de cenar. Pienso...

—¿Qué? —susurró Arthur.

—Pienso que eres muy majo.

Arthur cerró los ojos con fuerza.

—Pues yo pienso que te quiero.

—Puede que yo también te quiera. Es muy importante decir una cosa así, ¿verdad?

—Sí.

—Te veré mañana —Maggie colgó.

Arthur volvió a la cocina con cara solemne.

—Era Gus —dijo.

Antes de las nueve Arthur ya estaba en su cuarto. No le interesaba el programa de la televisión, una película del Oeste que Robbie esperaba con avidez. Su madre dijo que tenía que remendar algunas prendas y su padre se quedaría a ver la mitad de la película, luego se metería en su despacho, que era contiguo a la sala, y se ocuparía de revisar unos documentos hasta cerca de las once.

La habitación le pareció fea y desordenada y, recogiendo un par de calcetines del suelo, los arrojó cerca del armario. Las banderolas que decoraban las paredes atrajeron su mirada como si nunca las hubiese visto. Pronto llegaría el momento de quitar la anaranjada y blanca del instituto de Chalmerston. ¿Por qué no quitarla ya? Desclavó con cuidado las tres tachuelas y tiró la banderola a la papelera. La blanquiazul de Columbia podía seguir donde estaba, ya que en septiembre ingresaría en dicha universidad y la banderola era seria y adulta. Pensaba especializarse en biología o quizás en microbiología. Sin embargo, sentía el mismo interés por la zoología, y también por la evolución de las especies animales. Tendría que especializarse en una cosa u otra, lo cual se le antojaba lamentable.

¡Maggie! Al pensar en ella sintió un estremecimiento de dicha como al escuchar su voz por teléfono. Durante las últimas semanas, desde que empezara a fijarse en Maggie en el instituto, Arthur había pensado que la muchacha era reservada, posiblemente esnob, difícil de abordar. El noventa por ciento de las chicas del instituto de Chalmerston parecían tremendamente aburridas; el diez por ciento de ellas se acostaban con cualquiera y hacían gala de ello; quizás otro veinte por ciento hacían lo mismo pero no lo proclamaban a los cuatro vientos. La que más se jactaba era Roxanne, que parecía medio gitana pero ni siquiera era medio italiana. Había luego unas cuantas chicas presumidas cuyas familias eran tan ricas que uno se preguntaba por qué no irían a alguna escuela privada. Maggie no era como las demás; tenía la ventaja de ser bonita, muy bonita a decir verdad, y, desde luego, no se acostaba con cualquiera. Aquella tarde con Maggie había sido muy distinta a estar con Roxanne, por ejemplo, después de tomarse una soda en el «drugstore» con otras dos o tres parejas que casualmente sabían que los padres de alguno de ellos estarían ausentes de casa toda la tarde. La mitad de las veces, nada serio ocurría en estas reuniones, y todo quedaba en unos escarceos que se olvidaban con facilidad.

Pero a Maggie no se la podía olvidar, porque ella era una chica seria.

Después de desnudarse y ponerse el pijama, Arthur se echó en la cama con el libro de geografía. Por la mañana tenía un examen oral.

Desde la sala de estar le llegó la voz de Robbie, quejosa, desafiante, luego un golpe seco y silencio. Su madre nunca pegaba a Robbie, pero quizás había perdido la paciencia y golpeado la mesa con una revista. Una escena asomó al recuerdo de Arthur: Robbie a los siete años más o menos, gimoteando como un desesperado porque una niña le había pisoteado el bocadillo en una merienda campestre. Consolar a Robbie había resultado imposible, ni siquiera ofreciéndole otro bocadillo. Con la cara enrojecida, descalzos los pies, se había puesto a bailotear y a blandir los puños con gestos tensos, espasmódicos, y Arthur recordó que las venas del cuello parecían a punto de reventar de un momento a otro.

Arthur cogió un papel y un bolígrafo y escribió:

«Querida Maggie:

Gracias por llamarme esta noche. Me gustaría poder besarte otra vez. Te quiero. Lo digo en serio.

A.»

Al terminar de escribir estas palabras, se sintió más tranquilo. Al día siguiente le sería fácil pasarle la nota a Maggie; no es que alguien les estuviera espiando a los dos, o haciendo comentarios groseros. Esa fue otra idea agradable.

El instituto de Chalmerston era un edificio rectangular, de piedra beis, que se alzaba entre robles y tulíperos que llevaban allí más tiempo que él. Un gimnasio de techo abovedado sobresalía de la parte posterior del edificio como el ábside de una iglesia y de día era utilizado casi constantemente por chicos o chicas; además, por lo menos tres noches a la semana servía para entrenamientos especiales de baloncesto o se jugaban en él partidos de otros deportes entre los equipos de Chalmerston y de otros institutos.

Arthur dejó su bicicleta entre otras cien y pico que se hallaban aparcadas junto a la entrada.

—¿Stevey? ¡Hola! —dijo Arthur, saludando con la mano a un chico alto de pelo rizado. Subió corriendo los anchos peldaños de piedra y entró en el vestíbulo principal, cuyas paredes aparecían cubiertas de pósteres. El lugar estaba lleno de chicos y chicas ruidosos que mataban el tiempo en espera de que sonase el timbre anunciando que eran las nueve y la hora de pasar lista de asistencia.

No vio a Maggie hasta poco antes de las once, cuando los pasillos eran un hervidero de estudiantes que iban de una clase a otra. Divisó el pelo lacio y castaño claro de Maggie, su figura erguida, con los hombros echados hacia atrás. Era más alta que las demás muchachas, casi tan alta como él.

—Maggie...

—¡Hola, Arthur!

Siguieron caminando juntos.

—¿Cómo estás?

Con la mano que le quedaba libre —la otra sostenía libros y cuadernos— Arthur buscó la nota en el bolsillo.

—Muy bien. ¿Y tú?

Se había figurado que ella diría algo que se apartase de lo corriente. Los ojos de Arthur se posaron en los senos de Maggie —sostenidos por un sujetador debajo de la camisa blanca, como él había podido comprobar—, recorrieron luego sus pantalones de pana encarnada, y finalmente subieron hasta volver a mirarle la cara.

—Te he traído esto. —Puso el papel doblado en la mano que ella le tendía—. Son solo un par de palabras.

—Gracias, yo... —Un estudiante le golpeó el hombro sin querer al pasar por su lado. La muchacha se guardó la nota en el bolsillo de la camisa.

—¿Irás al «drugstore» a las tres?

—Puede ser. Bueno, sí iré.

A Arthur le dio la impresión de que la sonrisa de Maggie era de simple cortesía, que había timidez en la mirada furtiva que le dirigió. ¿Estaría avergonzada de lo del día antes? ¿Se habría arrepentido?

—Entonces, nos veremos a las tres.

Arthur podría haber hablado otra vez con ella a las doce, en el comedor de la escuela, pero cuando tuvo la bandeja llena vio que Maggie ya estaba sentada a una mesa con otras cuatro o cinco chicas. Arthur buscó una silla desocupada en una de las mesas largas que había en el centro del comedor y se sentó.

—Hola, Art —saludó Gus, apareciendo de pronto junto a él con una bandeja en las manos—. Hazme sitio, ¿quieres, chico? —pidió Gus al estudiante sentado a la derecha de Arthur—. Ayer no me llamaste —dijo Gus, sentándose.

—Me fue imposible. Lo siento, Gus.

—¿Sigues interesado? ¿Treinta pavos?

—¡Desde luego!

Acordaron que a las cinco de la tarde Arthur pasaría por casa de Gus a recoger la bicicleta. Al salir del instituto, Gus tenía que ir directamente a trabajar en casa de alguien durante una hora como mínimo. Una reparación. Arthur sabía que a veces Gus incluso hacía la limpieza. Los padres de Gus tenían cinco hijos, de los que él era el mayor, y los que tenían edad suficiente trabajaban en lo que fuese para llevar algo de dinero a casa. El hecho despertaba una admiración indefinible en Arthur, pese a que era justamente algo que hubiera merecido elogios de su padre: trabajar de firme, como en otros tiempos, y conocer el valor de un dólar. A veces Arthur hacía algún trabajillo para los vecinos y sus padres le permitían quedarse con el dinero. Otra cosa que Arthur envidiaba a Gus era su estatura, aunque por lo demás era un chico más bien corriente: pelo rubio y lacio, rostro como otros muchos, expresión amable, y siempre con gafas. Físicamente, Gus era fuerte, pero Arthur sabía que las chicas nunca le miraban dos veces. En esto Arthur se consideraba más afortunado que Gus Warylsky. ¡Resultaba verdaderamente imposible imaginarse a Gus con una chica!

Arthur entró en el Red Apple, que todo el mundo llamaba el «drugstore» a secas, poco después de las tres. Maggie aún no había llegado, pero los demás parroquianos sí estaban: ciertos mentecatos como Toots O'Rourke, que jugaba al fútbol, y, huelga decirlo, Roxanne, que mariposeaba cerca del mostrador, presumiendo con su falda color rosa con volantes, que parecía apropiada para una representación de *Carmen*. Los chicos soltaban risotadas y trataban de manosearla, y Roxanne, la muy tonta, se reía como si le estuvieran contando algún chiste interminable. Arthur no frecuentaba el «drugstore», y estaba seguro de que tampoco Maggie iba mucho por allí. Los helados costaban cincuenta centavos y por una porción de tarta de manzana cobraban cuarenta y cinco, aunque estaba rica, hecha en casa. El café era flojo. El Red Apple tenía forma de manzana redonda, pintado de rojo por fuera y coronado por un pedúnculo. Era un penoso esfuerzo por hacer bonito, razón por la cual todo el mundo lo llamaba el «drugstore». Maggie entró por fin; llevaba una bolsa de libros en la mano y vestía una chaqueta de algodón.

–¿Qué te parece si nos sentamos allí? –sugirió Arthur, indicando la mesa que tenía guardada en un rincón. Le preguntó si quería tomar un batido de fresa, y pidió al chico del mostrador que sirviera dos, aunque no era muy aficionado a las fresas–. Hoy estás muy bonita –dijo a Maggie cuando se hubo sentado.

–Gracias por la nota.

Arthur movió los pies debajo de la mesa.

–¡Ah, eso!

Maggie le miró con expresión meditativa, como si fuera a decirle que quería dejarlo correr.

–¿Ha pasado algo? –preguntó Arthur–. ¿Con tus padres?

Maggie se quitó la pajita de los labios.

–¡Oh, no! ¿Por qué?

El grito agudo de una chica se alzó por encima de la música del «jukebox». Arthur volvió la cabeza y vio que un chico estaba ayudando a Roxanne a levantarse del suelo.

–¡Esa Roxanne! –dijo Maggie, riéndose.

–Está chiflada. –Arthur sintió un aguijonazo de vergüenza. Meses antes había estado enamoriscado de Roxanne... durante un par de semanas. ¡La puta de la ciudad! Arthur se aclaró la garganta y dijo–: ¿Estás libre el sábado por la noche? Echan una película... aunque puede que no sea tan buena como dicen. O podríamos ir a The Stomps. –Se refería a la discoteca.

–No. Gracias de todos modos, Arthur. Necesito un poco de tiempo para..., necesito estar sola para...

Arthur se lo tomó como un rechazo.

–A lo peor es que ya no quieres verme más.

–No, no es eso. Es solo que ayer... Nunca me había sucedido una cosa así.

Arthur se preguntó cómo debía tomárselo. ¿Estaría ella arrepentida? ¿Tal vez avergonzada? Tampoco a él le había ocurrido nunca algo como aquello, aunque no pensaba confesárselo a la muchacha.

–Bueno..., no importa cuándo volveré a verte, pero me gustaría saber que podré volver a verte; quiero decir a salir contigo.

–Ahora no sabría decirte..., ya te avisaré.

La respuesta resultó aún menos prometedora que las anteriores.

–Bueno.

2

El jueves de la semana siguiente Robbie enfermó de amigdalitis. El doctor Swithers dijo que era el caso más virulento que había visto en sus muchos años de ejercer la medicina y que era necesario internarlo en el United Memorial Hospital de Chalmerston. Arthur iba al hospital en su recién adquirida bicicleta de segunda mano, a llevarle a su hermano un poco de helado extra. En los pasillos del instituto, Arthur miraba de reojo a Maggie; no quería que ella se diera cuenta de sus miradas, no fuera a enfadarse, pero sus ojos, aun en contra de su voluntad, le localizaban entre la multitud. El viernes por la tarde casi se dio de bruces con ella en el pasillo. Se disponía a decirle «hola» y seguir su camino cuando Maggie dijo:

—Si quieres, podemos salir un día de estos. Lamento haber estado tan...

—No importa. ¿Mañana tal vez? ¿Por la noche?

Maggie dijo que sí. Arthur pasaría a buscarla a las siete e irían a comer a alguna parte.

Arthur volvió a sentirse tan optimista como aquella tarde de hacía ya diez días. El recuerdo de la bonita habitación de Maggie, con sus cortinas de color azul y beis, la cama con el cobertor azul, se hizo más vivo.

—Nunca te había visto tan alegre en época de exámenes —comentó su madre el viernes por la noche.

Arthur estaba seguro de que su madre atribuía tanta felicidad a alguna chica. Sus ojos se cruzaron por encima de la mesa, pero ella sonrió y apartó la mirada.

Robbie volvería a casa al día siguiente. Había tenido que permanecer un día más en el hospital porque el médico deseaba asegurarse de que estuviese fuera de peligro.

—Robbie me recuerda tanto al pequeño Sweeney del asilo. ¿Te acuerdas, Richard? —dijo Lois.

—No —repuso Richard, tan absorto en la comida como solía estarlo en el periódico.

—Jerry Sweeney. Ya te he hablado de él. Tiene cinco años y siempre anda preocupado sin motivo. Es un chiquillo encantador y la oscuridad le da miedo, como antes se lo daba a Robbie. Y sus padres le miman demasiado. *¡Ellos* van a las sesiones de terapia con el doctor Blockman y al pobrecito Jerry le dan los tranquilizantes! ¡Imagínate, a su edad! —Lois parpadeó—. De veras, se parecen mucho.

—Lois, te tomas demasiado a pecho los problemas de esos chiquillos —dijo Richard, apartando su plato—. Dijiste que no lo harías más.

—No, yo... —Lois se encogió de hombros—. Arthur, supongo que no le tomas demasiado el pelo a Robbie. Cuando yo no puedo oírte, ¿eh?

—No, mamá. ¿Por qué crees que malgasto el tiempo así?

—Era solo una pregunta —dijo ella en son de paz—. Porque Robbie va a cumplir los quince... y ya es bastante inseguro. No sé si esa es la palabra más adecuada a su caso.

—¡Esta terminología! —dijo Richard—. ¿Quién no es inseguro? Robbie todavía no se ha formado su escala de valores. Pocas personas la tienen formada a su edad. —Deseando acelerar la aparición del postre, se puso en pie y recogió su plato y el de Lois.

Escala de valores. ¿Qué diantres querría decir su padre? ¿Vender seguros a clientes con miedo al futuro? ¿Hacer acto de presencia en la iglesia un par de veces al mes, principalmente para que la gente de la ciudad le viera allí? Arthur pensó que la escala de valores de su padre seguía ligada al dinero. Y, a su modo de ver, su padre no era de los que ganaban el dinero a espuertas; le faltaba aptitud o empuje. Su padre había tenido que dejar la universidad y ponerse a trabajar, al igual que muchos hombres triunfadores, pero en él había algo corriente. Incluso su figura, que no era muy alta, parecía corriente, y Arthur confiaba en que llegaría a los cuarenta y dos o cuarenta y tres años sin tener la barriga que su padre empezaba a echar.

Cuatro o cinco tardes a la semana su madre trabajaba en el Asilo Infantil Beverly. Era medio hospital, medio clínica y guardería diurna para enfermos ambulantes, y muchos de los bebés y niños eran retrasados o padecían otros trastornos mentales, o los aparcaban en el asilo debido a líos familiares. Lois trabajaba como voluntaria, pues no tenía ningún título de pediatría, pero le daban algo de dinero para los gastos del coche y podía almorzar en el asilo, aunque a Arthur le constaba que pocas veces lo hacía. En cuanto entraba en el asilo Beverly, su madre se fijaba en algún pequeño que estuviera paseando por el vestíbulo, solo o con una enfermera. Arthur había visitado el asilo varias veces. Parecía que los niños fueran hijos de su propia madre, o al menos parientes. Su padre decía que era un «trabajo sumamente loable» y Arthur se preguntaba si su padre habría inducido a su madre a dedicarse a él. Llevaba unos cuatro años trabajando allí y Arthur no recordaba cómo había comenzado. ¿Sería su madre una de aquellas personas que se dejaban dominar por los demás? A veces se mostraba independiente y animosa, en contraste con su padre, que nunca parecía feliz, y, alzando la cabeza, decía:

—¡Quiero disfrutar un poco de la vida antes de que sea demasiado tarde!

Y persuadía a su Richard a tomarse una o dos semanas de vacaciones en el Canadá o en California.

Al día siguiente, sábado, Robbie, lejos de mejorar, empeoró. Cuando llamaron del hospital a media mañana, Arthur estaba solo en casa; su madre había ido a la compra y su padre estaba en la ciudad, visitando a un cliente. La voz de mujer comunicó a Arthur que Robbie no iba a volver a casa aquel día y que tal vez no podrían darle de alta hasta el lunes.

–¿De veras? ¿Está muy grave?

–Tiene fiebre. Tus padres pueden llamarnos, si así lo desean.

Arthur volvió al garaje, donde tenía su bicicleta. La estaba limpiando, quitándole un poco de orín, pero el vehículo se encontraba en excelente estado, toda vez que Gus era un buen mecánico. Sin duda, Gus había ganado con su trabajo el dinero suficiente para comprarse una bicicleta de segunda mano mejor que aquella, si bien su padre le permitía utilizar el coche de la familia de vez en cuando. Arthur sintió una punzada de envidia al recordarlo. Arthur sabía conducir y a los diecisiete años ya podía hacerlo, tras pasar un examen y obtener un «permiso», pero su padre quería que esperase hasta cumplir los dieciocho en septiembre. Arthur reconoció el sonido del Chrysler desde lejos. Su madre volvía a casa. Desde la puerta del garaje la vio entrar.

–Han llamado del hospital –dijo Arthur, abriendo el compartimiento donde estaban los comestibles–. Dicen que Robbie no puede volver a casa hoy, que tal vez no vuelva hasta el lunes.

–¿Qué? –La alarma se pintó en el rostro de su madre.

–Dicen que tiene fiebre y que podíamos llamarlos.

Su madre entró en casa para telefonear y Arthur se puso a descargar los comestibles. Probablemente el estado de Robbie no revestía gravedad, pensó Arthur, pero Robbie se resistía a tomar píldoras y se ponía nerviosísimo al ver una aguja de inyecciones.

Su madre salió de la sala de estar.

–Dicen que es una fiebre inusitadamente alta y que le están dando antibióticos. Podemos visitarle después de las cuatro.

Richard llegó a casa al mediodía. A las dos, cuando volvieron'
a llamar al hospital, les dijeron que no había ninguna novedad.

A las siete menos cuarto los padres de Arthur aún no habían
vuelto del hospital. Arthur se fue a buscar a Maggie, que vivía a un
kilómetro y pico. La casa de los Brewster era más elegante que la
de su familia; en el jardín había más césped, un abeto azul, muy
alto, y un par de preciosos arbustos de color rojo; la puerta principal era muy bonita, pintada de blanco y tenía un tejadillo. Arthur
dejó la bicicleta al lado de los peldaños de la entrada.

Maggie abrió la puerta.

—¡Hola, Arthur! Pasa, pasa. Ha refrescado un poco, ¿verdad?
¿Llueve?

Arthur no se había fijado.

—Mamá, te presento a Arthur Alderman.

—Mucho gusto, Arthur —dijo la madre, que estaba arrodillada
ante un estante de discos en un ángulo de la sala. Su pelo era de
color castaño claro, como el de Maggie, pero ondulado—. No pienso poner ningún disco, solo buscaba uno que sé que está aquí.

—¿Quieres tomar algo, Arthur? —preguntó Maggie.

Cruzaron un comedor en el que había una mesa ovalada, grande, y entraron en una cocina inmensa.

—¿Tu padre también está en casa? —A Arthur le daba cierto temor conocer al padre de Maggie.

—No, ha salido.

—¿A qué se dedica?

—Es piloto. De la Sigma Airlines. Tiene un horario muy raro.
—Maggie abrió una lata de cerveza.

A lo mejor el padre de Maggie volaba sobre México en aquel
momento, pensó Arthur.

—Puedes bebértela directamente de la lata. Así no se calentará.

Al cabo de unos minutos se encontraban en el coche camino
de la Hoosier Inn. Maggie iba al volante y era ella la que había elegido el restaurante. Arthur opinaba que el Hoosier era un estable-

cimiento bastante estirado, para gente mayor que ellos, pero la cocina era buena y las raciones eran abundantes. Maggie quiso pagar la mitad de la cuenta, pero Arthur no se lo permitió. Luego ella dijo que no quería ir a The Stomps, ni siquiera al cine.

—Tengo ganas de ir a la cantera —dijo Maggie.

—¡Estupendo! —cualquier sugerencia de Maggie le habría parecido estupenda.

Maggie conducía como si conociese muy bien el camino. Pasaron por delante de los dormitorios de la Universidad de Chalmerston, unos edificios alargados, de dos pisos, en cuyos patios en forma de U había muchos automóviles en aquel momento. Luces acogedoras brillaban en varias ventanas. A Arthur le habría gustado tener dieciocho años, un coche y un apartamento propio como los de los dormitorios, solo que él no pensaba ir a aquella universidad.

Se detuvieron junto a una cantera que Arthur sabía que estaba abandonada. La oscuridad era total. Maggie apagó los faros del coche, sacó una linterna de la guantera y se apearon en una elevación de tierra arenosa. La brisa soplaba con más fuerza. A unos doscientos metros más allá un rectángulo de lucecitas blancas señalaba el contorno de una cantera en explotación. Una media luna surcaba el cielo sin dar mucha luz. Arthur conocía aquella cantera. Al acercarse al borde, pudo sentir el vacío, el pozo negro que se abría a sus pies. Aquí y allá yacían grandes bloques de piedra caliza, pulcramente cortados a máquina. Maggie se encaramó a uno de ellos y enfocó la linterna hacia abajo.

—¿Ves agua? —Arthur trepó hasta colocarse a su lado.

—No. La luz no llega hasta el fondo.

De la oscuridad hueca pareció surgir un sonido, como un acorde musical. Arthur rodeó con un brazo la cintura de Maggie, olió su perfume, abrió los ojos y recobró el equilibrio. Le besó la mejilla, luego los labios. Maggie le cogió la mano derecha y saltó al suelo, haciéndole saltar con ella. Cuando la muchacha se desasió de su mano, Arthur se encaramó de un salto a otro bloque, después a uno más alto que había junto al primero. Imaginó que subía velozmente por él y saltaba al espacio.

–¡Cuidado! –gritó Maggie, riéndose y enfocándole con la linterna para que viera dónde ponía los pies al bajar.

Al saltar al suelo desde el bloque más alto, uno de los pies de Arthur chocó con algo y le hizo caer y rodar sobre sí mismo. Extendió los brazos al notar que empezaba a deslizarse hacia el vacío. Su mano encontró algo, tal vez un trozo de alambre y logró detener su caída. Luego, asiéndose a las rocas cortantes, comenzó a trepar hacia arriba, hacia Maggie, que procuraba iluminarle el camino sin conseguirlo del todo. Por fin pudo llegar al borde e incorporarse.

–¡Caramba, Arthur! ¿Te has hecho daño?

–No, no. –Dio un paso al frente. No quiso mirar atrás ni ver de qué acababa de librarse.

–¿Y si llega a haber una arista cortante ahí abajo? Tienes rotos los pantalones. ¿Te has cortado la rodilla?

–No –dijo Arthur, aunque notaba un hilillo de sangre bajándole por la espinilla izquierda. Echaron a andar hacia el coche de Maggie. Arthur chupó el corte que tenía en la palma de la mano izquierda. El sabor le recordó a Robbie–. En este momento mi hermano pequeño está en el hospital.

–¡El hospital! ¿Qué le ha pasado?

–Le han extirpado las amígdalas. Tenía que volver a casa hoy, pero ha empeorado un poco.

Maggie le preguntó qué edad tenía Robbie y si quería llamar a sus padres desde su casa. Arthur accedió. Eran casi las once.

Arthur llamó a su casa pero no obtuvo respuesta.

Maggie le curó la mano con un poco de algodón empapado en alcohol y luego le puso una «tirita».

–¿Quieres telefonear al hospital?... ¿O acaso tus padres iban a salir esta noche?

–No creo que hayan salido –dijo Arthur. Buscó el número

del hospital y lo marcó. Una voz de mujer contestó a sus preguntas:

–Sí, tus padres están aquí. No ha habido ningún cambio.

–¿Puedo hablar con mi madre, por favor?

–No podemos ponerte con la habitación de arriba... No se permiten más visitas esta noche, lo siento.

Maggie estaba cerca de él.

–A lo mejor cuando llegue a casa, mis padres ya habrán vuelto. O puede que pasen la noche en el hospital. –De pronto Arthur se sintió preocupado.

–¿Quieres que te acompañe al hospital en el coche?

–No permiten más visitas hasta mañana.

Cuando Arthur llegó a casa, poco antes de las doce, la encontró vacía. El gato, al oírle, se puso a maullar con esperanza. Arthur le dio de comer.

Horas más tarde Arthur despertó bruscamente, como si acababa de tener una pesadilla, pero no había estado soñando. Eran más de las tres. Salió descalzo al pasillo y, al encender la luz, vio que la puerta del dormitorio de sus padres seguía entreabierta, igual que al llegar él a casa. Abrió la puerta del garaje. El coche de su padre no estaba allí. Volvió a acostarse y tardó un buen rato en dormirse otra vez.

El teléfono le despertó cuando ya era de día y bajó a contestar desde la salita. Era la vecina de al lado, Norma Keer, que quería saber cómo estaba Robbie. Norma se había enterado de que el chico tenía mucha fiebre.

–Anoche llamé al hospital y me dijeron que no había ningún cambio. Mis padres han pasado la noche allí y aún no han vuelto. ¿Qué hora es, Norma? Acabo de despertarme.

–Las nueve y treinta y cinco. Intentaré llamar al hospital y luego volveré a llamarte.

La voz de Norma era reconfortante. Rondaba los sesenta años, se movía despacio y nada parecía alterarla, aunque a menudo decía que se estaba muriendo... de cáncer o algo igualmente horrible. Arthur no recordaba de qué clase de cáncer. Norma no tenía hijos y su marido había muerto cuando Arthur contaba unos diez años.

Arthur puso agua en la cafetera para prepararse un café instantáneo. Estaba echando agua caliente en una taza cuando oyó el motor del coche de su padre. Arthur abrió la puerta de la cocina que daba al garaje.

Su madre tenía los ojos enrojecidos; la expresión de su padre era ceñuda.

—¿Cómo está Robbie? —preguntó Arthur—. ¿Está bien?

Lois hizo un gesto afirmativo con la cabeza, un gesto tan ligero que Arthur apenas lo captó. Los ojos de su madre relucían, como si hubiera llorado. Richard entró en casa sin decir nada, los ojos grises ensombrecidos por la fatiga.

—Sí, Robbie ha salido de esta. Aunque me parece que por un pelo —dijo su madre, mientras llenaba un vaso con agua del grifo.

—De veras, mamá. En el hospital no me dijeron nada..., solo que «no había ningún cambio».

—Y tú estabas con una chica —dijo su padre, suspirando.

El tono de su padre era de reproche y Arthur hizo como si no hubiese oído el comentario.

—¿Qué le pasaba a Robbie, mamá?

—Le dio una fiebre altísima y tenía una infección de garganta —contestó Lois—. Los médicos dijeron que nunca habían visto cosa igual. Le llevaron a cuidados intensivos, oxígeno, etcétera. Nos dejaron dormir en dos catres, en otra habitación. Pero Robbie se pondrá bien. Nos lo han asegurado. —Bebió un poco de agua y se apoyó en el fregadero con gesto de fatiga—. La crisis se produjo sobre las cinco de la mañana, ¿verdad, Richard?

—Y nosotros rezamos —dijo Richard, moviendo los brazos hacia abajo—. Rezamos y nuestras plegarias fueron escuchadas. ¿No es cierto, Lois?

—Hum —dijo su madre.

—Cristo nos escuchó. Porque a Cristo elevé mi plegaria —dijo Richard, llenando la tetera y colocándola sobre el quemador.

El teléfono volvió a sonar.

—Es Norma, mamá. Yo contestaré. —Arthur se puso al aparato—. Sí, Norma, gracias. Acabo de saberlo. Mis padres han vuelto hace un instante.

—Es maravilloso, ¿verdad? Ya está fuera de peligro. —Norma preguntó si podía hablar con su madre, y Arthur la llamó.

Arthur no quería entrar de nuevo en la cocina debido al estado de ánimo de su padre, pero entró de todos modos y cogió su café.

—Anoche viví una experiencia magnífica —dijo su padre—. Puede que algún día también tú vivas una igual. Espero que así será.

Arthur asintió con la cabeza. Sabía qué quería decir Richard, que Robbie había salido del mal paso gracias a sus plegarias.

—Llamé al hospital sobre las once. Me dijeron que seguía igual, no que hubiese empeorado. Maggie incluso se ofreció a llevarme en coche al hospital, pero a aquella hora no me hubiesen dejado visitar a Robbie.

Su padre parecía no oírle; sonreía como en sueños.

—Llevas una o dos semanas en las nubes. Supongo que por una chica. Crees que es más importante que tu hermano o que una vida humana.

No era cierto. ¿O sí lo era? En todo caso, Arthur se tomó el comentario como un reproche, que era evidentemente la intención con que su padre lo había hecho. Arthur no pensaba decir que quería a Maggie y que también quería a su hermano. Empezaba a lamentar haber pronunciado el nombre de Maggie.

—No sé por qué me... regañas.

—Porque eres egoísta..., no piensas en las cosas importantes de la vida.

Arthur, que tenía la sensación de que' sus ojos se habían abierto a la vida durante las últimas semanas, meneó la cabeza y no dijo nada.

Su madre acababa de entrar y había oído parte de la conversación.

–Richard, los dos estamos cansados. ¿No tenemos ahora un motivo para sentirnos felices? ¿Qué te parece si preparo unos huevos revueltos para todos y luego...? A los dos nos vendría bien dormir un poco, creo yo.

–Huevos revueltos, bien –dijo Richard, quitándose la americana–. Pero no tengo ganas de dormir. Me siento demasiado emocionado, demasiado feliz. Hoy es domingo. Puede que dé un paseo por el jardín.

Lois miró a Richard con cierta expresión de sorpresa y le vio dirigirse a la sala de estar. A los pocos instantes, oyó que abría la puerta de su despacho, la que daba al jardín de atrás.

Arthur subió a su cuarto para vestirse. No le apetecía sentarse a desayunar con ellos, pero lo hizo de todos modos porque sabía que Lois lo deseaba. Su padre comió en silencio y con buen apetito como siempre. Su madre solo comió un poco, con desgana, y luego dijo tímidamente que quería echarse un rato antes de ir a la iglesia.

Precisamente hoy, pensó Arthur, tienen que ir a la iglesia a las once, cuando apenas han dormido en toda la noche. En aquel momento su padre dijo:

–Me gustaría que tú también vinieras, Arthur.

Arthur tomó aliento, disponiéndose a dar una excusa, a decir que tenía que estudiar para los exámenes, incluso a mentir diciendo que estaba citado con Gus para estudiar, pero una mirada de su madre le impidió hablar.

3

Y así fue cómo aquel domingo se convirtió para Arthur en el día en que su padre encontró a Dios o, como Richard decía, el día en que «renació». La hora que pasaron en la iglesia casi resultó embarazosa. Su padre permaneció arrodillado, con la cabeza inclinada, la mayor parte del tiempo, exceptuando los momentos en que los fieles se levantaban para cantar algo; entonces Richard unía su voz de barítono, que era bastante buena, a las demás, aunque cantaba con tanto entusiasmo que una o dos personas se volvieron para ver quién cantaba de aquel modo. Después del oficio, al llegar la hora de las despedidas en la puerta, momento en que el predicador, Bob Cole, estrechaba siempre la mano de todo el mundo, su padre soltó un discurso ante el reverendo, un discurso que oyeron varias personas, parándose incluso para escucharlo, acerca de la curación de su hijo menor, Robbie, el hijo que él había salvado de la muerte con sus plegarias a Cristo.

–Sé que los médicos se daban por vencidos. Se les veía en la cara –le dijo su padre a Bob Cole, que le escuchaba atentamente–. Robbie tenía incluso la garganta infectada...

Arthur le contó algo de todo esto a Maggie cuando volvieron a salir juntos, que fue el jueves siguiente por la noche. Tenían que verse el miércoles, pero Maggie anuló la cita –sin motivo, a juicio de Arthur–, y además se mostró reacia a concertar otra, de modo que el martes por la noche, cuando la muchacha anuló la cita del miércoles, Arthur se sintió un tanto melancólico. Y su padre, empeñado en comenzar una vida nueva, pronunció otro discurso y le dijo que debía buscarse un trabajo a horas para el verano, al igual que Gus, y que así dependería menos de su asignación semanal de veinte dólares. Finalmente Lois creyó que debía intervenir y dijo:

–Primero déjale terminar los exámenes, Richard. Los de este año son importantes, porque en Columbia tendrán en cuenta sus notas.

Robbie volvió a casa el martes por la mañana y Lois hizo fiesta por la tarde para estar con él. Por una vez Robbie parecía feliz y contento, cómodamente instalado en su cama, alimentándose de helado y flan de caramelo. Sonreía con frecuencia y no se mostraba ceñudo. Arthur pensó que tal vez era cierto que había estado a las puertas de la muerte, que se había salvado y que él, Robbie, era consciente de ello.

Aquel martes por la tarde Arthur ya había pasado el examen de historia y estaba seguro de haberlo hecho bien, aunque aspiraba a sacar un ochenta y cinco o más de nota.

Al día siguiente, cuando la vio en el pasillo, Maggie estaba radiante y le preguntó si tenía libre la noche siguiente. Arthur le contestó que sí. Recordó que debía repasar las lecciones para el examen de inglés del viernes, pero se dijo que ya encontraría un momento para hacerlo. La propia Maggie era una inspiración.

El jueves por la noche se encontraban a solas en casa de Maggie. Era la noche que la madre de la muchacha dedicaba al *bridge* y quizá no volvería hasta la una de la madrugada, le dijo Maggie cuando Arthur se lo preguntó.

–Mis habilidades culinarias... –dijo Maggie, sacando las chuletas de cordero de la parrilla–. Dudo que me den algún premio por ellas.

¡Típico de Maggie! No lo decía para recibir cumplidos. Era tímida de verdad, en algunas situaciones. Arthur se sentía en el séptimo cielo, a solas con Maggie en la cocina, ¡en toda la casa! Aquel día se había presentado al examen de biología (al igual que Maggie), esperando con ilusión el momento de ir a casa de la muchacha por la noche, y los nombres de los genotipos, etcétera, habían surgido sin esfuerzo de su pluma e incluso había hecho un dibujo precioso.

Durante la cena Arthur le contó lo ocurrido el domingo por la mañana: la vuelta de sus padres a casa, fatigados después de la crisis de Robbie y que su padre creía haber encontrado a Dios porque sus plegarias habían sido escuchadas.

–Es lógico que piense así. Supongo que para ellos fue como un milagro.

¿Lo decía simplemente para quedar bien? Arthur pensó que quizá no se había expresado con claridad.

–Sí, pero... no creerás que Cristo escuchó personalmente su plegaria, ¿verdad? Eso es lo que dice mi padre.

Maggie sonrió después de titubear un poco.

–No. Eso no lo creo. Supongo que es algo personal... creer o no una cosa así.

–Sí. Y ojalá mi padre se lo guardara para sí. Ahora se ha empeñado en arrastrarme a la iglesia. Espero que no sea todos los domingos. Protestaré.

Comían en la cocina, sentados ante una sencilla mesa de pino.

–Acabo de acordarme de algo –dijo Maggie–. Hará unos dos años mi padre tuvo problemas con la bebida. Él creía que a veces bebía demasiado, aunque mi madre no hizo nunca ningún comentario. Entonces un amigo de mi padre le dio unas publicaciones religiosas para que las leyera. Hablaban de los males de la bebida. Luego –Maggie se echó a reír–, empezaron a venir universitarios que llamaban a la puerta y trataban de vendernos suscripciones, y de pronto comenzamos a recibir folletos de propaganda y cosas así, como si nos hubieran puesto en varias listas de correos. ¡Mi madre estaba furiosa! Así que mi padre dijo: «Si no puedo resolver mi problema sin esta gente, es que no valgo mucho.» Entonces tomó una resolución y la mantuvo. Nunca más de dos copas al día y ninguna cuando tuviese algún vuelo.

Maggie puso un «cassette». Duke Ellington en Fargo, 1940. *Mood Indigo* era uno de los temas. Hasta aquella música que Arthur conocía bien sonaba mejor en casa de Maggie. ¿Tendrían él y Maggie una casa como aquella algún día?

–¿Por qué anulaste nuestra cita del miércoles?

–Oh... –Maggie se azoró–. No sé. Puede que estuviese asustada.

–¿De mí?

–Sí. Puede ser.

Arthur no supo qué decir; las frases que se le ocurrieron eran trilladas o demasiado serias.

–Eso es una tontería –dijo Arthur, y luego continuó–: ¿Crees que podríamos subir a tu cuarto otra vez... como la otra tarde?

Maggie se rió.

–¿No piensas en nada más?

–¡No! ¿Acaso lo he mencionado?... Pero, ya que lo preguntas, sí.

–¿Y si mi madre vuelve temprano?

–¡O tu padre! –Arthur se rió como si se hallara ante una catástrofe–. Pero... ¿entonces, cuándo?

–No sé. Tengo que pensarlo. A lo mejor piensas dejarme.

–Todavía no –dijo Arthur.

Arthur había ido a casa de Maggie andando y andando volvió a la suya. Poco antes de marcharse, Maggie le dijo que a los doce o trece años había querido ser doctora o enfermera. Poco antes había muerto un hermanito suyo. Después se puso a hablar de marionetas. Arthur recordó que sobre la cama de Maggie había una marioneta de madera con uniforme de bombero, una marioneta que la propia Maggie había construido a los quince años. En el ático tenía más. La muchacha le dijo que años antes escribía obras de teatro para ellas.

—Eso duró un año más o menos. Siempre me pasa lo mismo. Me entusiasmo por una cosa y luego deja de interesarme —le dijo Maggie—. Tú tienes suerte al estar tan seguro de lo que quieres hacer.

Arthur apretó el paso al bajar por East Forster y dos perros le ladraron desde sus respectivos jardines. Dobló la esquina de su propia calle, West Maple, y siguió caminando a paso normal. Vio un tenue resplandor en la sala de estar de su casa. También había luz tras las cortinas de la sala de Norma Keer. Norma siempre permanecía levantada hasta tarde, leyendo o viendo la televisión. Arthur se acercó sigilosamente a la puerta principal de Norma y llamó con suavidad.

—¿Quién es? —preguntó Norma.

—Un ladrón.

Norma abrió la puerta con una amplia sonrisa.

—¡Pasa, Arthur!... Caramba, qué elegante estás. ¿De dónde vienes?

—De una cita —Arthur entró en la sala; el televisor funcionaba sin sonido y había un libro abierto sobre el sofá bajo la lámpara de pie.

—¿Qué me cuentas? ¿Te apetece una copa? —Norma llevaba medias, pero no zapatos, como siempre.

—Hum... puede. ¿Un «gin tonic»?

—Faltaría más. Ven conmigo.

Pasaron a la cocina, que se hallaba en la parte de atrás, y Arthur preparó una copa para él y otra para Norma. Ella le observaba y se la veía contenta de tenerle con ella. Norma se pasó los dedos por el pelo, que era rubio tirando a anaranjado y corto. A veces, según la iluminación, el pelo de Norma parecía un halo difuso, una sugerencia más que algo abstracto. Norma era una mujer bajita, sin forma definida, quizás una de las mujeres menos atractivas que Arthur había visto, pero era agradable estar con ella, contestar sus preguntas sobre los estudios y la familia. Los platos de la cena estaban en el fregadero, aún por fregar.

–Me alegro mucho de que Robbie haya vuelto a casa –dijo Norma–. Tengo entendido que se está dando la gran vida, después de su calvario.

–Ah, sí. –Arthur se instaló cómodamente en un sillón. *He conocido una chica maravillosa,* tenía ganas de decir. Norma le escucharía con interés si le hablaba de Maggie, si se lo contaba todo menos que se habían acostado juntos una vez–. Y papá... ha encontrado a Dios. ¿Te lo ha dicho él?

–¿Cómo? Pues sí..., algo me dijo. No recuerdo qué. ¿Qué dice él?

–Que está agradecido porque Robbie ha recobrado la salud. Papá cree que Robbie se curó gracias a sus plegarias. Dice que ha renacido.

–Oh. ¿Quieres decir que Richard afirma que él, es decir, Richard, ha vuelto a nacer? La ciudad está llena de «renacidos». No hacen ningún daño. Por regla general, son gente muy honrada. ¡Ja! –Norma prefirió una de sus carcajadas características y un tanto intempestivas.

–Así, pues –prosiguió Arthur–, una ley nueva rige el país de los Alderman. Hay que ir a la iglesia todos los domingos y bendecir la mesa antes de cenar cada noche. Tenemos que dar al Señor las gracias por nuestro pan. –Arthur sonrió al pensar que «pan» también significaba «dinero» en argot.

Norma alzó las piernas bruscamente y colocó los pies sobre el sofá.

–¿Y qué dice tu madre?

–Nada. Prefiere callarse y tener la fiesta en paz.

Arthur se preguntó si su madre se rebelaría algún día contra la obligación de ir a la iglesia todos los domingos, sacrificando así su tiempo libre, unas horas que necesitaba para resolver el papeleo del asilo. ¿Acaso no era aquella otra forma de servir a Dios?

Norma bebió con delicadeza un sorbo de «gin tonic».

—¿Pretende Richard convertiros a ti y a Robbie en «renacidos»?

—Estoy seguro de que le gustaría.

—Tengo entendido que para eso hace falta vivir una experiencia personal, una especie de revelación. Bueno, si quieres que te diga la verdad, para ser chicos... creo que vuestro padre debería sentirse satisfecho de vosotros en comparación con algunos de los chicos que corren por ahí, destrozando coches a diestra y siniestra, consumiendo drogas y abandonando los estudios.

Las palabras de Norma no fueron ningún consuelo para Arthur. Se sentía vagamente incómodo y consultó su reloj.

—Para mí no es tarde, aunque tal vez lo sea para ti —dijo Norma.

—No. Mañana tengo un examen de inglés, pero después de comer, gracias a Dios, así que puedo dormir hasta tarde si quiero.

Los ojos saltones de Norma exploraron pensativamente los rincones de la habitación, como si buscasen algo. Arthur se acordó de los ojos de las adivinas que salían en las historietas, ojos que escudriñaban las bolas de cristal. De pronto se le ocurrió un pensamiento desagradable: ¿intentaría su padre bloquearle el ingreso en Columbia? ¿Estaría celoso de él a causa de Maggie? La idea era descabellada, pues Arthur no estaba seguro de si su padre reconocería a Maggie en caso de verla, aunque había oído hablar de la familia de la muchacha.

—¿Hay noticias de tu abuela? —preguntó Norma.

—Ah..., sí. Vendrá a visitarnos este verano. Estoy seguro. —La abuela materna de Arthur vivía en Kansas City, Missouri, y tenía una escuela de danza y de bailes de salón.

—Me encantaría volver a verla. Y no hace falta decir que te echaré de menos, Arthur, cuando levantes el vuelo en septiembre.

Norma siguió hablando mientras los pensamientos de Arthur empezaban a divagar. En el caso de que su padre se negara a pagarle los estudios en Columbia, podía contar con que la abuela intercedería por él, incluso era probable que contribuyera a sufragar el coste, que ascendería a unos diez mil quinientos dólares el primer año. Subiría más, pero Arthur se había ganado una beca de mil quinientos dólares gracias a sus notas en biología. La abuela era muy diferente de su padre, e incluso de su madre. De pronto Arthur recordó algo en lo que raramente pensaba: la familia de su madre, los Waggoner, no había visto con buenos ojos la boda de sus padres. Los Waggoner eran gente acomodada y se habían opuesto a que su hija contrajera matrimonio con un joven sin dinero y con un porvenir incierto. No obstante, su madre le había dicho que, una vez casados, su familia había aceptado a Richard y hasta había llegado a quererle y respetarle, de lo cual era buena muestra la actitud de la abuela.

—Esta tarde fui a ver a Robbie —dijo Norma—. Le llevé un ejemplar de *Mad* y creo que le gustó. Tenía buen aspecto. Se le veía más feliz que de costumbre... en los ojos. Estaba en cama, pero tan lleno de energía que tu madre tuvo que pedirle que se callara. ¿Un poco más de «gin tonic», Arthur?

—No, gracias, Norma. —Arthur se levantó—. Tengo que irme ya. —Sonrió, saludó con una mano y se fue.

4

Arthur se tropezó con su padre en el vestíbulo. Evidentemente, Richard, que iba en pijama y bata, acababa de salir de la salita, la única habitación de la casa cuya luz estaba encendida. Arthur se llevó un sobresalto y estuvo en un tris de caer de espaldas contra la puerta.

–Trasnochas mucho... para ser semana de exámenes –dijo su padre, que se había detenido, con las manos en los bolsillos de la bata.

Arthur tuvo que desviarse un poco para seguir su camino. Encendió la luz de la cocina.

–Espero que no estuvieses levantado por mí. –Arthur abrió el frigorífico–. Como si yo fuera una chica.

–¿También has bebido?

Arthur se sentía lo bastante sobrio para defenderse.

–Sí. Acabo de tomarme una copa con Norma.

–¿Y antes de esa copa?

–Dos cervezas, si no recuerdo mal. Ha sido una velada por todo lo alto. –Arthur llenó un vaso de leche hasta los bordes y bebió un sorbo sin derramar ni gota.

–¿Y tú pretendes ir a Columbia?

¿Adónde querría ir a parar su padre? ¿Trataba de decirle que no valía nada, que se lo estaba pasando bien, que era estúpido?

—Deduzco que antes de visitar a Norma has salido con tu última novia.

—¿Mi última novia? ¿Desde cuándo tengo un harén?

—Bonita hora para estar borracho —dijo Richard, moviendo su voluminosa cabeza. Tenía el pelo lacio y castaño, un poco canoso ya, y un mechón le caía sobre la frente pesada y llena de arrugas.

Sin borrar de su mente la imagen de Maggie, su bella serenidad, Arthur se enfrentó a su padre con ecuanimidad.

—¿No tienes nada que decir en tu defensa?

Arthur tardó un par de segundos en contestar.

—No. —Richard llevaba las sandalias de estar por casa, con sus tiras de cuero entrecruzadas, unas sandalias que Arthur sabía que no le gustaban. Eran un regalo de Lois. ¿Las llevaría porque tenían cierta apariencia bíblica? Arthur no consiguió ocultar del todo un esbozo de sonrisa.

—Será mejor que cambies de comportamiento, Arthur. O puedes quedarte sin ir a la universidad. —Richard movió la cabeza y pareció calmarse un poco después de disparar la andanada.

¡Menudo notición! Muy hostil.

—No veo qué he hecho yo para...

—El tiempo que desperdicias —le interrumpió su padre— podrías emplearlo en hacer algo provechoso para ti mismo. Estudiar o trabajar y traer un poco de dinero a casa. Eso es lo que yo creo importante.

Arthur ya se lo había figurado.

—Hablaré del asunto con tu madre.

¿De qué asunto? Arthur hizo un gesto enérgico pero cortés con la cabeza y observó cómo su padre entraba en la sala de estar y apagaba la luz. Después entró en el dormitorio que quedaba a la izquierda del pasillo y Arthur le perdió de vista.

A la mañana siguiente Arthur despertó al oír un golpecito suave en la puerta. Antes de acostarse había dejado una nota en el suelo, frente a su puerta: «Puedo dormir hasta las 10.» ¡Y ahora llegaba el servicio, su madre con un tazón de café!

Lois entró silenciosamente y cerró la puerta.

—Le he dicho a Robbie que se quedara en cama, porque el doctor vendrá a verle al mediodía y no quiero que le suba la fiebre –susurró–. Al parecer, tú y tu padre tuvisteis una bronca anoche.

Arthur bebió un poco de café.

—No fue una bronca. Me acusó de trasnochar. Apenas era la medianoche.

—Richard sigue un poco alterado, Arthur. Ya sabes, a causa de Robbie.

—Siéntate, mamá. —Arthur quitó la camisa que había en la silla y su madre se sentó.

—¿Viste a Maggie anoche?

—Sí, pero no vuelvas a mencionar su nombre delante de papá, ¿quieres?

—¿Por qué? —Lois sonrió.

—Porque me da en la nariz que a papá no le cae bien. No le gusta que en estos momentos yo salga con alguien.

—No digas tonterías. —Lois hizo como si fuera a levantarse de la silla–. Ahora Richard ve el mundo de forma distinta. No estoy segura de cuánto tiempo va a durar. Puede que no mucho.

El examen de inglés de aquella tarde duró dos horas. Maggie también se presentó y Arthur la miró de reojo un par de veces desde el otro lado del aula. Estaba sentada lejos de él, a su derecha, de forma que la veía de perfil, inclinada la cabeza, los labios levemente entreabiertos. Arthur eligió un poema de cuatro líneas, de Byron, del que había que completar las dos últimas líneas, y, como «poema que os hayáis aprendido de memoria», optó por uno de Robert Frost. Escribió el título de sendas obras de James Fennimore Cooper, de Washington Irving y de Theodore Dreiser, escritor que le gustaba bastante, y completó el título de O...!, de Willa Cather. Luego un «ensayo» de una página sobre la influencia de los medios de comunicación en el habla de los norteamericanos. Gramática: diversas opciones entre las cuales el estudiante debía señalar una.

Al terminar el examen, cuando los que seguían en el aula se levantaron con el cuerpo rígido, sonriendo de alivio, frunciendo el ceño de temor, Arthur fue a reunirse con Maggie, pero ella ya se había ido; tampoco la encontró en el pasillo. Arthur bajó corriendo al vestíbulo de entrada, pero tampoco estaba allí.

¿Le estaría evitando deliberadamente? Quizás. Pero, ¿por qué?

Arthur volvió a casa en bicicleta. Encontró a Robbie paseando por el jardín de atrás, en pijama y bata, probablemente en contra de los deseos de su madre. Bebió un vaso de agua y acto seguido marcó el número de Maggie, que vivía más cerca del instituto y además tenía coche. El teléfono sonó siete u ocho veces y finalmente Maggie contestó.

—Soy yo —dijo Arthur—. Te he estado buscando.

—Tenía ganas de llegar a casa.

Una pausa larga. Arthur no quería hablar el examen.

—Bueno..., ¿te veré mañana por la noche? —Habían quedado en salir el sábado por la noche.

—Me parece que no será posible. Verás, por la mañana me voy a pasar el fin de semana fuera. Con mi familia. Lo siento, Arthur.

Arthur se quedó desconcertado después de colgar. Maggie se había mostrado distante. ¿Habría hecho él algo malo la noche antes? Nada, que él pudiera recordar o imaginarse.

Decidió no telefonear a Maggie el sábado ni el domingo, suponiendo que ella no se hubiese ido con su familia, porque iba a parecer que la estaba vigilando. Ya le llamaría ella si se quedaba en la ciudad el fin de semana.

El sábado por la tarde Robbie ya estaba levantado y vestido; su humor seguía siendo excelente. ¿También Robbie había renacido? Durante la enfermedad, su madre le obligaba a envolverse en una manta y sentarse al sol todas las tardes, y el sol había puesto rosas en sus mejillas y blanqueado el mechón que le caía sobre la frente.

Robbie no había podido presentarse a los exámenes finales, cosa que a él no le preocupaba.

—¿A qué viene esta murria, Arthur? —le preguntó Robbie.

Arthur estaba afilando la pala. Poco antes había sonado el teléfono, pero no era Maggie, sino otra conocida de Arthur, una tal Ruthie. Llamaba para invitarle a una fiesta aquella misma noche, una de las muchas «fiestas de graduación» que se celebrarían en la ciudad durante los días siguientes. Main Street, la calle mayor de Chalmerston, aparecía engalanada con serpentinas anaranjadas y blancas en las que se leía «¡Enhorabuena, graduados!». Arthur dio las gracias a Ruthie y le dijo que asistiría a la fiesta. Pero aún no estaba seguro de si iría o no.

—No tengo murria —dijo Arthur.

—Te duele que me haya recuperado —dijo Robbie, como si proclamase una verdad indiscutible.

Arthur se apoyó en el mango de la pala.

—¿Qué? ¿Estás chiflado, hermanito? —Arthur se preguntó si su padre le habría estado comiendo el coco a Robbie, poniéndole en su contra. Volvió a ocuparse de la pala—. ¿Qué te ha dicho papá?

—Solo que... Dios me tocó.

—Entiendo. Pues, forastero, será mejor que no lo olvides —dijo Arthur, imitando la forma de hablar del Oeste—. De ahora en adelante, a ser buen chico.

A las diez y media Arthur se fue a la fiesta de Ruthie. Fue agradable librarse del ambiente que había en su casa. La música «rock» empezaba a oírse media manzana antes de llegar a casa de Ruthie. Había tres o cuatro bicicletas tiradas sobre la hierba, cerca de la puerta principal, así como varios coches aparcados en la calle y en el acceso para automóviles. Arthur entró por la puerta principal, que estaba abierta.

Había gente bailando en la sala de estar. Arthur reconoció en seguida a muchas caras del instituto. Había también varios chicos mayores que él no conocía, probablemente estudiantes de la Universidad de Columbia.

—Hola, Arthur —dijo una chica con tejanos, camiseta de manga corta y descalza, que se llamaba Lucy—. ¿Solito? ¿Dónde está Maggie?

Le sorprendió que Lucy supiera que él salía con Maggie, pero al mismo tiempo se sintió complacido.

—No está en la ciudad. Ha ido a...

Roxanne entró bailando, chasqueando los dedos por encima de la cabeza, «twisteando».

—¡Hola, Art!

—¡A pasar el fin de semana fuera! —gritó Arthur para que Lucy pudiese oírle a pesar de la música.

—Así es, en efecto —dijo Roxanne sin dejar de bailar, guiñándole un ojo a Arthur.

—¿Ella te lo dijo? —Arthur no se imaginaba que Maggie y Roxanne fueran amigas.

—Pues... sí —contestó Roxanne, y tras mirar con sus ojos negros a Lucy, sin prestar atención a Arthur, siguió dando vueltas y se mezcló con los demás bailarines.

—¡Sírvete una Coke o lo que quieras! —dijo Lucy.

Arthur tiró su cazadora sobre un sofá en el que ya se amontonaban diversas prendas. No tenía ganas de bailar. Buscó a Gus entre los presentes, pero no le vio. Un tipo y una chica se acariciaban en otro sofá. ¡Qué aburrido es esto sin Maggie!, pensó Arthur. De no haber sido por la música atronadora, los chillidos de las chicas y las risotadas de los chicos, la habitación habría parecido un aula del instituto. Arthur se abrió paso hacia la parte de atrás de la casa, donde estaba la cocina.

Un muchacho fornido que llevaba un suéter blanco intentaba persuadir a una chica —Sandra Boone, una idiota que iba a la misma clase de inglés que Arthur— a marcharse con él, probablemente a su habitación en los dormitorios de la Universidad de Columbia.

–¡*En este momento* allí no hay nadie! Mi compañero de cuarto ha salido y no volverá hasta las cuatro. Le conozco.

Sandra soltó una risita y pellizcó la manga del muchacho sin acabar de decidirse.

Golfo, pensó Arthur refiriéndose al muchacho fornido, que tendría unos veintiún años y no se había tomado la molestia de afeitarse, seguramente creyendo que la barba de dos días le hacía parecer mayor.

Finalmente, Arthur se puso a bailar, pues la música era buena, alguien acababa de preguntarle si no iba a bailar en toda la noche. Arthur no quería parecer malhumorado, porque eso le recordaba a su padre.

Al cabo de un rato cogió la bicicleta y se marchó a casa aprovechando para escabullirse el momento en que los demás empezaban a comer en serio en la cocina. Ruthie había hervido un par de calderos de salchichas de Frankfurt.

Arthur vio con asombro que ya eran las dos de la madrugada y que aún se veía luz detrás de las cortinas de la sala de Norma, pero aquella noche no estaba de humor para hacerle una visita. Le apetecía más pasar por delante de la casa de Maggie y verla silenciosa y a oscuras –y saber que, pese a ello, era la casa de Maggie–, pero lo dejó correr.

5

No hubo clase el lunes siguiente ni durante el resto de la semana. Los resultados de los exámenes se sabrían el viernes, y la graduación, la ceremonia de la que Arthur pensaba zafarse, se celebraría el otro lunes.

El domingo, por supuesto, había tenido que ir a la iglesia, con Robbie, aunque, a juicio de Arthur, su hermano habría encajado mejor en la escuela dominical. Antes, cuando iban a la iglesia un par de veces al mes, sus padres dejaban a Robbie aparcado en la escuela dominical, cuyas clases se daban en un aula anexa a la iglesia. Arthur se había librado de la escuela dominical a los diez u once años, sin que sus padres le dieran la lata por ello, pero ahora las cosas eran muy distintas. Cruzó por su cerebro la idea de que su padre llevaba a Robbie al oficio de los adultos como diciendo:

—¡He aquí a mi hijo, sano y salvo!

Los nervios atormentaron a Robbie durante el sermón del reverendo Cole, que podía durar media hora o más. Robbie miraba de reojo a su madre, como preguntándose cuándo terminaría el sermón, jugaba con los himnarios que había en el banco de enfrente y armó mucho ruido al caérsele un libro precisamente en un momento en que el reverendo hacía una pausa en su sermón. Fue como si alguno de los fieles quisiera dar a entender que ya tenía bastante y Arthur tuvo que sofocar una carcajada.

Al volver de la iglesia, Lois entró en la cocina y se dio más prisa que otras veces en preparar el almuerzo, que el domingo era siempre más complicado que los demás días. Richard, inspirado por haber ido a la iglesia aquella mañana, cogió una revista llamada *Plain Truth*[1] y se puso a hojearla en busca de algo que pudiera leer en voz alta. Al menos, así se lo temió Arthur, que había entrado en la cocina para poner la mesa, lavar la lechuga y despejar el fregadero. No tenían máquina lavavajillas, a diferencia de la familia de Maggie. Arthur pensó que en aquel momento Maggie y su familia se dispondrían a sentarse a la mesa, una mesa muy bien puesta, en el comedor de algún hotel después de pasar la mañana jugando al tenis o nadando.

–Escuchad esto –dijo Richard, apoyándose en un aparador justamente cuando Arthur iba a sacar servilletas de papel del mismo.

Arthur señaló el aparador y su padre se apartó.

–Una cita de Isaías –dijo Richard–. «Porque la tierra será llena del conocimiento de Jehová, como cubren la mar las aguas.» Un pensamiento sencillo, pero profundo, dichoso –comentó Richard, mirando a Lois, que estaba sacando del horno un pollo que había dejado a medio cocer antes de ir a la iglesia. Richard miró la cazuela, cuyos bordes aparecían guarnecidos de patatas y cebollas doradas, y sonrió para demostrar su aprecio.

–¿Quieres llamar a Robbie, Arthur?

Arthur cruzó el despacho de su padre y vio que su hermano corría como un potro por el jardín, golpeándose la pierna con una ramita larga, como si azuzara un caballo.

–¡Eh, Robbie! ¡A comer!

Robbie se detuvo en seco y tiró la ramita al suelo. Se había cal-

---

1. «La Verdad Sencilla». *(N. del T.)*

zado un par de mocasines, pero aún llevaba puesto el traje de los domingos.

Al volver a la cocina, Arthur vio que su padre iba a sentarse a la mesa, aunque había encontrado otro pasaje en la revista.

—Es gracioso. Están hablando de la vuelta de Cristo. «Pensad... ¿cuál será uno de los problemas más graves del milenio? ¡Seguramente la tendencia a engordar! Habrá tal abundancia de alimentos y bebida, que es muy probable que algunas personas engorden demasiado. Huelga decir que una de las leyes de la salud establece que la glotonería es perjudicial.» Bonita lectura para la hora de comer, ¿verdad? —Richard sonrió a su esposa.

Se sentaron en bancos y sillas e inclinaron la cabeza.

—Padre, te damos las gracias por estos alimentos y te pedimos que bendigas a los que caminan por tu senda. Te damos también las gracias por habernos dispensado tu amor y tu protección un día más. Amén.

—Amén —musitó Lois, que una vez hubo servido los platos, dijo—: Robbie, no deberías andar corriendo por ahí como un indio salvaje cuando hace solo un par de días que guardabas cama. Deberías verte la cara.

Robbie tenía el rostro enrojecido, los labios relucientes de grasa de pollo, y la boca tan llena que no pudo contestar.

Richard había dejado la revista en el banco de Arthur y concentraba su atención en su plato. Al cabo de unos instantes, alzó el rostro y preguntó:

—¿No haces ningún comentario sobre nuestra glotonería, Lois?

Arthur se preguntó si lo habría dicho en broma. Ningún miembro de la familia estaba gordo salvo su padre.

—Cuando aluden a la vuelta de Cristo, en la revista, ¿hablan literalmente o se refieren a alguien parecido a Cristo? —preguntó Lois—. Estas cosas me parecen tan imprecisas..., palabras como «alimento en abundancia». ¿Quieren decir que lo habrá en todo el mundo?

Arthur sintió ganas de reír; resultaba tan ridículo. ¿Acaso Cristo o alguien iba a arrojar sacos de trigo o de arroz en medio del desierto africano o dondequiera que un millón de personas padeciese hambre en aquel momento? Había echado un vistazo a *Plain Truth*, como su padre le ordenara, y encontraba los artículos tan ingenuos que parecían dirigidos a lectores más jóvenes que Robbie.

Richard tardó un buen rato en tragar la comida que tenía en la boca.

–Quiero decir que tal como lo ponen no *parece* simbólico –agregó Lois–. He leído esa parte que habla de los peligros que comporta comer demasiado y de la necesidad de que los expertos indiquen a las personas qué cantidad de comida les conviene. Pues bien –se rió un poco–..., ¡ahora algunas personas no saben qué hacer sin los expertos!... ¿Y cómo se las arreglará Cristo para llegar a las personas que no son cristianas?

Arthur pensó que ni él mismo podría haberlo expresado mejor. Lanzó una mirada a Robbie, que escuchaba con atención.

–Oh, es principalmente simbólico –dijo Richard–. Y, *pese a ello...*, con la actitud apropiada y confianza en un dios superior, se obtienen todos los frutos de la vida. De eso no cabe ninguna duda. Es solo que la mayoría de la gente no hace caso de las leyes de Dios, incluyendo a muchas de las personas que estaban hoy en la iglesia. –Miró a Arthur, luego otra vez a Lois–. Mucha gente se ocupa exclusivamente de lo material..., del dinero..., de emplearlo para obtener bienes materiales.

Y lo mismo hacía Richard, pensó Arthur. ¿Acaso el pollo que se estaban comiendo había llovido del cielo?

–¿Qué piensas hacer la semana próxima, Arthur? –preguntó Richard, a los postres.

Arthur pensaba coger unos cuantos libros y venderlos en una librería de ocasión, sacar algunos de la biblioteca pública, y pensaba ir a las pistas de tenis de Grove Park, en el centro de la ciudad, tal vez con Maggie, y darle a la pelota durante un par de horas.

—¿Has empezado a buscarte un empleo? —preguntó su padre.

—Todavía no.

—Arthur acaba de tener exámenes toda la semana, Richard —dijo Lois.

—Y tiene una semana libre por delante y todo el verano libre, que yo sepa —dijo Richard.

Y varios conocidos de Arthur se irían de vacaciones con sus padres o solos. Burt Siegel y Harry Lambert se iban a Europa juntos.

—Hay una tal señora DeWitt que vive en Northside —dijo Richard—. y siempre necesita alguien que le cuide el jardín, Arthur.

La señora DeWitt era una viuda que no hacía nada, al menos que Arthur supiera, salvo recoger gatos extraviados y preparar algún que otro pastel para la iglesia o la Cruz Roja.

—De acuerdo —dijo sombríamente Arthur—. Le preguntaré a la señora DeWitt si tiene trabajo para mí.

Así que, después de comer, Arthur telefoneó a la señora DeWitt y le preguntó si podía hacerle algún trabajo en el jardín.

—Pues, siempre hay *algo* que hacer.

La señora DeWitt siguió hablando sin parar. ¿Cuándo podía ir? Hoy hacía buen día. ¿Y cuánto quería cobrar, porque ella no estaba dispuesta a pagar más de dos dólares por hora, aunque algunos jóvenes exigían tres o más.

La voz de la señora DeWitt le resultó tan desagradable que Arthur se apresuró a aceptar el trabajo para no seguir oyéndola.

—Dos dólares me parecen bien, señora DeWitt. ¿Hoy? Quedan cuatro horas de luz, como mínimo.

La señora DeWitt dijo que cuatro horas eran demasiadas y sugirió que fueran tres.

Arthur cogió su bicicleta y se puso en marcha. La casa de la señora DeWitt estaba más allá de los dormitorios universitarios, en Northside. Las casas de aquel barrio eran más modestas que las de su propia calle. Al llegar, Arthur vio dos de los gatos de la señora DeWitt en el porche de entrada. El aspecto de la señora DeWitt ofendía la vista y, al abrirle la puerta, Arthur evitó mirarla más tiempo del preciso, lo cual tal vez le daba cierto aire evasivo, pero qué se le iba a hacer. La señora DeWitt llevaba unas zapatillas viejas de estar por casa, iba sin medias e incluso su holgado vestido azul estaba sucio y lleno de manchas de comida. Mostró a Arthur el jardín de atrás, que parecía un vertedero municipal.

–Basta con que recojas algunos trastos y los amontones donde no estorben –dijo la señora DeWitt al preguntarle Arthur qué quería que hiciese con la perrera rota, por ejemplo. Se alegró de que la mujer entrara en la casa en lugar de quedarse a observarle, aunque tal vez se proponía vigilarle desde la ventana de la cocina.

Arthur acarreó unos cuantos trozos de madera y metal viejos, una cuchilla para cortar el césped, vieja y llena de orín, inservible, y lo dejó todo amontonado contra una valla, tal como le sugiriese la señora DeWitt; luego repitió la operación con unas cuantas rocas. Al cabo de quince minutos de acarrear cosas, decidió investigar el cobertizo de las herramientas, para variar, y encontró en él una cortacésped manual cubierta de polvo y telarañas, unas podaderas y unas tijeras para recortar setos, todo lo cual necesitaba que lo limpiaran y engrasaran. También hacía falta cortar la hierba, pero como no estaba muy alta, Arthur supuso que la última persona que la había cortado, fuera quien fuera, debía de haber utilizado su propia máquina, pues el cortacésped de la señora DeWitt llevaba muchos meses sin utilizarse. Encontró también una escoba y barrió el cobertizo. Mientras lo hacía descubrió varios trapos, una lata de aceite y una piedra de afilar. Arthur engrasó y afiló cuanto pudo y luego, cogiendo las podaderas, se acercó a los rosales. Era horrible, pensó, ver que un ser humano era capaz de tener las rosas en semejante estado.

Cuando miró el reloj ya eran más de las seis. Había recortado los setos, dejándolos bastante bonitos. Empezó a guardar las herramientas, a sabiendas de que para ello siempre se necesitaba más tiempo del que uno imaginaba.

–¿Arthur? –llamó la señora DeWitt desde el porche–. ¡Ven a tomarte una «Coke»!

Arthur entró en la cocina. La señora DeWitt le dio una «Coca-Cola», pero Arthur bebió primero un poco de agua fría del grifo. Utilizó la mano para beber, ya que incluso los vasos que había en la escurridera parecían algo sucios.

–El jardín ha quedado maravilloso, Arthur. Has hecho milagros –dijo la señora DeWitt, sonriendo.

Arthur alzó la botella de Coke y casi se sintió capaz de mirarla mientras ella buscaba unos billetes de dólar en un viejo monedero de piel. La señora DeWitt le preguntó si le sería posible volver a su casa pronto y le dio diez dólares.

–Gracias, señora –dijo Arthur, y prometió llamarla el martes, porque para entonces ya tendría más o menos programada la semana. La cocina olía a excrementos de gato y Arthur ansiaba salir cuanto antes.

Decidió llamar a casa de Maggie y ver si la encontraba allí.

Al llegar a casa encontró a su madre preparando la cena en la cocina. Arthur vio que tenía la máquina de escribir sobre la mesita y supuso que habría trabajado para el asilo.

–Tienes una mancha de grasa en la frente –dijo su madre–. ¿Ha sido un trabajo duro? Pareces cansado.

–¡Un verdadero infierno! –exclamó Arthur, riéndose–. ¿Ha llamado alguien?

–No.

Arthur se dio una ducha rápida, luego bajó a la sala y marcó el número de Maggie. Contestó la madre de la muchacha. Arthur se dio a conocer y preguntó si Maggie estaba en casa.

–No. Ha salido y no volverá hasta mañana por la noche.

–Oh. Creía que se había ido con ustedes y...

–¿Eso te dijo? –Betty Brewster se echó a reír–. Pues no. Se ha ido con Gloria Farber, a visitar a la tía de Gloria, que vive en Indianápolis. ¿Quieres que le diga que volverás a llamarla mañana a última hora?

—Sí. Sí, gracias —Arthur colgó, desconcertado. La *tía* de Gloria Farber. ¡Qué forma más aburrida de pasar el fin de semana! ¡Y por qué le habría dicho Maggie que se iba con sus padres? ¿Estaría mintiendo, a él y a sus padres, y se habría ido con algún otro tipo?

Durante la cena, Richard le hizo preguntas sobre el trabajo de la tarde y lo que había cobrado por él.

—Dos dólares por hora. Creo que Gus Warylsky cobra cuatro.

—Guárdalos para pagarte la universidad —dijo su padre.

—¿Y yo? ¿A qué universidad iré yo? —preguntó Robbie, frunciendo el ceño.

—Depende de tus calificaciones —dijo amablemente Lois—. ¿Qué quieres ser, Robbie?

Robbie se quedó pensativo.

—¿Aún quieres ser bombero? —preguntó Richard.

—No. Puede que sea cirujano..., *neurocirujano.*

Arthur profirió una carcajada.

—¡Neurocirujano! ¿De dónde has sacado esa idea?

—De un libro —dijo Robbie, mirándole con el ceño fruncido otra vez, entre defensivo y beligerante.

Arthur siguió hablándole en tono afable.

—Bueno, puede que algún día llegues a serlo —dijo, y vio con agrado que su madre le dirigía una mirada de aprobación. En aquel momento sonó el teléfono y Arthur pensó que sin duda era Maggie, que Maggie había vuelto a casa inesperadamente y quería hablar con él. Richard contestó en la sala de estar y Arthur, con un paño de cocina en la mano, escuchó desde el pasillo.

—Sí..., bien, estupendo. Me alegra saberlo. Sí, lo es, cuando quiere serlo —dijo su padre, riéndose entre dientes—. Me temo que la cosa cambia cuando se trata de nuestra propia casa. Ja, ja.

Arthur adivinó que se trataba de la vieja Vera DeWitt y que es-

55

taba haciendo grandes elogios de él para que volviese a trabajar como un esclavo para ella.

Su padre entró sonriendo en la cocina.

–Era la señora DeWitt. Dice que has hecho un milagro en su patio, Arthur.

A primera hora de la tarde siguiente Arthur se fue en bicicleta al bosque que había en el Westside de la ciudad. Su madre se había ido al asilo a las doce y media, sin almorzar, y Robbie estaba echado en el suelo de su cuarto, entre revistas de *Mad* y folletos religiosos. Estos últimos se los había dado su padre. El sábado había llegado algo que llevaba por título *The Waylighter*,[1] una publicación aburrida, en blanco y negro, y Arthur supuso que ahora estarían suscritos a ella también.

Tras dejar la bicicleta apoyada en un árbol, siguió a pie. No apartaba los ojos del suelo porque el domingo, en casa de la señora DeWitt, había encontrado el fósil de un erizo de mar, del tamaño de una pelota de golf, y se lo había guardado en el bolsillo. Tenía cinco o seis fósiles parecidos en su cuarto, detrás de la máquina de escribir. Años antes, cuando era menor de lo que Robbie era ahora, había encontrado dos amonitas y se sentía muy orgulloso de su hallazgo.

Arthur se preguntó qué haría al cabo de un año, incluso de seis meses. ¿Caminar por alguna acera de Manhattan? ¿Continuaría Maggie sintiendo algo por él? ¿Le recordaría siquiera? Aquella pregunta requería un sí o un no, sin medias tintas. Les quedaban a ambos cuatro años por delante, ¡si los dos terminaban los estudios en la universidad! ¡Y otros dos para él, si quería llegar a ser algo! ¿Era razonable suponer que una chica en su sano juicio esperaría tanto tiempo?

1. «La Luz del Camino». (*N. del T.*)

Pasaban ya de las cuatro cuando Arthur regresó a casa con su botín: un insecto muerto que quería examinar bajo el microscopio y un par de hongos. En el «cassette» de Robbie sonaba *Pedro y el lobo.* Arthur cerró la puerta de su cuarto, puso el insecto y los hongos en un ángulo de la mesa y cogió el libro de Jacques Monod que había sacado de la biblioteca pública. Le gustaba la combinación de ciencia y filosofía de Monod, si bien tenía la impresión de que no acababa de entenderla. Resultaba interesante imaginar que la nada era *algo,* una entidad, aunque tal vez nunca llegaría a probarse su existencia, a menos que se demostrara teóricamente, claro.

Se levantó al oír el teléfono.

—Hola, Arthur. —Era la voz de Maggie y había en ella una sonrisa.

—¿Has vuelto?

—Esta tarde. Mamá me dijo que habías llamado.

—¿Has pasado un buen fin de semana?

—Sí —dijo ella. En su voz se advertía una timidez extraña, cosa frecuente en ella.

—¿Cuándo podré verte?

—¿Te parece esta noche? ¿A las siete?

Arthur se dio una ducha y se limpió las uñas con esmero; luego se pasó la rasuradora por las mejillas y finalmente se puso sus pantalones blancos de popelín. Cuando terminó eran las seis y media.

—Maggie otra vez —dijo su madre al verle entrar en la cocina.

Su padre estaba leyendo el periódico en la salita.

—No le digas a papá que he salido con Maggie, ¿quieres, mamá? —susurró Arthur con expresión seria.

—¡Pero si Richard no tiene nada contra ella! Tráela a cenar algún día.

Arthur montó en su bicicleta.

Maggie le pareció más bonita que nunca con su camisa rosa y blanca y sus pantalones azules con la raya bien planchada. A Arthur le repelían las chicas gorditas con pantalones sucios. Maggie parecía una modelo. La muchacha le sirvió un «cubalibre».

–Mi padre está en casa esta noche –dijo Maggie–. Probablemente no le verás, porque dijo que se iba a dormir hasta la hora de cenar.

Acababan de volver a la sala cuando Arthur vio bajar por la escalera un hombre enfundado en una bata y calzado con zapatillas.

–Oh, lo siento, Mag –dijo el hombre, deteniéndose en el último peldaño–. Buenas tardes, muchacho. Solo buscaba el periódico. ¿Está por aquí? –El hombre era alto, de hombros anchos, pelo rubio y desordenado como si acabara de despertarse.

–En la cocina. Iré a buscarlo. Papá, este es Arthur Alderman. Te presento a mi padre, Arthur.

–Mucho gusto –dijo Arthur.

–Hola, Arthur –dijo cortésmente el padre de Maggie, aunque ponía cara de estar dormido de pie.

Maggie volvió con la abultada edición dominical del *Herald*.

–Que os lo paséis bien. Yo voy a dormirme otra vez leyendo esto. –Saludó con una mano y se fue escalera arriba.

–Suele estar así... el día en que llega a casa –dijo Maggie.

Arthur asintió con la cabeza. El padre de Maggie no parecía tan severo como él se había temido.

Una hora después, cuando estaban en el «Hamburger Harry's», Arthur preguntó:

–¿Por qué dijiste que pasarías el fin de semana con tus padres?

–Pues... no sé. Puede que solo porque quería parecer reservada. No hicimos nada interesante. Deseaba pasar un par de días lejos de aquí después de los exámenes. Nada más.

–¿Tres noches en casa de la *tía* de otra persona?

–La tía de Gloria tiene piscina. También paseamos y... hablamos.

Con una chica, pensó Arthur.

–Podríamos hacer lo mismo algún fin de semana. ¿Qué me dices del «Log Cabins Motel» en el Westside? Allí hay bosque y se pueden dar paseos.

Maggie se rió.

—¡No sé qué pensarían mis padres!

Arthur se quedó cortado. Pero, ¿qué más daba si Maggie estaba contenta?

—Antes de un mes sabré algo concreto sobre Radcliffe —dijo Maggie—. Depende del curso de mates que empiezo esta semana. Al final hay un examen...

Arthur sintió que el corazón se le caía a los pies como si fuera la primera vez que la oía hablar de Radcliffe. Maggie no volvería con frecuencia a Chalmerston, si se matriculaba en Radcliffe..., quizás cuatro veces al año. Y él, por su parte, tampoco podría permitirse el lujo de volver muchas veces a la ciudad.

—No te veo muy alegre —dijo Maggie. Se rió de un modo algo estridente, impropio de ella—. Mi padre acaba de donar mil dólares a Radcliffe... como hombre de Harvard, pero mencionó que su hija pensaba estudiar en Radcliffe. ¿No te parece vergonzoso? Es casi un soborno.

—No. Me han dicho que es algo normal. —Pero Arthur se sintió amargado, pues podía estar seguro de que su padre no iba a donar mil dólares a Columbia—. ¿Sabes qué es lo que deseo? —dijo Arthur en el momento en que le servían la cerveza en un tiempo récord—. Pues desearía tener un apartamento en los dormitorios de la universidad, ahora mismo, y poder invitarte y...

—¡Siempre estás hablando de lo mismo! —Las mejillas de Maggie enrojecieron.

—¡No! Iba a decir que nos sentaríamos en el sofá, a ver la televisión, como en este mismo instante estarán haciendo centenares de estudiantes... en el Northside. —No había pensado específicamente en acostarse con Maggie, pero de pronto se sintió inspirado y dijo—: A propósito, puedo tomar precauciones... la próxima vez. —Había ensayado la frase en casa y la juzgaba más cortés que sugerirle a Maggie que tomase la píldora. Se refería a utilizar condones, de los que había adquirido unos cuantos.

Maggie bajó los ojos.

—¿He dicho algo malo? Si es así, lo lamento. —En aquel momento sonaba el «jukebox» y nadie podía haberles oído.

—No, pero... ahora no quiero hablar de eso.

Cambiemos de tema, se dijo Arthur. Se acordó de la señora DeWitt y se rió.

—¿Quieres que te cuente cómo pasé la tarde del domingo? Ah, y la condenada fiestecita del sábado por la noche. Bueno, no fue tan mala, pero me aburría porque tú no estabas. De hecho, un par de personas me preguntaron por qué no estabas conmigo.

—¿Quién daba la fiesta?

—Ruthie. Una pandilla muy ordinaria. Roxanne..., no me quedé mucho rato. La verdad es que no sé por qué fui.

Maggie no hizo ningún comentario. Al poco dijo que quería irse.

Maggie salió delante. Luego Arthur vio con sorpresa que ella le cogía la mano y le sonreía, y se quedó más tranquilo. Creía que estaba enfadada por su alusión a tomar precauciones, pero en tales circunstancias lo más prudente era hablar sin rodeos. Arthur había leído algunos libros sobre el tema. Sin embargo, Maggie no daba ninguna muestra de haberse enfriado; de lo contrario, no le habría cogido de la mano ni andaría hecha unas pascuas a su lado, contemplando los insectos que revoloteaban en torno a los faroles. El optimismo de Arthur duró todo el resto de la velada, que fue corta porque Maggie dijo que quería dormir un poco.

Arthur la acompañó hasta su casa y de pronto se abrazaron y besaron bajo el tejadillo de la puerta. Al bajar los escalones, Arthur sintió que las piernas le fallaban y estuvo a punto de caerse.

—¡Arthur! —susurró Maggie—. ¿Te veré mañana?

—¡Claro! ¿A qué hora?

—¿Por qué no me llamas a partir de las diez de la mañana?

6

Por la mañana, Arthur hizo la compra en el supermercado. Su madre se quedó en casa vaciando la cómoda y el armario del cuarto de los huéspedes. La abuela no llegaría hasta finales de junio, pero a Lois le gustaba empezar las tareas pronto, dejarlas luego y acabarlas después en el último minuto.

El supermercado de Chalmerston permanecía abierto día y noche, incluyendo los fines de semana, y a Arthur le gustaba su ambiente de cuevas de Aladino. De pronto vio a Gloria Farber, que empujaba su carrito en dirección contraria.

—¡Caramba, Arthur!... ¿Cómo estás? —Gloria le miró de la cabeza a los pies y sonrió de un modo que a Arthur se le antojó frío, incluso hostil.

—Bien, gracias. —Podría haberle dicho que esperaba que hubiera pasado un buen fin de semana, pero Gloria no se detuvo. Arthur siempre la había considerado una chica algo presumida.

Arthur regresó a casa con los comestibles en la cesta de la bicicleta y en las bolsas que colgaban a ambos lados de la rueda posterior.

Su madre entró en la cocina y le dijo que la señora DeWitt había telefoneado para preguntar si podía ir a su casa a las tres de la tarde porque tenía trabajo para una hora más o menos.

—Le dije que probablemente sí podrías y que irías, a menos que la avisases antes.

—Podría ir, claro. Pero pensaba dedicar la tarde a buscar un empleo en la ciudad. –Arthur sabía que su madre pensaba en Richard, en que a este le parecía muy virtuoso que Arthur trabajase por tan poco dinero y, encima, en una labor tan humilde. Arthur movió nerviosamente la cabeza–. Iré. Es un trabajo seguro y lo que ando buscando no lo es.

—A tu padre le agradaría que fueras una vez más –dijo Lois con voz dulce.

Arthur asintió con un gesto y se disponía a salir de la cocina cuando observó que en el extremo del banco, junto a la mesa, había un ejemplar nuevo de *Plain Truth,* con su portada de papel satinado, además de una Biblia con tapas de plástico negro. Se preguntó si su padre habría citado la Biblia durante el desayuno, antes de que él se levantara. Le constaba que en el dormitorio de sus padres había más publicaciones. Richard le había obligado a coger algunas revistas, igual que la gente que llamaba a la puerta: primero te daban un ejemplar gratuito, luego esperaban que te hicieras subscriptor. Según su madre, últimamente se habían presentado en su casa varias de aquellas personas, como antes hicieran en casa de Maggie: Arthur sabía que a Robbie le gustaba leer aquellas cosas, pero también sabía que hasta hacía poco Robbie aún tenía miedo de la oscuridad y solo podía dormir con la luz encendida y que a los doce años de edad creía firmemente en los fantasmas. Arthur miró su reloj y vio que aún no eran las diez; luego se dio cuenta de que su madre le observaba desde la puerta de la sala.

De repente Arthur se enfadó consigo mismo por pensar todo aquello y en tono ecuánime dijo:

—Me gustaría que papá no dejara estas cosas por ahí, al menos en la cocina. En la salita ya hay un montón de estas revistas.

—¿Te refieres a la Biblia? –preguntó su madre, riéndose.

—No, a las otras publicaciones. Estas revistas incluso son contrarias a la evolución. Por fuerza te habrás dado cuenta de ello, mamá. Ni siquiera se puede decir que vayan en contra, porque no se toman la molestia de discutir el asunto. —¿Cómo podía su madre ignorar que Richard estaba decidido a ser «anti», cuando aquel había sido el tema de conversación durante la cena unos días antes? Richard se había expresado con una vaguedad exasperante, sin llegar al extremo de negar la evidencia que los fósiles representaban; simplemente insistía en la posibilidad de que Dios hubiese creado a Adán y Eva por las buenas, en un día determinado, unos seis mil años antes, porque así lo decía la Biblia. Al ver las señas que su madre le hacía repetidas veces, Arthur había optado por callarse.

—No te preocupes tanto por esto, Arthur. Ya verás como a Richard se le pasará. ¿No crees que tú y yo deberíamos conservar la serenidad y comportarnos como adultos?

Arthur sabía que su madre no se tragaba todas las cosas que su padre predicaba. Lois solo quería mantener la paz, «buscar una solución de compromiso», como ella había dicho una vez, mas a Arthur le resultaba imposible hacer lo mismo, no podía ceder terreno ante hechos tan obvios como la edad de ciertas formas de vida.

Aquella mañana Arthur reparó el poste que sostenía las cuerdas para tender la ropa en el patio de atrás. Seguía embargándole un sentimiento de enojo o de desasosiego, pese a los resultados positivos de la conversación telefónica que había sostenido con Maggie a las diez y media. La muchacha le había invitado a cenar en su casa aquella noche. El padre de Maggie iba a estar presente.

—Será una cena sencilla, familiar. ¿Podrías venir a las siete menos cuarto? Es que papá tiene que salir de casa a las diez para ir a Indi.

Al tumbar sobre un lado el poste, su base de metal le recordó los órganos sexuales de una chica, el agujero en el centro, los cuatro soportes extendidos a su alrededor como otras tantas extremidades. ¿Por qué se le habría ocurrido una idea tan poco atractiva? ¡Una idea muy poco estética! Y en seguida pensó en Roxanne. Sin duda Roxanne se acostaba con quien fuera sin pensárselo dos veces. ¿Y cuál de los chicos, con la posible excepción de Gus, no se había metido en la cama con ella? ¡Bien por Gus si así era! Si a alguna cosa se la podía calificar de «pecado» estúpido, como diría su padre, esa cosa era el breve revolcón del propio Arthur con Roxanne. Había durado unos quince minutos, quizás solo diez; unos minutos de manoseos estúpidos y, finalmente, gracias a Dios, risas. Recordó que Roxanne se había tomado un «gin tonic» aquella tarde, en su propia casa. A él le había parecido una cosa peligrosa y sofisticada. Arthur apretó los tornillos con todas sus fuerzas y volvió a enderezar el poste, luego vertió un cubo de agua sobre la tierra, la removió con una horca durante un minuto y finalmente golpeó la base circular tan fuerte como pudo.

Después del almuerzo, Arthur se puso una camisa y unos pantalones limpios y se fue en bicicleta a la ciudad. Recorrió Marin Street, donde había muchos comercios pequeños. Anduvo por la acera, arrastrando la bicicleta junto al bordillo, hasta que finalmente la dejó apoyada en un farol que era visible desde el interior de una camisería y entró en el comercio para preguntar sobre el letrero del escaparate: SE NECESITA DEPENDIENTE. El encargado le dijo que acababan de contratar a otro chico y que aún no habían tenido tiempo de quitar el letrero.

Arthur vio otro letrero en el escaparate de una tienda cuyo rótulo decía sencillamente «reparación de calzado», aunque también vendían zapatos, y entró. El establecimiento no era mucho mayor que la sala de estar de su casa; había zapatos de oferta sobre dos mesas, cajas de zapatos junto a las paredes, hasta llegar al techo, y un diminuto taller de reparaciones al fondo. Arthur se dirigió al hombre calvo que se encontraba detrás de la caja registradora e iba en mangas de camisa y suéter. Recordaba vagamente la cara de aquel hombre, pues los Alderman eran clientes de aquel comercio. En unos dos minutos Arthur se agenció un empleo para las tardes: tres dólares con cincuenta centavos por hora. Arthur tuvo que prometer que trabajaría por lo menos cuatro horas diarias, cinco días a la semana. Si lo deseaba, los sábados podría trabajar todo el día por el mismo sueldo. El hombre calvo dijo:

—Te recuerdo de cuando eras un chico mucho más pequeño. Tienes un hermano menor, ¿verdad?

—Sí, señor.

—¿Has terminado los estudios en el instituto?

—Sí, este verano. En septiembre iré a la universidad.

—Me llamo Robertson. Puedes llamarme Tom. Para simplificar las cosas. Te espero mañana a la una, Arthur. —Las últimas palabras las dijo apresuradamente, porque una señora acababa de preguntarle si tenía una talla inferior del zapato que sostenía en la mano.

Arthur se sintió más animado. ¿Qué tal debía de resultar tener un padre como Tom, un hombre que te mirase con cierto interés en los ojos al hablar contigo? Y ahí tenía a *su* padre, dudando entre ceder ante la mediana edad, como era obvio que Tom Robertson había cedido, o tratar de aplazarla comprándose camisas de colores chillones y acordándose de esconder la barriga de vez en cuando.

Arthur recordó que quería comprarse una camisa nueva para aquella noche. Al terminar de hablar con Maggie por teléfono, había echado un vistazo a las que tenía en casa. Ninguna le parecía apropiada para cenar en casa de la muchacha. Sus ojos se posaron en una elegante camisa azul marino, con botones blancos, que había en un escaparate. Diecisiete dólares con noventa y cinco centavos, a pesar de estar rebajada, y era una «Viyella». De nuevo dejó Arthur la bicicleta en un sitio visible y entró en la camisería con premeditada tranquilidad, como si el precio no tuviese ninguna importancia para él, aunque apenas llevaba veinte dólares encima. Además, ahora que tenía un empleo, ¿dejaría su padre de pasarle una asignación? Era muy probable.

—Me la llevo —dijo Arthur, probándose ante el espejo la camisa de faldones cuadrados.

En días sucesivos, al recordar la velada en casa de Maggie, Arthur se preguntaría el porqué de su desasosiego. La cena fue de lo más agradable. Betty, la madre de Maggie, le puso un «gin tonic» en la mano y luego, riéndose, se disculpó por no haberle preguntado si le apetecía. Maggie le había dicho que a Arthur le gustaban los «gin tonics». Arthur se lo tomó. El padre de Maggie bajó en el último minuto antes de la cena, vestido con los pantalones del uniforme y una camisa blanca, sin corbata ni chaqueta, y prestó poca atención a Arthur, lo cual, en cierto sentido, fue un alivio. Warren esperaba que le llamasen por teléfono (no lo hicieron) y le dijeran que tenía que sustituir a otro piloto en un vuelo corto a última hora de la noche. Si no le llamaban, dormiría en el hotel que la Sigma Airlines tenía cerca del aeropuerto de Indi, como solía hacer cuando tenía un vuelo por la mañana. Un elemento que contribuyó al éxito de la velada fue la actitud de Maggie: se comportó como si quisiera que sus padres, especialmente su padre, simpatizaran con Arthur. Después de que el padre de la muchacha se fuera a las diez, Arthur incluso ayudó en la cocina. Luego él y Maggie pasaron un rato a solas en la salita.

–... la mayoría de los chicos bromean y fingen todo el rato...

Arthur no recordaba las palabras que precedieron y siguieron a estas. Pero Maggie le había dicho que él le gustaba porque era serio.

Aquella noche Arthur encontró sobre su cama uno de los pequeños folletos de su padre. El título, impreso en letras gruesas y negras, decía «PARA LOS NO CREYENTES.» Bueno, aquella noche, no. Aquella noche Arthur creía en un montón de cosas, incluso en sí mismo, en sí mismo y en Maggie, ¡pero no en aquella mierda! ¿Y qué habría hecho mal aquel día?

Se desabrochó cuidadosamente la camisa nueva.

–¡Fuera toda esta basura! –dijo en voz baja, cogió el folleto con dos dedos y lo dejó caer al suelo, cerca de la puerta cerrada. Al día siguiente podría perderse entre los que había en la sala de estar.

7

Junio se extendió sobre la ciudad vistiendo de verde los céspedes, llenando los bosques de lozanía, adornando los jardines con flores de vivos colores. Los días soleados se sucedían sin interrupción. A veces, sobre las seis de la tarde, cuando Arthur volvía a casa en bicicleta tras salir de la zapatería, lloviznaba durante media hora, como si aquel año la propia naturaleza se encargase de regar la vegetación. Para Arthur aquel mes era el más feliz de su vida. Había sacado una nota media de 88: un 75 en francés la había hecho bajar, mientras que un 96 en biología había hecho subir la media de seis asignaturas.

Incluso había asistido, luciendo la toga y el birrete, tras cierto titubeo, a los ritos de graduación en el instituto del Chalmerston. Una ceremonia protocolaria, con padres sonriendo de oreja a oreja, era la idea que del infierno y el absurdo tenía Arthur, porque si aprobabas los exámenes, te daban el título y sanseacabó. Pero Maggie pensaba asistir. La actitud de la muchacha se resumía así: «Es una bobada, por supuesto. Pero no dura mucho y la gente espera que vayas.» De modo que Arthur fue a la ceremonia y la representación de su familia corrió a cargo de su madre y de Robbie, este un poco de mala gana, mezclados entre el público que llenaba la sala de actos. Su padre dijo que aquel martes por la mañana tenía que ver a unos clientes importantes y que no podía asistir. Al mediodía, cuando volvieron a casa, su madre le dijo que en la mesa de su cuarto había una sorpresa para él. Se trataba de una máquina de escribir nueva, una hermosa «Olympia» portátil, azul, impoluta y reluciente. La otra máquina se la habían regalado a los diez años de edad, aunque seguía funcionando a la perfección.

–Pensé que te iría bien una segunda máquina, para llevártela al este –dijo su madre–. Así, cuando vengas a visitarnos, tendrás la vieja aquí.

Arthur había enviado su informe escolar al encargado de las matrículas en Columbia, un tal señor Anthony Xarrip, acompañándolo de una carta en la que recordaba al citado caballero los comentarios del departamento de biología del instituto de Chalmerston. Arthur escribió la carta un par de veces, hasta que le salió bien, y se la enseñó a su madre antes de cerrar el sobre. Lois ya no estaba completamente segura de si Richard accedería a pagar la totalidad de los derechos de matrícula de Columbia. Cuando menos, se haría rogar un poco más, según dedujo Arthur, pero también pudo ver que su madre albergaba esperanzas.

–Siempre os podría devolver el dinero más adelante –le dijo Arthur a su madre–. Así mismo se lo dije a papá. No me gusta la idea de trabajar a horas mientras esté en Columbia. Supongo que papá va a decir que eso es pereza. –Arthur opinaba que estudiar en la universidad era lo mismo que tener un empleo con dedicación completa y ya se lo había dicho a su madre en una ocasión anterior.

–Bueno..., ya veremos –dijo Lois.

Una noche Arthur oyó por casualidad que su padre decía en la cocina:

–Pero, ¿qué hace por las mañanas? ¿Dormir? Ni siquiera se ha levantado aún cuando yo salgo de casa.

–Va a la biblioteca dos veces por semana –contestó Lois–. Va a leer libros de ciencia... de los que no permiten llevarse a casa.

Arthur venció la tentación de entretenerse en el pasillo para oír más y entró en la salita. Al parecer, ahora su padre deseaba que se buscase un empleo para todo el día, o quizás otro empleo a horas por las mañanas. Y su padre ya no le pasaba su asignación. Arthur no creía que Tom Robertson tuviera suficiente trabajo para emplearle ocho horas diarias, ya que uno de los chicos del taller hacía las veces de dependiente cuando había muchos clientes.

Maggie cenó un par de veces en casa de Arthur y le cayó muy bien a Lois, que así se lo comunicó a su hijo. Richard, en cambio, solo estuvo cortés, sin hacer luego ningún comentario. Robbie se limitó a mirar fijamente a la muchacha; Arthur no alcanzó a distinguir si le parecía antipática o era solo curiosidad.

–Mi abuela vendrá a vernos la última semana de junio –le dijo Arthur a Maggie–. Quiero que la conozcas. Le gusta jugar al golf. Y no se deja avasallar por mi padre. –Le contó que su abuela había bailado en varias revistas musicales de Nueva York y que al morir el abuelo Waggoner diez años antes, la abuela había abierto una escuela de baile en Kansas City y seguía al frente de ella–. Tangos y cosas así. Lo que ella llama «bailes de salón» –agregó Arthur–. Pero da clases de ballet a niños..., que luego siguen o lo dejan.

El ambiente en casa de los Alderman mejoró al llegar la abuela. Traía regalos: una bata de algodón, a rayas, hecha en Inglaterra, para Arthur; una olla a presión para su madre; un juego electrónico para Robbie; algo para su padre, que aún no había vuelto del trabajo, pues la abuela llegó antes de las seis.

–Has crecido..., no sé, unos cinco centímetros desde la última vez que te vi, Arthur.

Arthur sonrió, pues sabía que no había crecido nada desde Navidad.

Joan, la abuela, tenía el pelo castaño y ondulado y, según le había dicho a Arthur, empleaba un cosmético para disimular las canas, pero el resultado era agradable. Era más baja que Lois y robusta, de una robustez sana y deportiva, aunque las dos se parecían en los ojos azules y los párpados de ángulos afilados. A Arthur le costaba creer que la abuela tuviese sesenta años.

Durante los pocos minutos que precedieron a la llegada de su padre, Arthur hizo saber a la abuela que había sacado una media de 88 en los exámenes finales; y que tenía un empleo por las tardes. Al preguntarle la abuela si había «alguna chica», Arthur contestó que le gustaba bastante una que se llamaba Maggie.

–Le dije a Maggie que pasarías una semana con nosotros. Espero que sea más tiempo.

–Ya veremos –dijo alegremente la abuela.

Hablaban en la cocina mientras Arthur preparaba la ensalada. Robbie se había metido en su cuarto con el nuevo juguete electrónico.

–Y... también trabajo en el jardín de una tal señora DeWitt –dijo Arthur–. Vive en una pocilga llena de gatos. Cuesta hacerse una idea sin haberla olido. ¡Apuesto a que tiene doce!

–¿No me la presentaste una vez, Lois? –preguntó la abuela–. ¿Una mujer rechoncha, de pelo muy blanco? –Se rió y luego sus ojos maquillados de azul volvieron a mirar a Arthur–. Me parece que la conocí en una tómbola o algo así organizado por vuestra iglesia. Se pasó el rato hablando de gatos.

–Hablando de la iglesia –empezó Arthur, sonriendo.

–Vamos, Arthur –dijo su madre–. Sí, mamá, tengo que decírtelo, Richard ha descubierto a Dios, como dice Arthur. Puede que esta sea la mejor manera de...

–Es un «renacido» –dijo Arthur.

–Recuerdo que te dije algo al respecto en una carta, mamá. Ahora bendecimos la mesa y vamos a la iglesia cada domingo..., desde que Robbie se curó de la amigdalitis. ¿Te acuerdas?

La abuela miró de reojo a Arthur y siguió escuchando con atención.

–Ah, sí, ya he oído hablar de estas cosas. ¿De modo que Richard habla de caminar con Dios y cosas parecidas?

70

–¡Sí! –dijo Arthur.

–En efecto –dijo su madre–. De modo que hemos comprado una enciclopedia de la religión y estamos suscritos a varias revistas que no cesan de aparecer en el buzón... –Se rió levemente–. Solo quería advertirte que... –Se interrumpió al ver el coche de Richard a través de la ventana de la cocina.

–Deberías ver las revistas de marras, abuela –dijo Arthur–. Van contra todo: contra los liberales, contra el aborto, contra los derechos de la mujer... y, aunque no lo dicen claramente, en realidad también son anticatólicas y antisemitas.

–Basta, Arthur –dijo Lois.

Arthur oyó que la portezuela del coche de su padre se cerraba en el garaje.

–Tengo que añadir, abuela –dijo Arthur–, que cuando Cristo venga otra vez, todos hablaremos un único idioma. El inglés, desde luego.

La puerta de la cocina se abrió.

–¡Joan! –exclamó Richard–. ¡Bienvenida a nuestro hogar! ¿Cómo estás?

Se besaron las mejillas.

–Bien –dijo la abuela–. ¡Tú tienes *muy* buen aspecto!

–¡No me lo recuerdes! ¡He engordado casi dos kilos! –dijo Richard, quitándose la chaqueta de algodón–. Veo que todos tenéis vuestra copa. ¿Dónde está la mía?

–En el frigorífico, querido. –Lois se volvió para abrírselo.

Arthur vio como su padre sacó su copa de la estantería superior del frigorífico. En las ocasiones especiales su madre siempre le preparaba un cóctel dulce.

–¡A tu salud, querida mamá política! –dijo Richard, alzando su copa–. ¡Nos alegramos mucho de verte!

Media hora después, Richard dijo:

–Ahora inclinaremos todos la cabeza un momento.

La risa de Lois se apagó bruscamente. Se hallaban sentados los cinco alrededor de la bonita mesa de la cocina. La abuela agachó la cabeza obedientemente, incluso juntó las manos.

—Padre, te damos las gracias por las bendiciones que tenemos ante nosotros. Permítenos ser dignos de tu amor y tu bondad. Protege nuestro hogar y llena..., llena nuestras almas como has llenado nuestra... mesa.

Arthur trató de sofocar una carcajada, pero fue inútil. Se había figurado que su padre, al no encontrar la palabra justa, iba a decir «nuestra panza» o «nuestra tripa».

—*¡Arthur!* —exclamó su madre.

Richard le dirigió una mirada severa.

Robbie, impertérrito, siguió contemplando con interés el enorme bistec que su padre estaba cortando.

—¿Qué has hecho hoy, Robbie? —preguntó la abuela.

—Experimentos con gusanos —contestó Robbie.

—¿Cómo? —preguntó Arthur—. Supongo que clavándoles alfileres.

—En el agua. —Robbie miró a su hermano con la seriedad súbita que su rostro magro era capaz de adoptar—. Se ahogan.

—Son criaturas de tierra. Claro que se ahogan —dijo Arthur—. *Phylum Annelida, lumbrica terrestris,* amén. ¿Por qué lo haces?

—Pásame el plato de la abuela, Arthur —dijo Richard con impaciencia.

—Porque voy a pescar otra vez —dijo Robbie.

—¿Adónde vas a pescar? —preguntó la abuela.

—Al lago Delmar. Con unos tipos que conocí en la piscina. Tipos *mayores* —dijo Robbie, mirando a su hermano—. Hombres.»

—¿De qué edad? ¿Veinte años? ¡Sopla! ¿Alguna chica? —preguntó Arthur.

—Robbie, ¿en qué clase de embarcación fuiste? ¿En una barca de remos normal? —preguntó Lois.

—En una canoa —dijo Robbie tras titubear un poco.

—¡Eso no es verdad! —dijo Arthur—. Nunca he visto canoas amarradas en la orilla del lago Delmar.

—Cálmate, Arthur —dijo su madre—. De acuerdo, Robbie, solo quiero que me avises la próxima vez que vayas. *Cuando* vayas. ¿Entendido? He oído hablar de personas que...

—¿Ya has empezado a recoger gusanos para la próxima excursión de pesca? —preguntó la abuela.

—Todavía no. Solo hago experimentos para ver hasta cuándo se menean si se les tiene tanto rato bajo el agua.

Arthur soltó un gruñido. Sumergidos, ahogados y luego sus cuerpos fláccidos serían clavados en el anzuelo a orillas del lago. En eso consistía la pesca.

—¿Cuántas veces ha ido de pesca, mamá? —preguntó Arthur con cierto interés, ya que Robbie era propenso a sufrir accidentes. Podía suceder que Robbie se inclinase sobre la borda de una embarcación, tratando de alcanzar algo, y sencillamente se cayera al agua.

—¿A mí me lo preguntas? —repuso Lois—. ¿Sabes, mamá? Este año tratamos a Robbie como si ya fuera un chico mayor. Le dejamos solo por las tardes. Nos prometió que no iría a ninguna parte sin decírmelo. ¿No es verdad, Robbie?

—Te dije que me iba de pesca el viernes pasado y tú dijiste que bueno —replicó Robbie, sonrojándose un poco.

—Debes decir siempre adónde vas, Robbie —dijo Richard—. Y debes decirle a tu madre con quién vas. Estos tipos mayores... ¿quiénes son?

—Reggie Dewey. Tiene dieciocho años. St...

—Dejó la escuela voluntariamente —dijo Arthur—. Le conozco.

—Steve y Bill —prosiguió Robbie—. Bill y un hombre que se llama Jeff son mucho mayores.

—¿Cómo vas hasta el lago Delmar? ¿En bicicleta? —preguntó Arthur. El lago estaba a casi cinco kilómetros de distancia.

—Reggie o Jeff pasa a recogerme. Una vez fui en bicicleta.

—Me parece que eso que oigo no me gusta nada —musitó Richard, dirigiéndose a Lois—. No eres el mejor nadador del mundo,

Robbie, y no puedes depender de otro tipo que vaya en la barca... que arriesgue su vida saltando al agua para salvarte.

—Quizás puedo contar con *Dios* —dijo Robbie.

Arthur soltó una carcajada y la comida estuvo a punto de atragantársele. Miró a su abuela, que sonreía y escuchaba la conversación atentamente.

—Vamos, Robbie, Dios te ayudó a superar un momento... realmente malo —dijo Richard, recalcando cada una de sus palabras—. No debes tentarle comportándote estúpidamente. Podría darse el caso de que Dios no tuviera a mano un segundo milagro para salvarte.

Robbie juntó sus cejas rubias.

—Cojo gusanos para los compañeros. Yo pongo el cebo en los anzuelos. Los compañeros me aprecian.

—Claro —dijo Arthur—. Apuesto a que eres su esclavo.

—Dicen que sé estar callado cuando todo el mundo tiene que estar callado —siguió diciendo Robbie a su padre—. Por eso me aprecian.

Al filo de la medianoche la abuela llamó a la puerta de Arthur, que estaba leyendo en la cama, esperando su visita; incluso tenía la puerta entreabierta.

—Entra —dijo Arthur con una amplia sonrisa—. Cierra la puerta y siéntate. —Se levantó rápidamente, pero la abuela ya había despejado el sillón y lo volvió de cara a la cama.

—Bien, bien, es agradable estar aquí, Arthur —dijo la abuela, sentándose. Iba en zapatillas y camisón de dormir y llevaba una bonita bata azul y amarilla.

Arthur se puso su bata nueva y se sentó en el borde de la cama.

—Bueno..., esta noche no has oído hablar de religión tanto como me temía, pero... ¿qué opinas tú?

—¿De Richard? ¿De la vida? —La abuela inclinó el cuerpo hacia adelante y se rió de buena gana, pero en voz baja—. ¿Tanto te molesta? Tienes buen aspecto, Arthur. Se te ve más feliz que la última vez que te vi.

Arthur no recordaba si en Navidad había estado deprimido a causa de alguna chica.

–Ya te dije que había conocido a una chica muy maja. *Tengo una chica muy maja.* Es distinta... de la mayoría de las chicas.

–¿En qué sentido?

Arthur miró el techo.

–En primer lugar, es muy bonita y no se aprovecha de ello. Y es de fiar.

–Entiendo –dijo la abuela–. ¿Y qué cosas le interesan? ¿También piensa ir a la universidad?

–Sí, a Radcliffe. Le interesan las marionetas. La escenografía. Algo que tenga que ver con las personas, dice ella, pero aún no sabe exactamente qué. De modo que quiere empezar con las artes liberales en Radcliffe hasta... decidirse. Ya la conocerás, puede que esta semana. Pero ¿qué pensaste de la plegaria de esta noche, de la bendición? ¿No te sentiste un poco incómoda?

–Pues... –La abuela dejó pasar unos segundos–. Es inofensivo, sin embargo, ¿no crees? Si él se siente mejor con estas cosas. Me he dejado los cigarrillos en mi cuarto y me apetecería uno. Aguarda un momento mientras voy a...

–¡Permíteme! –dijo Arthur antes de que la abuela pudiera levantarse. Sacó su paquete de Marlboro del primer cajón de la cómoda–. ¿Valen estos?

–Perfecto. Me permito tan solo cinco cigarrillos al día, pero disfruto de cada uno de ellos.

–Lo que me fastidia es su actitud santurrona –prosiguió Arthur, volviendo a sentarse en el borde de la cama–. Papá anda por ahí como si fuera cogido de la mano derecha de Dios. Bueno, puede que también yo lo haga... en cierto sentido. Pero yo no les pido a los demás que lean un montón de... tonterías –dijo Arthur en vez de emplear la palabra «mierda»–. Me refiero a los folletos que hay por toda la casa. Y tampoco les digo a los demás que trabajen hasta despellejarse los dedos.

—¿Es eso lo que debes hacer según él?

—Sí. No es que me importe mucho. Puede que hubiese buscado un empleo para el verano sin que *él* me empujase a hacerlo, ya que debo ahorrar un poco de dinero para cuando vaya a Columbia. No creo que papá quiera pagarme los estudios. Al menos, no todos los estudios. Esa es otra novedad.

—¡Vaya, vaya! —La abuela chupó el cigarrillo con aire pensativo, luego se inclinó un poco más y susurró—: ¿Han ingresado en alguna Iglesia nueva?

—No, van a la misma de antes, la Primera Iglesia del Evangelio de Cristo. —Arthur pudo ver que sus palabras tranquilizaban a la abuela; porque algunas de las iglesias de la ciudad eran bastante estrafalarias y se celebraban reuniones, por lo menos dos veces a la semana, reuniones con cánticos evangélicos y confesiones públicas, y, desde luego, sus padres no habían llegado tan lejos—. Ahora hay que ir a la iglesia todos los domingos, como dijo mamá. Yo tengo que ir algunas veces para complacer a mamá. Yo... —Arthur se dio cuenta de que no iría a la iglesia si no fuese por Columbia. Estaba haciendo la pelotilla.

8

Arthur y su madre eligieron el jueves para invitar a Maggie a cenar en casa. Al telefonearla, Arthur notó con sorpresa que a Maggie le daba cierta vergüenza cenar con su familia.

—Últimamente no estoy muy sociable —dijo Maggie—. No sé por qué será.

Arthur insistió un poco, sin embargo, y finalmente logró persuadirla. La telefoneó desde la zapatería, con la esperanza de poder verla por la tarde, aunque solo fuese para dar un paseo, pero ella dijo que tenía que quedarse en casa y terminar los deberes del curso acelerado de matemáticas. Arthur se brindó a echarle una mano, pero Maggie dijo que no hacía falta.

Aquella tarde la abuela fue a visitarle en la zapatería, como le había prometido. Al igual que el día anterior, la abuela llevó a Lois en coche al asilo, sobre la una del mediodía, y luego dio un paseo con Robbie o se fue al club de golf de Chalmerston, que en realidad no era un club, pues todo el mundo podía jugar allí.

—¡Me encanta esta tienda! —exclamó la abuela, mirando las cajas de zapatos que cubrían las paredes del pequeño establecimiento—. ¡Tan anticuada! —Hablaba en susurros para que no la pudiera oír Tom Robertson, que tenía en verdad aire de ser el propietario y se encontraba cerca de ellos, tras el mostrador de reparaciones.

–¡No paramos de vender! –contestó Arthur, susurrando también.

–Echaré un vistazo por ahí –dijo la abuela mientras Arthur atendía a una mujer que llevaba en la mano un par de zapatos blancos.

Arthur cogió los zapatos y el dinero y se acercó a la caja registradora. Con frecuencia se encargaba también de cobrar a los clientes y, en realidad, como ya conocía bien las existencias, su trabajo y el de Tom se parecían mucho. Arthur metió los zapatos en una bolsa de papel y le devolvió el cambio a la mujer.

–Gracias. Que usted lo pase bien –dijo Arthur.

La abuela se sentó en una de las dos sillas que había en la tienda y se probó unas zapatillas de andar por casa. Llevaba los zapatos blancos y negros de jugar al golf, una blusa y una falda de algodón. Arthur pensó una vez más que la abuela parecía asombrosamente joven, apenas mayor que su madre.

–Me gustaría presentarte a mi abuela, Tom –dijo Arthur–. Joan Waggoner. Tom Robertson.

–¡Vaya! ¡La abuela de Arthur! ¡Encantado, señora Waggoner!

–Mucho gusto, señor Robertson –contestó la abuela–. He estado admirando su establecimiento. Me gusta porque parece humano.

–Arthur me dijo que estaba usted de visita.

–Sí, he venido a pasar una o dos semanas. Me parece que me llevaré estas zapatillas. ¡Son tan cómodas! No he tenido nada parecido desde que era pequeña.

Las zapatillas eran totalmente de piel de conejo, con la parte peluda hacia dentro. Tom parecía a punto de regalárselas, pero Arthur hizo un gesto y frunció el ceño para indicar que la abuela no quería que se las regalara. Arthur cogió las zapatillas y el billete de diez dólares que le dio la abuela. Las zapatillas costaban ocho dólares con noventa y cinco centavos.

–¿Qué tal se porta Arthur? ¿Satisfactoriamente?

Arthur no oyó la respuesta de Tom. Un hombre acababa de acercarse al mostrador de reparaciones con un par de zapatos a los que había que poner medias suelas.

Aquella noche, durante la cena, la abuela le dijo a Arthur que Tom le había dado muy buenos informes de él. Luego, dirigiéndose a Richard, añadió:

—Me dijo que Arthur tardó muy poco en conocer las existencias y que no ha llegado tarde ni una sola vez. —Sonrió a Arthur.

—Hum –dijo el padre del muchacho.

Estaban cenando en El Chico, un restaurante mexicano de cierto postín donde la comida era excelente y la cerveza se servía en copas enormes y frías. Antes de cenar, se habían tomado todos unos tequilas con hielo; es decir, todos menos Robbie, que últimamente pedía siempre un 7-Up. Para Arthur la cena se apartó de lo corriente por dos razones. Su padre no bendijo la mesa antes de empezar a comer. ¿Sería tal vez que la comida mexicana no era digna de bendecirse? La otra razón fue que la voz de su hermano experimentó una transformación durante la cena. En el momento de sentarse, Robbie, con su acostumbrada voz chillona, dijo:

—Aún no sé qué quiero comer. Claro que lo entiendo. ¡Debajo está escrito en *inglés!*

Después, mientras Arthur se tomaba la segunda cerveza, Robbie dijo:

—Jeff ha pescado una perca hoy. Una de las grandes. La que pesqué yo era... mucho más pequeña.

Arthur se fijó en el tono grave de la voz y en que su madre casi se había sobresaltado al oírla.

—Vaya, vaya, una perca –dijo Arthur con voz solemne.

—¿Te refieres... al ejemplar sospechoso que hay en el frigorífico, envuelto en papel de periódico? –preguntó el padre de los dos muchachos.

En aquel momento Robbie estaba enfrascado en la tarea de rascar el fondo del plato.

–Sí –repuso con la misma voz cambiada y se sirvió otra tortilla. Bueno, pensó Arthur, después de todo, Robbie ya casi tenía quince años. Y parecía crecer a ojos vistas, igual que el bambú. Robbie sería más alto que él, lo cual le daba cierta envidia.

El jueves, a la hora de cenar, no tuvieron más remedio que oír a Richard bendiciendo la mesa. Arthur miró de soslayo a Maggie, que tenía la cabeza inclinada. En los labios de la muchacha había una expresión seria y le temblaban un poco los párpados, que llevaba ligeramente maquillados. Al terminar la bendición, Arthur alzó la cabeza y sonrió a Maggie. Estaba contento porque había conseguido no oír ninguna de las aburridas palabras que su padre acababa de pronunciar.

–¿Has ido a Radcliffe a visitar el campus, Maggie? –preguntó la abuela.

Maggie contestó que un par de años antes había estado en Harvard con su padre, que iba a asistir a una reunión de ex alumnos. La abuela habló mucho con Maggie, con gran naturalidad. La muchacha estaba tan hermosa como siempre, mostrando aquella serenidad tan admirable. Sin embargo, a Arthur le dio la impresión de que debajo se ocultaba cierto nerviosismo y que incluso se la veía un poco triste. ¿Sería por culpa del estúpido curso de matemáticas? Observó que un insecto se estrellaba contra la tela metálica de la puerta que comunicaba la cocina con el garaje. Lois sirvió el postre: un sorbete de frambuesa. Luego tomaron café en la salita. Maggie y la abuela se sentaron en el sofá.

–Arthur dice que aún no has escogido tu especialidad, Maggie –comentó la abuela.

–En efecto. De momento hago literatura inglesa y redacción. Ya sé que eso parece poco concreto... porque, ¿después de qué te sirve? Pienso que... pasado el primer año, o durante el mismo, tomaré una decisión.

En un momento dado, Richard metió baza en la conversación y con su monótona forma de hablar pronunció unas palabras que hicieron que Arthur se encogiera en la silla. Su padre no empleó la palabra «Dios», pero dijo algo en el sentido de que la mano de la Providencia guiaría a Maggie hasta que encontrase la senda más conveniente para ella. Arthur admitió que la timidez se apoderaba momentáneamente de Maggie al verse convertida en foco de la atención general. Vio con alivio que Maggie no contestaba.

Eran apenas las diez cuando Maggie dijo que tenía que irse. A Arthur no le importó, porque estaría a solas con ella en el coche camino de su casa y tal vez la muchacha querría ir a alguna parte. Maggie dio las gracias a Lois, luego se despidió de la abuela y finalmente de Richard. Robbie había desaparecido.

Arthur salió con Maggie y subieron los dos al coche de ella.

—¿Irás a jugar al golf con mi abuela? –preguntó Arthur, sonriendo. Había oído que su abuela le preguntaba a Maggie si jugaba al golf.

—Lo dudo. Se me da mejor el tenis. De todos modos, en este momento... no dispongo de mucho tiempo. –Puso el coche en marcha y emprendió el regreso.

—¿Ocurre algo, Maggie?

—Pucs... ya te lo diré mañana –contestó ella tras un largo silencio.

—Dímelo ahora. ¿Qué ha pasado?

Al ver que Maggie hacía una mueca con los labios, Arthur miró hacia adelante creyendo que iban a chocar con algo, pero la carretera estaba despejada. Ya cerca de su casa, Maggie se metió en una calle oscura y aparcó junto a la acera. Luego exhaló un suspiro, una especie de grito sofocado.

—Ya que lo preguntas, te lo diré..., estoy embarazada.

Arthur la miró con asombro. Maggie tenía los ojos bajos, clavados en el salpicadero iluminado.

—¿Estás segura, Maggie?

—Completamente.

Él era el culpable. Fue como si acabase de caerle encima una bomba. Habían transcurrido dos meses. Arthur recordaba la fecha: el dos de mayo. Desde entonces no habían vuelto a acostarse juntos.

—No... no es imposible que nos casemos. —En aquel instante parecía una solución sencilla y feliz.

—No seas tonto. *Yo* no puedo... y tú, tampoco. ¿Tienes un cigarrillo? Me he dejado los míos en tu casa.

Arthur sacó rápidamente los cigarrillos y con el nerviosismo se le cayó el paquete al suelo. Al encender el pitillo de Maggie, la mano le temblaba un poco.

—¿Por qué no me lo dijiste antes?

—Porque pensé que el aborto lo solucionaría —replicó ella en tono de impaciencia.

—¿Qué aborto?

—¿Recuerdas aquel fin de semana que estuve fuera? —Maggie le miró con un destello en los ojos—. Les dije a mis padres que me iba con Gloria a casa de su tía, y a Gloria le dije que me iba con un..., un chico, y que si mis padres telefoneaban a su tía..., bueno, no lo hicieron. Pero me fui a Indi yo sola.

Arthur estaba aturdido.

—¿Te hiciste abortar?

—*Sí*, la operación y... le pagué, pero... Me han contado cómo son estas cosas. Sencillamente no hacen un buen trabajo. —Maggie miró a través del parabrisas y dio una chupada al cigarrillo—. Ahora ya sabes por qué estoy nerviosa. Tengo que encontrar otro doctor.

—¿Lo sabe tu madre?

—No.

El corazón de Arthur latía como si acabara de correr varios kilómetros.

—Ya encontraré un doctor, Maggie, no te preocupes. Yo pagaré la operación. ¿Cuánto cuesta?

—Quinientos. Al menos, a mí me costó eso. Vendí un brazalete de oro en Indi. Si mamá se fija en que no lo llevo, ¡le diré que lo he perdido! –Maggie trató de reír.

–Ese médico de Indi..., el muy hijo de perra –farfulló Arthur.

–Me lo recomendó Roxanne.

–¿Roxanne?

Maggie alargó la mano hacia la llave de contacto, luego la dejó caer sobre su regazo.

–No podía pedirle al doctor Moodie, nuestro médico de cabecera, el nombre de alguien que quisiera hacerlo.

Arthur se estremeció. Ahora comprendía por qué Roxanne le había mirado maliciosamente en la fiesta de Ruthie aquel sábado. Sin duda le creía enterado del porqué de la ausencia de Maggie.

–Encontraré un buen doctor, Maggie. Mañana iré al Medical Building. Es un lugar de confianza. ¿Qué te parece?

–De acuerdo, prueba a ver. –Maggie sacó el coche de la calle oscura–. No les dirás mi nombre, ¿verdad? Les da lo mismo mientras se les pague.

–¡Claro que no!

En la sala de estar de los Brewster había luz y Arthur apartó tristemente la mirada, abrió la portezuela y se apeó. Sintió deseos de abrazar a Maggie, pero temió que ella le rechazase.

–¿Puedo llamarte mañana al mediodía? –susurró.

–A las doce y media. Tengo clase de matemáticas hasta las doce.

Arthur echó a andar hacia la oscuridad, con el ceño fruncido, apretando los dientes. ¿Quinientos dólares? ¡Faltaría más! Vendería su microscopio, o lo empeñaría, sacaría sus ahorros del banco. ¡Y le ocultaría la situación a su padre! De pronto vio que se encontraba cerca de su casa. Norma Keer tenía la luz encendida. No era una noche propicia para visitar a Norma.

También se veía luz en la cocina y la sala de su propia casa. Arthur entró sigilosamente por la puerta principal, que no estaba cerrada con llave, pasó por delante de la sala, donde se oían voces y risas, y subió a su cuarto. Se puso el pijama y se disponía a apagar la luz cuando oyó que la abuela llamaba a la puerta.

—¿Sí? —dijo Arthur.

La abuela abrió la puerta.

—Te vi entrar a hurtadillas. Solo quería decirte que tu amiga Maggie me parece encantadora. Supuse que te gustaría saberlo. —La abuela entró en el cuarto, pero sin cerrar del todo la puerta—. ¿Qué ocurre, Arthur?

—¡Nada! —dijo Arthur, sentándose en el borde de la cama. Sabía que no iba a engañar a la abuela, de modo que agregó—: Una leve discusión. Nada importante. —Volvió a levantarse de un salto—. ¡Siéntate, abuela! —Arthur movió un poco el sillón y cogió un cigarrillo—. ¿Quieres uno?

La abuela aceptó.

—Me parece que Maggie te quiere mucho.

—¿De veras? —dijo Arthur de modo automático y cortés, parpadeando al notar que las lágrimas pugnaban por aflorar a sus ojos—. Bueno, es una lástima que yo no tenga veintidós años o más..., y ojalá ella no pensara pasarse cuatro años lejos de aquí. Piensa en la de chicos mayores que conocerá en el este. Estudiantes de Harvard.

La abuela sonrió y ajustó la falda negra y larga sobre sus piernas cruzadas.

—No te preocupes ahora por eso..., déjalo para más adelante, en todo caso. Sé feliz mientras puedas. —Le miró con los ojos entornados y dio una chupada al cigarrillo.

Arthur volvió a parpadear.

—¿Ha sucedido alguna cosa fascinante después de salir yo?

—No. Estuvimos hablando de Robbie... después de irse él a la cama. —La abuela se rió—. Al poner la televisión, derribó el jarroncito de la mesita. Fui a buscar una bayeta en la cocina y no pasó nada, porque no se rompió nada. ¡Pero Robbie se puso furioso como si le estuviéramos regañando!

–Lo sé. Morirá de apoplejía antes de cumplir los veinte.

–¿De qué le viene semejante ansiedad? ¿O es inferioridad?... No recuerdo que tú le tomases mucho el pelo cuando era pequeño. No se lo tomabas, ¿verdad, Arthur?

–No, abuela. Pregúntale a mamá. Y ahora... ¿por qué va con estos tipos mayores que él? Nunca sale con chicos de su misma edad. No lo comprendo.

–Hum. –La abuela elevó los ojos hacia el techo–. Es extraño que le guste pasar horas y horas en una barca de remos, sentado, sin moverse. –De nuevo se rió–. Sin moverse ni decir palabra, afirma él con cierto orgullo. Y esta noche llegué a pensar que tendríamos que darle un sedante. La cara se le puso roja... –Bajó la voz por si Robbie la oía desde la habitación contigua. Luego, levantándose, besó a Arthur en la mejilla–. Buenas noches, cariño.

Arthur apagó la luz y se echó boca abajo con los puños apretados debajo de la almohada. ¡Qué bien había representado Maggie la comedia ante su familia aquella noche! ¡La culpa la tenía él! ¿Por qué no había tomado precauciones? ¡Y a Maggie le tocaba cargar con las molestias, la vergüenza, el dolor, las preocupaciones, los gastos, el secreto! El debía ayudarla, defenderla, a partir de aquel mismo momento. Las dificultades venían de los demás, del mundo exterior. Al día siguiente ni siquiera podría decirle el nombre de Maggie al médico.

9

Poco después de las nueve de la mañana siguiente Arthur caminaba por el pasillo con piso de mármol del Medical Building. Se detuvo ante el tablero que había entre los ascensores y en el que los nombres de los médicos aparecían en letras blancas sobre fondo negro. El nombre del doctor A. Swithers, médico de cabecera de los Alderman, atrajo su mirada y le produjo una sensación desagradable. Lo mismo le ocurrió al ver el nombre del doctor F. Moodie, al que Maggie se había referido la noche antes. Decidió probar suerte con un tal doctor G. Robinson porque el nombre le hizo pensar en Tom Robertson, que era una persona decente. Arthur se acercó al mostrador de recepción. La muchacha encargada del mismo le trató con frialdad al saber que no estaba citado.

—Solo quiero preguntar una cosa. Serán cinco minutos... o menos.

La muchacha telefoneó a alguien, luego le dijo que la secretaria del doctor Robinson le recibiría en la habitación 809.

Arthur cogió el ascensor hasta el octavo piso. Una secretaria se encontraba sentada detrás de una mesa de despacho en la habitación 809, en la que había cuatro puertas, todas ellas cerradas, con los nombres de otros tantos doctores.

—Si es cosa de pocos instantes, puedes verle ahora mismo. ¿Cómo te llamas, por favor?

Arthur le dio su nombre y la muchacha lo anotó en el libro de registro, luego señaló una habitación que había a sus espaldas.

El doctor Robinson se estaba lavando las manos al entrar Arthur. A la izquierda había una mesa alta, cubierta con una sábana blanca, y en la habitación había también una mesa de despacho. El doctor se sentó e indicó otra silla a Arthur, que se sentó obedientemente.

—¿En qué puedo servirte?

—Quisiera el nombre de algún médico capaz de practicar un aborto... y que sea digno de confianza.

—Entiendo. Sí. ¿Estás dispuesto a pagar?

—Sí, claro.

El doctor Robinson aparentaba unos treinta años y estaba bronceado.

—¿Edad de la muchacha o mujer?

—Diecisiete.

—¿Algún problema de salud? ¿Consumo de drogas? —preguntó con un suspiro de aburrimiento.

—No.

—¿Permiso paterno?

El corazón de Arthur dio un vuelco.

—Estoy seguro de que se lo darían. Pero, si tiene más de dieciséis años, no es necesario, ¿verdad?

—Verdad —dijo el médico como si le diera lo mismo una cosa que otra—. ¿Soltera?... ¿Cuánto tiempo lleva embarazada?... Siete semanas. Sí, conozco un doctor que podría hacerlo. En Indianápolis. El doctor Philip Bentz. —El doctor Robinson escribió unas palabras en un bloc. Consultó un libro de direcciones y copió algo, luego arrancó la página y se la dio a Arthur—. Esto es para ti. Pero ya llamaré yo por ti. Y la muchacha, ¿cómo se llama?

—¿No puede comprobar si el doctor Bentz podrá hacerlo... pronto?

El doctor se rió con aire tolerante.

—Estoy seguro de que podrá hacerlo, solo se necesitan cinco minutos, aunque la muchacha deberá permanecer una noche en la clínica. Pero escucha, jovencito, no puedo emplear todo el día en esto, tengo que dar un nombre.

—Stevens —dijo Arthur—. Alice.

—Muy bien —dijo el médico, escribió el nombre y se levantó—. Llama a mi secretaria sobre las tres.

Arthur se había figurado que le darían hora, pero no se atrevió a insistir porque temía que el doctor le echase de su consultorio.

—¿Sabe usted cuánto costará?

—Entre quinientos y setecientos. Depende.

Arthur asintió con la cabeza, consciente de que la cara se le había puesto blanca. El doctor le acompañó hasta la puerta. Al salir, la secretaria le detuvo y le pidió veinticinco dólares. Arthur se había temido que le pidieran aún más, por lo que llevaba cuarenta y nueve dólares en el bolsillo, todo el efectivo de que disponía en aquel momento.

Mientras bajaba en el ascensor se le ocurrió que el doctor Robinson debía de recibir una tajada del doctor Bentz. A pesar de ello, pensó, debía considerarse afortunado por haberlo conseguido al primer intento. Le habían contado que algunas personas se encontraban ante rotundas negativas y tenían que seguir buscando un doctor.

Durante el regreso a casa en bicicleta siguió pensando en el asunto. Seguramente sería más sencillo empeñar el microscopio que venderlo al precio justo. Además, era mejor contar con que la factura del doctor se acercaría más a los setecientos que a los quinientos, toda vez que las cosas nunca eran baratas. Al llegar a casa, la abuela estaba en el jardín de atrás con Robbie, y del dormitorio de sus padres salía el tecleo de la máquina de escribir de su madre. Recordó que tenía doscientos noventa dólares en la cuenta de ahorro y que quizás en una casa de empeños le darían doscientos por el microscopio. Sus padres se lo habían comprado de segunda mano años antes, pese a lo cual les había costado doscientos cincuenta. El reloj de pulsera era tan corriente que pensar en empeñarlo casi era una broma.

Puso el microscopio sobre la mesa y le quitó la funda de color beis. Había una casa de empeños, la única que Arthur conocía en la ciudad, a solo dos manzanas de la zapatería.

Otro pensamiento acudió a su mente y fue como caer en un agujero negro: iba a quedarse sin dinero para contribuir a pagar los gastos de Columbia en septiembre. Y tampoco podría contar con la ayuda económica de la familia si su padre llegaba a enterarse de lo ocurrido. Arthur estuvo a punto de reírse de terror. ¿Exigiría Richard, tan santurrón él, que se casara con Maggie? ¿Que ella tuviera el bebé, porque los abortos eran contrarios a la voluntad de Dios? Arthur pensó que había cosas peores que casarse con Maggie.

Arthur calculó que no podría reunir una cifra superior a los seiscientos ochenta dólares, en lo que se refería a dinero contante, y parte de esa cifra era hipotética. Tras envolver el microscopio en una bolsa de plástico, lo metió en la papelera y se llevó esta al garaje con el pretexto de vaciarla. La estratagema dio resultado. Tuvo que pasar por la cocina, donde se encontraba su madre. Colocó la pesada bolsa en el cesto de alambre que había en la parte delantera de la bicicleta.

–¿Tienes tiempo para almorzar con nosotros, Arthur? –preguntó su madre–. Solo unas judías al horno con tocino.

–Hoy no tengo apetito, mamá. Gracias de todos modos.

La abuela entró en el garaje, seguida de Robbie.

–¿Estarás en casa esta noche, Arthur? Voy a llevaros a todos al cine.

–Gracias, abuela. Creo que tengo una cita con Maggie.

La escena que se estaba desarrollando en la cocina le resultaba curiosamente irreal, como si todo el mundo menos él estuviese haciendo comedia: Robbie descalzo y desnudo de cintura para arriba, con unos pantalones cortos que dejaban el ombligo al descubierto, describía una culebra que acababa de rescatar de las garras del gato, una culebra de más de medio metro de largo, aunque Arthur sabía que en su jardín nunca había culebras de más de veinte centímetros y pico. Y su madre, sin apenas hablar mientras abría dos latas de judías, probablemente ya estaba pensando en algún chiquillo del asilo, adonde iría al cabo de una hora. Lo único que faltaba en la escena era su padre bendiciendo las judías. ¿Esperaban a su padre para comer? La mesa aún no estaba puesta. Antes Richard comía en casa una o dos veces por semana, pero llevaba ya algún tiempo sin hacerlo. Él decía que almorzaba cerca de la oficina en compañía de alguna «persona joven» o de alguna persona con «aflicciones espirituales» a la que hubiera conocido en la iglesia. Un domingo Richard se había quedado en la iglesia al terminar el oficio, para conocer a alguien a quien el reverendo Cole quería que «aconsejase», mientras Arthur y su madre volvían a casa en el coche. Richard siempre encontraba alguien dispuesto a llevarle a casa en coche más tarde.

Arthur se encontró con que el encargado de la casa de empeños era un chico de su misma edad; iba en mangas de camisa, estaba leyendo una novela y tenía puesto el transistor. El establecimiento aparecía lleno de trastos polvorientos, relojes de pulsera, guitarras y ropa vieja. Arthur dijo que quería empeñar un buen microscopio de 50 aumentos que valía doscientos cincuenta.

—El jefe no ha venido hoy. Puede que venga mañana.

Arthur llevaba la bolsa de plástico en la mano.

—¿No puedes echarle un vistazo? ¿Por qué no me das un adelanto a cuenta hoy?

—No estoy autorizado a aceptar ningún artículo. Lo siento.

No había nada que hacer.

—Pues ya volveré mañana por la mañana.

Arthur llamó a Maggie desde la primera cabina telefónica que encontró. Ya eran las doce y media.

La madre de la muchacha contestó a la llamada:

–Ah, Arthur. Espera un momento. ¡Maggie! Para ti.

–Hola, Arthur –dijo Maggie instantes después.

–Hola, cariño. Tengo lo que quería. Esta mañana. El nombre de alguien. Indi. –Apretó el teléfono con más fuerza–. ¿Estás sola en este momento?

–Sí. Pero mamá ya lo sabe –contestó Maggie en voz baja.

–¡Dios mío! ¿Lo *sabe*?

–Bueno, lo adivinó y no fui capaz de mentirle. Se dio cuenta de que yo estaba nerviosa y me preguntó qué me pasaba.

Arthur recordó con vergüenza el tono cortés pero molesto de la madre de Maggie al ponerse al teléfono:

–¿Se ha enfadado contigo?

–No. Solo dice que tengo que hacer algo al respecto. Dijo que estas cosas pasan o algo por el estilo. –La voz de Maggie parecía casi la misma de siempre, tranquila e imperturbable.

–Maggie..., tengo que llamar a las tres para pedir hora. Procuraré que sea este fin de semana. ¿Te parece bien? Y no te preocupes por lo que cueste.

–Mi madre quiere que nuestro... No es nuestro médico, sino alguien que él conoce. Y tenemos el seguro familiar, Arthur. Como mis padres ya lo saben, de todos modos...

Arthur se sintió aún más alienado y detestado.

–Opino que debo aceptar mi responsabilidad.

–¡No!... Bueno, ya hablaremos de eso en otro momento.

Los dedos de Arthur se retorcieron sobre el aparato.

–¿No hay ninguna posibilidad de que te vea esta noche?

–Puedo verte después de cenar. Mi padre vuelve a casa hoy sobre las cinco.

Arthur sufrió otra sacudida.

–Supongo que tu madre piensa decírselo.

–Hum..., supongo que sí. De lo contrario, ¿por qué iría yo al médico? No deberías preocuparte tanto, Arthur. No es como tú piensas.

Un padre no iba a tomárselo tan a la ligera, pensó Arthur.

—¿Sigues ahí? Le he pedido a mi madre que no le diga nada esta noche. Puede que nos vayamos este fin de semana, mamá y yo, y solucionemos el asunto.

Arthur dijo que su familia pensaba ir al cine aquella noche y preguntó a Maggie si le iba bien verle en su propia casa después de cenar. La muchacha contestó que llegaría a las nueve y unos minutos. Arthur, presa de gran agitación, salió de la cabina y echó a andar por la acera empujando la bicicleta a su lado en lugar de montar en ella.

—¿Un regalo para tu chica? —preguntó Tom Robertson al verle entrar en la zapatería con la bolsa de plástico.

Arthur guardó el microscopio en un lugar seguro de la trastienda, debajo de su perchero, junto a un impermeable viejo de Tom. Entonces se fijó en que la bolsa de plástico era de una tienda de modas de la ciudad. ¿Desde cuándo sabía Tom que él tenía una chica? Probablemente no era más que una conjetura.

El día era soleado, luminoso, y el único árbol que se divisaba desde el interior de la tienda doblaba sus ramas bajo la brisa, como una persona que bailase lentamente. El día podía ser precioso para muchas personas, pero no lo era para él y para Maggie.

Arthur fue muy consciente de que daban las tres de la tarde y él no llamaba a la secretaria del doctor Robinson. Se sentía casi seguro de que la secretaria no se molestaría en telefonear a su casa. Arthur no había dado su dirección, aunque su familia eran los únicos Alderman que venían en el listín. Trabajó hasta cerca de las seis, la hora habitual de cerrar, si bien Tom se mostraba siempre indulgente con los clientes que se presentaban en el último momento. Cuando Arthur se disponía a recoger la bolsa de plástico, Tom Robertson dijo:

—Se te ve tan nervioso que cualquiera pensaría que vas a declararte esta noche. Me muero de curiosidad por saber qué llevas ahí dentro. A juzgar por lo que pesa, debe de haber una tarta de boda.

—Comida para los ángeles —dijo Arthur, dejando que la bolsa se le escurriera hasta casi tocar el suelo, como si pesara una tonelada.

—¡Ja! ¡Buena suerte, chico! Hasta mañana.

Eran casi las diez cuando Arthur, que estaba solo en casa, oyó el coche de Maggie y salió a recibirla. Entraron en la cocina porque Arthur pensó que a Maggie tal vez le apetecería una «Coke» o un café, pero ella no quiso tomar nada. Arthur le hizo la pregunta que le tenía obsesionado:

—¿Lo sabe ya tu padre?

—Pues, sí. Mamá se lo acaba de decir. Hace unos minutos. —Maggie se sentó en el sofá.

Arthur siguió de pie.

—Me imagino lo que tu padre pensará de mí. Anda, dímelo... no voy a asustarme.

La muchacha negó con la cabeza y suspiró.

—No es como tú te imaginas. Puede que mi familia sea distinta de la tuya. ¿Le has dicho algo a tu madre?

—¡Cielos, no! —Arthur se golpeó la frente—. Y si mi padre llegara a enterarse, ¡me expulsaría de casa!

Maggie sonrió nerviosamente, sacó un cigarrillo del bolsillo de la chaqueta y Arthur se apresuró a encendérselo.

—Mi madre ha hablado con un doctor que le recomendó el doctor Moodie. Puede hacerlo el lunes por la mañana..., en Indi.

Arthur comprendió que así era mejor, más seguro, que cualquier cosa que él hubiese podido sugerir.

—De veras que me gustaría pagar la operación, Maggie. No hace falta que se lo digas a tus padres. Bastará con que me digas a cuánto asciende la factura.

—Ya te dije que teníamos un seguro.

—Sí, ya sé, pero, así y todo, ¿no hay que pagar *algo?*

—De veras, Arthur..., yo no me preocuparía.

De pronto Arthur pensó que muy probablemente la familia de Maggie no querría volver a verle y que por eso no quería ni un centavo de él.

—¿Tu padre se ha enfadado contigo?

—Oh, dijo que por qué no tomaba la píldora como hacen las chicas inteligentes. Pero no está enfadado. Tiene razón. —Maggie tenía el cuerpo inclinado hacia adelante; sus ojos se cruzaron con los de Arthur un par de veces, luego los bajó hacia el suelo.

Los minutos iban pasando sin que ellos se dieran cuenta. La familia de Arthur tal vez volvería al cabo de media hora.

—Maggie... —Se acercó a ella; la muchacha se levantó.

Arthur la abrazó y la oyó suspirar largamente. Maggie parecía abrazarle con la misma fuerza y Arthur cerró los ojos, como hacía al hablar con ella por teléfono.

—Te quiero de veras, Maggie.

—¿Hasta cuándo?

Arthur se echó a reír.

—Puede que siempre.

—Mamá dice... —Maggie se apartó un poco, pero Arthur le cogió las dos manos—. Dice que lo mejor que puedo hacer es ser realista. Y tú, también. Que tenemos cuatro años por delante si ambos terminamos. Cuatro años durante los cuales estaremos separados la mayor parte del tiempo. Mi madre desea que acabe los estudios en la universidad y yo también lo deseo.

—¡Claro que los acabaremos!

Maggie se desasió de él.

—A veces te pones tan serio que me asustas.

—¡Oh, Maggie! —Arthur se pasó los dedos por el pelo, giró en redondo y volvió a quedar de cara a ella—. Tengo que hacerte una pregunta. ¿Vas a lamentar esto..., el...?

—La operación. No. Ya lo he pensado. Sé, lo he leído, que las chicas se sienten deprimidas... después. No creo que yo me sienta así. Es lo mejor que puedo hacer, lo sé.

Y si llegaban a casarse, pensó Arthur, ya llegaría el momento de tener hijos, pero en aquel instante le faltó valor para decirlo. Vio que Maggie miraba de reojo la puerta principal, aunque en la casa reinaba el silencio.

—Ahora podríamos dar un paseo en coche —dijo Maggie.

—Sí, claro. ¿O prefieres ir a visitar a Norma en la casa de al lado? Norma Keer. —Arthur entró en el despacho de su padre.

—¿Quién es?

Arthur se asomó a la ventana y vio luz en la salita de Norma.

—La vecina de al lado. Una viuda de unos sesenta años. Le gustan las visitas inesperadas. Es... —No se le ocurrió ninguna palabra que pudiera describir el carácter afable de Norma—. Dicen que se está muriendo de cáncer o algo así, pero siempre está alegre.

—¡Atiza!

—¿La llamo y le pregunto si podemos ir? Solo un par de minutos. Si te aburres, me haces una señal y nos vamos.

—Bueno, si tú quieres.

Arthur marcó el número.

—Hola, soy yo. Estoy aquí al lado y... —Se echó a reír—. ¡Sí, de acuerdo! Estoy con una amiga..., una chica que se llama Maggie y me preguntaba si podríamos ir a verte un par de minutos.

Norma contestó que sí.

Arthur apagó todas las luces menos una, no fuera su padre a acusarle de derrochador, y cerró la puerta principal con llave.

—¡Pasad, muchachos! —dijo Norma, que iba sin zapatos. Y la televisión estaba puesta sin el sonido y en el sofá había un libro abierto... como siempre.

Arthur le presentó a Maggie.

—¡Qué chicas tan bonitas conoces, Arthur! —musitó Norma.

—¿Chicas? ¿En plural?

—Pasad a la cocina. ¿Qué queréis tomar? Tengo «Seven Up», «ginger ale», «gin tonic» y ron..., pero ni gota de cerveza. Tengo que vigilar mi peso. Al menos, lo intento.

Maggie pidió un «gin tonic». Sus ojos parecían absorber toda la casa, mientras que Arthur, que ya la conocía bien, se limitaba a gozar del cambio de escenario, de la seguridad que ofrecía ante la llegada inminente de su familia. Se sentaron en la salita. Arthur se dio cuenta de que Norma estaba ligeramente achispada. Tal vez podía perdonársele que lo estuviese, si, como solía decir ella, le quedaba menos de un año de vida.

–Me parece que te he visto... en el First National, Maggie –dijo Norma. Se acarició suavemente el pelo, que parecía pelusa translúcida, rojiza–. ¿También has terminado en el instituto, como Arthur?

–Sí, hace unos días –repuso Maggie.

–Arthur es uno de mis pretendientes favoritos. Espero que sepas apreciarle en lo que vale, Maggie.

Arthur soltó una carcajada.

–¿Qué será de mí cuando llegue el otoño y todos los jóvenes simpáticos se vayan a la universidad? –dijo Norma con tristeza.

–Conocerás otros –contestó Arthur–. Gus Warylsky se queda, irá a la Universidad de Chalmereston. ¿No le conoces?... Un chico alto y rubio. Vinimos juntos un par de veces, a trabajar en tu jardín.

–¡Ah, sí, Gus! Otro chico simpático. Es verdad. –Luego Norma preguntó a Maggie a qué universidad iría y qué pensaba estudiar.

Arthur no las escuchó. Pensaba en Maggie y en el lunes. Maggie rehusó otra copa, pero acompañó a Norma a la cocina cuando esta fue a servirse otra. Arthur se quedó donde estaba. Luego Maggie salió de la cocina detrás de Norma y se inclinó para examinar una mesa, la mesa del comedor, que se hallaba instalada entre la cocina y la sala de estar.

–¡Qué hermosa es! –comentó Maggie, acariciando la superficie con la punta de los dedos.

–Gracias, Maggie –dijo Norma–. La heredé de una tía anciana. Procede de Italia.

Arthur nunca había prestado atención a la mesa. Observó que

estaba hecha a mano y que probablemente tenía varios siglos de antigüedad. Y a Maggie le gustaba mucho. Desde su sillón, Arthur miró la mesa, cuyas patas formaban una X, como si nunca antes la hubiese visto. Si a Maggie le gustaba... algún día tendrían muebles como aquella mesa, se prometió a sí mismo. ¡Nada de muebles barnizados, de formica o cromados! Maggie se levantó para irse.

—Tengo que estar en casa antes de las once —dijo—. Gracias por la copa, señora Keer.

—Te acompañaré —dijo Arthur.

—¡Tendrás que volver andando!

—¿Y qué?

Norma le dijo a Arthur que volviera después, si así lo deseaba, pero Arthur no aceptó la invitación. No quería comprometerse porque deseaba estar con Maggie y no sabía qué planes tendría ella: a lo mejor le daba por ir otra vez a la cantera. Pero la muchacha dirigió el coche hacia su casa.

—¿A qué hora saldréis mañana tú y tu madre? —preguntó Arthur.

—Por la mañana, no sé a qué hora. Iremos todos al Sigma Port Hotel. Papá siempre se hospeda allí. El domingo por la tarde ingresaré en el hospital, porque quieren que duerma allí la noche antes. Todo muy apropiado. —Maggie se rió con nerviosismo.

Arthur se mordió los labios.

—Pensaré en ti a cada minuto..., el lunes.

Ya en el acceso para coches de los Brewster, Arthur se despidió apresuradamente, temeroso de entretenerse, y echó a andar a buen paso hacia su casa. Maggie le acababa de decir que podía telefonearla el lunes por la tarde. Sabía que en su habitación del All Saints Hospital había teléfono.

La familia de Arthur ya había vuelto y se encontraba en la sala de estar, todos menos Robbie, que tenía la luz encendida y la puerta de su habitación abierta. Richard se encontraba de pie con un vaso de cerveza en la mano y llevaba una de sus camisas nuevas, una camisa de atrevidas rayas blancas y azules cuyos faldones le colgaban por encima de los pantalones. Arthur tenía la impresión de que las actividades en la iglesia inspiraban a su padre a comprarse ropa más llamativa. Muy extraño.

–Hola, Arthur, ¿dónde has estado? –preguntó la abuela.

–He pasado un rato en casa de Norma.

–Y supongo que te habrá dado un par de copas –comentó su padre–. ¿Sabes, Joan? –agregó, dirigiéndose a la abuela–. La casa de al lado es un bar de esos que no cierran nunca.

–Oh, Richard –dijo la madre de Arthur–. Te han llamado por teléfono hace unos minutos, Arthur. Una chica. Dijo que se llamaba Vera..., no, Veronica. Dijo que daba una fiesta en su casa y que Gus estaba allí. Que a lo mejor te apetecería ir.

–No. Pero gracias por el recado, mamá.

Robbie entró en la sala en el momento en que Arthur se disponía a salir.

–Helos aquí: mis especiales –dijo Robbie, abriendo los puños–. He traído cinco.

Eran anzuelos de púa doble y triple. Arthur los miró fascinado, como hicieron también los demás. Robbie tenía los anzuelos en la palma de la mano y a causa de la excitación se pinchó con uno. Le salió un poco de sangre, pero él dijo que no era «nada».

–Con este de aquí, un pez *no puede* escapar –dijo Robbie, como si fuera imperativo atrapar un pez.

Al ver los anzuelos, Arthur pensó en la operación que Maggie iba a sufrir el lunes a primera hora de la mañana. Echarle el anzuelo y tirar de él hasta que saliera. Pero, a juzgar por lo que había leído, la operación consistía más bien en un raspado. Sin embargo, había leído que algunas mujeres, desesperadas, utilizaban una percha y morían a causa de ello. Arthur no quiso ver los anzuelos ni un minuto más y se fue a su cuarto. Incluso se sentía ligeramente mareado.

10

A primera hora de la mañana del sábado lucía un sol espléndido, mas Arthur tenía la sensación de que comenzaba a alzarse el telón para que empezase el primer acto de una tragedia. Maggie se iba con sus padres aquella mañana. Arthur tenía que repetirse una y otra vez que era «lo más conveniente», que era lo que Maggie deseaba.

Decidió comprar un regalo para ella, algo sencillo: una bufanda beis y azul que había visto en un escaparate cuando se dirigía a la casa de empeños. En aquel momento la bufanda, que costaba cuarenta y nueve dólares, le había parecido demasiado cara, pero ahora era distinto. Salió de casa alrededor de las diez. Su madre estaba planchando; su padre leía los periódicos en el despacho. La abuela había cogido el coche de Lois para ir a un recado. La abuela se quedaría otra semana, recordó Arthur con agrado. Echó a pedalear hacia la casa de empeños, luego se desvió hacia la calle donde estaba la tienda, más bien cara, de complementos para señora. Compró la bufanda. Era de seda gruesa. El beis y el azul marino, que formaban un dibujo irregular, eran los colores del dormitorio de Maggie, al menos los colores de las cortinas, y Arthur suponía que le gustaban. La dependienta metió la bufanda en una caja cuadrada y plana, muy bonita. Seguidamente Arthur, algo más animado, se dirigió hacia la biblioteca pública de Chalmerston para cambiar unos libros y pasarse una hora y pico curioseando las estanterías de ciencias.

Llegó a casa poco antes del mediodía. La abuela ya había vuelto, y Lois le dijo que entre las dos harían cortinas para toda la casa.

—¿Verdad que es una buena idea? —Lois se volvió para mirarle. Tenía una cuchara grande en la mano, pues estaba preparando un pastel de naranja.

—Cortinas..., me parece estupendo.

Arthur subió a su cuarto y guardó la caja del regalo en un cajón de la cómoda, junto a varias camisas plegadas. Se sentía desdichado, incapaz de pensar con claridad. Ni siquiera en Maggie. ¿Cambiaría a causa de la operación? ¿Se volvería contra él... la semana siguiente, antes del martes? ¿Y su propio padre? ¿Accedería o no a pagar casi nueve mil dólares para que él estudiara en Columbia? Arthur deseaba vivamente hablar con su madre sobre aquel dinero, averiguar a través de ella cuál era la actitud de su padre, pero la abuela podía oírles y Arthur no quería dar la impresión de que lanzaba indirectas para sacarle dinero a la abuela. Su padre, en el mejor de los casos, cuidaría de que fuese consciente de cada dólar, de cada cien dólares que costase la universidad, a pesar de que últimamente echaba billetes de diez dólares en la fláccida bolsa de color púrpura con que se hacía la colecta en la iglesia. Antes solía echar un par de billetes de un dólar. Lo de Columbia podía quedar reducido a un simple sueño. Y Arthur se dio cuenta de que sus relaciones con Maggie podían correr la misma suerte.

No quería ver ni hablar con nadie en la cocina: su madre, la abuela o Robbie, que acababa de volver de pescar. Así, pues, salió sigilosamente por la puerta principal y nadie reparó en él. Ya no faltaba mucho para la una y podía ir a la zapatería.

Aquella tarde Gus Warylsky se presentó en la tienda con un par de zapatos que necesitaban tacones nuevos.

–¿Qué tal la fiesta de anoche? ¿Divertida? –preguntó Arthur.

–Sí. Era el cumpleaños de Veronica. Después de la fiesta Greg destrozó su coche. ¿No te lo han contado?

–¿Quién me lo iba a contar? –Arthur sabía que no era el primer coche que Greg destrozaba–. ¿Algún herido?

–El propio Greg. La nariz rota. La chica que iba con él resultó ilesa, pero el coche no tiene arreglo. ¡El muy burro! Y todo por querer presumir. Deberían retirarle el carnet de conducir durante un año.

Arthur no hizo ningún comentario. El padre de Greg gozaba de influencia política en la ciudad y Greg volvería a conducir en cuanto tuviese un coche nuevo.

–Ya que estoy aquí, podría comprarme unos zapatos –dijo Gus, mirando a su alrededor.

–¿Qué clase de zapatos quieres para esos pies de gigante? ¿Qué número calzas? ¿El cuarenta y tres? ¿Tal vez el cuarenta y cuatro?

–El cuarenta. Pensaba en algo... para vestir –dijo Gus, un tanto apocado.

–¿Una boda? ¿Un entierro quizás? Prueba esta sección, los que están en el suelo. Vuelvo en seguida, Gus.

Un hombre con dos niños pequeños esperaba que le atendiesen.

Al cabo de unos minutos Arthur encontró exactamente el tipo de zapatos que Gus deseaba: cuero negro y reluciente que conservaba el brillo sin ser exactamente charol y que tampoco se agrietaba; y tenían una hebilla al lado.

–¡Caramba! ¡Qué cómodos son! –exclamó Gus–. No *parecen* tan cómodos, pero es como ir en zapatillas. ¿Cuánto cuestan?

–Ocho con noventa y cinco.

–Trato hecho. –Gus se estaba mirando en el espejo de cuerpo entero–. ¡De lo más elegante! –comentó. Gus llevaba una camisa blanca y holgada, pantalones negros de algodón y un cinturón de cuero que parecía heredado de un abuelo. Se puso otra vez los zapatos viejos y dio a Arthur un billete de cinco dólares y varios de un dólar–. ¿Vendrás a la barbacoa esta noche?

–¿La barbacoa de quién?

–De nadie. Es colectiva, a lo grande, en el lago Delmar. Cada quisque tiene que llevar algo..., cervezas, salchichas, lo que sea, y la entrada cuesta un dólar. Es para el centro recreativo del instituto de Chalmerston. Verás, es que tratan de mantenerlo abierto a pesar de que les han recortado el presupuesto.

A Arthur le traía sin cuidado el centro recreativo del instituto de Chalmerston.

–Me parece que será aburrido. No creo que vaya, pero gracias por decírmelo.

Gus se encontraba de pie junto a la caja registradora.

–¿Qué haces mañana? Yo tengo el día libre.

Arthur le entregó la bolsa de papel con los zapatos nuevos.

–He de ir a casa de la señora DeWitt, a arreglarle el jardín. Me espera alrededor de las diez de la mañana. ¿No te había dicho que últimamente trabajo allí? Así me libro de ir a la iglesia los domingos por la mañana. –Arthur sonrió.

–Puede que me deje caer por allí. ¿Sobre las once?

–De acuerdo. Estupendo.

–Tengo que ir a reparar un lavavajillas en casa de alguien, a las nueve y media. Si consigo repararlo... –Saludó con una mano y se marchó.

Arthur se llevó una sorpresa al saber que Robbie iría a la barbacoa del lago Delmar aquella noche y que a las siete pasaría a recogerle Jess, su compañero de pesca. A las seis y media Robbie ya estaba en la salita, luciendo una camisa nueva de cuadros rojos y blancos y unos tejanos también nuevos, unos «levis» auténticos que eran regalo de la abuela, según dijo él. Arthur supuso que Robbie, con su flamante voz profunda, se encontraba por fin preparado para entrar en el círculo social de los adolescentes.

–¿Tú no vas? –preguntó Robbie.

–No. Que te diviertas, Robbie –dijo Arthur.

De acuerdo con lo previsto, a las siete se oyó una bocina y Robbie se dirigió a grandes zancadas hacia el coche que le esperaba. Al verle con sus «levis» nuevos, Arthur pensó en un pájaro, tal vez una golondrina con la cola hendida.

–¡Qué ilusión le hace a Robbie salir esta noche! ¿Te has fijado, mamá? –preguntó Lois.

–Desde luego. Le sentará bien.

Lois, la abuela y Richard se hallaban en la cocina, bebiéndose unos cócteles que parecían «Tom Collins». Arthur se preparó un «gin tonic». Tenía la impresión de que su padre evitaba deliberadamente hablar con él o incluso mirarle, aunque aquella noche sonreía a menudo. La abuela logró que Richard accediera a jugar al golf con ella el día siguiente por la tarde. Al preguntarle la abuela si quería jugar con ellos, Arthur le contestó que tenía que trabajar. Lois, por su parte, dijo que necesitaba comprobar otra vez las medidas de las cortinas.

–Si vuelvo a medirlas todas cuando esté sola, tendré la certeza de no haber cometido ninguna equivocación. Y si me equivoco, entonces toda la culpa será mía.

–¿Dónde trabajas mañana, Arthur? –preguntó la abuela.

–Donde siempre. En la casa de gatos de la señora DeWitt.

–¿*Tienes* que utilizar esa expresión, Arthur? –preguntó su madre, aunque sonriendo un poco.

–Tu abuela vendrá a la iglesia –dijo Richard–. ¿Por qué no vienes con nosotros? Podrías trabajar por la tarde.

–No. He de estar en casa de la señora DeWitt a las diez, una vez más, y ella es muy quisquillosa –dijo Arthur como si lo lamentara.

Aquella noche Arthur leyó uno de los libros de la biblioteca pública. El libro trataba de la exploración submarina y tenía una sección de fotografías en color, algunas de animáculos fosforescentes que siempre habían fascinado a Arthur. Un grupo de científicos, a bordo de una especie de submarino de cristal, se había sumergido cerca de las islas Galápagos y había descubierto géiseres, cosa insólita, a grandes profundidades. El calor del agua permitía la existencia en aquellos parajes de gusanos y moluscos enormes, los cuales se habían adaptado a la tremenda presión de las profundidades, hasta el punto de que raramente trataban de ascender a la superficie. Arthur se preguntó si alguna vez iría en una embarcación como la del libro, si formaría parte de un equipo de científicos y se sumergiría en una campana de cristal para examinar el fondo del océano Pacífico. El libro fue lo único que le ayudó a no pensar en Maggie aquella noche. Por regla general, le gustaba soñar despierto con Maggie, pero aquella noche le invadía la angustia cuando pensaba en ella. Algo podía salir mal y Maggie podía morir.

A las diez de la mañana siguiente, Arthur se encontraba en casa de la señora DeWitt. Las rosas rojas y amarillas empezaban a florecer en los parterres recién desbrozados. En medio del césped había el grueso tocón de un manzano y la señora DeWitt deseaba quitarlo de allí, pero Arthur llevaba días esquivando aquella tarea porque para arrancar aquel tocón harían falta una sierra eléctrica y un tractor. Curiosamente, a pesar de que no era ni deseaba ser el propietario de aquel jardín, Arthur sentía cierto orgullo al contemplar el trabajo que había hecho en él. Según la señora DeWitt, una amiga suya lo había llamado «transformación».

Arthur decidió ocuparse por segunda vez del cobertizo de las herramientas y separar las cosas utilizables de los trastos viejos. Había un armazón viejo de bicicleta, aunque era apenas reconocible como tal, botes de pintura seca, frascos de vidrio vacíos y trapos viejos cubiertos de telarañas. Arthur lo amontonó todo sobre el césped.

La señora DeWitt salió de la casa con una botella de «ginger-ale» frío para él.

–Así me gusta –dijo, señalando el montón de trastos–. Hablaré con el basurero y le daré una propina para que se lo lleve.

Arthur trabajaba sin camisa, con las mejillas y el cuello empapados de sudor.

–Gracias, señora –dijo Arthur, cogiendo la botella. De repente la señora DeWitt le recordó un colchón a rayas como los de antes. Aquel día su corpachón aparecía enfundado en un vestido a rayas azules y blancas, sencillo como un camisón; sus pies desnudos calzaban zapatillas de andar por casa y no parecía haberse tocado el pelo desde que se levantara por la mañana.

–Si quieres, Arthur, hoy puedes almorzar conmigo. Tengo un poco de pollo frito y ensalada de patatas, todo frío. También hay helado.

El menú era bastante apetitoso y por él valía la pena soportar el olor a gato. Después de comer podría trabajar una hora más.

–Es usted muy amable. Sí, me quedaré a comer.

Arthur estaba barriendo el suelo del cobertizo con una escoba gastada cuando llegó Gus en su viejo cuatro puertas. Arthur le saludó levantando el brazo derecho.

Gus se apeó del automóvil y se acercó a él, mirando a su alrededor.

–¿Quieres que te ayude? –preguntó, echando una mirada al montón de trastos viejos y a la parte trasera de la casa. La señora DeWitt, no rondaba por allí en aquel momento.

Decidieron ocuparse del tocón de manzano. Con la ayuda de Gus, la tarea resultó incluso divertida. Tal vez no podrían arrancarlo aquel mismo día, pero daba lo mismo. En el cobertizo encontraron una piqueta y una sierra vieja que aún podía utilizarse. Turnándose con la piqueta, extrajeron tierra en cantidad suficiente para poder atacar la raíz con la sierra. Gus se quitó la camiseta. Tenía la piel pálida y pecas en la espalda, unas pecas finas como canela en polvo. Sus gafas con montura de oro, de aspecto tan delicado, permanecieron sobre su nariz a pesar de los esfuerzos.

–Apuesto a que este condenado tiene por lo menos cincuenta años. –De pronto Gus saltó sobre el tocón y logró que una raíz cediese un poco; luego cayó de espaldas sobre la hierba, dio media vuelta y se levantó.

Arthur aplicó la sierra a otra raíz.

—¿Cómo fue la barbacoa de anoche?

—No te perdiste gran cosa. Reggie Dewey trajo algo fuerte y él y Roxanne se pusieron a hacer el loco, a bailar hasta que los dos se cayeron al agua desde el embarcadero. Luego nos pusimos todos a nadar en la oscuridad. Fue la monda.

Arthur siguió manejando la sierra y sacudiendo la cabeza de vez en cuando para librarse del acoso de los insectos.

—Ya que tengo el coche aquí —dijo Gus—, ¿quieres que nos llevemos algunos de estos trastos? Conozco un vertedero por aquí cerca.

Cargaron la mayor parte de los trastos en el coche de Gus y se fueron a tirarlos al vertedero que Gus conocía; luego, con renovado entusiasmo, atacaron otra vez el tocón, que ya casi estaba fuera. Las últimas raíces, al ser más delgadas, pudo cortarlas Arthur con la podadera y luego, con varios empujones y tirones, extrajeron el tocón y lo depositaron sobre el césped. Jadeando, triunfante, Arthur se puso a rellenar el agujero con la tierra extraída de él.

—¡Vaya! ¿Cómo lo habéis conseguido? —dijo la voz de la señora DeWitt cerca de ellos, sobresaltándolos—. ¡Habéis sacado *eso!*

Les resultó grato verla tan contenta. Gus le aseguró que solo estaba «pasando el rato». Arthur hizo las presentaciones. Gus tenía la cara enrojecida y sudorosa. Volvió a ponerse la camiseta.

—¡Y habéis hecho desaparecer todos aquellos trastos! Son las doce y media, Arthur, y venía a decirte que entrases en la casa. El almuerzo está listo. ¿Te apetece tomar un bocado con nosotros? —preguntó a Gus.

—No, gracias, señora. Mis padres me esperan antes de la una. Solo he venido a ver qué tal le iba a Arthur.

La señora DeWitt insistió en que Gus entrara a lavarse las

manos y la cara y a tomar un refresco. Arthur se lavó con el agua del grifo de la manguera, dejándola correr por el pecho y la espalda.

Gus, no sin cierto titubeo, entró en la cocina y Arthur pensó que lo hacía empujado por la curiosidad, porque él le había hablado de los gatos. La mesa, cubierta con un hule, presentaba un aspecto muy agradable con sus vasos de té helado, platos y servilletas de papel verde y una enorme fuente de ensalada de patatas que un gato blanco y negro estaba lamiendo al entrar ellos. Siguiendo una indicación de la señora DeWitt, Gus se lavó las manos en el fregadero. La señora DeWitt preparó otro vaso de té helado.

–Tengo el pollo frito en el homo para que los gatos no se lo coman –dijo ella.

Sonó el teléfono. La señora DeWitt fue a contestar desde la salita.

–Arthur –llamó la señora DeWitt–. Es para ti. Tu padre.

–¿Sí? –dijo Arthur, sorprendido.

–Arthur, me gustaría que volvieras a casa cuanto antes. Ahora mismo. –El tono de su padre era severo.

–¿Qué ocurre? ¿Le ha pasado algo a Robbie?

–Robbie está bien. Ven a casa y basta.

–La señora DeWitt me ha invitado a almorzar y pensaba trabajar esta tarde –dijo Arthur.

–¿Vas a venir o he de ir yo a buscarte?

Arthur irguió el cuerpo.

–¿Puedo hablar con mamá?

–No. Te ordeno que vengas en seguida.

–Bueno –dijo Arthur en el mismo tono de severidad y colgó el teléfono. Después entró en la cocina–. Tengo que ir a casa en seguida. Siento no poder almorzar con usted, señora DeWittt.

–¿Ha ocurrido algo en tu casa? –preguntó Gus.

–¡No! No sé qué pasa.

–¡Qué pena! –exclamó la señora DeWitt.

—Te llevaré a casa, Art —dijo Gus—. Mete la bicicleta en la parte de atrás del coche.

La señora DeWitt dio cinco dólares a Arthur y él dijo que volvería antes de las dos y trabajaría un poco más.

11

Arthur entró en su casa por la cocina, donde no había nadie, aunque la mesa estaba puesta. Se oían murmullos de voces en la salita, luego su madre entró en la cocina con cara preocupada.

–¿Y bien..., qué ocurre? –preguntó Arthur.

Lois se llevó un dedo a los labios y se acercó a la puerta que daba al garaje, para que no la oyeran desde la salita.

–Parece ser que él..., que Bob Cole habló con tu padre después del oficio. Bob dijo que le habían contado... algo acerca de una chica. Que una chica había tenido que abortar. ¿Es eso verdad, Arthur?

–¿Quién se lo dijo?

Su padre entró en la cocina.

–Ya me encargo yo del asunto, Lois.

–Solo le preguntaba si era cierto –dijo ella sin alterarse.

–Ya se lo preguntaré yo. ¿Es verdad? ¿Se trata de la chica de los Brewster? No te preocupes por tu abuela, porque también está enterada –añadió su padre al ver que la abuela cruzaba la puerta de la sala de estar.

–Hola, Arthur –dijo la abuela, tan alegre como siempre–. Esto es un asunto de familia, de modo que me retiro por el foro. Hasta luego. –Se fue por el pasillo en dirección a su cuarto.

Richard miró a Arthur.

—Supongo que tú sabrás si es verdad o no, ¿eh?

Arthur sintió ganas de decir que sí, pero Maggie había mantenido el asunto en secreto y deseaba seguir manteniéndolo así.

—Arthur —dijo su padre.

—No creo que sea asunto tuyo ni de nadie más —dijo Arthur, y su padre le abofeteó con fuerza. Arthur alzó inmediatamente el puño derecho.

—¡Arthur! ¡*Richard!* —Su madre parecía a punto de colocarse entre los dos.

—Oye, mamá, ¿cuándo vamos a comer? —dijo Robbie, entrando desde el pasillo.

Lois suspiró.

—Coge unas patatas fritas, ¿quieres, Robbie? —Sacó una bolsa de celofán del armario—. Tenemos que hablar unos minutos antes del almuerzo. ¿Por qué no sales un rato al jardín?

—No tengo ganas. —Robbie volvió a su cuarto con la bolsa de patatas fritas.

—¿Me estás diciendo que es verdad? —preguntó su padre cuando Robbie ya no podía oírle.

Arthur seguía con el puño apretado, pero sin levantarlo.

—Me gustaría saber quién es el tío que lo ha dicho. ¿Quién se lo dijo a Bob Cole?

—Pero es verdad, ¿no, Lois? —dijo Richard—. Basta con mirarle.

En aquel momento Arthur detestaba a su padre.

—Sí. ¿Y a qué vienen tantas alharacas?... ¡Cotillas!

—De acuerdo, Arthur —dijo su padre con aire de triunfo y paciencia combinados.

Arthur hizo un esfuerzo por no perder la calma.

—Maggie se lo está callando, su familia se lo está callando. Por cierto..., sus padres ni siquiera se han enfadado conmigo.

—Pues deberían enfadarse —se apresuró a decir Richard—. Una buena chica y una buena familia.

—Sí, y dijeron... que estas cosas pasan. —Súbitamente Arthur notó que estaba a punto de derrumbarse, de manera que procuró permanecer bien erguido.

–Pasan porque la gente *hace* que pasen.

–Si tratas de echarle la culpa a Maggie, ¡puedes irte al infierno!

–¡Arthur! ¡No sigáis hablando de esta forma! –Su madre alzó las manos pidiendo paz–. Ya seguiremos hablando de esto después de comer un poco, si es que hay que seguir hablando. Lo digo en serio –agregó, mirando a Richard.

Arthur quería irse a su cuarto, pero temía dar la impresión de que se retiraba, de forma que se quedó donde estaba.

–¿Puedes ir a avisar a tu abuela, Arthur? –preguntó su madre.

Arthur salió al pasillo para ir a llamarla. Luego entró en su cuarto y se secó el sudor de la frente. A los pocos instantes oyó que llamaban a la puerta. Era su madre.

–No puedo bajar a comer, mamá. Me parece que volveré a casa de la señora DeWitt.

Su madre entró y cerró la puerta.

–¿Quién se lo dijo a Bob Cole, mamá?

–No lo sé. Pero en esta ciudad las noticias vuelan. Tú lo sabes.

De repente Arthur pensó en Roxanne. Ella no iba a aquella iglesia, pero quizás le habría dicho algo a Greg o a Reggie Dewey o a alguien por el estilo y ese alguien se lo habría dicho a algún feligrés de aquella iglesia de mojigatos.

–Tengo que servir el almuerzo. Tu padre querrá hablar contigo otra vez y yo quiero que los dos conservéis la serenidad... si podéis.

–Puedes decirle que es él quien arma el follón. ¿Acaso piensa decírselo a los vecinos? ¿Hacer un discurso en la iglesia?

–Claro que no –susurró su madre–. Además, Bob Cole habló con tu padre en privado, en su despacho, al terminar el culto. ¿Cuándo tuvo lugar el aborto? Supongo que antes de la visita de tu abuela.

–Aún no; será mañana.

–¿Sí? Tu padre cree que fue hace un par de semanas.

–El de hace dos semanas no salió bien... Pero no se lo digas a papá, ¿quieres? No digas nada más sobre el asunto. Déjalo correr..., deja que las cosas se calmen.

–Este mediodía tu padre trató de hablar por teléfono con los Brewster.

–¡Cielo santo! Los Brewster no están en casa, así que papá puede ahorrarse la molestia.

–¿Quieres que te traiga algo de comer?

–No, gracias, mamá.

Al salir su madre, Arthur soltó una exclamación, apretó los puños y movió los brazos un par de veces, luego entró sin hacer ruido en el baño, que estaba en la habitación contigua, y se lavó la cara con agua fría. Creyó que podría salir de casa por la puerta principal sin que le viera nadie, pero su padre le vio.

–Ah, Arthur –dijo su padre, levantándose de la mesa y saliendo al vestíbulo con la servilleta en la mano–. Me gustaría que me dijeses dónde están los Brewster este fin de semana.

–No tengo ni idea –repuso Arthur, y salió.

Llegar de nuevo a casa de la señora DeWitt fue un placer, un placer que se parecía un poco al que sentía al entrar en casa de Norma, aunque en casa de la señora DeWitt tenía que trabajar. Arthur no vio a nadie cuando dejó la bicicleta apoyada en el cobertizo y pensó que la señora DeWitt estaría almorzando aún, ya que apenas habían transcurrido cuarenta y cinco minutos. Se puso a recoger las raíces aserradas que había en la hierba. Trabajaba despacio y sin pausa, casi sin pensar en lo que hacía. Al día siguiente, a la misma hora, la operación, la dura prueba de Maggie habría terminado. Volvería a casa el mediodía del martes. Y, al parecer, Maggie seguía queriéndole, ¡tanto como siempre! Al pensar en ello, en aquella verdad, Arthur se sintió fortalecido y protegido contra el chiflado de su padre.

Arthur se sobresaltó al oír la voz chillona de la señora DeWitt cerca de él.

—¿Ya has vuelto, Arthur? Entra y te daré un poco de helado. En tan poco tiempo no puedes haber comido mucho.

Arthur se excusó cortésmente.

Poco después la señora DeWitt salió con una bandeja en la que había un vaso de café helado y una tajada grande de pastel de coco. Tras probar ambas cosas, Arthur tiró el resto del pastel donde la señora DeWitt no pudiera verlo. Eran casi las cinco cuando dejó la bandeja en la cocina. La señora DeWitt no estaba allí y Arthur se marchó a casa, sudoroso y cansado.

Pensó en ir a ver a Gus, ya que iba a pasar cerca de su casa, pero se dijo que no podría hablar libremente con él. Tampoco podría hablar con Norma Keer, aunque probablemente ella se mostraría más comprensiva que cualquier otra persona. Hablar con alguien, con quien fuese, hubiese sido no jugar limpio con Maggie, y precisamente por esto su padre se estaba comportando de un modo injusto. Hasta el mismo Robbie podía estar enterado ya del asunto.

Cuando Arthur llegó a casa, su madre, que se encontraba en la cocina, le indicó por señas que pasara al garaje.

—Tu padre ha hablado con los Brewster. Te lo digo para que no te lleves una sorpresa —susurró su madre—. Richard trata de...

—¡Maldita sea! ¿Cómo dio con ellos?

—Telefoneó a la Sigma Airlines. Alguien le dijo que el padre de Maggie trabaja en esa compañía, y le dijeron..., no sé, Arthur, pero tu padre insistió en que era un asunto urgente y le dijeron que el señor Brewster pasaría el fin de semana en el hotel de la compañía. De manera que tu padre le localizó y le hizo saber que..., que no aprobaba lo del aborto. —Lois bajó aún más la voz al pronunciar las últimas palabras.

Y Lois le había dicho a Richard que el aborto todavía no se había practicado. Arthur casi montó en cólera.

—¡Vaya, vaya! ¡No lo aprueba! ¿Y quién es él para aprobarlo o desaprobarlo? ¿Acaso no es asunto de los Brewster? ¿Es que se ha vuelto loco?

113

—¡Chist! Todo el asunto parece cosa de locos. Tu padre ha hablado tanto que hasta Robbie lo sabe. Traté de ocultárselo a tu hermano, como es natural. Y traté de persuadir a Richard de que no se metiese en el asunto.

—Espero que los Brewster le mandaran al infierno.

—Bueno..., en cierto modo lo hicieron —replicó su madre con un asomo de sonrisa—. Hablé con la madre de Maggie durante un rato. He de reconocer que estuvo amable conmigo. Me dijo que no me preocupase. Y Maggie quiere hablar contigo. Dice que la llames.

—¿Ahora?

—He dejado el número apuntado junto al teléfono. Llámala antes de las ocho —dijo su madre, y volvió a la cocina.

Arthur fue tras ella. Todavía no eran las seis.

Richard estaba en la sala, así que Arthur pasó de largo, aunque la abuela también se encontraba allí. Entró en el cuarto de baño, tiró la ropa al suelo y se metió bajo la ducha. También se lavó el pelo. Luego cogió la ropa sucia con una mano, miró si había alguien en el pasillo y entró corriendo en su habitación. Mientras se cambiaba pensó que su padre, como era lógico, no abandonaría la sala para que él pudiese telefonear tranquilamente, pero Norma le dejaría usar su teléfono. Le encantaría prestarle aquel pequeño servicio.

Arthur entró en la sala para coger el número de teléfono que su madre había mencionado. Saludó a la abuela.

—Hola, Arthur —dijo ella con un suspiro, como si estuviera harta de algo, tal vez de Richard.

Arthur vio que su padre estaba sentado en el borde de un sillón, con la espalda encorvada y las manos juntas. Robbie, sentado en otro sillón, parecía todo oídos y se entretenía desenredando un ovillo de cordel. Arthur se dispuso a salir por la puerta principal después de coger el papel con el número de teléfono apuntado.

–¡Oh, Arthur! Quisiera hablar un momento contigo. –Su padre se levantó, arqueando la espalda como si acabara de pasar un mal rato en el sillón, y le indicó que entrase en el dormitorio.

Arthur se guardó el papel en el bolsillo y siguió a su padre, que cerró la puerta una vez que los dos estuvieron dentro.

–He averiguado que la operación no se efectuará hasta mañana. Aún estás a tiempo de impedirla o de ayudar a impedirla. Ahora mismo. Esta noche.

Arthur retrocedió unos pasos al ver aproximarse el mentón agresivo de su padre.

–Tu deber es decir lo que piensas sobre el asunto. Yo ya les he dado mi opinión a los Brewster, a ambos.

–La palabra la tiene Maggie... y nadie más.

–¡Maggie es casi una niña! Diecisiete años. Estoy hablando de la importancia de la vida, Arthur...

–No pienso hacerlo. Y nada te autoriza –prosiguió Arthur, interrumpiéndole– a decirles a los Brewster lo que deben hacer. Me pones en un aprieto.

–¿*Tú* te atreves a hablar de aprietos?

Es inútil, pensó Arthur, volviéndose hacia la puerta. Richard fue tras él y Arthur se apartó un poco creyendo que iba a asirle un brazo. Arthur abandonó el dormitorio y salió por la puerta principal. Pensó que por una vez Norma le perdonaría si se presentaba sin telefonear antes.

–¡Arthur! –gritó Richard desde el porche.

Arthur volvió sobre sus pasos y se detuvo ante los escalones de la entrada. Su padre acababa de cerrar la puerta.

–A esa criatura –dijo en voz baja– podemos cuidarla nosotros, o la familia de la chica. Si no logras persuadirla, si no insistes, cometerás la mayor equivocación..., una de las mayores equivocaciones de tu vida.

Arthur suspiró, mudo y furioso.

–Nunca irás a Columbia, si permites que suceda esto.

Arthur ya se lo había figurado. Hizo un gesto seco con la cabeza, cruzó el jardín y llamó a la puerta de la vecina.

Norma le abrió sin el menor indicio de enojarse por la interrupción, pues, según dijo, solo estaba zurciendo algo en la salita. Una de las cortinas cubría la mayor parte del sofá en el que Norma solía sentarse.

—Así estará mi casa la semana que viene —dijo Arthur—. Mamá y la abuela van a hacer un montón de cortinas nuevas.

—Solo estaba cosiendo el dobladillo de la mía. Lo encontré descosido cuando me la trajeron.

—En realidad, he venido a llamar por teléfono, si me lo permites. He de llamar a Indi y te pagaré la llamada. ¿De acuerdo?

—Des..., desde luego, Arthur. Asunto privado, por lo que veo. ¿Quieres que me esfume?

—Oh, no es tan privado —dijo Arthur, aunque hubiese preferido estar solo—. ¿Puedo llamar ahora mismo?

—Adelante. —Norma volvió a ocuparse de la cortina.

Arthur marcó el número del hospital y pidió que le pusieran con la habitación ocho dieciséis.

Norma se fue a su dormitorio, que estaba en la parte trasera de la casa, arrastrando la cortina tras sí.

—Hola, Maggie —susurró Arthur al contestarle la muchacha—. ¿Cómo estás?

—Bien. En la cama ya. —Parecía animada—. La habitación es preciosa. Hay televisión en color. Mamá está aquí.

Estaría en la habitación, supuso Arthur.

—Me puse furioso al saber que mi padre había llamado a los tuyos. Algún cretino de su *iglesia* le dio el chivatazo y yo no me enteré hasta hoy a la una. Luego... estuve fuera toda la tarde, trabajando hasta... hace un momento y acabo de saber que llamó. Lo siento mucho. ¿Se lo podrás decir a tu madre?

—No te preocupes tanto. Creo que mi padre se encargó de ello.

—¿A qué hora es el..., el asunto mañana por la mañana?

Norma volvió a entrar en la sala con una cesta de costura en la mano y arrastrando aún la cortina.

–A las ocho. Es una pena que tu padre esté tan disgustado. No hay motivo para estarlo.

Arthur se sintió mucho mejor. Una vez más la fantástica tranquilidad de Maggie hacía milagros. Ella era la que sufría, la que corría peligro, ¡y parecía más cuerda que nadie!

–... Mamá ha vuelto. Me parece que quiere hablar contigo.

–Hola, Arthur –dijo Betty Brewster.

–Hola, señora Brewster. Le estaba diciendo a Maggie... Lamento que mi padre...

–Creo que Warren y yo resolvimos el asunto bastante bien. Al menos lo intentamos. Me temo que nuestra familia no está de acuerdo con la tuya.

–Tampoco yo lo estoy. Es mi padre, no mi madre.

–Mañana el asunto habrá concluido y todos podremos olvidarnos de él. Díselo así a tu padre. ¿Quieres hablar con Maggie otra vez?

–Hola, Arthur. Acaba de entrar el doctor..., así que tendré que colgar.

–Llamaré mañana al mediodía para preguntar cómo estás. Te quiero mucho, cariño.

Al volverse, los ojos de Arthur se posaron en otro mundo: Norma cosiendo con las piernas y los pies ocultos debajo de la cortina. Buscó dinero en los bolsillos y dejó dos dólares al lado del teléfono, aunque sabía que la llamada costaría un poco menos.

–¿Éxito? –preguntó Norma.

–Oh, sí. Gracias, Norma. Últimamente en la salita de casa hay mucho movimiento.

–¿Tienes tiempo para sentarte? Son casi las siete, hora oficial de tomarse una copa. ¿Te tiento a tomar algo?

–Gracias..., no. –Arthur no quería una copa y tampoco quería irse. ¡Pero en aquel mismo instante Richard podía estar molestando a los Brewster por teléfono! ¿Y si a su padre se le ocurría la brillante idea de *ir* al hospital? Se le cayeron varias monedas que tenía en la mano y tuvo que recogerlas de la alfombra.

—¿Estás nervioso esta noche? Te deseo suerte, Arthur.

—¿En qué?

—En lo que sea y en todo —dijo Norma, mirándole.

12

Lois y la abuela estaban en la cocina al llegar Arthur a su casa; y la cena era inminente. Su padre estaba hablando por teléfono.

–Entiendo. Gracias –dijo en tono de enfado y colgó.

Si era al hospital adonde había llamado, Arthur esperaba que le hubieran dicho que los Brewster no atenderían más llamadas del señor Alderman.

Su padre entró en la cocina y se sentaron todos a la mesa, donde había una fuente de salmón ahumado. Arthur, al inclinar la cabeza cuando su padre empezó a bendecir la mesa, tuvo que apartar al gato, que le estaba arañando la pierna.

–Padre, te damos las gracias –como siempre– por las bendiciones que tenemos ante nosotros. En este momento de... preocupación e iniquidad, imploramos tu paciencia y tu perdón. Te pedimos que nos muestres el camino... a todos nosotros. Amén.

Robbie tuvo un acceso de hipo tan violento que se alzó un poco de la silla. Arthur le dirigió una sonrisa y desplegó la servilleta de papel.

–¿Cómo estaba Norma? –preguntó su madre.

–Como siempre. Cosiendo –contestó Arthur–. Remendando el dobladillo de una cortina.

Su padre masticaba como si comer salmón fuera una tarea ardua e inevitable, pese a que no lo comían todos los días ni mucho menos.

—¿Qué has hecho hoy en casa de la señora DeWitt? —preguntó la abuela.

Las mujeres mantuvieron viva la conversación. Richard parecía esperar con impaciencia el momento de decir algo desagradable, pero no dijo nada. Robbie también guardó silencio. Sentado en el banco, Robbie parecía más alto. La mandíbula se le estaba haciendo más gruesa. ¿Estaría Robbie a favor de su padre? ¿Cómo podía entender la situación a su edad? Por otra parte, a los jóvenes se les podía doblegar.

En el intervalo que precedió al postre, cuando Lois se levantó de la mesa, Richard dijo:

—Habrás hablado con la chica, ¿eh, Arthur?

—Sí.

—Richard, ¿es necesario hablar de ello? ¿En este momento? —dijo Lois.

—Después puede ser demasiado tarde. Sin embargo, si ha de ser después...

Los postres habrían sido una tortura, de no ser por la tarta de merengue y limón, que resultó excelente. Además, Arthur tenía apetito. Luego tomaron café en la sala. A Robbie se le pidió amablemente que se fuera a su cuarto, pero no hizo caso. Arthur vio que la abuela hacía ademán de retirarse después de tomar una taza de café y que luego decidía quedarse. Se alegró de ello.

—Bien, Arthur, ¿le pediste a la chica que cambiase de parecer? —preguntó su padre.

—No.

—¿Lo intentaste?

—No, no lo intenté.

—Aún no es demasiado tarde —dijo su padre, que, según pudo ver Arthur, procuraba no alterarse.

120

La abuela miraba el fondo de su taza de café y Robbie daba la impresión de estar viendo una película.

–Ahora se niegan a hablar conmigo –dijo Richard con tristeza–. Pero estoy seguro de que tú podrías hablar con ellos. Con la chica o con su madre. Incluso yo podría llevarte en coche al hospital esta noche.

Arthur sintió un estremecimiento y se frotó la frente.

–No creo que Robbie deba presenciar todo esto, papá. Tampoco la gente de la iglesia. No sé a cuántas personas se lo habrás...

–Tú has ido a casa de Norma –dijo su padre.

–Fui a telefonear, pero no le dije nada de *esto*.

En aquel momento llamaron a la puerta. Lois se levantó con aire irritado y dijo:

–Richard, ¿quieres abrirle tú?

El padre de Arthur fue a abrir la puerta.

–¡Hola, Eddie! ¡Pasa, pasa! Llegas a tiempo para el café –Se oyeron murmullos–. ...Una oportunidad todavía, sí, –Richard entró en la sala con un hombre delgado, de unos veinticinco años, que llevaba una cartera negra en la mano. Richard apoyó una mano en el hombro del recién llegado y dijo–: Aquí tenemos a Eddie Howell. Ya conoces a mi familia, Eddie. Y este es Arthur.

Arthur saludó con la cabeza, pero no se puso en pie. Sin duda era un conocido de su padre, alguien de la iglesia, una de las «personas jóvenes» de las que su padre hablaba con frecuencia. A Arthur le pareció un hombre enfermizo, pálido, delgado; llevaba gafas y vestía un traje oscuro.

–¿Pasamos a...? –empezó Eddie, que, al parecer, suponía que los tres, Eddie, Richard y Arthur, pasarían al despacho del segundo.

–No, no, siéntate, Eddie. Sírvele una taza de café. Lois.

La madre de Arthur ya se disponía a hacerlo.

–No estoy seguro de que Robbie... –empezó Eddie.

–Oh, Robbie es de la familia –dijo Richard.

Realmente espantoso, pensó Arthur. Eddie hubiera querido encerrarse a solas con él en alguna habitación, donde pudiera sermonearle a gusto y obligarle a coger los folletos que probablemente llevaba en la cartera.

—¿Y bien? ¿Qué novedades hay? —preguntó Eddie con su sonrisa afable. Tenía la taza en la mano y se hallaba sentado en una silla con las rodillas juntas y los pies torcidos hacia dentro.

—Todo sigue igual —dijo Richard—. Pero aún no es demasiado tarde, como le dije antes a mi hijo. Nunca es demasiado tarde hasta que llega el momento propiamente dicho.

Eddie miró a Arthur con una sonrisa meliflua, como si estuviese contemplando algún organismo extraño que se negara a sentar la cabeza y comportarse como era debido. Detrás de las gafas, los ojos negros de Eddie mostraban una expresión desconcertada e inquieta. Arthur pensó que era pura comedia.

—¿Qué intenciones llevas, Arthur? —preguntó Eddie.

—¿Intenciones?

—Con respecto a la muchacha. Y a su situación.

Arthur se inclinó hacia adelante, dejando la taza de café vacía y el platillo sobre la mesa.

—Richard —dijo Lois—, creo que este no es el momento más indicado para hablar de todo esto. Con tantas personas...

—Tenemos que hablar ahora. Si no, ¿cuándo? —preguntó Richard.

—Tal vez Eddie debería hablar con Arthur a solas —dijo Lois.

—Sí, lo haré con mucho gusto —dijo Eddie alegremente, levantándose.

—¿Qué necesidad hay de ir a otra parte? —preguntó Arthur—. No pienso decirle a nadie lo que tiene que hacer..., si es que has venido para hablar de eso.

—Pero... es que ya lo has hecho —dijo Eddie Howell en tono afable—. Ahora debes reconocer que tú eres el responsable.

«No del todo», pensó Arthur.

—Ahora, no —dijo.

—Sí, ahora. Has creado vida y ahora... tratas de negar tu responsabilidad. Estás dispuesto a permitir que sea...

La madre de Arthur se movió incómodamente en la silla.

—¡Adelante, Eddie! —dijo su padre como si jalease a su equipo favorito.

—No puedes quedarte sentado, sin hacer nada, si tienes algún poder, Arthur. Ese sería tu verdadero pecado, un pecado realmente grave —dijo Eddie.

Robbie, con expresión neutral y atenta, no apartaba los ojos de Eddie.

Arthur dijo:

—Haré lo que la chica desea. Lo que también desea su familia. No entiendo por qué te entrometes.

—Y no aciertas a ver tu responsabilidad —dijo Eddie, sin dejar de sonreír bonachonamente.

Arthur sí veía su responsabilidad, por supuesto. ¿Acaso no eran igualmente responsables los dos, él y Maggie?

—Pero no ahora —repuso Arthur—. Ahora la chica tiene derecho a hacer lo que quiera.

Eddie dijo que no con la cabeza.

—Comprendo lo que Arthur quiere decir —terció la abuela en tono amable—. No es que quiera meterme, pero...

—Me gustaría conocer su opinión, señora —dijo Eddie.

—Teniendo en cuenta la edad de la muchacha... y la de Arthur... Bueno, estoy segura de que usted ya me entiende. Además, que yo sepa, esta familia no es católica. La familia de la muchacha parece tomárselo... con calma, ¿verdad? Como algo que puede suceder en las mejores familias. ¿Por qué no dejar las cosas como están? Y aquí se acaba mi discurso. —La abuela sonrió brevemente a su hija.

Eddie movió la cabeza despacio, arriba y abajo, con el ceño fruncido y una sonrisa que parecía helada.

Eddie Howell era un mojigato asqueroso, pensó Arthur, y Richard también lo era porque estaba allí sentado con cara solemne y la atención concentrada en aquel imbécil –quince o veinte años más joven que él– como si fuese Dios en persona o algún tipo de mensajero divino.

–Me gustaría hablar contigo un momento en tu propio cuarto, Arthur –dijo Eddie–. ¿Es posible?

Arthur contestó que no con la cabeza.

–Puedes decir todo lo que quieras aquí mismo.

Eddie tomó aliento.

–Te recomiendo encarecidamente que llames a esta muchacha... o a su familia o a ambos... y le digas que no quieres que se lleve a cabo esta operación. Que sabes que *no* debería llevarse a cabo. Tengo entendido que la familia de ella goza de buena posición y podría cuidar de la criatura. Pero eso no es lo importante. –Alzó el dedo índice–. Lo que importa es... la vida humana. Sé que Richard tiene el número de teléfono del hotel donde están los padres. Hasta podríamos *ir* allí en mi coche..., hablar con ellos.

Arthur acarició la idea de liarse a golpes con aquel cretino y con Richard si intentaban obligarle a subir a un coche y con el puño derecho se golpeó la palma de la mano izquierda.

–Lo siento –dijo, esforzándose por no perder los estribos–, pero mi padre se ha pasado toda la tarde molestándoles y ahora se niegan a ponerse al teléfono. –El sudor empezaba a bañarle la cara, recordándole las horas que había trabajado en casa de la señora DeWitt aquella tarde.

Eddie abrió la cartera negra.

–Me gustaría que leyeses dos cosas que he traído conmigo –dijo, sacando dos revistas de distinto formato y dejándolas delicadamente sobre la mesita–. ¿Tendrás la amabilidad de leerlas? ¿Me lo prometes?

¿Por qué debía prometérselo? Arthur sintió ganas de decirle que se las metiese en cierto sitio, y tal vez se lo habría dicho de no haber estado presente la abuela. Recordó que los imbéciles como Eddie Howell atacaban a Darwin, de hecho escupían sobre Darwin.

Al pensarlo, sintió crecer su fortaleza, incluso experimentó la sensación de estar en ventaja.

–Sí, claro –dijo Arthur, levantándose con aire de dar la visita por terminada.

Su madre también se puso en pie, pero fue para ir a la cocina. Richard indicó a Eddie Howell que pasara a su despacho y luego cerró la puerta.

–Lo has hecho muy bien, Arthur –dijo la abuela–. Has conservado la serenidad. Te felicito.

Arthur meneó la cabeza. Robbie le miraba como si ahora el centro de la pantalla lo ocupara él en lugar de Eddie Howell.

–¿No te aburres escuchando todo esto, Robbie?

–No. ¿Por qué iba a aburrirme?

Richard y Eddie salieron del despacho y se dirigieron a la puerta principal. Eddie se volvió y dijo:

–Buenas noches, Arthur..., buenas noches a todos. No lo olvides, Arthur: no será demasiado tarde hasta mañana por la mañana. Y eso te da mucho tiempo. –Al llegar al umbral de la puerta, alzó un brazo y sonrió–: ¡Dios les bendiga!

–Te llamaré más tarde, Eddie –musitó Richard en el recibidor–. Muchas gracias por venir. –Después de cerrar la puerta tras Eddie, volvió a entrar en la salita y cogió las revistas de la mesita–. Las dejaré en tu cuarto, Arthur –dijo.

–Dan un programa divertido dentro de cinco minutos tan solo –dijo la abuela al volver Richard–. Me parece que es justo lo que necesitamos. Al menos, *yo* lo necesito. ¿Te importa, Richard?

A Richard no le importaba. Arthur se sintió orgulloso de su abuela. Todos vieron el programa, una comedia de enredos realmente graciosa. Arthur, repantigado en un sillón, rió de buena gana. Richard se fue a su despacho al cabo de unos minutos y luego volvió, cautivado también por el programa.

Al cabo de un buen rato y después de otra ducha, Arthur echó un vistazo a las dos revistas o folletos sobre la cama. Una se refería a la «santidad de la vida» y citaba lo de «creced y multiplicaos». La segunda, en cuya tosca portada en blanco y negro había un poco de azul, llevaba por título «Piénsalo dos veces» y hacía hincapié en los peligros físicos del aborto provocado, la septicemia, las hemorragias, etc. Hablaba luego del azote mental de una depresión que, según la revista, era «una muerte en vida». «Piénsalo dos veces» trataba de los abortos ilegales, que era el término que utilizaba, de los abortistas clandestinos, de los funestos intentos llevados a cabo en casa, como si el aborto legal practicado por médicos competentes no existiese. Tachaba de asesinos a los doctores y enfermeras que llevaban a cabo estas operaciones o colaboraban en ellas, y lo mismo hacía con las muchachas o mujeres que se sometían a ellas. Venía a ser una dosis más concentrada de lo que Arthur ya había visto en otras revistas parecidas. De los métodos anticonceptivos no decía ni pío. El embarazo era un hecho, ni más ni menos; el feto debía llegar hasta el final del embarazo, momento en que había que darlo a luz, y así sucesivamente. Arthur todavía tenía ganas de reír y lo que decían aquellas revistas no era menos exagerado, y a su modo no menos cómico, que el programa que acababa de ver en la televisión. Había también cierto elemento de sadismo que hacía pensar en el Científico Loco: las mujeres deben pagar lo que han hecho. Todos los artículos estaban escritos por hombres cuyos nombres y apellidos eran propios de ciudadanos blancos, anglosajones y protestantes, y las editoriales ostentaban nombres como God's Way Press o New World College Religious Publications, Inc.,[1] con domicilio social en ciudades tan pequeñas que Arthur nunca había oído hablar de ellas, ciudades de California, Illinois, Ohio.

Alguien llamó a su puerta.

–¿Arthur?

---

1. Respectivamente: «Editorial del Camino de Dios» y «Publicaciones Religiosas del New World College, S. A.». *(N. del T.)*

Era su padre.

—¿Sí?

Su padre entró.

—Bien, veo que las estás hojeando.

Arthur volvió a tirar las dos revistas sobre la cama.

—Sí, ya dije que les echaría un vistazo.

—¿Y cuál es ahora tu actitud?

Arthur respiró a fondo.

—¿De veras crees que voy a cambiar de parecer a causa de esta... propaganda?

Su padre soltó un bufido e hizo una pausa antes de contestar.

—Ni siquiera tienes edad para votar y ya te crees superior. Superior a la palabra de Dios. No es la Biblia, lo reconozco, pero, a pesar de todo, es la palabra de Dios. No sé cómo puedes dormir esta noche, y tal vez no dormirás. Vamos a ver, Arthur: puede que veas la luz... antes de que amanezca... y hagas algo o trates de hacerlo. No quiero este baldón sobre mi familia —siguió hablando más despacio—. Y si quieres ir al hospital esta noche, no importa a qué hora, yo te llevaré en coche.

Richard se quedó de pie ante él, con su voluminosa cabeza inclinada hacia adelante, sus ojos grises no exactamente extraviados, pero con una expresión distinta, como si hubiese tomado alguna droga. Luego se volvió y salió de la habitación. Se le notaba viejo y cansado, o quizás sencillamente derrotado. Y así era.

Al cabo de una hora más o menos, cuando se dirigía a la cocina para tomarse un vaso de leche y un poco de tarta de limón, suponiendo que Robbie no se la hubiera comido toda, Arthur oyó que su padre hablaba por teléfono. El resto de la familia ya se había acostado. Richard, en cambio, aún iba vestido. Aunque no quería espiar a su padre, Arthur captó algunas de sus palabras. Estaba dictando un telegrama. Al darse cuenta de ello, Arthur prestó atención, pues no quería que su propio nombre constara al pie del mensaje.

—«No es demasiado tarde. Punto. Les enviamos... nuestras bendiciones. Punto. Firmado: familia Alderman.» «A» de...

Arthur pensó que Maggie y Betty comprenderían que él no era el autor del telegrama y se dijo que su padre habría sido más honrado firmando el telegrama con su nombre, Richard Alderman.

13

A las diez de la mañana del lunes, Arthur iba pensando en Maggie mientras pedaleaba hacia la principal biblioteca pública de la ciudad. De hecho, no había dejado de pensar en ella desde que se levantara a las siete. Por suerte, su padre no le había molestado y él había permanecido en su habitación hasta que le oyó salir de casa para ir a trabajar. Tampoco su madre y la abuela le hicieron comentario alguno sobre Maggie. Arthur se imaginó que a aquella hora, las diez, los efectos de la anestesia ya empezarían a pasársele y Maggie se sentiría aliviada y apenas notaría dolor, tal vez ni pizca. Arthur confiaba en que así fuese.

—¡Buenos días, señorita Becker! —dijo Arthur, sonriendo a la bibliotecaria morena y con gafas.

—¡Hola, Arthur! —contestó ella, alzando los ojos del libro que estaba leyendo—. Bonito día, ¿verdad?

¿Lo era? Brillaba el sol, cierto.

—Sí.

Arthur puso cuatro libros sobre el amplio mostrador y los abrió para que la bibliotecaria pusiera el sello correspondiente. ¿Qué significaría la E que aparecía delante de Becker en la plaquita? ¿Edith? ¿Elvira? La señorita Becker no era tan sosa como las bibliotecarias a las que sienta bien el nombre de Elvira. Casi era bonita y, desde luego, aún no había cumplido los treinta.

—Departamento de zoología, departamento de zoología —dijo la señorita Becker, poniendo el sello—. ¿Eso es lo único que piensas hacer este verano? ¿Leer libros?

—Oh..., hum..., se me ocurren cosas peores.

Arthur entró en la sala grande llena de estanterías y tabiques divisorios con libros a ambos lados. Se detuvo ante la vitrina de las nuevas adquisiciones y escogió un libro con dibujos de Searle y otro que llevaba por título *La física moderna* y contenía muchas fórmulas matemáticas que probablemente no entendería. Pero había también fotografías electrónicas que sí entendía. Los dos libros había que devolverlos al cabo de una semana, solo una. Mientras se encaminaba hacia la sección de ciencias, Arthur recordó que sus padres no tardarían en irse a California en el coche. Robbie iría con ellos y Arthur estaba seguro de que su padre no le invitaría a él. No es que él quisiera ir, sobre todo en un coche en el que apenas había espacio para cuatro personas; pero su padre no le diría que cogiera el avión y se reuniese con ellos en San Francisco, por ejemplo. Le sorprendería bastante que su padre le creyese capaz de cuidar él solo de la casa durante dos semanas o más. Arthur se decía que tener la casa para él solo iba a ser como estar en el paraíso.

Escogió cinco libros y se fue al mostrador para que registrasen la salida. Luego, cuando ya había cruzado la puerta que daba al vestíbulo, la señorita Becker le llamó:

—¡Arthur! ¡Por poco se me olvida algo! ¡Hablando de la bibliotecaria despistada! —Se echó a reír al tiempo que se agachaba para recoger una bolsa de plástico que tenía en el suelo—. Esto es para ti. Un pequeño regalo. No se te verá mucho por aquí cuando estés en Columbia y me dije que tal vez irías a alguna parte este verano y tendrías tiempo para leer.

Arthur se llevó una buena sorpresa. Adivinó que en la bolsa había un libro, bastante grueso por cierto.

–Muchas gracias, señorita Becker.

–Espero que te guste.

Fantástico, pensó Arthur. Conocía a la señorita Becker desde que tenía diez años y recordó que ella solía ayudarle a encontrar los libros cuyos títulos anotaba él en un papel. ¡Pero regalarle un libro a un simple usuario de la biblioteca! Arthur se preguntó si aquel era día de milagros.

Salsa de manzana, pensó Arthur cuando se encontraba a medio camino de casa. Tenía que comprar dos latas para su madre. Arthur dio media vuelta y regresó al centro de la ciudad.

La casa estaba vacía al llegar Arthur. Sabía que su madre y la abuela tenían que salir a comprar más tela para las cortinas y que Robbie estaba con sus compañeros en el lago Delmar. Se le ocurrió que podía telefonear a Maggie en aquel mismo instante, a las once y diez, en lugar de esperar hasta el mediodía como tenía pensado hacer, pero quizás la muchacha seguiría mareada a causa de la anestesia o en el hospital le dirían que aún no le permitían hablar con nadie. Entró en su habitación y abrió el regalo de la señorita Becker. Iba envuelto en papel azul y dorado, especial para regalo. El libro se titulaba *La vida en la Tierra: Ensayos seleccionados,* y era una recopilación de escritos de unos dieciséis zoólogos y biólogos. Arthur estaba familiarizado con la mayoría de ellos. ¡Un libro estupendo! En una de las primeras páginas había una dedicatoria de la señorita Becker:

«Para Arthur Alderman. Adelante y hacia arriba. Disfruta de este libro.

Evelyn Becker.»

Arthur aspiró el aroma de las páginas nuevas mientras hojeaba el libro. ¡Qué delicia! De buena gana se habría echado en la cama para empezar a leer uno de los ensayos, cualquiera, con el mismo placer que los demás.

Pero antes aprovecharía que estaba solo en casa para llamar a Maggie. Aún llevaba el número del hospital en el bolsillo trasero de los pantalones. Lo marcó y pidió que le pusieran con la habitación ocho dieciséis.

Contestó una voz femenina que Arthur tomó por la de una enfermera.

—Llamaba... para hablar con la señorita Brewster. —En aquel instante Arthur oyó que alguien cerraba la portezuela de un coche en el garaje.

—Ahora se pone —dijo la voz femenina.

—¿Diga?... Oh, hola, Arthur.

—¿Estás bien?

—Sí, estoy bien. Y ya ha pasado. —Se la notaba un poco soñolienta.

—¿De veras? ¿Todo... ha ido bien?

Maggie le dijo que sí, que todo había salido bien. ¿Dolor? Apenas, contestó Maggie. Y sí, su madre estaba con ella, pero había salido a comprar unas Cokes porque las del hospital se habían acabado. Y sí, volvería a casa al día siguiente aunque a ella le hubiera gustado volver aquella misma tarde.

—¡Eso es estupendo, Maggie! Ahora trata de dormir un poco. ¿Cuándo podré llamarte otra vez... sin molestarte?

—A cualquier hora. Pero no después de las ocho.

Después de colgar, Arthur dio un brinco. ¡Las noticias eran maravillosas! ¡Y Maggie parecía tan tranquila, como si fuese un día como cualquier otro! Arthur procuró calmarse, pues su madre y la abuela estaban en la cocina, sacando cosas de las bolsas y hablando en voz baja. Arthur fue a reunirse con ellas.

—Bien, Arthur —dijo la abuela—, hemos tenido una mañana muy provechosa. ¿Y tú, qué?

—Muy buena, gracias. —Vio que en una silla había varios metros de tela de color rojo y marrón—. ¿Qué tal van las cortinas?

—Oh, pues... la mar de bien, ¿verdad, Lois?

La madre de Arthur no sonrió y siguió sacando cosas del frigorífico, disponiéndose a preparar el almuerzo.

—Tuve que hacer un remiendo. Espero que no vuelva a suceder.

—Se te ve muy animado esta mañana —dijo la abuela—. ¿Maggie está bien?

—Sí, gracias. Acabo de hablar con ella.

Lois encendió el horno.

—Así que asunto concluido, ¿eh?

—Sí —respondió Arthur.

—Tu padre rezó anoche, Arthur —dijo su madre—. Quiero que lo sepas... por si te interesa. Él tiene su propia manera de ver las cosas. Rezó tan sinceramente como rezó por Robbie.

¿Sería también la manera de ver las cosas de su madre? Arthur miró de reojo a la abuela y vio que ella miraba hacia otra parte.

—Hablando de Robbie, mamá. ¿Podrías pedirle que no hablase de Maggie con sus amigos? Lamento que anoche oyera todo aquello.

—¿Ah, sí? —Su madre siguió trabajando afanosamente—. A los quince años ya se es lo bastante mayor para saber unas cuantas cosas. Hubiera resultado difícil ocultarle lo ocurrido.

Especialmente cuando su padre hablaba de aquel modo, pensó Arthur. De repente tuvo la sensación de que su madre estaba contra él y adoptaba la actitud de su padre.

—Quiero decir que... cuanto antes se olvide esto, mejor, mamá.

Lois no contestó.

—La familia de Maggie no le ha dado gran importancia, así que no veo por qué hemos de dársela nosotros.

—De acuerdo, Arthur —dijo su madre con voz irritada.

Arthur se quedó esperando que dijera algo más, pero su madre no hizo ningún otro comentario.

—Bueno... Tengo que irme.

—¿Sin almorzar, Arthur? —preguntó la abuela—. ¿No tienes tiempo?

–No.

La abuela entró detrás de él en el garaje, donde tenía la bicicleta.

–Solo quería decirte, Arthur..., que me alegra mucho que todo haya ido bien. Aquí estás entre amigos. No lo olvides.

La abuela era amiga suya, su padre ciertamente no lo era. ¿Y su madre? Arthur asintió con la cabeza, sin decir nada.

–Anoche tu padre tuvo a Loey levantada hasta tarde –susurró la abuela–. Y Loey se desveló.

–Sí –contestó Arthur. Comenzaba a sentirse incómodo, así que montó en la bicicleta, hizo un gesto de despedida con la mano y se fue.

Cerca de las cuatro, aprovechando un momento de calma en la tienda, Arthur preguntó a Tom si podía salir un par de minutos para llamar por teléfono.

–¿No puedes llamar desde aquí? A menos que se trate de un asunto muy personal...

¿Y por qué no?, pensó Arthur. La zapatería no era su casa. En pocos segundos le pusieron con Maggie. Parecía más despierta y muy animada.

–¿Está tu madre ahí? –preguntó él.

–En este momento, no. Vendrá a las seis para hacerme compañía a la hora de cenar.

–¿Qué estás haciendo? ¿Leer? ¿Ver la televisión?

–Estoy leyendo, sí..., y pensando.

–¿En qué?

–En cosas muy diferentes de las habituales. Te lo diré la próxima vez que te vea.

Aquellas palabras podrían haber sido de mal agüero, pero el tono de Maggie era de felicidad.

–¿A qué hora saldrás mañana?

–Al mediodía. Ya dejan que me levante y he dado algunos paseos cortos. No necesito guardar cama.

Maggie dijo que esperaba estar en casa a las dos de la tarde siguiente y pidió a Arthur que la llamase después de dicha hora. A las seis y media de aquella misma tarde Arthur seguía muy animado. Su padre volvió a casa cansado y deprimido y no quiso ni una cerveza, aunque Lois y la abuela estaban bebiendo en la cocina y Robbie se estaba tomando otra «Coke». En el cuarto de Arthur había unas cortinas nuevas, de color azul, y como le gustaban de verdad, se lo dijo así a la abuela al tiempo que le besaba la mejilla.

Robbie se había pasado todo el día pescando con sus amigos y tenía la nariz tostada por el sol y un corte en el muslo derecho, causado por un anzuelo, según dijo. Lois le cambió el vendaje improvisado y le aplicó en la herida un poco de la crema blanca con que Richard restañaba los cortes que se hacía al afeitarse. Robbie se sentó a la mesa en pantalón corto y camiseta y se puso a comer en silencio. Arthur supuso que su padre haría algún comentario desagradable, aunque fuese indirecto, acerca de Maggie y de Aquel Espantoso Día, pero no dijo nada e incluso se mostró moderado al bendecir la mesa; no aludió para nada a la iniquidad. Con todo, Richard tenía aspecto de hombre derrotado y, por consiguiente, triste, y Arthur pensó que era una derrota muy pequeña si se tenían en cuenta todos los bebés que nacían en el mundo. Se preguntó si su padre se habría sentido feliz viéndoles a él y a Maggie con un bebé al cabo de siete meses.

—¿Vas a alguna parte esta noche, Arthur? —preguntó la abuela.

—No lo he pensado —repuso Arthur. Pero, aparte de en Maggie, no había pensado en otra cosa. Necesitaba salir de casa y oír un poco de música.

Mientras tomaban café en la sala, telefoneó a Gus, que contestó en persona. Hablaba despacio, con voz preocupada, y al fondo se oían los chillidos de sus hermanos.

—Claro, hombre, ven cuando quieras —dijo Gus.

Arthur se disponía ya a salir de casa cuando su padre le detuvo en el vestíbulo.

—Aún no he terminado de hablar contigo. Hablaremos cuando vuelvas..., no importa a qué hora.

Otra vez, pensó Arthur.

—Bueno..., ¿no podemos hablar ahora mismo?

—Pienso que eres un joven muy insensible.

Arthur se fijó en las profundas arrugas que surcaban las mejillas de su padre.

Arthur se quedó esperando, pero su padre no dijo nada más. Arthur abrió la puerta principal. A los pocos minutos pedaleaba en dirección al domicilio de Gus, inhalando el aire fresco de la noche.

La casa de los Warylsky no era más espaciosa ni mejor que la de la señora DeWitt, pero estaba mucho mejor cuidada. Había luz en las cinco ventanas de la fachada, porque la familia era numerosa y ocupaba todas las habitaciones. Arthur dejó la bicicleta apoyada en la pared y Gus salió a recibirle.

La casa olía a zanahorias. Varios miembros de la familia se encontraban en la salita, viendo la televisión.

Cogieron unas cuantas latas de cerveza y subieron al cuarto de Gus. El cuarto era pequeño, con una ventana en la fachada, y Gus lo mantenía en un orden impecable, por pura necesidad. Las raquetas de tenis y los talegos tenía que guardarlos debajo de la cama y no había armario ropero, solo una vara con varias perchas que hacía las veces de tal.

—¿Qué pasaba el domingo? —preguntó Gus.

—Oh..., nada. Solo que, como era domingo, mi padre quiso que comiera con ellos, quizás porque la abuela está en casa. —Arthur bebió un poco de cerveza—. ¿No podríamos oír música?

—Tengo un disco nuevo de los Beach Boys.

Gus puso el «cassette» no muy fuerte, pues, según dijo, su padre ya estaba durmiendo en la habitación contigua. Gus y su padre habían trabajado de las cinco hasta la noche instalando una valla en un jardín del Eastside. Gus estaba tan cansado que arrastraba los pies al andar.

–¿Has tenido un buen día? A juzgar por tu cara, diría que sí –comentó Gus.

–Bastante bueno, sí. –Arthur quería hablar de Maggie y no podía.

–¿Has visto a Maggie?

–He hablado con ella. Puede que la vea mañana.

Gus se sentó en el suelo, apoyado en la cama, los pies cerca de Arthur, que también estaba sentado en el suelo. La música era suave, perfecta, la cerveza sabía a gloria. Arthur oyó que alguien tiraba de la cadena del váter en alguna parte de la casa y la voz de una niña pequeña diciendo «buenas noches, mami». A aquella hora, las nueve y cuarto, probablemente Maggie ya dormiría. ¿O estaría viendo la televisión o leyendo? ¿Se sentiría tan feliz como él? ¡Tal vez lo era aún más!

–¿Qué opinas de Veronica? –preguntó Gus con voz soñolienta, empujando hacia arriba, con el dedo índice, sus frágiles gafas.

Arthur tardó unos segundos en sustituir su visión de Maggie por la de Veronica, que era una chica medianamente bonita, de pelo largo y castaño oscuro, no muy alta; una chica en la que nunca se había fijado mucho.

–Está bien –dijo Arthur–. ¿Te gusta?

–Sí –dijo Gus–. No sé, ella...

–¿Tú le gustas?

–No lo sé. –Los delgados labios de Gus sonrieron–. A lo mejor es que nunca se sabe lo que piensan las chicas. Quiero decir lo que sienten en realidad.

Arthur esperó, escuchando más la música que a Gus. Era gracioso imaginarse a Gus enamorado.

–Cuando lo piensas –prosiguió Gus–, tengo cuatro años de universidad por delante. E iba a decir, no sé..., cuánto tiempo durará esto. Tal vez no debería preocuparme. Puede que sea mejor considerarla una cosa corta.

–¿Cuánto tiempo durará qué?

–Lo que siento... o lo que siente ella.

–Bueno, si tú tienes dudas –dijo Arthur en un tono que daba a entender que el hecho de tener dudas anulaba todo el asunto.

–¿Puedes esperar que una chica sea constante? Eso es lo que quería decir. Siempre están flirteando, para pasar el rato. Veronica no *tanto* como las demás, creo yo –agregó con vehemencia–. ¿O acaso esperan que cambies de chica a cada momento... para no pillarte los dedos? Sería mucho trabajo.

Arthur estuvo a punto de preguntarle si se había acostado con Veronica, pero temió que Gus le preguntase lo mismo acerca de Maggie.

–¿Y ella qué dice?

–Creo que le gusto, pero tal vez lo creo porque ella me gusta a mí. ¿Comprendes? Pero, ¿cuánto tiempo va a durarle?

Arthur no supo qué responderle y las palabras de Gus le deprimían, porque él podía decir lo mismo de Maggie. ¿Cuánto tiempo le querría Maggie? Arthur recordó que había hecho que Maggie gozara en la cama, sin duda. Había revivido mentalmente muchas veces aquellos quince o veinte minutos. De no haberle gustado, ella no habría accedido a salir otra vez con él, no le habría invitado a su casa para presentarle a su familia. Todo giraba en torno a lo ocurrido en la cama, pensó Arthur. O, cuando menos, la cama era un factor muy importante. Haciendo un esfuerzo, volvió a prestar atención a Gus.

–¿Piensa Veronica estudiar en la universidad de aquí?

–Sí.

–Pues eso facilita mucho las cosas.

–¿Por qué?

–¡Porque podrás verla siempre que quieras! –Parecía tan obvio.

El «cassette» enmudeció. Gus se levantó para poner otro.

–Este se titula *Lightning*.

Al empezar a oírse la música, Gus estiró los brazos hacia arriba y casi tocó el techo con la punta de los dedos.

–Me gustaría saber bailar. No lo hago ni medianamente bien.

Una voz de chica cantaba:

... imagínate a los dos
a nosotros dos solos allí...

Gus se tumbó en la cama, con la cabeza apoyada en una mano y los ojos clavados en el suelo. Echado de aquella manera, parecía medir más de dos metros.

—Tengo que llevar las gafas puestas en todo momento. No causa muy buena impresión en las chicas. No estoy tan seguro de mí mismo como lo estás tú.

Arthur sonrió, sintiendo un afecto repentino por su amigo.

—¡Pero *tú* sabes desatascarle el retrete a una chica! —Arthur soltó una carcajada y a cambio recibió una débil sonrisa de Gus. La garganta de Arthur se cerró, sus ojos se cerraron un instante. ¿A causa de la música? No. A causa de su padre. Tal vez volvería a atacarle aquella noche. Tal vez volvería a negarse a que estudiara en Columbia y no le daría ni cinco para estudiar en aquella universidad, o en otra; en tal caso tendría que quedarse en Chalmerston, y Maggie estaría aún más lejos de él. Y ahí estaba Gus quejándose de..., ¿de qué?—. ¿Crees que estoy seguro de mí mismo?

—¿A qué universidad irá Maggie?

—A Radcliffe. ¿No te lo había dicho? Cerca de Harvard.

—Sí, bueno. Columbia no cae tan lejos, ¿verdad?

—Cierto, cierto —repuso Arthur tranquilamente, pero no estaba tranquilo. Por otro lado, Maggie le quería, deseaba que la llamase al día siguiente, por la tarde, y ¿acaso aquello no lo era todo? ¿No le infundía valor? Era algo que él no podía infundirle a Gus, porque era un sueño propio, que estaba en su cabeza, intangible.

—¿Ves esto? —preguntó Gus, abriendo una revista. Arthur vio la foto en color de una moto de aspecto potente con dos sillines de cuero negro, una «Harley-Davidson», que costaba un par de miles de dólares—. No la quiero —dijo Gus con cierta tristeza.

Arthur se rió. Si no la quería, ¿por qué le enseñaba la foto? ¿Por qué desear una moto cuando se tenía un coche? ¿Soñaría Gus en ser uno de aquellos tipos que bailaban bien y corrían por la ciudad en moto con una chica aferrada a la cintura? Gus quería estudiar agricultura en la Universidad de Chalmerston, tal vez se haría agricultor. Arthur bebió las últimas gotas de su cerveza y en tono serio preguntó:

—¿Estás provisto de anticonceptivos, Gus?

—No. ¿Lo dices por Veronica? ¡Pero si solo he salido dos veces con ella!

Súbitamente la música pareció convertirse en el ruido de una montaña de latas al derrumbarse sobre el fondo palpitante de la batería.

—¿Y tú? —preguntó Gus.

—Pues, sí. —Arthur se levantó precipitadamente y de un bolsillo sacó la cajita plana de Trojans.

Gus la miró como si fuera una bomba atómica o algún artículo de contrabando.

—Sí, claro, ya lo sé.

Arthur volvió a guardarse la cajita en el bolsillo. No había querido dejarla en casa, ni siquiera escondida en uno de los cajones de la cómoda. Arthur se dijo que la familia de Gus era mucho más religiosa que la suya. Los Warylsky eran casi católicos, pensó Arthur, aunque nunca lo había preguntado. Sabía que los padres de Gus iban a la iglesia todos los domingos, mientras que su propia familia acababa de encontrar la religión o la iglesia de un modo completamente distinto. Quizás Gus nunca se había acostado con una chica, sencillamente porque su familia decía que era tabú hacerlo antes del matrimonio. De repente a Arthur le pareció que la actitud de su padre era todavía más falsa por ser nueva. Los Warylsky hablaban poco, pero practicaban su religión.

—¿Los utilizas? —preguntó Gus como al descuido.

—Sí, claro. De lo contrario, ¿por qué iba a comprarlos?

Gus le miró de soslayo, prolongadamente.

—¿Con Maggie?

Arthur titubeó un poco.

—No. Maggie no se acuesta con cualquiera. —Se sintió complacido con aquella respuesta que protegía a Maggie y al mismo tiempo daba a entender que, en caso de desearlo, él tenía otras oportunidades. Tiró la lata de cerveza a la papelera de Gus.

—¿Otra cerveza, viejo amigo?

—Gracias, será mejor que me marche. —En aquel momento Arthur rebosaba de confianza en sí mismo y decidió utilizarla para hacer frente a su padre.

Gus bajó con él y Arthur recogió la bicicleta de donde la dejara al llegar. Aún había alguien en la sala de estar, viendo la televisión, y, de hecho, pasaban solo unos minutos de las diez.

Al entrar Arthur en la cocina por la puerta del garaje, su padre salió de la salita. Iba vestido pero llevaba zapatillas y se movía como un oso lento. Y justo entonces Arthur oyó un bufido procedente de la salita, el ruido que Robbie hacía a veces al dormir. Richard se volvió y dijo:

—¿Robbie? ¿Estás despierto, muchacho? Ven aquí con nosotros. Quiero que Robbie oiga lo que voy a decirte porque ya tiene edad suficiente.

Arthur se quedó de espaldas al frigorífico, las manos en las caderas. Entró Robbie parpadeando, con ojos de sueño, en pijama. La casa estaba tan silenciosa como si su madre y la abuela estuvieran escuchando desde alguna parte, pero a Arthur le dio la impresión de que las dos se encontraban en sus respectivas habitaciones.

—He hablado con tu madre —empezó Richard en tono afable— y también con tu hermano. Vamos a sentarnos ahí dentro.

Richard les hizo pasar a la salita.

—Los que contrarían al Señor —dijo sin abandonar su tono afable— deberán pagar por ello. Esta noche, después de las plegarias infructuosas de anoche, me cuesta más decirte lo que quiero decirte, pero estoy seguro de que las palabras acudirán a mí, del mismo modo que acuden... cuando bendigo la mesa de la familia. –Hizo una pausa.

Arthur se preguntó si su padre habría hecho otro intento de hablar con los Brewster. Quizás el padre de Maggie estaba solo en casa aquella noche. Al pensarlo, Arthur sintió un estremecimiento y se pasó la mano por la frente.

–Hubiese podido perdonar un accidente propio de adolescentes... de no haber sido por tu actitud. No hiciste nada por impedir lo que ha ocurrido hoy..., esta mañana. Lo considero peor que una deshonra para la familia. Es un pecado cardinal. –Sus ojos se posaron tristemente en Robbie–. Robbie piensa igual que yo. Y tu madre, también.

Arthur se recordó a sí mismo que su padre vivía en otro mundo y procuró deliberadamente sentirse a muchos kilómetros de él.

–¿Has hablado con mi madre? Ella cree que...

–No pienso pagarte los estudios en Columbia ni en ninguna otra parte.

–Sí, me parece que eso ya me lo dijiste –apuntó Arthur.

–Pues ahora te lo vuelvo a decir –dijo Richard con voz severa.

Un leve escalofrío recorrió la columna vertebral de Arthur. Robbie seguía sentado en el sofá, tenso, mirándole fijamente como si fuera un malhechor al que estuvieran juzgando. En la boca de Robbie había una expresión adusta. Arthur recordó que su padre no había podido terminar sus estudios en la universidad porque su familia se había arruinado. Su madre también había colgado los estudios al conocer a Richard y casarse con él. *Es una lástima que mi madre se casara con un don nadie de miras estrechas como tú,* quiso decir Arthur. Su padre había insultado a Maggie al hablar con gente como Eddie Howell, y Arthur tenía ganas de vengarse insultándole a él.

–No dices nada en tu defensa –señaló Richard, como si fuera obvio que Arthur no tenía nada que alegar.

Cálmate, se dijo Arthur a sí mismo. Su padre estaba sencillamente en otro mundo. Arthur conservaba la serenidad por fuera, con los dedos cruzados sobre el abdomen, sentado de cualquier manera en la silla, pero el corazón le latía con fuerza, como si se estuviese pegando con alguien.

–Nada –repitió su padre.

–¿Qué adulto –preguntó Arthur– se fue de la lengua en esa iglesia de cotillas? ¿Te dijo el reverendo quién se lo había contado?

–No hables de esta manera, Arthur.

Arthur miró a su hermano.

–¿Qué piensas tú del asunto, Robbie? A la gente de esta iglesia le gusta chismorrear... como viejas cotilleando de un jardín a otro.

–Llamas chismorreos a la verdad. Hablas de cotillas –dijo su padre con una leve sonrisa.

Robbie no dijo nada. Era obvio que su padre ya le había lavado el cerebro. Arthur supuso que su hermano incluso se tenía por alguien especial, alguien a quien Dios había decidido salvar al mismo tiempo que decidía condenar a otros. Arthur parpadeó e hizo un esfuerzo por evitar que la ira se le notara en el rostro.

–No irás a decirme que mi madre y la abuela piensan como tú, ¿verdad?

–Pregúntaselo y lo verás –dijo su padre en tono concluyente.

¿Aquello era todo? ¿Se había terminado el rapapolvo por aquella noche? Arthur se puso en pie e hizo un gesto con la cabeza, como diciendo:

–Eso mismo voy a hacer.

Luego se fue a su cuarto.

14

Arthur pudo hablar con la abuela a la mañana siguiente, después de que Richard se fuera a trabajar. Lois había salido a acompañar a una niña pequeña al médico, ya que la madre de la niña no tenía coche.

—Tengo entendido que anoche papá volvió a hablar contigo y con mamá.

La abuela, sentada en el sofá, cosía unos aros pequeños de latón en una cortina.

—Sí. —Alzó los ojos hacia Arthur—. Tu padre está muy cansado... y disgustado también.

Arthur se hallaba de pie en medio de la sala de estar.

—Traté de explicárselo..., no hay motivo para disgustarse. —Habló en voz baja porque Robbie aún dormía o, al menos, aún no había hecho acto de presencia. La abuela permaneció callada unos segundos, lo cual fue una sorpresa para Arthur. ¿Acaso no estaba ella de su lado?—. No piensa pagarme los estudios en la universidad. Puede que esto le haga feliz. Francamente, no sé qué quiere.

La abuela rompió un hilo después de enrollárselo alrededor de un dedo.

—Pues quiere que digas que lo sientes.

–¡Oh! –Arthur sonrió–. ¡Pero si ya lo he dicho! Y es verdad que lo siento.

–Él cree que no lo sientes lo suficiente..., como ves. –La abuela volvía a parecerse más a sí misma. Enhebró la aguja y siguió trabajando.

–Bueno... ¿Acaso pretende que me arrastre por el suelo?

–No, no, Arthur. Siéntate.

Arthur no quería sentarse, pero tomó asiento en una silla de respaldo recto ante el sofá.

–Yo te prestaría el dinero para los estudios, probablemente te lo daría –prosiguió la abuela–, pero sería desafiar abiertamente a Richard.

De repente Arthur comprendió que la abuela también quería «tener la fiesta en paz». Durante unos segundos se sintió aturdido. ¿Iba la abuela a tomar partido por su padre, incluso a ver las cosas del mismo modo; la abuela, a la que él quería aún más que a su madre? La abuela le había apoyado al decir él, cuando tenía trece años e iba a la escuela, que los deportes le aburrían y que, a su juicio, una persona podía ser igualmente sana sin practicarlos. La abuela le había regalado libros maravillosos, generalmente libros para adultos, diciéndole que buscase en el diccionario todas las palabras que no conociera, y él había seguido su consejo, más o menos.

–Tu padre piensa que has violado una ley de Dios... o de la Iglesia. Así es como él lo dice, Arthur.

Arthur lo sabía.

–No sé qué le pasa. Todo esto es reciente. Mira, hace un año justo papá y yo nos fuimos de acampada. Fuimos al norte y pasamos dos noches durmiendo en una tienda. ¡Nos divertimos mucho! Ahora me cuesta creerlo. –Ahora su padre era una persona distinta y pensaría que ir de acampada era perder el tiempo–. Últimamente gana mucho más. Lo lógico sería que estuviera más animado, ¿verdad? Si el dinero es su objetivo en la vida, lo lógico sería que

145

fuese menos religioso..., toda vez que, según dicen, Cristo no era famoso por su apego al dinero.

La abuela, sin apartar la vista de su labor, dijo:

—La Iglesia siempre ha sabido reconciliar el dinero con la religión.

Y seguramente con la política también. De pronto Arthur sonrió.

—Papá me dijo que tachaba de su lista de clientes a las personas que no van a la iglesia..., a *alguna* iglesia. O si las considera demasiado liberales. Se ha vuelto muy republicano. Antes, cuando yo era pequeño, era demócrata. ¿Qué te ha dicho mamá?

—Pues... me dijo que Richard se había llevado un gran disgusto y que todo esto es su forma de reaccionar. Y tu madre opina que hay que mantener la paz, como tú sabes. —La abuela le dirigió una mirada rápida—. Tu padre... ¿Qué edad tiene ahora? ¿Cuarenta y tres? Tu padre intenta hacer algo de provecho antes de que sea demasiado tarde. Y ese algo por fuerza tiene que estar relacionado con su empleo y la iglesia y los vecinos. Eso es verdad. De modo que insiste con especial ahínco en tu caso. Es difícil de soportar, lo sé, Arthur. Ten paciencia... durante una temporada. —La abuela se levantó para examinar la cortina—. Tú eres fuerte, Arthur, creo yo. —Extendió el brazo que le quedaba libre.

Arthur rodeó el talle de la abuela y le besó la mejilla, como ella esperaba que hiciese.

—Levántala por este lado. Tú eres alto. A ver qué...

—No, *no* lo soy.

—A ver qué te parece. ¿Verdad que quedarán bonitas? Habrá dos, por supuesto.

Alzaron la cortina roja y marrón tan arriba como sus brazos se lo permitieron. Efectivamente, quedaba bonita.

—Seguro que sí —dijo Arthur.

A las tres, hora que él consideraba afortunada en lo que se re-

146

fería a Maggie, Arthur telefoneó a casa de los Brewster. El teléfono estuvo sonando largo rato y Arthur creyó que Maggie y su madre aún no habían vuelto de Indi. Finalmente Maggie contestó.

–¿Cómo te encuentras? –preguntó Arthur.

–Bien. Muy bien. Estaba abajo y he subido a contestar desde aquí. Supuse que eras tú. Abajo hay una visita, una vecina. –Hablaba como si estuviese sonriendo.

–¿Tengo alguna probabilidad de verte hoy? ¿A las seis y media o por ahí?

Maggie contestó que podían verse a las seis y media. Arthur se había llevado la caja con la bufanda a la zapatería, con la esperanza de ver a Maggie después del trabajo.

Maggie le abrió la puerta. Llevaba los pantalones de color rojo que él recordaba tan bien, una camisa blanca y ni pizca de maquillaje. Parecía recién salida del baño y sus ojos relucían.

–Te he traído esto –dijo Arthur, ofreciéndole la bolsa de plástico blanco.

Maggie cerró la puerta.

–¿Puedo abrirla ahora?

–¿Por qué no? –Arthur quería abrazarla, al menos besarle la mejilla, pero, sin saber por qué, no se atrevió. Podía haber alguien en la salita.

En la salita no había nadie a excepción de Jasper, el gato, que dormía en un extremo del sofá, como siempre. Maggie abrió la caja con cuidado.

–¡Oh, qué bonita! ¡Me encanta, Arthur! –Se puso la bufanda alrededor del cuello y luego admiró el efecto en el espejo–. Mis colores favoritos.

Arthur no apartaba los ojos de ella. Maggie le inspiraba un temor reverencial. ¿Habría cambiado? Tenía que haber cambiado de alguna forma.

–Maggie, ¿no estás triste? –dijo en voz baja–. ¿No te sientes extraña?

La muchacha bajó los ojos tímidamente y tardó unos instantes antes de alzarlos de nuevo.

–No. Al menos, de momento. Mi madre me hizo la misma pregunta. Estaba más deprimida antes. –Le hizo pasar a la cocina–. Vamos a celebrarlo –dijo– con un «gin tonic»..., uno para cada uno.

Arthur miró con una sonrisa cómo ella preparaba las copas. Llevaba la bufanda sobre el cuello de la camisa, sin apretarla. La sonrisa de Arthur se hizo más amplia.

Maggie se dio cuenta de que él la miraba fijamente, pero no pareció importarle. Incluso le dirigió una sonrisita maliciosa.

–¿Y tú qué cuentas? –preguntó, entregándole la copa–. ¡A tu salud!

–¡A la tuya! Pues mis noticias son que... parece que no podré ir a Columbia. Papá no piensa darme ni un centavo.

–¿Qué? ¿Ni siquiera con la beca puedes ir?

Arthur le explicó la situación. Su padre estaba furioso y no pensaba darle ni cinco. Tal vez podría ir a la universidad de Chalmerston, si dormía en casa.

–Horrible perspectiva... dormir en casa.

–Vaya, lo siento, Arthur. ¿Tu abuela no puede hacer algo? ¿Persuadir a tu padre?

Arthur le explicó aquello también. La abuela no quería enemistarse con su padre. Pasaron a la salita e iban a sentarse cuando la madre de Maggie bajó del piso de arriba.

–Hola, Arthur. ¿Cómo estás?

La señora Brewster se mostraba amable, pero, ¿sería solo por cortesía? No quiso sentarse.

–Vuelvo a decirle que lamento que mi familia les molestase el domingo, señora Brewster. Son cosas de mi padre, no de mi madre.

–Oh –replicó ella, encogiéndose de hombros–. Cada cual tiene sus puntos de vista. Y Maggie dijo que tu padre no es católico.

–¡No lo es, desde luego! Por eso me sentí tan...

–No se hable más del asunto –le interrumpió la señora Brewster–. Ya os veré después..., puede. –Se fue a la cocina.

Arthur se quedó desconcertado. ¿Cómo debía interpretar la actitud de la señora Brewster? ¿Le detestaba? Bebió un trago largo de su vaso.

–Tu madre. Tu familia no se parece a la mía.

–Siéntate.

Arthur se sentó.

–¿Quieres quedarte a cenar? Mi madre dijo que podía invitarte. Por cierto, mi padre no está aquí.

Arthur pensaba hacer una visita corta. Se había figurado que encontraría a Maggie cansada, triste o distante, y no era así. Sin embargo, no estaba seguro de la actitud de la señora Brewster, por lo que se sentía violento.

–Será mejor que no me quede, gracias –apuró su «gin tonic». De repente se sintió torpe–. Será mejor que me vaya.

–¿Ya?

Arthur se levantó.

–Me alegro mucho de que estés bien. ¿Puedo llamarte? ¿Podré verte esta semana?

–Claro. Estaré en casa por la tarde. Por la mañana iré a clase de matemáticas. ¡No te he hablado de las cosas que pensé mientras estaba en el hospital! El hospital resultó un lugar estupendo para pensar, lo que se dice otro mundo. Mi idea... o mis ideas... se refieren a organizar un curso..., podría ser en el instituto o en la universidad o en ambos sitios. Y al curso se le podría llamar sencillamente «La Vida». Serviría para enseñarles a las personas cómo resolver los diversos problemas de la vida cotidiana. Problemas con el casero, problemas con los seguros..., incluso abortos..., accidentes, niños pequeños que necesitan ayuda porque sus padres se han separado... Hay tantas cosas. Y pienso que mucha gente no sabe qué hacer en estos casos..., ni siquiera si hay algún tipo de organización a la que se pueda acudir en busca de ayuda. –Maggie tenía la cara arrebolada.

–Casi nada. Sé lo que quieres decir.

–Según mamá y papá, si tuviera que ponerle una etiqueta a todo esto, sería la de «sociología». De todos modos, estoy entusiasmada, y emplearé estos días en darle vueltas al asunto.

–En tu cabeza –dijo Arthur.

–Sí.

Al llegar a la puerta, Maggie se apoyó en él. Arthur la abrazó y dijo, susurrando:

–Te quiero mucho, cariño. Adiós.

Maggie no dijo nada, pero a Arthur no le importó.

Arthur creyó que llegaría tarde para la cena, pero encontró a sus padres, la abuela y Robbie ante el televisor. Daban un programa de evangelización. Un número de teléfono permaneció en la parte inferior de la pantalla durante todo el programa, un número al que la gente podía llamar gratuitamente para dar su nombre y su dirección si quería recibir folletos de propaganda religiosa, ingresar en la organización o hacer un donativo. Tras saludar a la abuela con la cabeza, Arthur se apoyó en la jamba de la puerta, con los ojos fijos en el televisor. En aquel momento hablaba un viejo actor de películas del Oeste, uno que se había retirado cuando Arthur aún era pequeño. El hombre tenía el rostro delgado, curtido por la intemperie, se tocaba con un sombrero «Stetson» blanco y lucía un cordón a guisa de corbata y un traje de color azul eléctrico.

–... tranquilo, chico, cuando sabes, cuando te consta, que allí arriba, en las alturas, o como quieras llamarlo, hay alguien que se preocupa por ti. Entonces no estás solo. Es tan reconfortante como tener una familia cariñosa a tu alrededor, aunque vivas solo en tu casa o en tu piso porque tu cónyuge ya ha pasado a mejor vida, como probablemente les habrá ocurrido a muchos de nuestros espectadores de esta noche. Pero que *no* estamos solos..., eso es lo que mi esposa y yo comprobamos... por fin... después de recibir la terrible noticia de labios de nuestro doctor... sobre Susie, nuestra querida hijita adoptiva. Susie vive todavía y la verán ustedes esta noche. Cojea, es cierto, porque tiene una enfermedad de los huesos. Pero, por favor, ¡fíjense en la expresión de su cara! Rebosa de gozo, de...

La pantalla mostró una niña de unos nueve años, maquillada, de pelo rizado y rubio, labios rojos y sonrientes.

–... porque ha descubierto la caridad de Cristo como la descubriremos nosotros...

Luego apareció Lucy, la esposa del ex vaquero de la pantalla. Bajo la luz intensa de los focos, aparentaba casi setenta años, iba muy maquillada y lucía un traje de noche casi blanco. Llevaba el talle tan encorsetado que seguramente sentía dolor al respirar.

–... en estos tiempos que corren, cuando nuestros valores se ven escarnecidos y debilitados en todos los ámbitos de la vida...

–Oh, no –musitó Arthur, sonriendo, y se alegró de que nadie le hubiese oído. Su padre permanecía atento a la pantalla como si quisiera aprenderse de memoria todas las palabras. Lo de los valores debilitados era tal vez un latiguillo, algo que introducía con disimulo para ablandar a la gente antes de ir al meollo del asunto: lo mejor que pueden hacer es ingresar en la Iglesia o comprar nuestro libro o mandarnos un donativo o... ¿qué? O se encontrarán perdidos, desdichados, borrachos, solos y rechazados. Y arruinados, supuso Arthur, cambiando de postura.

–... cuando mi amado esposo Jack y yo comprendimos que, aunque creíamos estar en un aprieto, Dios sencillamente nos estaba poniendo a prueba... para ver si acudíamos a Él. Y en mi libro *Inspirada por el Señor* he descrito paso a paso..., pero siempre por la senda señalada, hasta aquel momento glorioso en que nuestra Susie nos sonrió y supimos que el dolor había desaparecido milagrosamente. –La vieja ensanchó su sonrisa, aspiró una tremenda bocanada de aire y suspiró.

Arthur entró en la cocina. Al poco oyó los sones de órgano que indicaban el final del programa. No era un himno religioso, sino una bonita canción de los años veinte titulada *On the sunny side of the street,* pero tal como la interpretaban parecía un canto fúnebre.

El resto de la familia entró en la cocina.

—Hemos hecho algunos cambios en nuestros planes, Arthur —dijo Lois, colocando la fuente de ensalada sobre la mesa—. El viernes, Richard, yo y mamá iremos a Kansas City en coche. Robbie tomará el avión al cabo de unos días. En el coche no hay sitio para todos.

—Después iremos en coche de Kansas City a San Francisco —dijo Robbie con más entusiasmo del que solía mostrar por nada—, a través del *desierto de Mojave* y pasando por Santa Fe, donde dormiremos una noche.

Arthur captó el tono de superioridad que había en la voz de su hermano. Venía a decirle que él, Arthur, tendría que quedarse en casa y soportar el caluroso verano del Medio Oeste, sumido en la ignominia, sin tener siquiera la ilusión de ir a Columbia.

—¡Qué bien! —dijo Arthur a Robbie.

—Podrías tomar el avión y reunirte con nosotros en San Francisco, si quieres, Arthur —dijo su madre.

Se sentaron todos a la mesa.

—Ya veremos. Gracias, mamá.

La bendición. Resultó más fluida de lo habitual, como si el programa de televisión hubiera inspirado a Richard.

—¿Mucho trabajo en la tienda, Arthur? —preguntó Lois—. Hoy has vuelto tarde a casa.

—Tenía una cita al salir del trabajo.

—Hay habitación para ti en Kansas City, Arthur —dijo la abuela—. Telefoneé a mi amiga Carol, que vive en mi escalera. Sabía que pensaba irse de vacaciones por estas fechas. Dice que gustosamente te prestará su piso durante unos días. Aunque puede que la idea no te parezca nada atractiva.

Así era.

—Gracias, abuela. Con el trabajo y todo lo demás... no puede ser.

La idea de alejarse de Maggie aquel verano era absurda y la de pasarse dos semanas o más cerca de su padre le resultaba odiosa.

—Le dije a Norma que tal vez te quedarías solo aquí —dijo su madre.

—¿Por qué no invitas a Norma a tomar una copa, mamá? Así conocerá a la abuela.

—¡Mira qué casualidad! Precisamente es lo que hice esta tarde. Y se negó. Dijo que estaba cansada o algo así y que quería acostarse temprano. —Lois sonrió, como si se alegrase de tener un motivo para sonreír—. Me parece que solo ha estado aquí tres o cuatro veces en todos los años que llevamos viviendo en esta casa, mamá. Es muy sociable y podemos ir a verla en cualquier momento, así por las buenas o llamándola antes; pero si la invitamos, siempre responde que no se siente demasiado fuerte o que quiere ver tal o cual programa de la televisión.

—Tiene cáncer —dijo Arthur—. De todas las víctimas del cáncer que he visto en mi vida, Norma es la más alegre. Necesitamos más como ella.

En aquel momento Richard se dignó dirigirle una mirada.

Quince minutos después, Arthur, con la taza de café a su lado, escribía una carta al jefe del Departamento de Matrículas de la Universidad de Columbia.

«Apreciado señor Xarrip:

Por causas ajenas a mi voluntad, no podré iniciar mis estudios en la Universidad de Columbia el próximo mes de septiembre como pensaba hacer. Los gastos de 10.450 dólares superan mis posibilidades y las de mis padres, incluso contando con la beca, por la que les estuve y sigo estando agradecido.»

Arthur se mordió los labios mientras sopesaba la conveniencia de escribir un segundo párrafo preguntando si la beca podía aplicarse a otra universidad. Pero decidió que no era asunto del señor

Xarrip. Firmó la carta tras escribir la frase de despedida. A la mañana siguiente volvería a leerla y quizás añadiría alguna cosa; luego la pasaría a máquina una vez más. Pero la había escrito antes de acostarse porque quería quitarse el asunto de la cabeza.

Tenía la esperanza de que la abuela llamara a su puerta. Pero aquella noche no lo hizo.

15

Llegó la mañana del jueves y el ambiente en casa de los Alderman experimentó un nuevo cambio. Lois hacía interminables viajes del dormitorio y la cocina al coche, ya fuese para guardar el botiquín de urgencia en la guantera o para meter un gorro de baño en alguna de las maletas que ya estaban en la parte trasera del coche. Harían el viaje en el automóvil de Richard, pues tenía mayor cabida y era más resistente que el de Lois. Robbie se fue con un compañero que pasó a buscarle antes de las diez. Richard no había ido a trabajar y seguía sin dirigirle la palabra a Arthur, como si hubiese aprendido a mirarle sin verle. A Arthur le traía sin cuidado. Seguramente su padre pretendía que se sintiera como un paria rechazado y desgraciado, pero cuando se sentía un poco deprimido le bastaba con pensar en Maggie. ¡El afortunado era él, porque tenía a Maggie en su vida! En cuanto a los demás, es decir, su madre y la abuela, parecían haberle abandonado. Ni siquiera su madre había tenido más de un minuto para hablarle del asunto de la universidad y darle algún consejo.

—Sé que encontrarás plaza en alguna parte, Arthur, teniendo tan buenas notas. Ya hablaremos de ello cuando volvamos, y volveremos pronto, hacia finales de julio.

Lois le recordó que debía cerrar todas las puertas con llave al salir de casa y le dio un par de cheques firmados para pagar al repartidor de periódicos y la factura de la electricidad cuando la recibiese.

El viernes por la mañana Arthur despertó al oír voces y ruido. Pasaban solo unos minutos de las seis, pero ya era de día. No se levantó para despedirse, ni siquiera de la abuela, porque ya lo había hecho antes de acostarse. Arthur se quedó en la cama con los ojos abiertos, escuchando como el coche cargado bajaba hacia la calle y Robbie les decía adiós desde el jardín, y se dijo que tenía a Maggie, a Norma y a Gus. Personas con las que uno podía contar.

Y debía decidir entre buscar una plaza en la universidad de Chicago o en la de Chalmerston. Esta última era más barata, lo cual tenía su importancia, puesto que tal vez no recibiría ni un penique de sus padres. Con todo, quizás la abuela recobraría su generosidad en el plazo de unas semanas, cuando se hubiese librado de las presiones de Richard.

Arthur se puso la bata y las zapatillas y bajó a la cocina. Robbie se hallaba apoyado en el fregadero, descalzo y en pijama, bebiéndose una lata de «Coke». Al verle, Arthur meneó la cabeza.

–Algo temprano para tanta disipación, ¿no te parece?

Robbie se rió y sus ojos grises mostraron una expresión de alegría, quizás porque iban a estar solos en casa durante unos días.

Arthur preparó la cafetera.

–¿Qué planes tienes para hoy, Robbie?

–Ir de pesca.

–¿Otra vez? –Arthur había observado que a Robbie le gustaba la frase «ir de pesca»–. ¿Eso es todo lo que haces..., pasarte todo el día con una caña en las manos? ¿En una barca?

Robbie movió la cabeza afirmativamente y soltó un leve eructo.

–No, también hablamos... a veces.

Pese a estar inclinado ante el fregadero, Robbie parecía tan alto como Arthur. El sol matutino le acariciaba el pelo revuelto, tiñéndolo de oro, y arrancaba destellos metálicos del ojo izquierdo. Robbie miraba fijamente a su hermano.

–¿Vendrán a buscarte los amigos esta mañana?

–Sí. Sobre las diez –contestó Robbie.

–Lo decía porque... –dijo Arthur, regulando la llama debajo de la cafetera– ... cuando haya terminado, me vuelvo a la cama sin tomar café. Quiero dormir otro par de horas. ¿Sabrás prepararte el desayuno?

–Claro. ¿Me tomas por un crío?

–¿Podrás apagar esto dentro de cinco o seis minutos?

–¡Claro!

Arthur volvió a acostarse. Tenía tanto sueño como si hubiera tomado alguna droga. Se durmió en seguida y no despertó hasta oír una música lejana y agradable que procedía de un «cassette» en el cuarto de Robbie. Se levantó, releyó la carta dirigida a Columbia y decidió mandarla tal cual. Tenía pensado escribir una nota al profesor Thatcher del departamento de biología de Columbia. Hacía más de un año que Arthur había escrito al citado profesor, cuyo nombre aparecía en la Guía de Columbia, para hacerle una pregunta sobre el fenómeno de la luz fría de la vida subacuática, y el profesor le había contestado con cierto detalle, adjuntándole fotocopias de un par de páginas de una revista científica trimestral. Arthur había vuelto a escribirle para darle las gracias y decirle que esperaba ir a Columbia y especializarse en biología. Arthur se preguntó si el profesor Thatcher le habría recomendado. Finalmente, sin embargo, decidió no escribirle otra vez, ya que su carta resultaría inevitablemente triste.

La cocina olía a salchichas, en la sartén había grasa y el plato de Robbie, sucio de huevo, estaba en el fregadero. Inspirado por el aroma, Arthur frio un par de salchichas y un huevo. Mientras comía y repasaba el periódico del día anterior, entró Robbie luciendo unos tejanos con las perneras recortadas y una camisa vieja.

—¿Qué te parece si esta mañana voy a echar un vistazo al sitio donde pescas? –preguntó Arthur.

—¿Qué quieres decir?

—Serán solo un par de minutos. ¿Crees que voy a pasarme todo el día allí?

Robbie se mostró curiosamente reacio, como si los pescadores formasen un club cerrado con terrenos acotados, pero Arthur, sabiendo que pescaban en un parque público, dijo que iría a echar una ojeada.

Arthur se puso en camino poco antes de las diez, sin prisas, porque el sol ya empezaba a picar fuerte. Si Robbie y sus compañeros de mayor edad pasaron junto a él en coche, Arthur no se percató de ello. Iba absorto en sus propios pensamientos o sueños. Y se dio cuenta de que eran bastante imprecisos. ¿Qué tal se presentaría el verano? ¿A qué universidad iría en septiembre? ¿Conseguiría su madre librarse de la influencia de Richard y destinar un poco de dinero a pagarle los estudios en la universidad? Arthur sabía que sus padres tenían una cuenta corriente conjunta. Le convenía averiguar cuanto antes cómo estaban las cosas y obrar en consecuencia.

Inesperadamente se encontró en el parque que había alrededor del lago Delmar. Vio varios grupos de mesas y bancos de madera para merendar al aire libre, así como media docena de barcas de remo amarradas a dos embarcaderos que formaban parte de los cobertizos para botes. Arthur tomó un camino de tierra que desembocaba en el primer embarcadero, el más largo. Vio tres o cuatro coches llenos de abolladuras aparcados en las inmediaciones y desde lejos reconoció a su hermano en la figura delgaducha que había entre un grupo de cinco hombres. Arthur dejó la bicicleta apoyada en un árbol y siguió a pie. Robbie le vio también, pero no hizo ningún gesto para saludarle.

—Hola –dijo Arthur a uno de los hombres que le miraron–. Soy Arthur. El hermano de Robbie.

–Ah, sí. Ya sabemos –dijo otro hombre que aparentaba unos cincuenta años, llevaba unos viejos pantalones de color caqui y se cubría la cabeza con un sombrero de paja agujereado–. ¿Vienes a pescar?

Arthur dijo que no con la cabeza y sonrió ligeramente.

–No, solo quería ver cómo tenéis esto. Veo que bastante ordenado. –En el lugar había de todo menos orden. El cobertizo para botes amenazaba con desmoronarse en algunas de sus partes.

De los demás hombres uno apenas dirigió un «hola» a Arthur, mientras que los otros dos parecían no haberle visto siquiera. Robbie se inclinó ante una caja de madera que contenía bártulos para pescar. Arthur vio un par de paquetes de seis cervezas cada uno, otro de «Pepsi» y un par de cestas que seguramente contenían emparedados. El más joven de los hombres aparentaba unos treinta años.

–¡Robbie, tráeme los anzuelos! –gritó un viejales barrigudo desde el embarcadero–. Y la caña larga.

–¿Eres el chaval del que nos han hablado? –preguntó el primer hombre al que Arthur dirigiera la palabra–. No tenéis hermanos mayores, ¿verdad?

–No. –Arthur notó una sensación extraña en las mejillas y de repente se puso en guardia.

El hombre movió la cabeza, sonrió maliciosamente debajo del viejo sombrero de paja, y escupió a un lado.

Arthur pudo ver que al menos no escupía jugo de tabaco.

El segundo hombre se le acercó. No llevaba sombrero, iba sin afeitar y vestía unos sucios pantalones de pana verde.

–¿Contabas con unirte a *nosotros?* –preguntó, como si su club fuera muy exclusivo.

–No, no. He de ir a trabajar –repuso Arthur–. Solo quería ver cómo pasa el tiempo mi hermanito. –Nadie contestó–. ¿Se pesca algo comestible por aquí? El otro día mi hermano trajo una perca a casa.

—Chicos como tu hermano hay pocos —dijo el segundo hombre.

—Sabe estar callado —agregó el primero—. Y sabe respetar a los mayores. Tú, en cambio, no eres un ejemplar raro, ¿verdad? —Soltó una risotada y, dando la espalda a Arthur, hizo una señal al otro hombre y se fue con él. Los dos se pusieron a hablar con sus compañeros mientras desamarraban dos de las barcas con la diestra ayuda de Robbie. El lago, ancho y liso, se extendía hacia la izquierda.

Arthur ya odiaba a toda la pandilla. ¿Qué les habría contado Robbie sobre él? ¿Y sobre Maggie? ¿Habría mencionado el nombre de ella? Arthur no quería irse como si le hubieran echado de allí, de modo que gritó:

—¡Eh, Robbie!

—¿Qué? —dijo Robbie, irguiéndose y separando los pies.

—¡Que pases un buen día! —Arthur saludó con la mano y fue a recoger la bicicleta.

El ambiente de aquel lugar era siniestro. Tal vez aquellos hombres de aspecto descuidado también eran, a su manera, unos santurrones. ¿No estaban casados aquellos viejales? ¿O eran quizás aves de paso, vagabundos, con coche pero sin empleo? Podía preguntárselo a Robbie.

Aquella tarde Arthur tenía una cita con Maggie, pero no pasaría a recogerla hasta las nueve o un poco más tarde, porque los Brewster tenían una invitada en casa y querían que Maggie cenase con ellos. En vista de ello, Arthur preparó un poco de cena para él y para su hermano. Robbie volvió a casa tostado por el sol, tanto que casi debía de dolerle; llevaba la misma ropa e iba descalzo, aunque afirmó que se había duchado.

—Esos vejestorios —dijo Arthur mientras comían—. ¿No te deprime ni nada pasarte todo el día con ellos?

—No. ¿Por qué iba a deprimirme? Cuentan chistes... a veces.

Arthur recordó que el tipo del sombrero de paja soltaba grandes carcajadas sin que apenas viniera a cuento.

—Por ejemplo... ¿qué les has contado sobre mí?

–¿Sobre ti? –Robbie le dirigió una mirada con sus ojos grises y fríos y Arthur advirtió un temblor curioso en la mano con que empuñaba el tenedor–. ¿Y qué les iba a contar?

–Lo sabes de sobra.

–¿Te refieres a... la chica?

–Llámala Maggie..., si no te importa. A mí no me importa y a ella tampoco.

–Sí, bueno. –Robbie miró la mesa, luego otra vez a Arthur–. De todos modos, ya estaban enterados. ¿Crees que se lo dije yo?

Arthur no le creyó.

–Entonces, ¿quién fue?

–Pues, un par de ellos van a la iglesia..., a la del Evangelio de Cristo.

–¿Lo dices en serio?

–Jeff es uno de ellos... Jeff, el que habló contigo esta mañana.

–¿El del sombrero de paja? ¿Me estás diciendo que oyen noticias en la iglesia y luego las divulgan?

–¡No, tonto! –Robbie se movió nerviosamente, lo cual era habitual en él; no parecía sentirse nada violento–. De todas formas, lo sabe ya toda la ciudad.

–Eso no es verdad –dijo Arthur, pero de repente él mismo dejó de estar seguro de ello y se enfureció al pensar que una pandilla de chismosos, empezando tal vez por Roxanne, podían haber creado la impresión de que toda la ciudad estaba enterada. Tom Robertson no sabía nada; de lo contrario, Arthur estaba seguro de que le habría dicho algo. Norma Keer no lo sabía pese a que veía y charlaba con muchas personas detrás de su ventanilla de cajera–. Vamos, Robbie. ¿Qué les dijiste a tus amigos?

–¡Ya lo sabían! ¿Por qué crees que fui yo quien se lo dijo?

Arthur llegó a la conclusión de que Robbie mentía y no lograría sacarle nada. Ya no tenía apetito.

Sin embargo, mientras ponían orden en la cocina, Arthur insistió una vez más:

—Oye, Robbie, te lo digo de veras: a tu edad no deberías hablar con adultos de cosas como... lo de hace un momento. No deberías divulgar chismorreos. Si fueras un buen hermano, no lo harías.

Robbie siguió rebañando el recipiente de plástico donde había restos de helado con nueces y repuso:

—Tú eres el mal hermano. Lo dice papá. Dice que no eres un buen hermano para mí.

—Ah. —Arthur se volvió tras limpiarse el jabón de las manos—. A ti podría pasarte lo mismo... algún día.

—¡Ah, no! —Robbie meneó lentamente la cabeza.

—Si te parases a pensarlo un poco, Robbie..., no ha ocurrido nada horrible. Bastaría con que tú y otras muchas personas os dejarais de chismorrerías.

—Tu chica se hizo abortar —dijo Robbie.

—Y algunas personas se hacen extirpar las amígdalas..., tú, sin ir más lejos.

—Ah, ya..., ¿pretendes decirme que es lo mismo?

—Espera a que te pase a ti. —Arthur se volvió otra vez de cara al fregadero.

—A mí no me pasará nunca. Primero me casaré. Así es como hay que..., que hacerlo. Lo dice papá.

Arthur estrujó la esponja y la dejó junto a los grifos.

Robbie se fue a la salita y subió el volumen del televisor.

Entonces sonó el teléfono y Robbie corrió a contestarlo.

—Seguro que es mamá. Dijo que llamaría a las ocho —dijo a Arthur, que estaba de pie en la puerta—. ...Oh, de acuerdo, mamá... Sí... No... No. —Robbie se rió—. No, está aquí... De acuerdo. —Pasó el teléfono a Arthur.

—Hola, Arthur. Solo quería saber si todo iba bien.

—Sí, muy bien. ¿Habéis tenido buen viaje?

—Pues... un poco cansado por culpa del calor. Pero en el piso hay aire acondicionado y acabamos de ducharnos. —Se echó a reír—. Dicen que se avecinan más olas de calor. Saldremos para San Francisco el miércoles por la mañana. Ya te di el nombre del hotel, ¿verdad?

–Está apuntado aquí, al lado del teléfono.

–¿Cómo está Robbie? ¿Se le ha curado la herida del muslo?

–Pues no me ha dicho nada. Oye, Robbie, ¿cómo tienes el corte del muslo?

Robbie estaba absorto ante el televisor y Arthur tuvo que repetir la pregunta.

–Bien –dijo Robbie por encima del hombro.

–Dice que bien –repitió Arthur.

–Mamá ha salido con su amiga Blanche. Si estuviese aquí, le diría que se pusiera al teléfono... Bueno, cuídate, Arthur, y llámanos si algo va mal, ¿eh?

Tras colgar el teléfono, Arthur miró su reloj. Al cabo de media hora cogería la bicicleta para ir a casa de Maggie. Y al cabo de dos meses y pico cumpliría dieciocho años y podría conducir un coche... el de su madre, que ahora estaba en el garaje, y de esta manera cumpliría la ley de su padre. Se disponía a entrar en su cuarto cuando oyó que llamaban a la puerta.

–¿Esperas a alguien? –preguntó a Robbie.

–No –dijo Robbie, volviéndose.

Arthur entreabrió la puerta y vio a una mujer rubia que llevaba un vestido veraniego de color claro y sostenía una voluminosa libreta en la mano.

–Buenas tardes. Tú serás... ¿Está Richard..., el señor Alderman...? –La mujer parecía preocupada.

–Si se refiere a mi padre, no está en casa. –Arthur supuso que la desconocida era una de las personas jóvenes con las que su padre solía hablar en la iglesia, aunque la mujer aparentaba unos treinta años–. Mis padres se fueron esta mañana.

–No, yo... –Los ojos castaños miraron nerviosamente hacia los lados y volvieron a posarse en Arthur, luego dio un paso al frente–. Quería verle. A Richard. No quisiera estorbar.

Arthur retrocedió, dejando la puerta abierta.

—Mis padres se han ido a Kansas. No volverán hasta dentro de dos o tres semanas.

La mujer miraba las paredes y el techo de la cocina por encima del tabique.

—Bueno, ya lo sé —dijo con voz dulce—. Lo único que quería era volver a poner los pies aquí... como fuera. Tu padre me ha ayudado tanto. A mí y a mi hermana Louise. Hola, Robbie. —Sus labios, muy rojos, se abrieron en una sonrisa, mostrando unos dientes pequeños.

Robbie estaba en la puerta de la salita, boquiabierto a causa de la sorpresa, y dijo:

—Mi padre te dijo que no vinieses aquí cuando él estuviera ausente.

—Sí, pero... acabo de explicárselo... a tu hermano. Parece simpático —añadió, volviendo su sonrisa hacia Arthur.

¿Estaría drogada o algo por el estilo?, se preguntó Arthur. No parecía borracha, solamente rara.

—Me llamo Irene Langley, Arthur —dijo la mujer con aire decidido—. Vivo con mi hermana y mi madre..., que está muriéndose en casa. Y cuando hablo con tu padre... Tu padre me consuela mucho.

—Mi padre dijo que te vería cuando volviese y que no vinieras aquí —dijo Robbie como si fuera un soldado y transmitiera las órdenes de algún superior—. Se lo oí decir.

—¿Ha estado otras veces aquí? —preguntó Arthur a la mujer.

—Oh, sí. Cuatro o cinco veces..., a primera hora de la tarde. —La mujer se tambaleó un poco, a la vez que miraba más allá de Robbie, hacia el interior de la sala.

Robbie puso cara de enojo.

—Bueno, ahora no hay nada que hacer, como puedes ver tú misma.

—¿Puedo escribir a tu padre? ¿O llamarle por teléfono? Creo que a él no le importaría. –La mujer se inclinó hacia Robbie y Arthur observó que las raíces de su pelo eran de color castaño.

–Pues yo creo que sí le importaría –dijo Robbie–. Si no te dio su dirección, es que no quiere que la conozcas.

La mujer no pareció ofenderse lo más mínimo por el tono de Robbie.

–Robbie, querido, ¿qué te ha pasado en la *pierna?* –Se acercó un poco más, con cara preocupada.

–Oh..., un anzuelo. No es nada.

–¿Quiere que le dé algún recado suyo a mi padre? –preguntó Arthur, moviéndose hacia la puerta, deseoso de librarse de ella.

–Dile solo que yo... –Sonrió dulcemente y alzó los ojos hacia el techo de la salita–. Para mí es un gran consuelo estar aquí unos minutos, porque Richard me da muchísimo valor. Fe, en realidad. Y paciencia, lo llama él. Richard me indica lo que hay que leer... y es una ayuda muy grande para mí.

Arthur asintió con la cabeza.

–¿Tiene usted algún empleo?

–Soy camarera. No tengo horario fijo. A veces trabajo de noche. En un restaurante. Mejor dicho, en un par de restaurantes, pero el propietario es el mismo.

Los polvos que llevaba en la cara parecían pasta o harina seca. Robbie seguía en el umbral con cara de pocos amigos, como a punto de sacarla a empujones.

–Bueno, gracias, Arthur –dijo la mujer–. Me ha hecho tanto bien... estar aquí. Es casi tan reconfortante como estar en la iglesia, porque tu padre me ha dicho tantas palabras de consuelo en este lugar.

Arthur se movió gustosamente hacia la puerta principal.

–¿De qué se está muriendo su madre? –preguntó, curioso a pesar suyo.

–Del riñón.

Arthur salió al porche, dejando la puerta abierta. Irene Langley contempló la oscuridad creciente como quien ha de hacer frente a una tarea desagradable. Robbie avanzó hacia ella, dispuesto a sacarla de la casa; parecía una pieza de las damas avanzando sobre el tablero.

—Buenas noches, Robbie —dijo Irene, volviéndose hacia él, como si hubiera intuido su presencia. Llevaba zapatos blancos de tacón alto, muy gastados, y Arthur pensó que tal vez entregaba a la iglesia todo su dinero extra, porque la gente de la iglesia se lo había ordenado.

—Buenas noches —dijo Robbie en tono desabrido—. Creo que será mejor que no vengas más por aquí hasta que mi padre haya vuelto. ¿De qué te sirve?

—El aura —repuso ella con dulzura, sonriendo a Robbie—. En cuanto a ti, Arthur, todos te perdonamos —agregó en el mismo tono—. Y te bendecimos a pesar de todo. No temas, porque el Señor está contigo. Así lo afirma tu padre.

¿De veras?, pensó Arthur, convencido de encontrarse ante una chiflada. Bajó los peldaños para animarla a irse. La mujer le siguió sin prisas.

—Tu padre piensa que ha fracasado contigo, que tú has fracasado contigo mismo. Me lo contó todo —dijo con una sonrisa débil que probablemente pretendía ser amistosa—. Pero nunca es demasiado tarde para cambiar. Por supuesto, el bebé ya ha dejado de existir, pero para ti no es demasiado tarde.

El bebé. Un feto de siete semanas que apenas se distinguía de un feto de cerdo, pensó Arthur.

—¿Sabes —agregó ella, tendiéndole una mano que Arthur no cogió— la fuerza que da el ver a una madre muriendo día tras día? En el hospital ya no quieren tenerla. —Movió la cabeza para dar énfasis a sus palabras—. Pueden administrarle un simple calmante, pero los médicos dicen que está mejor en casa y que en el hospital ya no pueden hacer nada más por ella. ¿Sabes lo difícil que resulta afrontar una cosa así... con entereza? Hay que ser muy fuerte.

Como los locos, pensó Arthur. Y ella, sin duda lo estaba.

—Me lo imagino —dijo.

Miró por encima del hombro hacia la casa de Norma y vio un poco de luz tras las cortinas. ¡Cómo se reiría Norma si pudiera verlos!

—Estás nervioso, te sientes culpable —dictaminó Irene—. Pero dejarás de sentirte de este modo si te pones bajo la protección de Jesús. Y lo mismo tu novia. Pero debéis arrepentiros y para ello, dice Richard, basta con decir que lo sientes.

Arthur hizo un gesto de conformidad y echó a andar hacia la calle.

—¿Ha venido en coche?

—No, a pie.

—¿Dónde vive?

—Haskill y Main.

Quedaba a casi dos kilómetros, como mínimo.

—¿Su hermana también trabaja?

—No. Se queda en casa para cuidar a nuestra madre. Mi hermana Louise está gorda. Gordísima. —Irene Langley soltó otra carcajada que puso al descubierto más dientes pequeños—. Tu padre dice que esto también es pecado..., la gula. Pero tu padre sonrió cuando le dije que mi hermana no podía resistirse a una caja de bombones. Tu padre tiene sentido del humor, ¿sabes? Y es tolerante... ¡Tan tolerante! Hablar con él me resulta más fácil que hablar con Bob Cole, aunque Bob Cole es muy bueno y nunca se negó a escucharme, lo reconozco. Pero tu padre es más cariñoso... porque acaba de descubrir a Dios. Sus palabras son nuevas, como dice él.

—¿Es usted casada? —preguntó Arthur.

—¿Por qué me lo preguntas?... No, pero estuve casada durante unos dos años. No era feliz. Me divorcié hace ahora cuatro años. Y soy *mucho* más feliz.

Arthur vio que Robbie los observaba desde lo alto de los escalones y siguió caminando hacia la calle.

167

Al parecer, Irene Langley comenzaba a percatarse de su deseo de librarse de ella, porque de pronto apretó el paso, se le adelantó y, saludándole con una mano, dijo por encima del hombro:

—¡Adiós, Arthur, que Dios te bendiga!

Arthur se quedó mirando mientras la silueta de la mujer desaparecía entre las sombras de los tuliperos y sicómoros. De pronto le asaltó una horrible sensación de infelicidad..., la infelicidad de Irene Langley. Arthur vio la figura de Robbie volviéndose y entrando en casa. Hundió las manos en los bolsillos de atrás y subió los escalones de dos en dos.

—Podrías haber sido más cortés, Robbie —dijo Arthur después de cerrar la puerta—. ¿Qué forma es esa de hablarle a una señorita? «Mi padre te dijo que no vinieses aquí.»

—¿Una señorita? —replicó Robbie, disponiéndose a entablar batalla.

—Sí. ¿Así es como tratas a una amiga de papá? Ni siquiera le has ofrecido una silla.

—Él... Papá tiene sus motivos... para hacer cosas, para decir cosas. —Robbie apretó los labios.

—¿Ella viene aquí por las tardes?

—Sí. Un par de veces. —Robbie mantenía su expresión severa y miraba directamente a Arthur, que volvió a sentirse excluido como aquella mañana al encontrarse con Robbie y sus compañeros de pesca.

—¿Vino... estando tú aquí?

—Sí. Al menos una vez. Seguro.

Y cuando su madre no estaba en casa, pensó Arthur. ¿Sabía su madre que aquella pandilla de chiflados religiosos daban rienda suelta a sus emociones en la sala de estar, que tal vez se arrodillaban sobre la alfombra?

—¿Y papá qué hace? ¿Leerle la Biblia?

Robbie encogió los hombros y se dispuso a huir, como si ya estuviera harto de preguntas.

—No, le hace preguntas... Bueno, ella habla por iniciativa propia. Después él lee algo en voz alta o simplemente le habla. Ella dice que esto la ayuda.

—Es un bicho raro, hermanito. Y tú estás...

—No me llames «hermanito».

—Le hablaste como si fueras su jefe. ¿Papá le habla de la misma forma?

Robbie titubeó.

—Es necesario. Ella depende de nosotros, dice papá. Al menos de momento. Ya no es un bicho raro. Deberías haberla visto antes.

—¿Antes de qué?

—Antes de hace un par de meses. Papá me dijo que era prácticamente una prostituta. Ella lo dijo también..., me lo dijo a mí. Bueno, ya no lo es.

—Pues, si quieres saber la verdad, sigue pareciéndolo.

—Seguro que ya no lo es. Ha dejado de beber y ni tan solo toma café, solo té. Ahora tiene menos dinero.

—Ya me lo imagino.

—Pero dice que es más feliz. —Robbie miró a Arthur como si la victoria estuviese claramente de su lado—. Ahora Irene es como una santa..., dice papá. Pero todavía necesita ayuda o hará una locura. Por eso papá tiene que hablarle... con firmeza, como yo le acabo de hablar.

—Entiendo. —Y es una condenada estúpida, quiso decirle Arthur, no solo ahora, sino también antes de encontrar a Dios, a la iglesia o a Richard. Arthur entró en el baño y se lavó la cara. Luego se pasó la maquinilla de afeitar por la mandíbula, aunque aún no tenía mucha barba.

Eran como mínimo las nueve y cuarto cuando llegó a casa de los Brewster. Maggie le abrió la puerta. Llevaba un vestido sin mangas, de color verde claro, y sandalias de un verde más oscuro.

—Estábamos tomando café. ¿Quieres un poco?

Arthur la acompañó a la salita, donde había aire acondicionado. Allí estaban los padres de Maggie con una mujer de mediana edad que seguramente era la invitada y un joven de unos veinte años y pico.

–Diane... Arthur Alderman –dijo Maggie–. Diane Vickers y Charles Lafferty.

–Mucho gusto, Arthur –dijo Charles desde su silla.

Arthur dijo que no quería café, porque pensó que tal vez así él y Maggie podrían escapar antes. Daba por sentado que Maggie querría salir. Pero, ¿quién sería el tal Charles? No era el hijo de la señora Vickers, desde luego, pues no llevaban el mismo apellido. Charles fue la segunda sacudida de la tarde. ¿Sería un amigo de Maggie, quizás un amigo por el que ella aún sentía algo y que merecía la aprobación de sus padres? Arthur miró a Charles con atención: medianamente guapo, pantalones de algodón color canela, zapatillas de tenis nuevas. Sacó la conclusión de que tenía un poco de dinero, lo cual era siempre una ventaja.

–¿Has trabajado hoy, Arthur? –preguntó la madre de Maggie.

–Sí..., como de costumbre –repuso Arthur.

Al cabo de un momento, Charles se levantó.

–Gracias, señora Brewster..., señor.

–Buenas noches, Charles –dijo cariñosamente Diane Vickers, como si le conociera bien.

Maggie le acompañó a la puerta. La señora Vickers le estaba mirando críticamente con sus ojos grandes y maquillados; al menos a Arthur le pareció que su mirada era crítica. Maggie volvió a la sala

–¿Quieres dar un paseo, Arthur? ¿O ir a alguna parte? –preguntó Maggie en el mismo tono que empleaba cuando estaban solos...

–Lo que tú prefieras.

–Vuelvo dentro de un minuto. –Maggie se fue al piso de arriba.

Fuera de la casa se oyó un automóvil poniéndose en marcha.

–Me ha dicho Maggie que irás a Columbia –dijo Diane Vickers.

Todo el calor del día pareció concentrarse y estallar en la cara de Arthur.

–No, no. Las cosas han cambiado. En los últimos dos o tres días. No puedo ir a Columbia. Quizás vaya a otra universidad..., pero no a Columbia. –Atribuirlo a malas notas o a falta de dinero le pareció igualmente comprometedor. Era obvio que Maggie no les había dicho nada a sus padres, pues ambos le escuchaban cortésmente. Y, desde luego, a Betty y Warren Brewster no les importaba que él fuera a Columbia o no, pero Arthur tuvo la sensación de que perdía un poco más de su estima. Creerían que pensaba matricularse en una universidad de categoría inferior o en ninguna.

Maggie bajó con un bolso en la mano. Arthur deseó las buenas noches a los Brewster y a Diane Vickers, cuyos ojos parecían atravesarle de parte a parte.

Segundos después se encontraba a solas con Maggie, en la oscuridad del exterior.

–¿Vamos a la cantera? –propuso ella.

–Vamos.

Subieron al coche. Arthur bajó la ventanilla de su lado y al cabo de un rato preguntó:

–Oye, ¿quién es ese Charles?

–Oh... Charles. Va a la Universidad de Chalmerston. Salí un par de veces con él... hace algún tiempo. Solo quería verme otra vez.

–¿Sí?... ¿Y qué le dijiste?

–¿Sobre qué? ¡Vaya! –Maggie se rió–. Le dije que ahora tenía una relación bastante seria. O algo por el estilo.

Arthur sonrió en la oscuridad y apoyó la cabeza en el respaldo del asiento, observando a Maggie; se sintió feliz durante unos segundos, luego recordó la conversación con la señora Vickers.

–Por lo visto, no les has dicho nada a tus padres sobre Columbia..., que no puedo matricularme. De todos modos, ya se lo acabo de decir yo porque la señora Vickers me lo ha preguntado. He tenido que decirles que no iría a Columbia. ¿Crees que esto es un punto negativo... a ojos de tus padres?

–No, Arthur. ¿Por qué crees que le darían tanta importancia?

Cierto, pensó Arthur. ¿Empezaba a sufrir un complejo de inferioridad? ¿Paranoia?

Maggie concentró su atención en conducir el coche por la pendiente arenisca junto a las losas de piedra caliza, junto al vacío que se abría a su derecha. Al poco, detuvo el coche, paró el motor, y se volvió hacia Arthur, que la abrazó y le besó el cuello. Arthur cerró los ojos mientras una serie de pensamientos cruzaba velozmente su cerebro. El perfume de Maggie, un perfume interesante, sobrio, le hizo pensar en el olor dulzón que Irene Langley había dejado flotando en el aire. *Luchemos contra los cerdos,* pensó, contra gente como su padre, y ahora Robbie, contra imbéciles como Irene Langley.

–¡Ay!

–¡Oh! ¡Perdona, Maggie! –Sin darse cuenta acababa de apretarle el brazo–. ¿Bajamos a pasear un poco?

–Sí..., pero prométeme que no volverás a despeñarte.

Arthur le cogió la mano procurando no estrujársela, y subieron hasta el borde de la oscuridad. El aire era más cálido que la última vez, más cargado de verano, y se veían todas las estrellas, pero Arthur no pudo ver la luna. Le inquietaba el presentimiento de que sufriría un fracaso, un fracaso en todas las direcciones. Después de todo, el fracaso era tan posible como el éxito. Tragó saliva y preguntó:

–¿Diane es de la familia?

–No, es solo una vieja amiga de mamá. Ella y mi abuela viven en la misma ciudad de Pensylvania. Es bromatóloga y trabaja en un hospital.

Arthur la escuchaba a medias. No se atrevía a contarle a Maggie la visita de Irene Langley, aunque había pensado hacerlo. Irene

Langley era demasiado deprimente como tema de conversación, incluso como objeto de chistes.

—¡Eh, Maggie! A partir del martes tendré la casa para mí solo. Para nosotros. Por lo menos durante un par de semanas. Mi hermano se va a Kansas.

16

Robbie se iría a Kansas City el martes, en el avión de las nueve y media de la mañana, y Arthur aguardaba con ilusión aquel momento, porque Robbie le parecía otra persona. Si aquello era hacerse mayor, se decía Arthur, si su hermano iba a ser siempre de aquella manera, sería sencillamente una pena. Robbie ya no era espontáneo, original o gracioso como antes. Andaba de un sitio para otro como aturdido, pero con aire de ser consciente de su buena conducta, dándose importancia, tomándose muy en serio cuanto hacía, aunque fuera algo tan trivial como echar un par de huevos en la sartén. Arthur sospechaba que sus padres habían dejado a Robbie en casa para que tratara de persuadirle a andar por el buen camino, pero hasta el momento Robbie no le había soltado ningún sermón. A decir verdad, incluso parecía esquivarle.

–¿Vienes a la iglesia? –preguntó Robbie sobre las diez de la mañana del domingo. Ya iba vestido con unos pantalones azules y una camisa limpia.

–No..., gracias. ¿Vas a ir en bicicleta?

–Guthrie vendrá a buscarme. Deberías venir.

Arthur estaba echado en el suelo de su cuarto, examinando sus libros con la intención de escoger unos cuantos y venderlos. Llevaba unos «levis» viejos e iba sin camisa porque hacía mucho calor.

–Gracias, amigo mío, pero dentro de unos minutos iré a la mansión DeWitt. A trabajar, ¿sabes?

–El domingo hay que dedicarlo al descanso.

De pronto Arthur se sintió aburrido o enojado.

–¡Pareces un loro!

Se levantó con un par de libros en la mano y los tiró a la papelera tras vencer el impulso de golpear el uno contra el otro.

–¿Estás tirando libros?

–Sí. Libros sobre el sexo. Ya sabes. Cómo se hace el amor y cosas así. –Los dos libros que acababa de tirar empezaban a amarillear de puro viejos.

Arthur creyó ver rubor en las mejillas de Robbie y notó que miraba la papelera con interés.

–No creo que quieras leer estas porquerías. Son pecaminosas.

En aquel momento oyó que alguien llamaba a la puerta y hacía sonar el timbre, todo al mismo tiempo.

–Ese es Guthrie –dijo Robbie, y salió del cuarto.

Arthur cogió un trapo para quitar el polvo de los libros. Se dijo que cuando terminara no estaría de más pasar la aspiradora por la alfombra. Su madre esperaba que tuviera la casa razonablemente limpia, pues no tenían ninguna asistenta que se encargara de la limpieza de manera regular.

–¿*Arthur?* –En la voz de Robbie había una nota curiosamente aguda–. Ven, que quiero presentarte a Guthrie. –Robbie acababa de aparecer en el umbral.

–¿No puedes decirle que estoy ocupado... en este momento?

Pero Guthrie ya se encontraba detrás de Robbie, en el pasillo. Era un chico rubio y tendría veinte años y pico.

–Hola, Arthur. Me alegra conocerte –dijo el joven, tendiéndole una mano–. Guthrie MacKenzie.

Arthur le estrechó la mano, que le pareció blanda, húmeda, muy desagradable.

–¿Qué tal?

–¿No vienes con nosotros? Robbie me ha hablado de ti. Me gustaría llevarte hoy, si quieres –dijo Guthrie con una sonrisa. Vestía unos pulcros pantalones de color azul, camisa del mismo color y corbata debajo de su chaqueta de algodón.

–Acabo de explicárselo a Robbie. He de ir a trabajar dentro de unos minutos –dijo Arthur avanzando lentamente y obligándolos a retroceder y salir al pasillo. Arthur detestaba verlos en su cuarto y decidió empujarlos hacia la salita o la cocina. ¡Probablemente, Robbie, *su hermano,* también le había hablado de Maggie a aquel sujeto!

Guthrie anduvo hacia atrás hasta llegar a la salita; entonces se volvió y entró en ella. Arthur entró tras él con pasos majestuosos, descalzo, sintiéndose orgulloso de su torso bronceado y de sus músculos.

–Nos iremos en seguida –dijo Guthrie MacKenzie–. Sé, por lo que me han dicho tu padre y Robbie..., sé que crees que estamos contra ti. O que tratamos de meterte en un club del que no quieres ser socio. –Meneó la cabeza despacio–. No es así. Nuestra actitud es abierta. Ven a nosotros si quieres. –Abrió los brazos y el gesto hizo que Arthur recordara algunos programas que había visto en la televisión–. A mí mismo no me gustan las etiquetas. ¿Te molesta que fume? –Guthrie sacó sus cigarrillos.

Arthur se encogió de hombros y dijo que no con la cabeza al ofrecerle Guthrie un paquete de Kents.

–Las etiquetas le crean mala reputación a un hombre. Y también a una *iglesia.* Ni siquiera me gusta la etiqueta de «baptista» –prosiguió en tono agradable–, aunque mi familia es baptista desde hace muchas generaciones. Lo que buscamos es el contacto, la amistad, la felicidad. Quería que supieras que aquí tienes amigos, si los necesitas. Que estás entre amigos.

La abuela le había dicho lo mismo, recordó Arthur con inquietud.

–Gracias –dijo.

Robbie estaba pendiente de todo cuanto decían.

—¿No quieres acompañarnos esta mañana? No hace falta que te cambies los tejanos; bastará con que te pongas una camisa. Apuesto a que podrías venir descalzo. ¡Claro! Muchos hombres buenos han caminado descalzos antes.

Arthur asintió con la cabeza y se odió a sí mismo por haberlo hecho.

—Sí —dijo en tono aburrido y cortés—. Con vuestro permiso..., he de hacer unas cuantas cosas antes de irme. —Volvió a su cuarto.

Encontró otros tres libros viejos que podían tirarse. Procuró aplacar su mal humor, no fuera a tirar más libros de la cuenta.

De pronto Guthrie entreabrió la puerta y, asomándose, exclamó con voz alegre:

—¡Adiós! ¡Y que Dios te bendiga!

Al poco, la puerta de la calle se cerró por fin.

Arthur pasó la aspiradora por su habitación; luego decidió limpiar también la de Robbie. La cama de su hermano estaba hecha de cualquier modo; en el suelo había varios calcetines y dos pares de mocasines, así como revistas y «cassettes». Mientras ponía un poco de orden, Arthur vio que clavado en la pared, junto a la mesa de Robbie, había un póster azul y amarillo. «JESÚS ES LA SALVACIÓN», rezaba el póster; y debajo del consabido retrato de Jesús —el retrato de un hombre barbudo y rubio, de ojos azules y tristes, y labios sonrosados— aparecía, fotografiada de espaldas, una multitud de niños contemporáneos que alzaban los brazos hacia Jesús. Ya que había sacado la aspiradora, pensó, podía limpiar el cuarto de sus padres, aunque no le gustaba la idea de entrar en él. Finalmente decidió dejarlo para otro día.

Cogió la bicicleta y se fue a casa de la señora DeWitt. La buena mujer había insistido en que almorzase con ella en vista de la «lamentable interrupción» del domingo anterior.

El trabajo de aquel día era pan comido: pintar una valla de color verde. Arthur mezcló un poco de negro y blanco con el verde, para que la valla hiciera juego con el color de la hierba que la rodeaba. Después de comer, trabajó hasta las cuatro y unos minutos, la hora más calurosa de la tarde, se duchó con la manguera y montó en la bicicleta con los «levis» mojados. Al llegar a casa, se metió bajo la ducha y luego se echó sobre la cama con el propósito de dormir un rato. Robbie estaba viendo la televisión. Arthur no tenía ninguna cita para aquella noche, pero a Robbie le había dicho que sí la tenía, porque deseaba salir de casa.

A las siete y pico, Arthur telefoneó a Norma Keer para preguntarle si podía ir a verla.

—Ya sé que es tarde..., la hora de cenar.

—¿Desde cuándo ceno yo a horas fijas?

Arthur cortó unas cuantas rosas del jardín para Norma antes de ir a su casa. Al entrar, encontró a Norma colocando una enorme fuente sobre la mesa, que estaba puesta para dos personas.

—La cena será más bien ligera —dijo ella—. Hace demasiado calor para comer mucho. Frambuesas con plátanos y trocitos de melón. Prepárate una copa, Arthur, si te apetece. ¡Caramba! Estás muy elegante. ¿Tienes alguna cita después?

—No —dijo Arthur, riéndose. Se preparó un «gin tonic» en la cocina. Norma ya tenía uno en la mano.

—¿Cómo está tu simpática novia..., Maggie?

—Oh, muy bien, gracias. Sigue un curso de verano en la universidad para repasar las matemáticas. Con vistas a Radcliffe.

A medida que la velada fue avanzando, Arthur se dio cuenta de que Norma no sabía nada de la estancia de Maggie en el hospital. Pero prestó atención por si ella dejaba entrever algo o hacía alguna pregunta.

—Coge más pastel, Arthur. No seas tímido.

Arthur se sirvió otra porción. Norma hacía unos pasteles de zanahoria excelentes.

—¿Conoces por casualidad a una tal Irene Langley... una mujer de unos treinta años, pelo teñido de rubio?

—Langley... —Norma echó la cabeza hacia atrás y miró hacia el techo como si quisiera repasar la lista de clientes del First National—. El nombre no me suena. ¿Quién es?

—Una de las que van a la iglesia de mi padre. Llamó a la puerta el viernes por la noche.

Norma mostró el habitual esbozo de sonrisa en su cara redonda y súbitamente se puso alegre.

—Seguramente quería dejar algunos folletos, ¿eh? Aquí no llamó.

—No, preguntó por mi padre, pero estoy seguro de que sabía que no estaba en la ciudad. Dijo que mi padre habla con ella..., que la anima. Está un poco chiflada. Es una exprostituta que ha encontrado la religión.

—¡Dios mío! —Norma empezó a reírse de buena gana y su pecho se agitó debajo del vestido escotado.

Arthur nunca se había fijado en los senos de Norma y en aquel momento pensó que parecían bastante reconfortantes, maternales. Sonrió.

—Y Robbie... Robbie la conoce. Se puso furioso y le ordenó que se marchara. Tardó un buen rato en irse. Dijo que lo que buscaba era el aura, el aura que hay en casa.

Norma meneó la cabeza.

—No sé qué novedad han encontrado en Cristo. Cuando estos vendedores de revistas llaman a mi puerta y me preguntan si conozco la Biblia, ¡les digo que la leí antes de que ellos naciesen!

—Mi hermano me tiene un poco preocupado —dijo Arthur tras una corta pausa.

—Ah. Te preocupa que vaya siempre con esos hombres mayores, ¿verdad?

—Eso por un lado —Arthur jugueteó con el vaso sobre la mesa—. También me preocupa la actitud autoritaria que adoptó ante la tal Irene. No me pareció muy caritativa. Es sencillamente... una actitud extraña. —Había algo más: desde hacía un tiempo Robbie le trataba como si fuera un pecador, un pecador impenitente, pero no podía decírselo a Norma–. En realidad, Robbie ya no me quiere.

–Oh, entre hermanos... Son manías, Arthur. Actitudes pasajeras. Robbie solo tiene quince años, ¿verdad? Se le pasará pronto.

Arthur no volvió a insistir.

* * *

Eddie Howell se presentó sin avisar antes el lunes a las siete y media de la tarde. Arthur se molestó muchísimo porque Maggie estaba con él, invitada a cenar. Por la mañana Robbie le había dicho que sus amigos Jeff y Bill querían darle una fiesta de despedida en casa de uno de ellos y que no volvería hasta pasada la medianoche. En vista de ello, Arthur había invitado a Maggie por primera vez, con la esperanza de que no fuera la última velada que pasarían juntos en su casa. Y entonces, justo cuando Arthur iba a sacar el rosbif y la ensalada de patatas del frigorífico, el imbécil de Eddie llamó a la puerta.

–Robbie ha salido esta noche –dijo Arthur.

Sonriendo como siempre, Eddie Howell se coló en el recibidor.

–De todas formas, tú sí estás y me... –Vio a Maggie por encima del tabique que separaba el recibidor de la cocina–. ¿Esta es tu amiga?

–Sí. Maggie... Eddie Howell. Maggie Brewster.

–Es un placer –dijo Eddie–. Perdona que me entrometa, pero no me quedaré. Quería ver cómo estaba Arthur. No me imaginaba que tendría el placer de conocerte.

Arthur dudó que fuera verdad lo que decía.

–Solo estábamos...

–Estoy al corriente de lo que pasó hace una semana, Maggie –dijo Eddie–. Me alegra ver que tienes tan buen aspecto..., porque a veces es peligroso. Y siempre resulta de lo más deprimente.

Maggie cambió una mirada con Arthur y la sonrisa de cortesía se esfumó de su rostro.

–No estoy deprimida.

–Puede que aún sea pronto.

–No –dijo Maggie con aquel aire de sinceridad tan suyo–. No voy a tener ninguna depresión. Me consta ya.

Arthur vio que el enfado le hacía temblar las cejas.

–Si no te importa, Eddie..., nos disponíamos a cenar.

–Bien, me iré en seguida. –Los ojos de Eddie Howell parpadearon fugazmente al mirar a Arthur, luego a Maggie y otra vez a Arthur–. Solo venía a recordarte..., a recordaros... que, aunque hayáis obrado en contra de la voluntad de Dios, puede que Él todavía os perdone... si reconocéis vuestra acción, si la admitís, y os juráis a vosotros mismos que en lo sucesivo iréis por el buen camino.

Maggie bebió un sorbo de su copa y luego la dejó en el aparador, como habría hecho de estar a solas con Arthur.

–¿Entiendes lo que estoy diciendo, Maggie? –preguntó Eddie Howell con una sonrisa.

–Sí –repuso ella.

–¡Muy bien! –exclamó Eddie Howell–. ¿Puedo dejaros algo?

–No –contestó Arthur al ver que Eddie abría la cartera–. Esta noche, no, por favor. Guárdalo para otra persona. Y aprovechando que estás aquí... –Miró con inquietud hacia la sala de estar, pero de pronto recordó que había sacado las revistas religiosas de allí al prepararse para la visita de Maggie; ahora estaban todas en la habitación de Robbie–. Nada. No importa.

–Se nota que necesitas algunas de las cosas que traigo –dijo Eddie Howell.

Arthur abrió la puerta principal y se apartó para dejarle paso.

–Gracias por la visita, Eddie.

Eddie Howell echó a andar hacia la puerta, sosteniendo la cartera con ambas manos.

–Buenas noches, Maggie... Arthur. ¡Que Dios os bendiga!

Arthur cerró la puerta tras él y echó el cerrojo por dentro.

—¡Uf! —exclamó Maggie, riéndose—. ¡Pensé que ibas a echarle a patadas!

Arthur hizo un gesto, luego abrazó a Maggie con fuerza durante un momento.

—Ya has visto lo que tengo que soportar en esta casa. Ahora ya sabes cómo es esa gente.

—¿Y quién es ese?

—Un amigo de mi padre..., de la iglesia.

—Tómatelo con calma. No vale la pena enfurecerse por su culpa.

Maggie y su familia no tenían que aguantarlo cada día. Pero si Maggie deseaba que se calmase, se calmaría. Miró el frigorífico y se dijo que el rosbif podía esperar unos segundos más.

—Y el viernes por la noche, antes de ir a verte, se presentó otra cretina en la puerta, una tal Irene Langley. Prostituta reformada.

—¿También es de esa iglesia?

—¡Sí! Mi padre hace amistad con estas personas, les habla cuando están deprimidas. La del viernes parecía flipada con cocaína. —Le describió a Maggie el grosero comportamiento de Robbie, porque añadía un toque de comicidad al asunto, pero no le dijo que Irene Langley le había asustado, como probablemente le habría asustado un loco. Tampoco quiso decirle a Maggie que Irene Langley sabía lo del aborto.

—La próxima vez que llamen a tu puerta... No abras. Les dices que tu padre no está en casa. Anda, vamos a comer.

Después de cenar se sentaron en el sofá y hablaron de septiembre y de los estudios mientras en el «cassette» sonaba un cuarteto para cuerdas de Mozart. Al día siguiente Arthur iría a las oficinas de la Universidad de Chalmerston con las notas del instituto y las cartas recibidas de Columbia. Quería enterarse de los costes y solicitar su admisión, prescindiendo de si podría o no pagar la matrícula en septiembre. Y la Administración Reagan hacía que los préstamos a estudiantes fueran más difíciles de obtener. Maggie pensaba especializarse en sociología cuanto antes en Radcliffe, aunque su padre prefería que durante los dos primeros años estudiara artes liberales solamente.

–No quiero ser una asistenta social, de esas que van de casa en casa –dijo Maggie–. Lo que deseo es averiguar el porqué de algunas cosas que ya existen..., condiciones y problemas. Veo el mundo de una manera tan distinta desde los días que pasé en el hospital. Es curioso. De pronto todo parece real, no como un telón de fondo o un montón de decorados.

Arthur la escuchaba, consciente también de que Maggie apoyaba dulcemente la cabeza en su mejilla. ¿No sería estupendo, pensó, poder pasar un rato así todas las noches, una vez que comenzaran las clases, sencillamente sentados en un sofá, hablando?

–Perdonad. –La voz de Robbie sonó detrás de ellos.

Arthur vio a su hermano de pie en el umbral de la sala.

–¿Por qué echas el cerrojo a la puerta principal?

Arthur se levantó:

–Porque me da la gana. ¿Y tú por qué has entrado sigilosamente? ¿No podías llamar al timbre?

–No he entrado sigilosamente. ¡He tenido que entrar por el garaje!

Arthur notó que Robbie se había tomado unas cuantas cervezas.

–Hola, Robbie –dijo Maggie.

–Hola –contestó Robbie, sin moverse del umbral.

–He echado el cerrojo porque Eddie Howell se coló en casa y no quiero más tiparracos de esos aquí –dijo Arthur–. ¿Les has hablado de mí esta noche?

–No –repuso Robbie tras unos segundos.

–No vuelvas a ponerte furioso, Arthur –susurró Maggie, calzándose de nuevo los zapatos.

Robbie salió al pasillo y se perdió de vista. Apenas eran las once, según pudo ver Arthur.

–Menudo hermano me ha tocado en suerte, ¿no te parece?

183

—¿No son así todos los hermanos menores?

Mozart se paró. Permanecieron en la salita, pero el ambiente no era el mismo. Arthur acompañó a Maggie en el coche de ella y luego volvió andando, aunque llovía un poco.

Arthur llamó a la puerta de Robbie, con la sensación de ser uno de los que iban de casa en casa, aunque él estaba en el equipo contrario.

—¿Sí?

Robbie estaba arrodillado, en pijama, metiendo cosas en su talego azul.

—Bill pasará a recogerme mañana, para llevarme al aeropuerto.

Robbie ya se lo había dicho por la mañana.

—¿Tienes el traje de baño? ¿Un par de mocasines extra? —preguntó Arthur con acento aburrido. Su madre le había encargado que se asegurase de que Robbie no olvidara aquellas cosas.

—Sí. Están aquí. —Robbie perdió el equilibrio y casi metió toda la cabeza en el talego.

—Escucha, Robbie, ¿Eddie...?

—*Yo* no le dije que viniera.

Pero Robbie estaba en contacto con los que iban a la iglesia, o ellos lo estaban con él. Arthur tenía la certeza de que era así.

—Me gustaría que no se acercasen por aquí mientras papá y tú estéis fuera. No quiero que se cuelen en casa, ¿entendido? Ni que se cuele aquella otra imbécil..., Irene. ¿Te ha llamado por teléfono?

—No. Bueno..., me llamó ayer.

—No volveré a dejarla entrar... ni a ella ni a nadie más.

Robbie se sentó en cuclillas.

—Ya sé lo que haréis cuando me haya ido. Aquí. —Miró a Arthur con expresión muy severa.

—Piensa lo que quieras.

—¿Qué habríais hecho en el sofá... si yo no hubiese entrado?

—¿Es que quieres decirles algo a mamá y papá? ¡Adelante! ¡Inventa algo!

¡Rata entrometida! Arthur salió y cerró la puerta.

17

La breve entrevista del martes por la mañana en las oficinas de la universidad no fue tan concluyente como Arthur esperaba. Creía que le dirían sí o no, esto último porque ya no habría plazas libres y se imaginaba que en tal caso echarían a un estudiante con peores notas para poder admitirle a él. Un tal señor Lubbock, sentado en mangas de camisa detrás de una mesa desordenada, examinó cuidadosamente sus papeles, los unió con un clip y dijo que quedaban aún algunas plazas para estudiantes con buenas calificaciones. Añadió que volviera al cabo de una semana y le daría la respuesta.

Arthur decidió que tenía motivos para sentirse optimista. De paso para su siguiente destino, la biblioteca pública, se detuvo en un sitio donde vendían coches usados para echar un vistazo. Vio un bonito Toyota de color rojo, un modelo de dos años antes, pero el precio no estaba a su alcance. Sí lo estaba el de un Ford normal y corriente pero de aspecto seguro, solo que no tenía los ochocientos cincuenta dólares que pedían por él.

—Ha tenido un solo propietario —dijo el encargado—. Es de hace siete años, por esto el precio es tan bajo, pero, por lo demás, es un coche estupendo.

Era de color marrón. Arthur tenía pensado un coche amarillo o rojo.

–Me lo pensaré. Gracias.

En la biblioteca, después de devolver los libros, se fue directamente a las estanterías de sociología. La gama de títulos sobre la salud, las migraciones, el empleo, etcétera, era desconcertante y hacía difícil escoger uno o dos, pero finalmente se decidió por uno; luego entró en la sección de ciencias, donde las palabras que aparecían en el lomo de los libros pertenecían a un lenguaje que él conocía, y en unos instantes seleccionó tres títulos.

–¿Ahora lees sociología? –preguntó la señorita Becker al ver que uno de los libros se titulaba *Corrientes cambiantes: la migración humana desde la Segunda Guerra Mundial.*

–Pues... solo quería hacerme una idea general.

–En tal caso –la señorita Becker se levantó para coger un libro del anaquel de nuevas adquisiciones–, este acaba de llegar y no está reservado. ¿Quieres echarle un vistazo?

El libro se titulaba *Sociología y problemas sociales americanos.* Una mirada al índice bastó para que Arthur viera que aquel libro era más completo que el otro.

–Justo lo que buscaba. Gracias, señorita Becker.

–Tienes una semana –dijo ella, sellándole la tarjeta–. ¿Cuándo te vas al este?

–No voy. No tengo pasta, por desgracia. Puede que el año que viene. No lo sé.

–Oh..., lo lamento, Arthur.

Arthur asintió con la cabeza, incómodo.

–Pero iré a la Universidad de Chalmerston. O así lo espero.

–Deberían alegrarse de tenerte como alumno. Al menos estarás aquí. Me alegro.

Arthur se fue a la zapatería.

Aquella noche escribió a su madre, al hotel San Francisco, contándole sus gestiones para entrar en la universidad. Añadió que no sabía con seguridad de dónde saldría el dinero, pero que estaba decidido a sacar un título, que se buscaría un empleo a horas y que, en todo caso, la Universidad de Chalmerston era mucho más barata que la de Columbia. Al final de la carta escribió:

«Una mujer llamada Irene Langley vino a casa el viernes por la noche. No sé si se droga o no, pero la encontré horripilante y me costó lo mío quitármela de encima. ¿Podrías hacerme el favor de pedirle a papá que les diga a sus amigos de la iglesia que no sigan entrometiéndose así?»

Arthur tenía una cita con Maggie para el miércoles por la noche y pensaba invitarla a cenar en casa; luego, a las diez, irían a un concierto de jazz al aire libre en el Sky Palace. El Sky Palace era un antiguo autocine transformado en teatro al aire libre y había en él un escenario, unos cuantos asientos y mucho espacio para aparcar automóviles. No era necesario comprar entradas por anticipado. Arthur no estaba seguro de si a Maggie le gustaría la idea, pero le gustó.

Unos reflectores iluminaban el cielo hasta muy arriba. Los amplificadores parecían puestos al máximo de sonido. A los pies del escenario de la orquesta había un amplio círculo para bailar, pero era casi imposible ir allí abriéndose paso entre el gentío que se hallaba de pie; algunos espectadores bailaban donde podían.

–¡Eh, Arthur!

Arthur se volvió. Era la voz de Gus, y Arthur vio su cabeza rubia entre las figuras y rostros iluminados a medias. Arthur cogió la mano de Maggie y echó a andar hacia allí.

–¡Estoy con Veronica! –gritó Gus, alzando la mano de la muchacha como si fuera algún trofeo.

Maggie y Veronica se conocían de la escuela.

–¿Vas a *bailar*, Gus? –preguntó Arthur a voz en grito. Luego miró a Maggie y dijo–: Gus cree que baila fatal.

No trataron de llegar a la pista de baile. Las dos muchachas se pusieron a hablar entre ellas, y Arthur y Gus hicieron lo mismo.

Gus compró perritos calientes para todos y Arthur les invitó a cerveza y Coke.

—¡Gus! Después podríamos ir a mi casa —dijo Arthur—. ¡No hay moros en la costa!

Finalmente fueron a casa de Arthur. El frigorífico estaba lleno de refrescos. Los huevos revueltos y el café más tarde, pensó Arthur, si les entra hambre. Disfrutaba haciendo de anfitrión, fingiendo que la casa era toda suya, suya y de Maggie, por supuesto. También en casa las dos chicas permanecieron juntas. ¿De qué podían hablar tanto, sin parar?

—Veronica es bonita, Gus —dijo Arthur. El pelo de Veronica era castaño y ondulado y sus mejillas aparecían teñidas de un color natural, amelocotonado. Le sobraban unos kilitos y era más baja que Maggie.

—¿Crees que le gusto?

Arthur se rió.

—¿Qué sé yo?

—Si crees que sí, dímelo —dijo Gus en voz baja, y bebió un trago de su lata de cerveza.

A ninguno de los cuatro le entró hambre. Sobre la una de la madrugada Veronica dijo que tenía que irse y Arthur vio con alegría que Maggie no daba ninguna muestra de querer imitarla. Arthur se despidió de Gus y Veronica en la puerta. Luego volvió junto a Maggie y la besó.

—¡Bonita velada! ¿No te parece? Al menos, lo ha sido para mí.

—Sí. ¿Qué te decía Gus?

Arthur sonrió.

—No lo sé. Nada —titubeó—. ¿Puedes quedarte toda la noche?

Maggie se rió como si fuera un chiste, pero su risa era en parte fruto de la timidez, y Arthur lo sabía.

—Podría quedarme, pero... da la casualidad de que tengo la regla.

—Oh. Bueno, no importa. Quiero decir que me basta con que te quedes conmigo.

Maggie movió la cabeza negativamente.

–La próxima vez. Me alegro mucho de tener la regla.

Arthur estaba pensando lo mismo, que ella se alegraría.

–Hoy he sacado un libro de sociología de la biblioteca. Aguarda un segundo y te lo enseñaré.

* * *

Unos cinco días después Arthur recibió una carta de su madre que, entre otras cosas, decía:

«Lamento lo de la visita de Irene. Sí, tu padre la conoce y, al parecer, considera que le corresponde el mérito de haberla liberado de la bebida y de hacer la calle. Le pregunté a Robbie acerca de la visita ¡y al principio negó que hubiera tenido lugar! Creo que Robbie le tiene un poco de miedo a Irene. Luego dijo que tú estuviste grosero con ella. Pero no hagas caso. Espero que no vuelva a molestarte. Es un alma perdida, su madre está muy enferma y tiene una hermana menor que se pasa el día sentada en casa, sin hacer nada, ni siquiera buscar un empleo.»

Maldito Robbie, pensó Arthur, ahora le daba por mentir.

Pero Arthur no se sentía inclinado al resentimiento a mediados de julio, pudiendo, como podía, ver a Maggie varias veces a la semana y trabajando a jornada completa en la zapatería, con el consiguiente aumento de sueldo. Y, además, le alegraba el simple hecho de estar solo en la casa de West Maple Street, de poder cortar unas cuantas flores del jardín y ponerlas en un jarrón cuando Maggie iba a visitarle. La muchacha se quedó un par de noches con él y, huelga decirlo, por la tarde tenían tiempo para acostarse juntos si lo deseaban, aunque luego Maggie decidiera ir a dormir en su propia casa. En la primera de tales ocasiones Arthur le dijo que podía tomar algunas precauciones, pues no sabía de qué otro modo decírselo, y Maggie le contestó que no se preocupara, que ella ya había tomado la píldora. ¡Sencillo! La vida podía resultar feliz y sencilla... aunque no lo fuese para otras personas. Era delicioso olvidar durante un rato que existían tales personas.

Pero todo acabó de repente, cuando menos su intimidad estaba a punto de acabar, pues la familia volvería al día siguiente, veintinueve de julio. Lois le había telefoneado desde Salt Lake City. Y en un par de días ya estarían en agosto y Maggie se iría con sus padres a pasar dos semanas en Canadá. Se alojarían en un pabellón de caza, a orillas de un lago; tanto el pabellón como el lago eran propiedad de un piloto amigo de su padre. Arthur hubiera querido tener dinero en abundancia, o dinero suficiente para proponerle un viajecito de dos semanas a Maggie. Probablemente ella dispondría del coche que acostumbraba a llevar, el de su madre, porque la familia tenía dos. Y el 17 de septiembre Maggie tomaría el avión y se marcharía a Cambridge, en Massachusetts.

* * *

—Te he traído esto —dijo su madre, enseñándole una camisa de franela gruesa, de color rojo, con botones blancos—. No es apropiada para este tiempo, pero la vi en San Francisco y no pude resistir la tentación de comprarla porque es justo de tu talla.

El regalo fue del agrado de Arthur. Se probó la camisa.

Robbie, bronceado de pies a cabeza, descalzo, hacía cabriolas en la habitación vestido con un traje de baño a rayas blancas y negras. La familia había llegado sobre las ocho de la tarde en vez de a las cinco, como estaba previsto, y Arthur había tenido tiempo de preparar la cena, que mereció los elogios de su madre. Richard apenas decía nada y Arthur observó que incluso empleaba monosílabos para hablar con Lois.

Antes de sentarse a cenar tenían que instalar una pantalla china en la lámpara del techo de la salita. La pantalla tenía forma de rectángulo y era de papel blancuzco. Parecía una cometa.

—¿Qué nos cuentas tú, Arthur? —preguntó su madre cuando estuvieron sentados a la mesa, tras una bendición que aquel día fue corta.

—Tom me ha contratado para todo el día. ¿O ya te lo dije por teléfono? No me acuerdo.

—No, no me lo dijiste. ¡Qué bien! ¿Verdad, Richard?

—Hum..., sí —dijo Richard.

—En San Francisco comimos mariscos frescos todos los días —dijo Robbie—. Estuvimos un par de veces en Fisherman's Wharf.

—Robbie se había puesto una camisa a petición de su madre.

Sonó el teléfono. No podía ser Maggie, ya que Arthur la había llamado a las seis para decirle que sus padres estaban al llegar. Richard fue a atender la llamada.

—A propósito, mamá —dijo Arthur—. No estuve grosero con Irene Langley. Reconozco que no la invité a sentarse. No estaba seguro de que quisiera hacerlo. Vino por el aura, como dijo. —Arthur hablaba como si su hermano no estuviese presente—. ¿Tú la conoces, mamá?

—La he visto una o dos veces en la iglesia —dijo Lois en voz baja, como si no quisiera hablar más del asunto.

Arthur miró de reojo a Robbie, cuya postura era más erguida que la habitual y tenía los ojos fijos en el plato del que iba pinchando comida sin parar.

—¿Has conocido personas interesantes en tus periplos, Robbie?

—¿Personas?

—Sí, hombre..., esas cosas con dos piernas.

Robbie guardó silencio.

Arthur sintió deseos de preguntarle si había conocido alguna chica simpática, lo cual era una pregunta normal entre hermanos, pero no quiso darle pie a hacer algún comentario sobre Maggie. Ninguna persona que Robbie hubiese conocido, ninguna satisfac-

191

ción que se hubiera dado practicando el surf en la playa o atracándose de langosta en Fisherman's Wharf, nada de todo ello podía compararse a las dos semanas y media de felicidad que Arthur acababa de pasar con Maggie.

–Pero, querida amiga, sencillamente *no es* posible –decía Richard en la sala de estar–. Estoy seguro de que no es peor esta noche... Así lo haré. Puedes contar conmigo. Buenas noches. –Luego se oyó el chasquido del teléfono al colgar.

Richard volvió al comedor con cara de preocupación y moviendo la cabeza.

–Lo siento.

–¿Quién era? –preguntó Lois.

–Oh..., hum..., Irene. Parecía un poco alterada. –Richard siguió comiendo tras recoger su servilleta.

–¿Su madre está peor? –preguntó Lois.

–No, no. Se trata de ella misma. Se siente angustiada. No sé a qué es debido. –Hizo una pausa, luego continuó–. Quería que fuera a verla esta misma noche o, en su defecto, venir ella aquí... andando. –Richard meneó la cabeza y sonrió a Lois–. Le he dicho que ni hablar del asunto.

–Debes ser firme con ella, papá –señaló Robbie.

–Tienes razón –dijo Richard.

Arthur miró a su madre, que prestaba atención a Richard.

–Una actitud firme y van que chutan... esas personas. *Ya* van por buen camino –dijo Richard–. Basta con que no se aparten de él.

–¿Bob Cole habla alguna vez con ella? –preguntó Lois.

–Oh, sí. Me parece que dijo haber ido a verla una o dos veces. –Richard se limpió los labios con la servilleta y buscó una postura más cómoda. Debajo de la camisa rosa, el bulto de su abdomen parecía mayor que antes de las vacaciones. Su nariz ancha y corta mostraba un bronceado que hacía pensar en el cuero. Dijo que no quería café y que pensaba acostarse temprano.

Arthur y su madre limpiaron y ordenaron la cocina mientras Robbie veía la televisión.

—¿Hablaste con papá sobre el asunto de la universidad, mamá? —preguntó Arthur bajando la voz cuanto pudo, pese al ruido que él mismo hacía al lavar los platos.

—Sí, Arthur, y estoy segura de que podrás ir... si duermes en casa.

—Lo digo porque... —Arthur se puso de puntillas para ver la salita por encima del tabique divisorio. Robbie continuaba embobado ante la pantalla del televisor— ... me sentí culpable por el simple hecho de hablarte de ello. Papá estaba tan enfadado conmigo. Pero septiembre se va acercando.

—No está tan enfadado como crees, Arthur. El viaje le ha sentado muy bien. Quizás no se le nota debido al cansancio. Y la abuela fue una gran ayuda. Habló varias veces con Richard. —Lois iba metiendo cosas en el frigorífico mientras hablaba—. Le dijo claramente que no estaba bien castigarte privándote de la universidad cuando te merecías ir.

Arthur se llevó una sorpresa, luego, al caer en la sencillez del argumento, le entraron ganas de sonreír.

Su madre le apretó el brazo y le besó la mejilla.

—Ya verás como todo sale bien. Si quieres que te diga la verdad, me alegraré de tenerte en casa. ¿Cómo está Maggie?

—Bien. Muy bien. Fui a cenar un par de veces en su casa. Solo con Maggie y Betty. Casualmente su padre no estaba.

Y el perfume de Maggie seguía en su almohada. Estaba allí desde hacía dos días y comenzaba a desvanecerse. Arthur se echaba boca abajo e inhalaba el perfume al acostarse y por las mañanas lo primero que hacía al levantarse era tapar la almohada con la sábana y el cobertor, para que se desvaneciera lo menos posible. ¿Cuándo volvería Maggie a pasar una hora, siquiera media hora, con él en su cama? A partir de ahora siempre habría alguien en la casa, o correrían el peligro de ser sorprendidos. En casa de Maggie resultaba más fácil y a veces, cuando estaban trabajando en el jardín o comiéndose un emparedado en la cocina, la muchacha tenía una manera maravillosa, inesperada, de decir:

—Mi madre no llegará hasta dentro de dos horas. Lo sé.

Maggie le pidió que fuera con ella y sus padres a Canadá. Fue una noche en la sala de estar de los Brewster, unos cinco días después de que regresara la familia de Arthur.

—Al menos podrías pasar una semana con nosotros, Arthur, si tienes tiempo —dijo la madre de Maggie—. En el pabellón de George pueden dormir diez personas.

Arthur quedó aturdido. Fue un atisbo de lujo, incluso de paraíso, que apareció como un destello y se esfumó con la misma rapidez. Una espaciosa cabaña de troncos, un lago, Maggie y mucho tiempo libre para estar con ella.

—Este verano no puedo tomarme unas vacaciones. Gracias de todos modos. Además, le prometí a mi jefe que seguiría trabajando hasta mediados de septiembre.

—Ah, sí —dijo Maggie con un suspiro—. Arthur todavía no sabe a punto fijo si su padre le pagará los estudios en la universidad. Ya te lo había dicho, ¿verdad, mamá?

Arthur ya suponía que Maggie se lo habría dicho a su madre, pero los Brewster eran personas tan acomodadas que probablemente Betty no podía ni imaginarse que su padre se resistiera a pagarle los estudios en la universidad local, ni siquiera en el caso de que comiera y durmiera en casa.

—Es verdad. Aún no me ha prometido nada en firme —dijo Arthur, sintiéndose incómodo—. Mamá no para de decirme que todo saldrá bien.

A resultas de aquella conversación, Arthur decidió hablar con su padre aquella misma noche. Richard estaba aún en su despacho al llegar Arthur a casa sobre las once. Vio la puerta del despacho abierta y a su padre en mangas de camisa, de pie e inclinado ante el escritorio, sobre el cual había un montón de papeles y libros de contabilidad. Viniendo de casa de los Brewster, la suya le pareció calurosa. A principios de verano habían puesto tela metálica en las ventanas, para evitar que entrasen los insectos, pero ello impedía también que entrase un poco de brisa.

—Papá —dijo Arthur—. ¿Tienes un minuto?

—Sí. ¿Para qué? —Richard apoyó las manos en la mesa y un mechón de pelo le cayó sobre la frente, como unas antenas.

—Para hablar de la universidad —dijo Arthur, procurando adoptar un aire despreocupado y al mismo tiempo serio—. No me gusta nada hablar del asunto, ya que se supone que debo pagarme los estudios yo mismo. Pero mamá me dijo...

—¿Quién te dijo tal cosa?

—Pues... En realidad no me lo dijo nadie. Sencillamente lo daba por sentado. Lo que quiero decir es que os estaría agradecido si tú y mamá pudierais...   De pronto le faltaron las palabras—. No estoy seguro de poderme pagar los estudios sin ayuda, aunque trabaje parte del día.

—Oh, nosotros podemos ayudarte —dijo su padre, y volvió a mirar los papeles, como si quisiera que Arthur se marchase.

—Gracias, pero... yo...

—¿Qué?

Arthur le miró cara a cara.

—Teniendo en cuenta que la matrícula asciende a dos mil quinientos, más o menos, después de aplicar mi beca, ¿puedo preguntarte cuánto podríais pagar tú y mamá? —Arthur notó que el sudor le bañaba todo el cuerpo.

—Oh..., la mitad o algo así. ¿Qué te parece? —Richard le miró con una expresión de firmeza en la boca y el mentón.

Arthur asintió con la cabeza.

—Muy bien. Gracias. Necesitaba saber algo. Septiembre ya está cerca.

—Depende de tu comportamiento también.

¿Qué significaría aquello? ¿Que no se acostara con Maggie?

195

Gracias a Dios, Richard no le había hecho ninguna pregunta al respecto.

—Bueno..., ¿qué ocurre ahora?

—No viniste a la iglesia con nosotros el domingo pasado —contestó su padre—. Por ejemplo. Te excusaste. Tenías que trabajar en el jardín de no sé quién. Ese trabajo podrías haberlo hecho por la tarde.

—Trato de ganar algún dinero y ahorrarlo. —El asunto le parecía un tanto gracioso a Arthur, porque sentarse sobre el trasero en la iglesia era más fácil que trabajar en un jardín y últimamente se ocupaba también del jardín de una vecina de la señora DeWitt, un jardín que estaba casi igual de descuidado—. Siento lo de la iglesia —agregó Arthur.

—Y tu comportamiento de la primavera pasada... No te he perdonado ni excusado.

Arthur lo sabía. Una vez más, bajo la mirada fija de su padre, tuvo la sensación de estar absorbiendo culpabilidad por todos sus poros, como si fuera lluvia radioactiva. *Externa, de acuerdo,* se dijo Arthur. La culpabilidad decían que nacía de dentro. No se sentía culpable, en realidad.

—No, no creía que me hubieras perdonado.

—Y los Brewster —prosiguió Richard con un leve acento de desdén—. ¿Son ellos mejores? No. El dinero no disculpa su..., su forma de vivir. La ropa elegante, una buena casa..., todo eso no disimula nada. Y tú te relacionas con ellos.

Quizás su padre estaba celoso, pensó Arthur, además de equivocado.

—Desde luego, no son la familia más rica de esta ciudad —dijo Arthur—. No me parece que hagan ostentación de su dinero. Ni pizca.

—Lo que estoy diciendo es que el dinero no logra que la arrogancia sea más presentable. De lo que hacen ostentación es de su falta de decencia humana, de una moralidad básica. No quisiera tener a los Brewster entre mis clientes. Justamente estaba repasando mi lista otra vez, para tachar a dos familias, una de ellas tan acomodada como los Brewster. Voy a sugerirles que acudan a otra compañía de seguros e inversiones.

La Heritage Life perdería dinero a causa de ello, supuso Arthur, pero no quiso hacer ningún comentario. ¿Estaría la Heritage Life, al igual que su padre, llevando a cabo una purga, cerciorándose de que sus empleados fueran a la iglesia los domingos? Arthur anduvo hasta la puerta.

—Esta gente moderna como los Brewster, la «jet set»..., abortos, alcohol a espuertas, no poner nunca los pies en...

—Los Brewster no beben alcohol a espuertas. ¡Caramba! Pero si Norma Keer bebe más que... Y ya ves la vida tranquila que lleva Norma.

—Norma lleva una vida estúpida y egoísta, en mi opinión. Morirá pronto, dice ella, y yo la creo. Y se pasa las veladas viendo la televisión, leyendo libros estúpidos, cuando podría estar..., comunicarse más con la raza humana, prepararse yendo a la iglesia con el resto de nosotros. ¡No me extraña que beba!

Arthur sospechó que su padre se refería a prepararse para la vida eterna, el otro mundo.

—Los libros que lee no son estúpidos. He visto unos cuantos. Filosofía y poesía.

—¡No me importan sus libros! —dijo Richard, impaciente—. Me gustaría que vinieras con nosotros a la iglesia este domingo, Arthur.

18

Aquel domingo el sermón del reverendo Bob Cole versó sobre «La relación del hombre con la mujer». Arthur pensó que el tema prometía y que entre las referencias a la fidelidad, la unidad de la familia y demás podía haber algo que le resultase útil en sus relaciones con Maggie.

–El otro día –empezó el alto y moreno Bob Cole–, a media semana, vino a verme una mujer joven, una mujer que confío en que hoy esté aquí con nosotros, aunque, desde luego, no voy a señalarla ni a citar su nombre..., vino a mi despacho y me dijo: «Soy muy desgraciada. ¿Puede aconsejarme sobre lo que debo hacer en relación con mi matrimonio?» Para empezar le hice unas cuantas preguntas discretas. ¿Era objeto de malos tratos? ¿Su marido bebía demasiado?...

La iglesia estaba abarrotada e incluso había ocho o diez personas de pie en la parte de atrás. Arthur llevaba unos tejanos y una camisa limpios, pero hacía un calor sofocante, demasiado sofocante incluso para llevar una chaqueta de algodón. Tenía intención de ir a trabajar tan pronto como terminara el oficio. Su familia le llevaría a casa en coche y allí cogería la bicicleta. La mujer en cuyo jardín trabajaba ahora le daba de comer los domingos y le pagaba tres dólares por hora.

–... apenas hablaba con ella. Dijo que tenía la sensación de estar casada con un extraño. Yo le dije: «¿Es usted consciente de su responsabilidad como esposa? ¿Procura hablar con su marido acerca de *su* trabajo, de *sus* problemas?» Me contestó que no. Le cité unos cuantos pasajes de las Escrituras que tengo intención de citar esta mañana. –Se inclinó sobre el pulpito–. Génesis, capítulo dos, versículo dieciocho. Dios revela que creó al hombre primero y a la mujer después. «Y dijo Jehová Dios: No es bueno que el hombre esté solo; harele ayuda idónea para él.» Significa –dijo el reverendo, alzando los ojos y quitándose las gafas– que el hombre *necesitaba* esa ayuda en casa...

Robbie se rascó una picadura de mosquito que tenía en el tobillo. Los brazos de Lois empezaban a perder su bronceado. El olfato de Arthur percibió como mínimo dos perfumes distintos cerca de él. Ninguno de ellos era de su madre. Arthur pensó que el perfume no era apropiado para ir a la iglesia, ya que servía para incrementar el atractivo sexual (al menos en eso insistían los anuncios), del mismo modo que el olor de los animales servía como atractivo sexual o advertencia a los enemigos. Resultaba curioso que el perfume sirviera para ahuyentar, aunque, de hecho, algunos perfumes, el de Irene Langley, por ejemplo, surtían precisamente este efecto en Arthur. *Ariadne* era la marca del que usaba Maggie, un perfume carísimo, según daba a entender ella. Arthur no olvidaría dicha marca y un día no muy lejano le compraría un frasco, aunque tuviese que ir a buscarlo a Indi o a Chicago, porque en Chalmerston no se encontraba.

–¡Ahora!... *¡Ahora!* –gritó el reverendo Cole, arrancando a Arthur de su ensoñación–. *¡Ahora* padecemos esa aflicción de la que me habló aquella mujer joven, porque las *mujeres* han perdido el norte... que les señalaban sus maridos! ¡Sí, todos andamos desorientados! Ambos sexos. ¡La mujer, el vaso más frágil, no halla un norte en su esposo! ¿Por qué? Porque ninguno de los dos sexos sabe ya cuál es su función en el sistema creado por Dios. Ninguno conoce su lugar y su obligación. Ahora hay esposos demasiado ocupados ganando dinero para escuchar a sus esposas, esposas que se rebelan, finalmente, contra esposos que llegan a casa borrachos... que maldicen y maltratan a los hijos, esposos que no ayudan lo suficiente ni *alaban* lo suficiente el trabajo abrumador que sus esposas hacen en casa. De ahí el movimiento llamado feminista con su supuesta emancipación y su supuesta libertad para las mujeres, libertad... para actuar independientemente, para abortar... con solo pedirlo..., *libertad,* lo llaman, para andar por las calles de noche, para meterse en los bares y beber como los esposos a los que desprecian, *libertad...* para abandonar sus hogares e hijos y salir de casa y trabajar tan duro como sus hombres...

¿Sus hombres estaban borrachos y trabajaban duro al mismo tiempo? Arthur cambió de postura en el duro banco.

—... os pregunto: ¿esto es libertad? ¡No! ¡Ambos sexos están totalmente revueltos!

En la cama, pensó Arthur, revolcándose juntos, felices y revueltos. Arthur tosió un poco. ¿Qué pensamientos llenarían las cabezas de cuantos le rodeaban? Solo veía cogotes recién lavados y cuellos de camisa limpios, unos cuantos cortes de pelo recientes, la mayoría de las mujeres con sombrero. ¿Se aburrirían tanto como él? ¿También estaban soñando despiertos? No todas eran personas de edad; había muchas que no alcanzaban los treinta años. Supuso que la mayoría si no todas habían votado a Reagan. Su madre había votado a Carter y le había pedido a Arthur que no se lo dijese a su padre.

El resto del sermón fue previsible. El sitio de la mujer era el hogar, cuidando al esposo y a los hijos. La misión del hombre era *conducir.* Las mujeres cometían un error al pedir igualdad de derechos, pues lo cierto era que ya tenían derechos iguales, pero *distintos.* También era un error que luchasen contra su naturaleza, cuando sus corazones y sus almas estaban destinados al hogar, del mismo modo que los del hombre estaban destinados a ganarse el pan y a proteger a la esposa y la familia. Era comprensible que el mensaje calase en los feligreses, reflexionó Arthur, porque en parte era cierto; sin embargo, el verdadero mensaje era «el hombre es el jefe». Lo mismo ocurría en el caso del aborto: eran los hombres los que dictaban la ley, el papa, por ejemplo, los hombres quienes dominaban los tribunales que la hacían cumplir. Él, desde luego, no se consideraba pro feminista. Eran unas extremistas y a veces parecían chifladas. Pero, a su modo de ver, en lo referente al aborto eran las mujeres quienes debían decidir. ¿Acaso él no acababa de verlo en la práctica? En cuanto a lo de ser el jefe, a Arthur le encantaba que Maggie quisiera salirse con la suya a veces, incluso cuando ella conducía el coche..., que era suyo, al fin y al cabo..., y él la acompañaba, aunque al principio solía sentirse como un eunuco. Era curioso, pero ceder ante Maggie cuando hablaban de qué clase de coche comprarían, por ejemplo, si alguna vez compraban un coche, si alguna vez llegaban a casarse, le haría sentirse más hombre que menos hombre. Bob Cole...

En aquel momento su madre le dio un leve codazo en las costillas. Arthur se irguió. Se había quedado medio dormido con los brazos cruzados.

Bob Cole era sencillamente un poco primitivo, anticuado. Música de órgano. La colecta. Arthur llevaba los bolsillos vacíos a propósito y no trató de ver cuánto dinero daba su padre.

Luego acabó.

–¡*Hola, Lois!* –Jane Griffin, una de las vecinas y colaboradora también del asilo, saludó efusivamente a su madre mientras los feligreses avanzaban hacia la puerta.

Arthur consiguió escabullirse sin tener que estrecharle la mano al reverendo Cole, que lucía una toga negra y púrpura. Ya con el cielo azul sobre su cabeza, Arthur aspiró el aire cálido y limpio. Todo el mundo charlaba y sonreía a la puerta de la iglesia, como si se alegraran de que el oficio hubiese terminado, de poder irse a casa, ponerse ropa cómoda, comerse el almuerzo dominical y descansar por la tarde. Arthur vio que su hermano observaba algo y miró en la misma dirección.

Su padre se encontraba a la sombra de un árbol, hablando con una figura encorvada que Arthur reconoció al instante: Irene Langley, aunque el sombrero de ala ancha le ocultaba el rostro. Y su padre casi la tapaba con su ancha figura, que parecía aún más ancha cuando iba con la chaqueta abierta y apoyaba las manos en las caderas. Irene se inclinó en actitud suplicante, le tocó el antebrazo, y Richard retrocedió un poco al tiempo que miraba hacia la escalinata de la iglesia. Robbie bajó los peldaños corriendo, se acercó directamente a su padre e Irene y dijo algo con el aire de estar divulgando una proclama militar. Irene pareció un tanto sorprendida y se apartó un poco.

Arthur buscó a su madre con la mirada y la vio en un grupo de cinco o más personas.

—¡Oh, hola, Arthur! —dijo una mujer cuyo nombre Arthur no recordaba bien—. ¿Cómo estás? Tienes muy buen aspecto.

Comentarios amables. Cordialidad aparente. Arthur comprendió que algunas de aquellas personas, no sabía cuáles ni cuántas, sabían lo de él y Maggie.

—¿Dónde está Richard? —preguntó su madre mientras bajaban los peldaños.

—Atascado con Irene Langley. —Arthur observó que la señorita Langley se inclinaba y luego se alejaba de Richard al verles acercarse. Robbie seguía tieso como un clavo al lado de su padre.

—He de ir a visitarla esta noche —dijo Richard en tono de queja mientras iban hacia el coche—. He tenido que prometérselo.

—¿Qué le pasa ahora? —preguntó Lois.

—Nada. Solo que no la he visitado desde que volvimos de vacaciones. Para ella significa mucho.

Arthur pensó que debía de ser horrible visitar a una imbécil como aquella, que tenía una hermana perezosa y una madre moribunda que probablemente se pasaba todo el día en la cama. Arthur conocía la intersección de Haskill y Main. Seguramente Irene vivía en un piso pequeño y sórdido de algún edificio viejo y sin ascensor. Arthur iba en el asiento de atrás con Robbie. Al ver que su padre seguía quejándose mientras conducía, Arthur dijo:

—¿No puede ir a verla otra persona de la iglesia, papá?

—Ella insiste en que vaya yo, porque mis palabras son las únicas que le sirven de consuelo. Bueno, al fin y al cabo, son solo unos minutos y podría resbalar si yo no fuera.

—¿Resbalar? —preguntó Arthur, curioso.

—Antes era «prostituta» —apuntó Robbie al ver que su padre titubeaba.

Arthur sintió ganas de reírse. Robbie hablaba como si estuviera borracho.

—Pros-ti-tuta —dijo Arthur, recalcando las sílabas—. Creía que tomaba drogas, papá.

—Ambas cosas —dijo su padre—. Las dos cosas van juntas... como todo lo demás.

—Podría serlo otra vez..., pros-ti-tuta —dijo Robbie a Arthur.

—Ya basta, Robbie —dijo Lois mientras el coche subía por el acceso para automóviles—. ¿Ves cómo ha dejado Arthur el seto, Richard? ¿Verdad que ha quedado bonito?

—Sí, bonito —dijo Richard.

—He de decirte otra vez que llevaste la casa muy bien mientras estábamos fuera, Arthur. ¿No opinas igual, Richard? —Lois sonrió a Arthur antes de apearse del coche.

Maggie se iría al Canadá el martes y Arthur estaba citado con ella el lunes por la noche. Betty cenaría fuera de casa aquella noche, pero la cena fue anulada y los tres, Arthur, Maggie y Betty, pasaron la velada juntos en casa de los Brewster. Resultó la velada más feliz que Arthur había pasado allí. Pusieron discos. Betty le mostró un viejo álbum de fotografías de familia, riéndose de varias de ellas. Había fotos de Maggie cuando era un bebé parecido a cualquier otro bebé, pero a los dos años ya era bastante reconocible. Arthur se sentía aceptado por la familia de Maggie, incluso por Warren, que no estaba presente. Arthur había llegado a la conclusión de que la indiferencia de Warren era su actitud habitual, hasta con la gente que le caía bien. En otra ocasión como aquella Warren le había ofrecido uno de sus apreciados puros habanos, detalle que Arthur nunca olvidaría. Warren se reuniría con la familia el miércoles, en el Canadá. Arthur conocía la dirección. El lago tenía un nombre indio, al igual que la ciudad que había cerca de él.

Maggie dijo que estaría fuera dos semanas y Arthur supuso que sería un poco más. El martes a primera hora de la tarde ya se sentía como perdido y vacío y se daba cuenta de que le ocurriría igual en septiembre, porque entonces Maggie se iría al este y tardaría más en volver. Él miraría las paredes de su casa y pensaría que Maggie no iba a volver hasta el día de Acción de Gracias o incluso las Navidades.

El viernes su madre le llamó a la tienda para decirle que acababa de llamarle un tal señor Lubbock de la Universidad de Chalmerston diciendo que fuera a verle aquel mismo día o un día de la semana siguiente en horas de oficina. Tom Robertson le dejó salir un rato aquella tarde. Arthur fue a ver al señor Lubbock y este le comunicó que le habían aceptado. Incluso le dijo, sonriendo amistosamente, que era agradable tener a un chico de la ciudad con aptitud especial para la ciencia.

Arthur añadió la buena nueva a la carta que estaba escribiendo a Maggie, la segunda desde su partida, pero a sus padres no les dijo nada sobre la breve entrevista con el señor Lubbock. Pensó que ya le preguntarían, si les interesaba. Y su madre le preguntó, durante la cena, cuándo iría a ver al señor Lubbock.

—Le vi esta tarde —contestó Arthur—. Todo ha ido bien. Me han admitido.

—¡Qué bien, Arthur! ¿Verdad que es una buena noticia, Richard?
—Al menos su madre lo decía en serio. Su sonrisa era sincera.

—Pues... bien —dijo su padre, mirando de reojo a Arthur—. Sí, es una buena noticia.

Robbie siguió masticando apio sin interrupción, con aire de conejo aturdido.

Sonó el teléfono y Lois hizo una mueca, luego volvió a sonreír.

—Contesta tú, ¿quieres, Robbie? —dijo su padre.

Robbie se levantó de un salto.

—¿Qué les digo?

—Que no estoy y que ya los llamaré. Pregunta quién es.

Al cabo de unos segundos Robbie decía: «No está *aquí*» por segunda vez.

—¿Quién es? —preguntó Richard, levantándose.

—*Tú* ya sabes —repuso Robbie.

Arthur, regocijado, miró a su madre.

—¿Por qué no se busca un psiquiatra en lugar de pegarse como una lapa a personas ocupadas?

Lois se levantó con gesto paciente y se fue a la salita.

—Diles que tenemos el gato enfermo —dijo con una risita nerviosa.

Robbie, al volver, traía mala cara.

—¡Maldita bruja! ¿Por qué siempre nos está molestando a nosotros?

—¿Por qué papá se lo tolera? —dijo Arthur—. Después de todo, si ella ha encontrado a Dios, lo lógico sería que lo utilizase, ¿no crees?

Richard volvió con el ceño fruncido y dijo que iría a ver a Irene. Porque era su deber.

—Estaba llorando. Es obvio que esta noche es peor que otras.

—¿Ha bebido? —preguntó Lois.

—No tiene ni gota de licor en casa —dijo Richard, yendo a recoger la americana en el recibidor.

—Oye, papá, ¿puedes dejarme en casa de Gus? —dijo Arthur, levantándose—. Te viene de paso. ¿Esperas medio minuto mientras le llamo?

Richard suspiró como si le molestara tener que esperar.

Ya en el coche, los dos guardaron silencio durante unos minutos, luego Arthur, aunque en realidad no le importaba, preguntó:

—¿De qué habláis tú e Irene?

—Oh..., de la paciencia. De la moral. —Richard conducía con cautela, como si se estuviera examinando para sacar el carnet—. ¿Recuerdas que solía hablarte de estas cosas? ¿De cómo edificar y mantener la moral? ¿La fuerza interior?

Arthur pensó inmediatamente en el dinero. Incluso antes de la crisis que Robbie sufriera en mayo, la moral, en el sentido en que su padre hablaba de ella, estaba relacionada con el dinero. Era su abuela quien había hablado de la paciencia y de trabajar en cosas de las que uno pudiera enorgullecerse, «de lo contrario, no las hagas». Arthur preguntó:

—¿Irene tiene dinero suficiente para ir tirando?

—No. Ese es uno de sus problemas. No es que me pida dinero a mí, cuidado. Yo no cedería ante eso. Si cedes una vez, ya estás listo. No, ahora trabaja de camarera en un par de restaurantes —prosiguió Richard—. De esos que frecuentan los camioneros. A veces tiene que ir en autobús a horas intempestivas. Me temo que cederá a la tentación y alguna noche o algún día se irá con algún camionero. Y él le dará más dinero del que se saca con las propinas. Así que, como ves, la tentación está al acecho.

A Arthur le costó imaginarse algo más horrible y menos tentador que acostarse con Irene; o bien, desde el punto de vista de Irene, que acostarse con un camionero que no se hubiera bañado o afeitado en un par de días.

—Bien... ¿Está loca?

—No. ¿Por qué lo dices? —Richard aflojó la marcha para que Arthur se apeara en el siguiente cruce.

—Porque me pareció que no estaba bien de la cabeza aquella noche que vino a casa. ¿Su hermana ha mejorado?

—Hum..., no. —Richard detuvo el coche.

Arthur se apeó y a través de la ventanilla abierta dijo:

—Buena suerte, papá. Y gracias.

En una acera oscura entre Main y la casa de Gus, allí donde el barrio comercial empezaba a mezclarse con el residencial, Arthur se cruzó con una prostituta. La mujer caminaba lánguidamente y al pasar por su lado dijo:

—*Buenas* noches.

¿Adonde iría a parar el mundo? Su padre iba a tener muchísimo trabajo.

Arthur llamó a la puerta de Gus y, al no obtener respuesta, entró sin más.

—¡Hola, Art! ¡Estoy en la cocina! —chilló Gus.

Arthur entró en la cocina y encontró a Gus echado en el suelo de linóleo, cerca de la puerta posterior, trabajando en una cortacésped, una Wolf pequeña que funcionaba con gasolina. La madre de Gus le saludó. Estaba cortando piel de naranja y la cocina olía bien.

—Siéntate, Art. Termino en seguida. ¿Quieres una cerveza?

—Aún no, gracias. —Arthur se sentó en una silla y se dispuso a hacer de espectador mientras Gus trabajaba.

—¿Qué noticias traes? —preguntó Gus, soplando sobre un tornillo. Volvió a enroscarlo en su sitio y cogió una llave inglesa.

—Me han admitido en la universidad. Lo he sabido hoy.

—¡Estupendo! ¿Lo has oído, mamá? Art irá a nuestra universidad en septiembre.

—¿De veras? Me alegra saber que estarás con nosotros, Arthur.

Arthur asintió con la cabeza y volvió a dirigirse a Gus.

—Otra noticia —dijo—. Maggie se ha ido a Canadá. Estará fuera dos semanas por lo menos.

—Oh. Sí, ya me dijiste que se iría. —Gus se levantó y tiró del cordón de arranque. La máquina empezó a hacer ruido y a temblar.

—¡*Por favor,* Gus! ¡Conseguirás que me corte un dedo! —exclamó su madre, soltando una carcajada.

Gus sonrió con expresión triunfal y paró el motor.

—Perdona, mamá. Sacaré este trasto al porche de atrás y lo dejaré allí hasta mañana.

Arthur hizo ademán de ayudar a Gus, pero no fue necesario y bastó con que sostuviera la puerta abierta. Luego Gus sacó unas cervezas del frigorífico, se lavó las manos en el fregadero y finalmente él y Arthur subieron al cuarto de Gus.

—¿Cómo está Veronica? —preguntó Arthur.

—Bien. Dijo que tenía que ayudar a su madre en la cocina. —Gus dudó entre sentarse en la cama o en el suelo y finalmente optó por lo último. Sus tejanos estaban manchados de grasa.

Arthur pensó en su padre, en que en aquel momento estaría con la chiflada de Irene. ¿Solía su padre citarle pasajes de la Biblia?

—¿Te ha pasado algo con Maggie?

—¡Oh, no! Me invitó a pasar una semana con ellos en Canadá. Pero decidí que me convenía más seguir trabajando. Más noticias. Mi padre dice que me ayudará a pagar la universidad. No estoy seguro de cuánto piensa darme, pero calculo que será la mitad o algo así. —Arthur sabía que a Gus le ayudaba su familia, aunque sin duda seguiría haciendo reparaciones, que eran muy lucrativas—. Puede que tenga que buscarme un empleo por horas. Muy a mi pesar. Si vamos al fondo de la cuestión, supongo que soy perezoso. —No le habría importado que Gus le acusara de tener pereza.

Pero Gus no lo hizo. Se levantó y, dando la espalda a Arthur, se quitó los tejanos y se puso los pantalones del pijama. Luego se sentó en la cama.

—¿Podrás llevarme a casa en coche? —preguntó Arthur, un tanto preocupado al ver los pantalones del pijama.

—Claro. ¿Has venido andando?

—No. Mi padre me ha traído en coche. Tenía que ver a alguien en Haskill y Main, a alguien de su iglesia.

—¿Quieres decir que intenta que la gente vaya a la iglesia?

—Pues... sí, pero principalmente a esta gente la conoce *en* la iglesia. Personas jóvenes, las llama él, pero esta tiene unos treinta años.

Irene Langley. Rubia oxigenada. Solía hacer de buscona y además se drogaba.

–¿La has visto?

–Una vez.

–¿De modo que tu padre va a hablar con ella..., a decirle que siga por el buen camino?

–Algo por el estilo. Ella le telefonea, empieza a gimotear y le pide que vaya a verla. Es horripilante. –Arthur tenía ganas de contarle a Gus lo de la visita de Irene, pero temió aburrirle y, además, el simple hecho de hablar de Irene ya le deprimía.

Gus meneó la cabeza.

–Es un gesto bonito por parte de tu padre dedicarle tanto tiempo.

Arthur tiró la lata de cerveza a la papelera.

–Sí. Lo extraño es que la dejen entrar en la iglesia, porque sigue pareciendo una buscona.

Gus se rió.

–Oye, me alegra que vayas a la Universidad de Chalmerston, aunque sé que tú no te alegras. Gracias a Dios, ya no tengo que seguir preocupándome por el francés, porque voy a especializarme en agricultura. Mi francés era igual que mis habilidades de bailarín..., no había modo de que mejorase. Nunca mejorará. –Gus puso un «cassette», pero no demasiado alto, pues siempre había alguien durmiendo en la habitación de al lado.

Bebieron otra cerveza cada uno y luego Gus llevó a Arthur a su casa en coche. El garaje de los Alderman estaba abierto, pero el coche de su padre no se encontraba allí. Gus no quiso entrar, porque llevaba los pantalones del pijama y porque tenía que levantarse a las seis y media.

Arthur encontró a su madre en la sala de estar con uno de los gruesos volúmenes que a veces sacaba del asilo y que aquel día era un libro sobre puericultura, pediatría.

–¿Te ha traído Gus en coche? Primero creí que era Richard.

Arthur miró su reloj –las once menos diez– y estiró los brazos; empezaba a tener sueño.

–Me voy a la cama.

–Ojalá Richard hiciera igual. Necesita dormir y no me hace gracia llamar a esa mujer. No la llamaría aunque tuviera su número, que no lo tengo. –Dejó el libro sobre la mesita.

–Apuesto a que podría encontrarlo. Podríamos llamar y recordarle a papá que tiene una cita a primera hora de la mañana.

–Pues es muy posible que la tenga –dijo su madre, encendiendo un cigarrillo.

–¿Has visto alguna vez a la hermana?

Su madre dijo que no con la cabeza.

–Pesa más de noventa kilos, dice Richard, se pasa todo el día sentada sin hacer otra cosa que comer y no se toma la molestia de buscar un empleo. ¿Quién querría dárselo? ¡Ahora sí! Oigo el coche de Richard.

Oyeron ruido de puertas que se cerraban de golpe. Luego Richard entró con los brazos colgando a los costados, sonriéndoles con expresión de cansancio.

–¡Uf! Ha sido de órdago. No había pagado el recibo de la electricidad. No tenía dinero. Traté de repasar sus finanzas..., sus ingresos con ella, pero dice que las propinas varían mucho. –Richard movió la cabeza–. De todos modos, no le ofrecí ningún prestamo.

–Me alegro –dijo Lois con cara de satisfacción.

–La hermana estaba presente. –Richard se quitó la americana–. Se pasó todo el rato sentada, comiendo caramelos y escuchándonos.

–Debe de resultar deprimente –dijo Lois.

–Oh... Irene me habla de los personajes que frecuentan el local donde trabaja. De las veces que ha rechazado invitaciones a viajar a tal o cual sitio. ¡Ja! Según ella, incluso la invitaron a ir a Cuba.

Arthur se aburría. Hasta La Habana y sus buenos puros parecían aburridos si Irene tenía algo que ver en el asunto.

–Buenas noches, mamá. Buenas noches, papá.

19

Durante su primer día en la universidad, Arthur se fijó en una chica que se parecía mucho a Maggie. Fue quizás la más turbadora de las experiencias del día. La muchacha se encontraba entre un par de centenares de estudiantes en un pasillo del Johnson Hall. El pelo era del mismo color que el de Maggie y lo llevaba cortado de igual manera; era más alta que Maggie y tenía la boca más ancha, pero la postura erguida y el aire de energía eran los mismos. Ella y Arthur caminaban en direcciones opuestas.

La madre de Arthur había aportado doscientos dólares, dando a entender que Richard no los encontraría a faltar en la cuenta conjunta que tenían en el banco; Arthur había aportado el doble y la abuela le había mandado quinientos dólares, acompañados de una nota simpática, a principios de septiembre. Arthur había echado mano de su beca de mil quinientos dólares, de modo que tenía solucionada la mitad del año y ello le llenaba de satisfacción. Por lo demás, la universidad le producía una impresión borrosa e inquietante: al parecer, todo el mundo quería especializarse en algo: Gus en agricultura, él en biología, otros en estadística o en alguna rama de la electrónica. Se figuraba que encontraría una gama más amplia de asignaturas obligatorias, tales como redacción y un idioma extranjero (francés en su caso), cuyo estudio se vería elevado a un plano superior en la universidad, ya que las clases eran más reducidas y se exigía más que en el instituto. Sin embargo, la redacción y el francés eran obligatorios para obtener el título al que aspiraba, además de la química y la física necesarias para especializarse en biología. En un arranque de extravagancia, Arthur decidió añadir la filosofía, que era una asignatura optativa.

En casa su padre seguía tratándole con frialdad, sonriendo débilmente al darle los buenos días, como si Arthur fuera un desconocido, y, a veces, apenas volvía la cabeza al darle las buenas noches. Pero a él no le importaba, pues su madre le sonreía a menudo. Arthur llevaba los libros y las libretas en una cartera de cuero marrón que tenía tres compartimientos, así como dos cremalleras, asa y correa. Maggie se la había traído de Canadá.

–La correa puede quitarse –le había dicho Maggie–, en el caso de que te parezca femenina.

En la universidad veía a Gus, Veronica y otras caras que conocía de las últimas clases del instituto. Disponía de un armario para guardar una gabardina, unas botas de repuesto y un paraguas viejo. El armario tenía una buena cerradura de combinación porque, según le habían advertido, los robos eran frecuentes. Se había comprado el «Ford» marrón de segunda mano.

Arthur reparó en que, a medida que se acercaba el otoño, las llamadas telefónicas de Irene Langley se hacían menos frecuentes. Al menos, su padre pasaba en casa la mayoría de las veladas. Arthur ya no iba a la iglesia y pretextaba que la universidad requería todo su tiempo. Y era verdad que necesitaba tiempo para leer siquiera la mitad de la «lista de lecturas recomendadas» para las clases de redacción y filosofía, por no citar la biología, ya que el profesor Jurgens no paraba de añadir títulos a su lista mimeografiada.

Maggie escribió en octubre:

«Acabo de terminar una empollada de matemáticas. ¿Me creerás si te digo que todavía he de dedicarles tiempo extra? Se acerca un examen y, si no lo apruebo, pueden hacerme una advertencia en enero y expulsarme la próxima primavera.

Es como tú dijiste: los chicos mayores se citan con todas las estudiantes de primer año como si nunca hubiesen visto chicas antes, pero hasta el momento solo he tenido dos "citas" y fueron en grupo. Hay el doble de chicos que de chicas, de modo que en realidad no te citas con nadie... Te echo de menos.

Besos.

M.»

Maggie volvería a casa para el día de Acción de Gracias. Era algo que Arthur esperaba con ilusión.

Tras un largo período de calma, Robbie volvió a sus rabietas. La causa fue un baile que se celebraría en el gimnasio del instituto en Halloween. Había que asistir disfrazado y una noche Robbie anunció su propósito de ir al baile y llevar a una chica llamada Mildred. Robbie dijo que quería ir disfrazado de esqueleto. Toda la familia se alegró al ver que Robbie quería participar en un acto «social». Le hicieron preguntas sobre Mildred.

—Oh, es solo una chica —replicó Robbie.

Luego, la noche anterior al baile, Robbie se rajó. Afirmó que no iría y que no se lo había dicho a Mildred.

—Oye —dijo Arthur—, ¡no puedes dejar plantada a una chica! A menos que Mildred pueda ir sola o acompañada por otro. Tendrías que estar en el hospital para...

—Ya hablaré yo con él —dijo Lois.

Transcurridos unos minutos, cuando Arthur se hallaba en su cuarto, oyó que Robbie alzaba la voz hasta convertirla en un chirrido, como solía ocurrir cuando era más pequeño. Arthur se levantó para cerrar la puerta y se encontró con que ya estaba cerrada; entonces oyó que su madre decía:

—Nadie te *obliga* a ir, Robbie. ¿Por qué dices eso?

—Estoy asqueado —repuso Robbie—. ¡Y no pienso ir!

¿Qué diantres le pasaría ahora al pequeño Robbie? Arthur entró en la salita; quería que su hermano asistiera a la fiesta. El pequeño Robbie, que ya casi era más alto que él, no hacía ni pizca de vida social.

—Vamos a ver. ¿Qué os pasa? —preguntó Arthur en tono afable, como si las voces solo le hubieran molestado levemente. La puerta del despacho de su padre permanecía cerrada—. ¿No piensas ir? ¿Por qué? Por cierto, este disfraz está muy bien.

Robbie llevaba puestos los pantalones del disfraz de esqueleto y tenía la camisa en la mano. Iba de un lado a otro de la salita, desnudo de cintura para arriba, enrojecido el rostro.

—¡Es estúpido y no pienso ponérmelo!

—¡Pues ponte los tejanos! —dijo su madre—. A nadie le importará, Robbie. Ponte la máscara de calavera y...

—¡No pienso ir de ningún modo!

—A lo mejor es que Mildred le da miedo —dijo Arthur.

—¡Tú cierra el pico! —dijo Robbie con sequedad—. ¡Al diablo con Mildred! ¡Sencillamente no quiero ir a ese maldito baile!

Lois se tapó los oídos con las manos. Richard abrió la puerta de su despacho y preguntó:

—¿Se puede saber qué pasa aquí?

—Robbie no quiere ir a la fiesta mañana por la noche.

—No quiero y no pienso ir —dijo Robbie. Empezó a quitarse los pantalones y se fue corriendo a su cuarto para terminar de hacerlo.

—¡Robbie! —exclamó Richard con su mejor voz de barítono.

Robbie se detuvo y dio media vuelta.

—¿Por qué no quieres ir a la fiesta? —preguntó Richard—. Es una fiesta del instituto.

—Porque no tengo ganas, porque me parece una estupidez y porque no sé por qué tengo que ir.

—Tienes que ir porque *yo* te lo ordeno —dijo Richard, avanzando hacia él—. Tu madre se toma la molestia de buscarte el..., el dis-

214

fraz adecuado para la fiesta, le dices a una chica que la llevarás... ¿y ahora te echas atrás? *No,* muchacho. Irás, vaya si irás.

Robbie titubeó y luego, poniendo cara de derrotado, agachó la cabeza, dio media vuelta y salió corriendo antes de que alguien pudiera verle llorar.

Arthur miró con asombro a su padre. La discusión quedaba zanjada. Robbie iría a la fiesta. En los viejos tiempos Robbie se hubiese revolcado por el suelo dando puñetazos.

—Irá, Lois —dijo Richard.

—No..., no lo entiendo —susurró Lois—. No entiendo por qué se comporta así.

—Tampoco yo lo entiendo. Pero irá. Le hará bien. —Richard volvió a meterse en su despacho.

Cuando se dirigía a su cuarto, Arthur oyó un sollozo sofocado detrás de la puerta de Robbie.

Dos días después, en un momento en que se encontraban solos en casa, Arthur le preguntó a su madre:

—¿Le daba miedo a Robbie ir a esa fiesta? ¿Le daba miedo llevar a una *chica?* —Robbie había vuelto de la fiesta como quien vuelve de cumplir una pesada obligación.

—Pues... puede ser —contestó Lois—, porque, según tengo entendido, fue Mildred quien le pidió que la llevase. Robbie es...

Arthur soltó una carcajada. Ahora lo comprendía. No alcanzaba a imaginarse a Robbie tomando la iniciativa e invitando a una chica a salir con él.

—Creo que quería ir, pero solo. Al menos, yo lo veo así. Cuando volvió dijo que esas fiestas son estúpidas, impropias de adultos —añadió Lois—. Quizás deberíamos alegrarnos de que no esnife.

Arthur no ignoraba que su hermano seguía yendo con sus compañeros del lago Delmar, que ahora se dedicaban a cazar en vez de pescar, ya que había cambiado la temporada. Robbie no tenía escopeta propia, pues su padre lo prohibía, pero, según él, cazaba conejos y patos silvestres con las escopetas de los demás.

En los pasillos, y a veces en la escalinata de la biblioteca de la universidad, donde los estudiantes se detenían a conversar y fumarse un cigarrillo, Arthur veía a Aline Morrison, la chica que tanto se parecía a Maggie. El corazón siempre le daba un salto al verla. Se quedaba mirándola. En dos ocasiones, al fijarse la muchacha en él, Arthur se había apresurado a apartar la mirada. Aline no era un duplicado de Maggie, por supuesto. Tenía la nariz más puntiaguda. Pero su aire le recordaba a Maggie cuando estaba de buen humor. Cierto día, en la biblioteca, cuando Arthur, tras coger unos libros, se disponía a trabajar una hora, miró al otro lado de la mesa y vio a la Morrison directamente enfrente de él.

Ella le miró al mismo tiempo, luego volvió a concentrar su atención en lo que estaba escribiendo.

Arthur recogió lentamente sus libros y libretas, como si la lentitud le hiciese menos conspicuo, y cambió de mesa. Se olvidó de la muchacha y más tarde, cuando estaba en el mostrador, la vio cerca de la puerta de salida.

–Hola –dijo ella–. No sé cómo te llamas.

–Arthur.

–Me estaba preguntando..., bueno, por qué me miraste y luego te fuiste a otra mesa. –Sonrió, casi riéndose. En sus ojos castaños había unos puntitos de un castaño más oscuro; se parecían un poco a los de Maggie, aunque los de esta eran una extraña mezcla de azul, castaño y verde.

Echaron a andar, sin prisas.

–Por nada. Es solo que me recuerdas a alguien.

–¿Alguien de aquí?

–No, estudia en otra universidad.

–Sí, claro. Perdona si te he molestado. Fue sin intención.

–¿Es un recuerdo agradable?

–No me molestaste. ¿Por qué no te sientas con nosotros en el comedor alguna vez? Nosotros nos sentamos atrás, en el rincón de la derecha.

Arthur se preguntó quiénes serían «nosotros».

–Gracias, pero soy estudiante de primer año.

–A los de segundo nos está permitido hablar con los de primero. De todos modos, tú no pareces de los que se asustan como conejitos.

–Gracias. –Arthur sonrió y siguió su camino. Se dio cuenta de que no tenía ningún deseo de concertar una cita con la muchacha. ¿Tendría miedo de ella? No. Ya tenía a Maggie, así que, ¿por qué iba a salir con Aline Morrison?

Tres días antes de la fecha en que esperaba la vuelta de Maggie, Arthur recibió una llamada suya. La muchacha dijo que tenía varicela.

–Cuesta creerlo, ¿verdad? A las seis de la tarde estaba a cuarenta de fiebre y estoy en cuarentena. No puedo ir a casa para el día de Acción de Gracias. El médico dice que tardaré una semana en...

–¡Caramba! ¡Lo siento!

–¡Y yo! ¡Ahora no podré verte hasta Navidad!

Arthur le comunicó la noticia a su madre, que se encontraba en la sala de estar despachando unas cartas del asilo.

–¡Vaya por Dios! Mal asunto a su edad. ¡Qué mala suerte, Arthur..., para los dos!

–Su madre ya lo sabe, pero me parece que la llamaré de todos modos. –Arthur marcó el número de los Brewster, pero no contestó nadie. Buscó en la librería de la sala y cogió el Manual Merck–. ¿He tenido varicela alguna vez, mamá?

–Desde luego. Robbie también la tuvo, al mismo tiempo. No es grave cuando eres pequeño. Algún niño se la habrá pegado a Maggie.

Mientras Arthur leía algo sobre las pústulas, su padre entró en la sala, inesperadamente, ya que después de cenar había salido a ver a un cliente, pero este le había dado un plantón. La presencia de su padre y la mala noticia que Maggie acababa de darle impulsaron a Arthur a salir de casa e ir directamente a la de los Brewster.

Había una luz tenue en la salita de los Brewster, pero nadie contestó al timbre. Arthur se había traído un texto de filosofía y una linterna, de modo que se sentó en el coche y se puso a leer.

Aún no había transcurrido media hora cuando llegó el Volkswagen Polo blanco de Betty Brewster.

–¡Hola, Betty! ¿Te has enterado de la mala noticia?

–¿Sobre Maggie? Sí, esta tarde. Pasa, Arthur. ¿Llevas mucho esperando? ¡Estarás helado!

Arthur se alegró de entrar en la casa. Era como mínimo la tercera vez que visitaba a Betty desde que Maggie se fuera, y Betty le había telefoneado una vez para pedirle noticias de Maggie, pues sospechaba que su hija le escribía más a menudo que a ella. Betty decía que podía visitarla cuando le apeteciese. Betty le ofreció algo de beber y dijo:

–Le he escrito una nota a Maggie. Me da reparo llamarla porque puede que esté lejos del teléfono. En la nota le recuerdo que no debe rascarse, ahora o más tarde. Es una erupción grande, ¿sabes?, en toda la cara e incluso en el torso.

La alarma de Arthur crecía por momentos.

–¿No sería más aconsejable internarla en un hospital de aquí?

Betty se echó a reír.

–No. Una amiga mía pilló lo mismo. Una adulta. Pasó cuatro días espantosos. Pero apenas hay que guardar cama. Es solo fiebre. Luego estas pústulas pequeñas revientan. Es muy desagradable.

El reloj de caja dejaba oír su tictac en el vestíbulo. Betty le hizo preguntas sobre la universidad, sobre su hermano. Arthur no tenía ganas de irse.

–Ven a comer con nosotros el día de Acción de Gracias, Arthur. Si quieres, claro –dijo Betty–. Solo seremos Warren y yo y otra pareja... de mediana edad, siento decirlo, pero de trato agradable.

Arthur estuvo tentado de aceptar, porque representaría comer en casa de Maggie.

–Gracias. Pero mis padres dan por sentado que comeré en casa.

–Nosotros comemos tarde. Puedes comer dos veces, ¿no es así?

Arthur sonrió.

–Supongo que sí. Gracias, Betty. Me gustaría venir.

–A las seis y media. Ven entre las seis y las siete, cuando te vaya mejor.

La aportación de Robbie al día de Acción de Gracias fue un conejo que él mismo acababa de matar en los bosques del lago Delmar con «los hombres», como Robbie los llamaba. Sin saber por qué, al oírle llamarlos de aquella manera, Arthur pensó en una cadena de presidiarios. Su madre, huelga decirlo, prepararía pavo al horno y, exceptuando a Richard, a nadie de la familia le gustaba el conejo.

–¿No podemos ponerlo en el frigorífico o en el congelador hasta pasado mañana? –preguntó Lois.

Era la víspera del día de Acción de Gracias y Arthur se hallaba en casa cuando Robbie llegó con el conejo envuelto en un periódico manchado de sangre.

–Claro, pero antes he de despellejarlo y limpiarlo. ¿Quieres ver cómo lo despellejo, Arthur?

–No me interesa de una manera especial –repuso Arthur–. Supongo que estará muerto del todo y no solo a medias, ¿eh?

El machismo de Robbie aburría a Arthur. En aquel momento llevaba unas botas de goma verde demasiado grandes para él, una cazadora que no era suya, con bolsillos para las balas y las piezas de caza menor, y un cuchillo de aspecto amenazador metido en una vaina de cuero cosida al cinturón de la cazadora. Robbie salió con paso airado y el paquete al patio, pasando por el despacho de su padre, y procedió a despellejar el animal con el cuchillo. Antes de salir, informó a Arthur y a su madre que primero había que cortarle la cabeza y las patas. Lois tenía una bolsa de plástico para meter los restos y la piel y tirarlo todo a la basura, pero no, Robbie dijo que quería conservar la piel.

Arthur, un tanto asqueado, se volvió a su cuarto. El pellejo, dondequiera que Robbie lo pusiese, despertaría el interés de Rovy, el gato. Arthur tenía mucho trabajo que hacer en casa durante los cinco días de vacaciones de Acción de Gracias. Y aquel día deseaba ir a la estafeta de correos antes de las cuatro de la tarde, para echar la última carta que había escrito a Maggie, a la que añadió lo siguiente:

«Tú me das tanta moral en esta vida aburrida que llevo aquí. Ojalá pudiera darte la mitad de la que tú me das.»

20

Dos días antes de Navidad, Arthur quedó con Betty en que iría a recoger a Maggie en el aeropuerto de Indi a las cuatro y media de la tarde. Arthur localizó a la muchacha antes de que ella le viera a él. Estaba esperando su equipaje al lado de la cinta transportadora.

—¡Maggie! —Seguía siendo la misma, aunque llevaba el pelo más largo, lo cual recordó a Arthur que habían transcurrido varios meses desde la última vez que la viera. Y no se parecía ni pizca a Aline, con la que Arthur había soñado en una ocasión, sintiéndose luego molesto al pensar que raramente soñaba con Maggie.

—¿Qué te parecen mis... manchas? —Maggie agachó la cabeza con su encantadora timidez.

—¡Casi no se notan! —Pero sí se notaban los numerosos puntitos sonrosados y rojos que le cubrían las mejillas y la frente. *Te advierto que es asqueroso*, decía Maggie en su última carta. Arthur cogió la maleta y el talego—. Espera a ver mi coche. No es gran cosa, pese a que hoy lo he lavado en tu honor.

Maggie comentó que el coche era bonito y que el color no le importaba.

—De todos modos, es nuestro —dijo Arthur.

Emprendieron el viaje de una hora hasta Chalmerston.

–Mi madre quiere que vengas a comer con nosotros el día de Navidad –dijo Maggie–. No sé si te lo habrá dicho.

¿Por qué no decía algo más personal?, pensó Arthur. Aunque, bien mirado, ¿por qué no lo decía él? Ni siquiera la había besado, y no por culpa de las manchitas de la varicela.

–¿Te lo ha dicho? –insistió Maggie.

–No. Gracias, Mag. Acepto... con gusto. ¿Sabes qué ocurre en mi casa? Papá quiere que Irene Langley y su hermana coman con nosotros el día de Navidad, y mamá se niega en redondo. –Arthur profirió una carcajada.

–¿Te refieres a la mujer que va a la misma iglesia que tus padres..., aquella de la que ya me hablaste?

–La misma que viste y calza. Y su hermana, si viene..., está tan gorda que se cargará todas las sillas. Bueno..., mi abuela llegó ayer y preguntó si tú podías comer con nosotros el día de Navidad. ¿Por qué no haces lo que yo el día de Acción de Gracias? Primero comes en mi casa y luego repites la actuación en la tuya, porque tus padres comen más tarde, ¿no es así? –¿Cómo podía seguir diciendo tonterías estando Maggie a solo unos centímetros de él?

–No estoy presentable. Por culpa de mi cara. Ya te lo dije.

–¡Oh, Mag! No es tan grave como dijiste. E irá mejorando de día en día, ¿verdad?

Al cabo de un rato, Maggie dijo:

–¿Cómo va tu vida social?

–¿Bromeas?... Veo a Gus. Aunque no coincidimos en ninguna clase. ¿Y qué me cuentas tú de la tuya?

Maggie le contó que había asistido a un partido de fútbol y a un baile y que no tenía intención de volver a hacerlo. Mencionó a un tal Larry Hargiss, un estudiante de Medicina, y Arthur supuso que sería uno de los mayores, posiblemente alguien que cursaba ya el segundo ciclo y ya habría cumplido veintidós años. Maggie añadió que simpatizaba bastante con una chica, Kate, que también quería especializarse en sociología y era de Chicago.

Arthur detuvo el coche ante el domicilio de los Brewster y llevó el equipaje hasta la puerta, pero no quiso entrar.

–Ve a deshacer las maletas. Llámame más tarde si quieres. Estaré en casa. No sabía si tendrías ganas de hacer algo esta noche.

–No sé..., pero te llamaré. Cuando haya hablado con mamá. –Maggie no había visto el coche de su madre aparcado cerca de la casa–. Será mejor que no acepte la invitación a comer en tu casa en Navidad. Ya sabes cómo piensa tu padre... de mí. Dale las gracias a tu madre de todos modos, ¿lo harás? Diles que tengo que estar con mis padres. No hace falta que les digas nada más.

Arthur se sintió dolorido y avergonzado.

–Cla-claro, Mag. –La muchacha ya tenía la puerta abierta–. ¿Quieres que te suba todo esto?

–¡No! –Maggie sonrió–. No soy una inválida.

Arthur le cogió los hombros, le besó la mejilla, luego, rápidamente, los labios, y salió corriendo hacia su coche.

¡Qué torpe era! Había vuelto a empezar con mal pie. Tendría que compensarlo de algún modo. Hacía mucho frío y probablemente nevaría. Ya había nevado una vez y Arthur esperaba que volviera a nevar en Navidad.

Al llegar a su casa, Arthur vio que seguían hablando de Irene y de su hermana. Richard se encontraba de pie en la salita y, al parecer, acababa de salir de su despacho, pues la puerta se hallaba abierta de par en par. La abuela estaba sentada en el sofá y Lois salía en aquel momento de la cocina con una fuente de palomitas de maíz cuyo aroma llenaba la casa.

–Robbie, ¿tienes que utilizar esa palabra... una vez y otra? –preguntó Lois.

Arthur se detuvo en la cocina y su madre, que se dirigía a la salita, no le vio. Arthur despegó las palomitas que quedaban en la olla y se puso a masticarlas.

–¿No podríamos llevarles una cesta, Richard? ¿Tarta de frutas y caramelos..., puede que un regalo para la casa?

—Te digo que ya las he invitado —contestó Richard—. Así que échame la culpa a mí, si eso te hace feliz. —Su tono daba a entender que una invitación en Navidad solo podía parecer una equivocación a ojos de personas egoístas y tacañas—. No sé de qué modo podría desdecirme... en verdad.

Arthur se dirigió a la salita tras lavarse las manos en el fregadero.

—Hola, Arthur. —Saludó la abuela—. ¿Cómo está Maggie?

—Muy bien. Le fastidia tener manchas en la cara. Dice que la gente creerá que le han disparado una perdigonada, aunque en realidad... la cosa no es tan mala.

—¡Pobre chica! Pero si no se las toca, no le quedarán señales. Arthur, me parece que hay algo de beber para ti en el frigorífico, si te apetece tomar algo.

Arthur se fue a buscarlo y encontró un cóctel ligeramente dulce pero no tanto como los cócteles estúpidos que preparaba su madre.

—A mí me parece que si les propusiéramos una alternativa —dijo dulcemente Lois—. ¿Una cena a base de pavo frío el día después de Navidad, por ejemplo? Navidad es solo una vez al año, y mamá está aquí, y si puedo hablar claramente... no me hace ninguna gracia ver la cara de Irene al otro lado de la mesa el día de Navidad. La Navidad es una fiesta familiar.

Richard arrugó la frente y miró a Arthur, que en aquel momento volvía a entrar en la sala.

—Un regalo o una cena fría al día siguiente no es lo mismo que celebrar la Navidad en un verdadero hogar. Y pienso que Irene y su hermana están necesitadas.

Lois suspiró.

—Bueno, vamos a dejarlo para otro rato en consideración a mamá y a Arthur.

—¿En consideración a *Arthur*? —dijo Richard, fingiendo sorpresa.

—Papá dice que Irene prepara muy bien el dulce de chocolate, mamá. Tal vez podría traer un poco —apuntó Robbie.

Arthur vio que su madre miraba a Robbie y creyó que iba a decir que no comería el dulce de chocolate de Irene aunque su vida dependiera de ello, pero no dijo nada.

Absurdo, pensó Arthur. Parecía un serial radiofónico desmadrado. ¿A quién diablos le importaban Irene y la gorda de su hermana o si venían a comer o no? ¡Maggie había vuelto y estaba a menos de dos kilómetros de allí! Arthur dirigió una radiante sonrisa a la abuela, que le indicó que se sentase a su lado en el sofá; Arthur obedeció. La abuela se las compuso para cambiar el tema de conversación, pero Arthur no hacía más que preguntarse, y no por vez primera, cuándo dispondría de la casa para invitar a Maggie y acostarse con ella en su habitación. Richard volvería al trabajo el día veintisiete. ¿Pensaban su madre y la abuela ir a alguna parte una mañana o una tarde, o quizás comer fuera? ¿Querría la casualidad que Robbie se fuese de caza con sus amigos el mismo día? ¿Eran mayores las probabilidades de acostarse en casa de Maggie? Después de todo, Betty estaba sola y Maggie decía que tal vez su padre no podría ir a casa ni siquiera el día de Navidad y que no sabía qué horario de trabajo tendría después.

Maggie llamó a las siete y unos minutos. Su madre insistía en que se quedara en casa, porque, según ella, Maggie parecía cansada, pero Arthur podía ir a verla cuando quisiera y quedarse a cenar con ellas. Así que Arthur decidió ir.

Y las hermanas Langley finalmente se presentaron a comer el día de Navidad. Antes de que llegaran, la madre de Arthur dijo:

—Confío en que no se quedarán más de dos horas, Richard. Encárgate de que se vayan pronto, ¿quieres?

Richard prometió solemnemente que así lo haría.

El árbol navideño de la salita medía más de dos metros y lo habían decorado Lois, la abuela y Arthur. Robbie se había desentendido del asunto. Arthur notó con extrañeza que, pese a su edad, le emocionaban el aroma del abeto y ver los adornos rojos y blancos con que lo engalanaban desde que él era pequeño. Maggie estuvo un rato con ellos la víspera de Navidad y trajo una caja de caramelos para la familia y una cajita conteniendo un regalo para Arthur, que decidió no abrirlo hasta que estuviese a solas. Además, en su familia era una tradición abrir los regalos la mañana de Navidad. Arthur tenía dos regalos para Maggie; el más importante de ellos consistía en una elegante pulsera de cadenilla de oro.

Llegó la mañana del día de Navidad: vino blanco frío y ponche de huevo en una ponchera de plata heredada de la familia de la abuela. Resonaban villancicos en el televisor mientras desenvolvían los regalos, los ojos de todos puestos en el que desenvolvía el suyo, hasta que la sorpresa era revelada, admirada y le tocaba a otro hacer lo mismo. El grueso libro que la abuela regaló a Arthur era el *Diccionario de términos científicos.* Lois le regaló un chaquetón azul marino con bolsillos acuchillados, como los que llevaban los marineros de la armada, pero de corte más a la moda.

Iba acercándose la hora de comer, más o menos la una, e iban retrasándola agradablemente charlando en la cocina. Richard salió a buscar a las hermanas Langley.

—¿Ya has decidido cuál de las sillas es la más resistente, mamá? —preguntó Arthur, riéndose con alegría.

A la abuela le gustó el pañuelo de seda color azul cielo que Arthur le regaló y se lo puso en seguida. Lois recibió de Arthur un estuche negro parecido a una cartera pero más pequeña; dentro había una agenda y un bloc que le serían útiles para su trabajo en el asilo.

La alegría que reinaba en la cocina disminuyó cuando oyeron que el coche de Richard se detenía ante la casa. Robbie se adelantó a abrir la puerta de la cocina.

—¡Robbie, que nos vamos a helar! —exclamó Lois.

En el jardín había unos cinco centímetros de nieve, la suficiente para pintar de blanco el paisaje, y seguía nevando un poco.

Rovy, que rondaba cerca del horno caliente, atraído por el aroma del pavo, huyó cuando el trío hizo su entrada en la cocina. Louise Langley chocó con las dos jambas de la puerta y se ladeó un poco para poder pasar.

Richard hizo las presentaciones. Irene sostenía con ambas manos un ramo de gladiolos anaranjados junto con la correa del bolso. Su hermana, Louise, parecía medio dormida y mostraba una sonrisa de circunstancias más amplia y más abierta que la de Irene, una sonrisa que ponía al descubierto los dientes de arriba y los de abajo. Era más alta que Irene, lo que daba a su mole un aspecto formidable, como un mueble enorme que fuera necesario sortear. Sus movimientos eran lentos y se balanceaba un poco.

—Sí, estos gladiolos los trajo una vecina esta mañana —dijo Irene por segunda vez—, pero quiero que los tenga la familia Alderman. Han sido tan amables invitándonos.

La abuela lo observaba todo con atención desde la puerta de la salita.

—¡Fuera los abrigos! —dijo Robbie con brusquedad y cortesía a la vez. Cogió el abrigo de Irene y luego el de Louise.

Richard sugirió sin mucho entusiasmo que se tomasen una copa. Irene dijo que tomaría solo un pequeño aperitivo.

—Para mí, ponche de huevo —dijo Louise, sonriendo aún más ampliamente—. Soy golosa, he de reconocerlo. ¡Qué casa más bonita tenéis, Lois! —Se puso de puntillas y miró a su alrededor. Sus amplias caderas se ocultaban debajo de una holgada falda de raso negro que seguramente había confeccionado ella misma y su blusa también era de raso, blanca y llena de volantes fruncidos.

Richard condujo a las hermanas a la salita y Robbie se fue tras ellos. Arthur soltó una exclamación en voz baja que hizo reír a la abuela.

—¿Quedan galletas saladas, mamá? —preguntó Robbie, entrando de nuevo en la cocina.

—En el primer cajón de la izquierda —repuso Lois.

El banco crujió al sentarse Louise a la mesa. Cuando inclinaron la cabeza para la bendición, Arthur observó que el pelo de Louise, a juzgar por la raya, era de color natural, un castaño oscuro. Llevaba las cejas sombreadas, unas cejas sorprendentemente espesas, mientras que Irene se depilaba las suyas, que no eran más gruesas que un cabello.

–Una siente tanto... sosiego cuando es un hombre quien bendice la mesa –musitó Irene–. ¿No te parece, Lois?

–Sí, es verdad.

Cóctel de cangrejo. Seguidamente Richard trinchó el pavo.

–¡Ñam, ñam! –dijo Louise, riéndose como una chiquilla al ver el pavo bien cebado y dorado.

Irene seguía balanceándose levemente, pese a estar sentada. La boca de Louise parecía hacerse agua de forma visible. Robbie bostezó mientras esperaba que le llenaran el plato, como si las hermanas Langley comieran con la familia todos los días.

–¿Cómo está vuestra madre, Irene? –preguntó la abuela–. Puedo tutearte, ¿verdad?

–Está... Oh, claro que puede tutearme. Mi madre... es un caso muy triste. No va a mejorar nada. Aunque rezamos por ello, las dos. –Miró a su hermana.

–Cáncer –dijo Louise.

–¡Vaya por Dios! –exclamó la abuela.

–Si ese es mi plato, ¿puedo tomar más salsa de arándano, papá? –preguntó Robbie.

Richard, en honor de la festividad, llevaba una camisa a rayas verdes y rojas y se había doblado los puños antes de trinchar el pavo. Lois se encargaba de servir las verduras. Había batatas garapiñadas, cebollas a la crema y guisantes verdes.

Comieron y hablaron al mismo tiempo. En un abrir y cerrar de ojos, aunque no parecía comer de prisa, Louise limpió su plato y se dispuso a repetir.

–Dijiste que no te darías un atracón, Louise –comentó Irene en tono monótono, como si dijera lo mismo en todas las comidas.

Arthur, creyéndose obligado a decir algo, preguntó:

—¿Tenéis amistades en el vecindario..., alguien que os ayude a cuidar a vuestra madre? —Las últimas palabras quedaron casi ahogadas por un torrente de negativas por parte de ambas hermanas.

—No, los vecinos nos esquivan —le dijo Irene—. Casi nadie se interesa por sus vecinos, como dice Richard. Por eso mi hermana y yo apreciamos tanto que nos ha...

Arthur vio que su madre tomaba aire.

Louise bebía vino como si fuera agua y batió su propio récord a la hora de los postres, consistentes en dos clases de tarta de frutas con o sin sorbete de piña. Una de las tartas la había hecho en casa la abuela. Robbie soltó un eructo sin querer. Fue la única vez que Arthur se rió con sinceridad.

Después pasaron a tomar café en la salita. Louise se sentó en uno de los dos sólidos sillones tapizados de verde. Parecía hundirse cada vez más en él, como si los muelles hubieran cedido y ella estuviese sentada en el suelo. Arthur, eufórico a causa de la opípara comida y de la ilusión de ver a Maggie más tarde, de abrir el regalo de la muchacha, que estaba en su cuarto, tuvo un ataque de risa casi histérica y se vio obligado a salir al pasillo pretextando un acceso de tos.

Desde hacía un rato Lois trataba de quitarse a las hermanas de encima, ayudada discretamente por la abuela. Sin levantarse, pero sentada en el borde de la silla, Lois mencionó que la familia tenía que visitar a unos vecinos y agregó:

—Siento que la sobremesa no pueda ser *más larga*.

—Oh, me hago cargo perfectamente, Lois —dijo Irene, inclinándose hacia adelante aunque permaneciendo sentada—. Pero sí quería decir algo acerca de Arthur... antes de marcharnos... —Irene miró a Arthur y abrió sus labios rojos para dedicarle la horrible sonrisa que ella imaginaba amable y comprensiva.

Louise se levantó trabajosamente de las profundidades del sillón verde y también prestó atención a Arthur.

—¿Podrías indicarme dónde está el váter, por favor?

Mientras la acompañaba por el pasillo, Arthur pensó que debía de mear como una vaca.

—... Cristo sabe perdonar. Y la fecha de hoy es su día. *Gloria in excelsis,* creo que dice la gente —musitaba Irene—. Este es un momento para... la «redimición»...

—La redención —dijo Richard, jugueteando con la pipa apagada y frunciendo el ceño.

Arthur observó que en la cara de Robbie había la expresión vaga pero atenta que mostraba en la iglesia o cuando su padre hablaba de la vertiente espiritual del hombre. Arthur comprendió que Irene se refería a la vertiente física, a «pecar», a él.

—... los jóvenes han cometido una equivocación, deben darse cuenta de ello y afrontarlo... y pedir perdón. De esta forma...

Lois hizo un gesto nervioso con la cabeza y miró a la abuela. Arthur bajó los ojos.

—Con permiso —dijo Lois, levantándose—, pero debemos marcharnos dentro de un momento. Estoy segura de que Richard puede llevaros a casa en el coche.

—O puede llevarlas Arthur —dijo Richard—. ¿Tanta prisa tenemos...?

—Estoy segura de que Irene y su hermana preferirían que las llevases tú, Richard —dijo Lois, abriendo la espita de la dulzura—. ¿No es así, Irene?

—Pues... supongo que sí. —De mala gana, aunque sin dejar de sonreír, Irene se puso en pie. Llevaba unos zapatos negros de tacón muy alto—. Gracias... a todos. Habéis sido tan amables. Esta es una casa de Dios. ¿Verdad..., Louise? —Miró a su hermana, que en aquel momento entraba en la sala.

—¿Qué? —dijo Louise.

Robbie fue a buscar los abrigos. Gracias y felices Pascuas, y luego Richard salió con las dos y fueron a buscar el coche.

Lois abrió la ventana de la cocina al mismo tiempo que Arthur abría la de la sala. ¡Solo un minuto, pensó Arthur, dejaremos que se vaya su mal olor a pesar del frío! Lois entró en la sala.

—¡Santo cielo! ¡Qué vulgares son! —dijo a la abuela y a Arthur.

Robbie entró en silencio tras ella.

—Querida, Loey, es mejor que nos lo tomemos por el lado gracioso... como hace Arthur —dijo la abuela—. ¡Pensé que ibas a reventar, Arthur! —Se rió de buena gana.

Robbie tenía una mano apoyada en el respaldo del sillón que ocupara Louise. En su cara no había ni rastro de sonrisa. Miró directamente a Arthur con sus ojos grises, muy parecidos a los de Richard, más que los de Arthur. Su frente aparecía tersa como si estuviera contemplando las aguas del lago Delmar en una plácida tarde de pesca. Miró a la abuela y dijo:

—Necesitan que las dirijan. Papá lo dice. De lo contrario, caerán. O se descarriarán como corderos.

—Corderos. —Arthur sonrió—. ¿La hermana también?

—¿Dirigirlas? ¿Qué quieres decir? —preguntó la abuela.

—Necesitan que alguien hable con ellas..., especialmente con Irene, que alguien guíe sus pasos, vele por ella. No se le da muy bien tomar sus propias decisiones.

—¿Como cuáles? —preguntó la abuela.

—Pues... Papá dijo que Irene iba a comprarse un frigorífico nuevo, cuando la verdad es que no tiene dinero ni para pagar el recibo de la electricidad. Así que papá se lo impidió. Luego existe el peligro de que Irene empiece a venderse, porque trabaja de camarera en un restaurante frecuentado por camioneros.

Arthur volvió a prorrumpir en carcajadas.

—¿Y quién crees que querría comprarla?

La abuela siguió hablando con Robbie, y Arthur se fue a su cuarto. Tras cerrar la puerta, cogió el regalo de Maggie y lo abrió con cuidado. La cajita blanca y lisa que había debajo del envoltorio contenía una cadena de oro, más larga y más delgada que la que él había regalado a Maggie. De la mitad colgaba un pequeño disco de oro, una esfera casi aplanada, lisa por ambas caras, sin nada escrito en él. La tarjeta de Maggie decía: «Para Navidad. Con mi cariño. M». La cadena era suave como la seda, ni demasiado gruesa ni demasiado delgada. Arthur reaccionó como si acabaran de regalarle un «Rolls» o un yate. Se puso la cadena alrededor del cuello y vio en el espejo que apenas se veía si llevaba abierto el primer botón de la camisa. ¡De perilla! Se abrochó el botón y tiró del cuello hacia arriba. Probablemente su familia no se fijaría en la cadena aquella noche. De pronto se dio cuenta de que su padre no le había hecho ningún regalo de Navidad. ¿Qué más daba? Él, en cambio, había regalado a Richard un juego de pluma y lápiz muy bonitos, con una tarjeta desenfadada advirtiéndole que no soltase el lápiz, porque Richard siempre andaba quejándose de perder los lápices. Robbie había recibido, entre otras muchas cosas, un traje nuevo.

El lunes siguiente Lois y la abuela estaban invitadas a almorzar en casa de Jane Griffin y Robbie pasaría todo el día con «los hombres». Así, pues, Arthur invitó a Maggie a comer con él. ¡De nuevo la felicidad inmensa de tenerla en casa, de saber que podían estar solos un par de horas! Arthur preparó huevos revueltos con un poco de tocino. Qué delicia tomarse las cosas con calma, saber que después de almorzar dejarían los platos en la mesa y se acostarían en su habitación tras cerrar la puerta con llave. Maggie fue a darse una ducha. ¡Y había tomado la píldora mágica! Y los libros que Arthur había leído le resultaban útiles. Nada de prisas. No lo hagas todo de la misma forma cada vez.

–Me alegra que no hayas cambiado las sábanas. Me gustan así –dijo Maggie.

Arthur no llevaba nada salvo la nueva cadena de oro; y Maggie, su pulsera de oro. Y las chicas, según los libros, a menudo podían hacerlo dos veces. Asombroso, pero cierto. Y después habría resultado delicioso dormir unos minutos, pero Arthur alargó la mano para coger el reloj. Cuando Lois y la abuela llegaron a casa alrededor de las tres, hacía cinco minutos que Maggie se había marchado y la cocina ya casi volvía a estar en orden.

Durante aquellas vacaciones Robbie estuvo muy solicitado por sus amigos deportistas. Arthur reflexionó que por fuerza algunos de ellos tendrían hijas adolescentes, aunque Robbie nunca había mencionado ninguna. La noche anterior a Nochevieja, Robbie fue invitado a una fiesta para hombres solos y se pavoneó a gusto al anunciarlo a la familia.

–No se permite que asistan chicas. Ni mujeres –dijo Robbie con su voz más grave, poniendo cara seria.

–De todos modos, son unos seres inmundos –dijo Arthur, provocando una carcajada de la abuela–. No me digas que uno de esos cazadores va a casarse.

–No –dijo Robbie–. ¿Por qué?

–Las fiestas de esta clase suelen ser despedidas de soltero. Así el novio está hecho cisco cuando llega a la iglesia. –Arthur echó una bocanada de humo hacia arriba–. ¿No hay casados entre tus compañeros?

–Seguramente. Puede que haya alguno. No lo sé –repuso Robbie, como si el detalle le trajera sin cuidado.

–¿No tienen hijos de tu edad? ¿Los has visto alguna vez? ¿Alguna chica?

Robbie empezaba a dar muestras de sentirse violento.

–¿Es que siempre estás pensando en eso y en nada más? –preguntó, frunciendo el ceño, y abandonó la salita.

La abuela, sentada en el sofá, tejía una gorra con lana color verde oscuro que había encontrado en la casa. Según ella, la lana solo daba para hacer una gorra.

–Es un chico raro –dijo, sin alzar los ojos.

–Sí. –Arthur sonrió–. Estos... hombres. –Miró detrás suyo, pues nunca sabía si Robbie acechaba o no. Se acercó un poco más a la abuela, que estaba al corriente de su encuentro con algunos de los hombres a orillas del lago Delmar–. Apuesto a que son de esos que a veces van de putas en grupo. Siempre andan juntos, complaciéndose en comportarse como palurdos. Creo que desprecian a las chicas y las mujeres. ¿Sabes qué quiero decir, abuela?

–Sí. Me parece que sí. –La abuela no apartó los ojos de su labor–. Pero acaso sea que Robbie tiene celos de ti. Es muy probable, ¿sabes, Arthur? Normal. –Levantó los ojos para mirarle–. A lo mejor dentro de poco hará nuevas amistades..., empezando por chicos de su misma edad. Me he fijado en que ya es tan alto como tú.

–Sí.

–Y si tanto empeño pone en que Irene no se aparte del buen camino, es que el sexo opuesto le interesa más de lo que tú crees. –La abuela se rió entre dientes.

Arthur asintió con la cabeza, no muy convencido.

–Pero no debes atosigarle, Arthur. Está en una fase en la que adora como héroes a estos tipos mayores que él... y le halaga, como es lógico, que ellos le dejen formar parte del grupo. Ya hablé del asunto con tu padre. Richard cree que no hay nada malo en ello. Actividades al aire libre y, además, aprende cosas.

La noche en que Robbie tenía la fiesta para hombres solos, Arthur invitó a Maggie, Gus y Veronica a casa, ya que el resto de la familia también salió. Apartaron la alfombra, pusieron «cassettes» y Maggie dio una lección de baile a Gus. Apenas duró diez minutos y terminó en medio de carcajadas.

Después llegó el último día que Maggie pasaría en Chalmerston antes de coger el «avión para regresar al este. Maggie y él decidieron estar juntos todo el día, exceptuando un intervalo sobre las cinco de la tarde, dijo ella, que emplearía en hacer las maletas para no tener que pensar más en ello. Por la mañana pasearon por el bosque del Westside. Norma Keer los invitó a almorzar, pues, «por razones médicas», se había tomado el día libre. Y después del almuerzo, Arthur volvió a disponer de la casa. Sus padres estaban en el trabajo y Robbie se fue con «los hombres» a la oficina gubernamental de la ciudad donde se obtenían las licencias de caza. Arthur se dijo que aquella era una tarde muy especial porque no volvería a ver a Maggie hasta Pascua y cabía la posibilidad de que en Pascua ella se fuese con sus padres a las Bermudas, a no ser que insistiera en quedarse sola en casa.

Cuando llevaban cerca de una hora en la habitación de Arthur, se oyeron golpes en la puerta de la casa, como si alguien estuviera descargando puñetazos sobre ella.

—¿Quién diantres será? —dijo Arthur. Aún no eran las tres.

Los golpes no cesaban. Arthur se puso la bata y Maggie siguió en la cama con un cigarrillo a medio fumar.

—¿Será Robbie?

—Lo dudo. —Arthur decidió bajar y decirle a quien llamaba que aguardase un minuto, pero apenas hubo salido al pasillo oyó la voz de Robbie gritando:

—¡Eh, Art! ¡Ábreme!

—¡Aguarda un segundo! —gritó Arthur desde arriba—. ¡Cálmate! —No estaba seguro de si Robbie llamaba a la puerta principal o a la de la cocina. Las dos tenían el cerrojo echado.

Maggie empezó a vestirse sin prisa. Arthur se puso los pantalones sin antes ponerse los calzoncillos. Después metió los pies en las zapatillas.

Robbie volvía a llamar a la puerta con golpes fuertes y acompasados.

—Maldito sea —musitó Arthur—. Echa la llave, Mag, y tómate todo el tiempo que necesites.

Al salir al pasillo, Arthur oyó ruido de madera rompiéndose en astillas y pensó que Robbie estaba forzando la puerta de la cocina.

Y era justamente eso lo que Robbie acababa de hacer. Arthur lo encontró en la cocina; tenía los ojos desorbitados y un hilillo de sangre en el labio superior.

—¿Por qué has reventado la puerta? ¿No podías esperar un segundo? ¡Mira cómo la has dejado! —Arthur señaló la jamba.

—Me he peleado con alguien. ¡Tenía que entrar! —Robbie se lavó la cara en el fregadero y seguidamente miró a su hermano al mismo tiempo que sacudía la cabeza–. Has cerrado las puertas con llave porque tienes a esa chica aquí.

–Mete las narices en tus asuntos, Robbie.

–¡Su coche está fuera! Justamente me he peleado por..., por algo así. –Robbie sacudió los dedos sobre el fregadero para quitarse el agua.

–¡No es verdad! ¡Maldito embustero!

Súbitamente Arthur dio un empujón a su hermano, derribándole al suelo. Robbie se levantó con dificultad y se apoyó en el borde del fregadero.

–¡Se lo diré a papá! ¡Voy a decirle lo que habéis hecho!

–¡Adelante! ¡Díselo! –contestó Arthur, apretando los puños.

Robbie pasó como una tromba por su lado, camino del cuarto de Arthur. Llamó a la puerta y luego trató de abrirla.

–¡Está cerrada con llave! –exclamó.

–¡Vete al cuerno! –repuso Arthur, asiéndole de nuevo y empujándole contra la pared.

El hilillo de sangre llegaba ya al mentón de Robbie, mezclándose con el agua. Robbie se metió en el cuarto de baño.

–Abre la puerta, Maggie –dijo Arthur desde el pasillo.

Entró en su habitación y volvió a cerrar la puerta con llave. Maggie, vestida ya, se estaba peinando ante el espejo. Incluso había arreglado la cama, que volvía a presentar su aspecto normal.

–¡Cielos, yo...! ¡Robbie se ha peleado a puñetazos y está como loco!

–Ah... ¿y qué? No te pongas así, Arthur. Robbie es el clásico hermanito entrometido y nada más. –Maggie sonrió a Arthur en el espejo.

–El muy estúpido dice que piensa decírselo a papá.

–¿Decirle que yo estoy aquí? Bueno..., ¿y qué más da?

Arthur metió los pies desnudos en un par de mocasines; después salieron los dos al pasillo.

Robbie estaba hablando por teléfono en la sala.

—De acuerdo. Muy bien. Adiós. —Colgó.

—Hola, Robbie —dijo Maggie.

—Hola. Papá vendrá en seguida. Es mejor que te quedes, Arthur —dijo Robbie.

—Ah —repuso Arthur en un tono que no le comprometía a nada. Luego descolgó el abrigo de Maggie y su propia chaqueta forrada y se dispuso a acompañar a la muchacha hasta el coche—. Una casa deliciosa, ¿verdad, Maggie? ¿Dónde has visto un ambiente más acogedor?

—Procura serenarte, Arthur. ¿Quieres venir a casa? —preguntó Maggie mientras caminaban por la nieve en dirección al coche.

—Si es verdad que mi padre viene para aquí..., es mejor que me quede y le plante cara.

—*Ellos* son los... raros —dijo Maggie, y su tono daba a entender que «raros» significaba chiflados—. ¿Y qué si yo estaba en tu cuarto?

Arthur no supo qué contestarle.

—¿Te veré sobre las siete?

—Sí, claro. No pierdas los estribos. Dile sencillamente que estábamos escuchando un «cassette».

Arthur le besó la mejilla y volvió sobre sus pasos. El coche arrancó antes de que llegara a la puerta principal.

Robbie seguía lavándose en el baño con la puerta abierta. Arthur entró en su cuarto y se puso a silbar una tonada mientras abría el armario. Al ver los pantalones de pana verde, recordó que la abuela se los había planchado y decidió ponérselos aquella noche. Se estaba poniendo los calcetines cuando oyó que se cerraba la puerta principal. No había oído ningún coche. Al cabo de un par de minutos, alguien llamó suavemente a su puerta.

—¿Sí? —dijo Arthur.

Su padre entró en la habitación con las mejillas enrojecidas a causa del frío, pero sin el abrigo.

—Vaya, vaya. Robbie me ha dado a entender que tú y tu amiguita habéis estado aquí esta tarde... ¿para lo de siempre? –dijo Richard con voz trémula–. ¿Y habéis echado los cerrojos?

–Estábamos citados, sí. Para almorzar en casa de Norma. –El corazón de Arthur latía ya con violencia.

–Para almorzar en casa de Norma. ¿Por esto cerraste con llave y echaste el cerrojo? Esta casa, *mi* casa, Arthur, no es un burdel –dijo Richard, mirando de reojo la cama.

Arthur recordó las orgías que le habían descrito desde su ingreso en la universidad y en las que chicos y chicas yacían en el suelo con las luces apagadas, haciendo el amor con quien fuera, al compás de cintas de música discotequera puestas a todo volumen.

–¿No tienes nada que alegar en tu defensa?

–Nada, en efecto –contestó Arthur.

–Entonces, fuera de aquí. No volverás a dormir bajo mi techo ni a comer mi pan. Ya puedes hacer las maletas.

Robbie estaba detrás de su padre, escuchando desde el pasillo. Richard salió y cerró la puerta.

21

Arthur permaneció inmóvil durante unos segundos. Hacer las maletas significaba hacerlas en el acto. ¿Y dónde dormiría aquella noche? Probablemente en casa de Gus. Y quizás más adelante encontraría una habitación en los dormitorios de la universidad. Sabía que a veces tres estudiantes compartían una habitación para dos. Pero iba a necesitar dinero y sin duda su padre no permitiría que su madre le diese siquiera un centavo más.

A través de la puerta se oían la voz sorda de su padre y los ladridos, algo más agudos, de Robbie.

Arthur sacó una maleta del fondo del armario y metió en ella unos pantalones, un par de suéteres y calcetines, así como varios libros de texto.

Un coche se detuvo ante la casa y Arthur no cayó en que era el de Lois hasta oír la puerta de la cocina y las voces de sus padres.

—¡Oh..., Richard! —exclamó Lois en tono angustiado.

Arthur, decidido a afrontar la situación otra vez, sin perder un minuto, bajó a la cocina, donde estaban sus padres. Su madre se estaba quitando el abrigo. Arthur lo cogió para colgarlo en una percha.

—... cuando una chica ha *muerto* —dijo Lois con voz entrecortada.

–Sí, bueno –dijo su padre–. Estas cosas pasan.

–Voy a prepararme un poco de té caliente. Lo necesito. ¿Alguien más quiere? –Se acercó al fogón y cogió la tetera–. Hola, Arthur. Hoy estoy distraída.

–Hola, mamá –Arthur observó que Robbie acechaba cerca de la puerta de la sala–. Me iré esta noche. Supongo que papá te lo habrá dicho.

–Sí, así es –dijo Lois por encima del hombro, como si tuviera otras cosas en que pensar.

Richard parecía a punto de meterse en su despacho, pero se quedó. Lois encendió el fuego debajo de la tetera. Se la veía preocupada.

–¿Dices que ha muerto una chica, mamá?

–Eva MacNeil. Creo que ya te hablé de ella. Se presentó en el asilo hace cosa de un mes... pidiendo ayuda. Embarazada. –Lois le miró rápidamente–. Esta tarde nos enteramos de que se había suicidado..., somníferos y ginebra. Alguien la encontró en su habitación este mediodía.

Arthur recordaba vagamente que un par de semanas antes su madre había dicho algo acerca de una chica embarazada. El asilo no había podido ayudarla.

–No quería tener el niño, ¿verdad?

–Intentó hacerse abortar, pero no lo consiguió. Y en el asilo no pudimos reunir el dinero necesario.

Richard miró severamente a Arthur, como si se estuviese entrometiendo en una conversación entre él y Lois.

–Voy a hacer las maletas ahora mismo, mamá..., cenaré en casa de Maggie.

Su madre le miró con la misma expresión dolida en la cara.

–Subiré a tu cuarto dentro de un momento, Arthur. Antes necesito tomar un poco de té. Estoy helada.

–¿Cuándo te marchas, Arthur? –preguntó Robbie.

Arthur se fue a su cuarto sin contestarle. Al cabo de un par de minutos su madre subió con dos tazas de té y se sentó en la silla tras darle una a Arthur.

—Papá quiere que me vaya.

—Lo sé —dijo Lois, y en la expresión triste de su cara Arthur leyó que no pensaba pelearse con Richard para defenderle a él.

—No quiero que trates de disuadirle —dijo Arthur—. El ambiente de esta casa es irrespirable. Seguro que podré pasar la noche en casa de Gus. O me buscaré una habitación en la ciudad. —Arthur cerró la maleta a medio hacer.

—Lo siento, Arthur, pero hoy no sé lo que me hago. —Los ojos de Lois se cruzaron fugazmente con los suyos; luego ella dejó la taza y el platillo y ocultó el rostro entre las manos—. ¡Deseaba tanto ayudar a esa *chica!*

—Lo sé. —De repente Arthur lo comprendió. La víctima podía haber sido Maggie si no hubieran tenido el dinero necesario—. Papá diría que ha recibido lo que se merecía. La muerte... por sus pecados.

—¡Oh, no! Si hubiera conocido a Eva, no habría dicho una cosa así.

—¿Ah, no? Para él es cuestión de principios. No quiero estar bajo el mismo techo que un hombre como mi padre... o Robbie.

—¿Robbie?

—Son tal para cual. ¿No lo has notado?

El teléfono sonaba desde hacía unos instantes. Lois se levantó y salió de la habitación.

—Mamá, es para ti —dijo Robbie.

Arthur metió la maleta y el talego en su coche y a las siete se fue a casa de Maggie. Aún tenía que telefonear a Gus. Puso a Maggie al corriente de lo sucedido después de irse ella, sin omitir que su madre estaba disgustada a causa del suicidio de una chica llamada Eva MacNeil.

—Puede que esta noche duerma en casa de Gus y que mañana me busque una habitación en la ciudad. A lo mejor encuentro algo barato en la universidad. —Arthur se encogió de hombros—. No sé.

Maggie puso cara de pasmo.

—¡Cielos, Arthur! ¿Es que tu madre no va a hablar con tu padre para...?

—No quiero... suplicar —dijo Arthur en voz baja, pese a que la madre de Maggie no podía oírlos desde la cocina.

—He de ir a buscar algo en la cocina. —Maggie se levantó.

En la chimenea ardía el fuego con un chisporroteo acogedor. Jasper, el gato anaranjado y blanco, dormía donde siempre, en un extremo del sofá.

Maggie volvió con una bandeja de canapés..., ostras ahumadas, aceitunas negras.

—Se me había olvidado todo esto. Dice mamá que puedes pasar la noche aquí.

Arthur apartó las manos de la bandeja.

—Te había dicho que *no* se lo dijeras. ¡Es un lío de mil demonios!

—Tenemos un cuarto para huéspedes —dijo Maggie.

Durante la cena Betty dijo:

—Maggie me ha hablado de las dificultades que has tenido hoy, Arthur. Nos encantará que duermas en casa esta noche. Y mañana también, hasta que encuentres algo. Es horrible no saber dónde vas a dormir al llegar la noche.

Al cabo de un rato acompañaron a Arthur al cuarto de los huéspedes, que era más espacioso que el dormitorio de Maggie y tenía una cama doble, dos ventanas que daban al jardín de atrás, una cómoda grande y un armario ropero. Arthur había comprado el *Herald* por si en él se anunciaba alguna habitación en alquiler, pero solo encontró una a compartir con «mujer de unos 40», mientras que los pisos no estaban al alcance de su bolsillo. A pesar de todo, cuando se durmió en la cama grande se sentía casi tan contento como si Maggie estuviera durmiendo a su lado.

Al día siguiente, Arthur llevó a Maggie al aeropuerto. Estaba nervioso, al borde de derrumbarse, y se alegró de que Maggie no prolongase la despedida. Un beso y se fue, tras prometerle que no tardaría en escribirle. Arthur buscó en seguida una cabina telefónica y llamó a casa de Gus. Uno de sus hermanos le dijo que Gus estaría en casa al mediodía.

Eran las doce y cuarto cuando Arthur llegó a casa de Gus. La familia estaba en la cocina; había por lo menos cuatro personas aparte de Gus, cuya madre estaba preparando varios almuerzos calientes además de bocadillos. En medio de aquel caos a Arthur le resultó fácil decirle a Gus, sin que nadie más le oyera, que su padre le había puesto de patitas en la calle y que había pasado la noche en casa de Maggie.

–¡Cáspita! –exclamó Gus, debidamente impresionado.

–¿Por casualidad no sabrás de alguna habitación barata que pueda alquilar en alguna parte? –preguntó Arthur.

Gus se puso a pensar, frunciendo las cejas rubias sobre las gafas.

–Bueno, hay esa covacha de la señora Haskins en Pine Street. Cuatro o cinco habitaciones y un solo cuarto de baño en toda la casa.

Arthur conocía el lugar, pues una vez había visitado a alguien allí. Era una pensión barata y bastante ruidosa.

–Lástima que no tengamos una habitación extra aquí –dijo Gus–. Pero tenemos un catre del ejército y, si quieres, puedes pasar la noche en mi habitación.

Arthur se imaginó a los dos tratando de estudiar en el pequeño cuarto de Gus por la noche y meneó la cabeza.

–No quiero molestarte. Pero eres muy amable, Gus.

–Sal conmigo y con Veronica esta noche. Te veo muy alicaído. Iremos a tomar un par de cervezas por ahí. ¿Después de cenar? ¿Sobre las ocho?

Arthur accedió. Gus pasaría por casa de los Brewster en su coche y Arthur podía coger el suyo o no.

–Y puede que duerma en ese catre del ejército... esta noche. No quiero causarle molestias a la madre de Maggie.

Al volver a casa de los Brewster, él mismo abrió la puerta y llamó a Betty. No obtuvo respuesta. Como la puerta del garaje se encontraba cerrada, se había figurado que tal vez estaría en casa. Volvió a salir por la puerta principal, recogió un sobre blanco del buzón y lo dejó sobre la mesita del recibidor. No llevaba sello. Arthur vio que iba dirigido a él y que estaba escrito a máquina. Lo abrió. La nota decía:

«Querido Arthur:
Lamento mi cólera de ayer, pero no mi decisión. No puedo tolerar, y creo que tampoco podrían tolerarlo la mayoría de los padres, tener en casa a un hijo o a una hija que se mofe premeditadamente de los principios que rijen la vida de sus padres. Es lamentable que la joven en cuestión no sea distinta de ti y que, al parecer, ninguno de los dos aprendáis de la experiencia u os importen siquiera una pizca los sentimientos de los demás. Creo que el único modo de que alguna vez aprendas algo es dándote una sacudida que te haga ver la realidad. Tu madre y yo siempre deseamos lo mejor para ti.

Tu padre,
Richard

P. D. Yo tenía más o menos la edad y los estudios que tú tienes ahora cuando me vi obligado a dejar la universidad para ganarme la vida y alimentar a mi madre.»

Arthur observó que su padre había escrito «rigen» con jota. Vaya, vaya. Aquella noche, de todos modos, tenía una cama en casa de Gus, su fiel amigo.

Subió a su cuarto y una vez más metió sus cosas en la maleta y el talego. Luego buscó el número de las oficinas de la universidad. Contestó una mujer y Arthur pidió que le pusiera con la persona encargada de los dormitorios.

–¿Cuál es tu problema? –preguntó la mujer.

–Quiero saber si queda alguna habitación para el semestre entrante. Ahora soy estudiante externo.

–La persona que puede informarte estará de guardia mañana o el viernes. La universidad no abre oficialmente hasta mañana.

Ah, bien, mañana. Arthur se fue a la cocina y se sirvió una taza de café. Luego volvió a su cuarto y sacó un par de libros. Uno se titulaba *¿Realmente hablas inglés?*, y era de lectura obligatoria. Antes de sentarse con el libro, cruzó el pasillo y se asomó a la habitación de Maggie. Sus ojos recorrieron la cama individual, las cortinas de color beis y azul en las dos ventanas, el escritorio situado a la izquierda y un tanto desordenado, pues encima había dos libros sacados de la hilera del fondo y, debajo de ellos, una hoja de papel en blanco. Volvió a cerrar la puerta.

Betty llegó a casa sobre las seis y le llamó con un grito.

–¿Estás ocupado? –preguntó desde abajo.

–¡No!

Arthur dejó el libro y bajó a reunirse con ella. La encontró en el recibidor, colgando el abrigo. Betty se frotó las manos y dijo:

–¡Brrrr, qué frío! ¿Has hecho algún plan? Hoy he hablado con Warren. Me llamó desde California.

–Esta noche puedo dormir en casa de mi amigo Gus. Mañana..., bueno, a finales de esta semana puedo buscarme un cuarto en los dormitorios. Acabo de telefonear a la universidad.

–¿Preferirías dormir en otra parte esta noche? He puesto a Warren al corriente de la situación y le parece bastante fea. Dice que por qué no te quedas aquí unos días, hasta que te orientes. Si encuentras algo en un par de días, bien. O si nos molestamos el uno al otro, te pediré que te vayas o tú te irás por iniciativa propia. –Betty sonrió–. ¿De acuerdo? Así que no es necesario que te marches esta noche, a no ser que tú quieras. Ahora voy a tomarme un café caliente. Lo necesito. ¿Vas a quedarte en casa esta noche, Arthur?

–Gus pasará a buscarme a las ocho.

–Si antes quieres comer algo, en la nevera quedan bistecs. Sírvete tú mismo. Están muy ricos. Yo me tomaré un tazón de sopa y me iré a la cama. Me he pasado dos horas yendo en coche de un lado a otro con un par de personas del comité de protección, inspeccionando casas que necesitan... reparaciones y cosas así. Y árboles que tienen que talarse. Haz como si estuvieras en tu casa, Arthur. No te sientas cohibido.

Arthur logró esbozar una sonrisa, pero algo, tal vez la gratitud, le impidió articular una sola palabra.

Al llegar Gus poco antes de las ocho, Arthur decidió dejar su coche e ir en el de su amigo. Arthur se sentó atrás. Les dijo a Gus y Veronica que Betty Brewster estaba dispuesta a alojarle unos días en su casa hasta que encontrara una habitación.

–A mí me parece que tu padre se muestra muy inexorable –dijo Veronica con su forma lenta y pensativa de hablar–. Considero que mi familia está chapada a la antigua, pero, sinceramente, creo que no se comportaría *así*. –Miró a Arthur por encima del hombro–. Hace un momento le decía a Gus que una conocida mía invitó a su novio a casa durante las vacaciones. Él dormía en el cuarto de ella. Y a la familia no le importó.

Arthur no dijo nada. El viento entraba por la ventanilla de Veronica y le daba directamente en el cuello, pero a él le era igual. Gus conducía a bastante velocidad, pero tampoco eso preocupaba a Arthur, porque tenía confianza en su amigo.

Se detuvieron en un bar-restaurante llamado Mom's Pride, donde había un «jukebox» con música discotequera. En el local servían cerveza, hamburguesas, emparedados de bistec, etcétera. Arthur se aproximó a la barra-mostrador, encargó tres de patatas fritas y tres cervezas y pagó; luego echó unas monedas en el «jukebox», una de ellas para oír *Hot Toddy,* que era un tema favorito de él y de Maggie. Gus y Veronica se pusieron a bailar, después Arthur bailó con Veronica.

–¿Qué tal baila Gus? ¿Va mejorando? –gritó Arthur.

—¿Qué? –preguntó Veronica, saltando ante él con la ligereza de una burbuja.

—¡*Yeee-owrrr!* ¡*Shamazz!* –gritó inesperadamente algún idiota al oído de Arthur.

Las luces se transformaron en lunares, luego se volvieron negras y después recobraron el color rosado del principio.

Poco después de medianoche volvían a la ciudad, Arthur en el asiento delantero, al lado de Gus, y Veronica, soñolienta, reclinada en el asiento de atrás. Ante ellos, a la izquierda de la carretera, Arthur vio una forma plateada, parecida a un furgón, que relucía como algún insecto nocturno en la oscuridad.

—¡Oye, Gus! Me parece que aquello es el Silver Arrow. El restaurante donde trabaja Irene. ¿Entramos un momento? ¿A tomar el último café?

—Faltaría más, viejo –dijo Gus, poniendo el intermitente en señal de que iba a desviarse hacia la izquierda.

Sus zapatos pisaron los guijarros cubiertos de escarcha. Tres enormes camiones de ocho ruedas se hallaban aparcados enfrente del local, achicándolo. Parecían dispuestos a lanzarse sobre él.

Arthur vio a Irene en seguida. El pelo oxigenado y los labios rojos llamaban inmediatamente la atención bajo las luces fluorescentes. Incluso las colillas que había en el suelo parecían verse a través de un microscopio. Encorvados en los taburetes del mostrador había diez o más hombres con gorra y chaquetón, y unos cuantos más, con una o dos mujeres, ocupaban las mesas. Además de Irene, dos camareras atendían el mostrador, todas ellas enfundadas en uniformes blancos de cuello plateado. Los gorritos y los cinturones anchos también eran plateados. Sonaba el «jukebox», si bien no tan fuerte como en el Mom's Pride.

Arthur hizo discretamente una señal con la cabeza indicando a Gus que la rubia era La Belle Irène. Se sentaron en tres taburetes del mostrador después de que un hombre cambiase de sitio para que pudiesen estarse juntos los tres.

—¡Ajajá! ¡Qué picarones sois todos! —chilló Irene con una carcajada alegre, dirigiéndose a alguien situado a la derecha de Arthur.

Los camioneros sonreían y no apartaban los ojos de Irene.

—¿A qué hora sales esta noche? —preguntó uno de ellos.

—¡A las siete de la *mañana!* —Irene se echó a reír y derramó un poco de café.

—¡Apuesto a que sales antes si lo deseas!

Irene se inclinó ante Gus, Veronica y Arthur. Parecía mareada a causa de la fatiga o de los fluorescentes.

—Buenas noches. ¿Qué vais a tomar, muchachos?

—Café —dijo Gus.

—Lo mismo —dijo Arthur.

Veronica no quiso tomar nada.

—¡*Mac* no dijo eso! —gritó uno de los camioneros a Irene mientras ella manejaba la cafetera.

—¿Va a tu iglesia? —preguntó Gus a Arthur.

—¿Mi iglesia? Querrás decir la iglesia de mi padre —corrigió Arthur.

—Pues si quieres saber mi opinión a mí me parece una buscona.

Irene volvió con los cafés.

—¡Anda! ¡Pero si es *Arthur!* ¡Oh, Dios mío! Me he enterado... Richard te ha echado de casa, ¿no es verdad? —Pareció despejarse un poco.

—¡Cómo corren las noticias! —exclamó Arthur.

—Es verdad —dijo ella—. Le dije a Richard que podía alojarte en casa. Como buena cristiana. Pero contestó que tenías que aprender por la vía difícil... y arrepentirte. —Irene mostraba ahora una expresión severa.

—¡*Irene!* ¡Dos cervezas para la número tres! —gritó otra camarera—. ¡Y cuatro hamburguesas para la barra, cariño!

Irene se alejó para seguir con su trabajo.

—No pierdas detalle, Gus —dijo Arthur, sonriendo y levantándose del taburete—. No tardaré. —Se fue al lavabo de hombres, cuyas paredes estaban llenas de inscripciones, dibujos, números de teléfono y de radioaficionados, algunos dentro de círculos rojos o azules. *Te haré lo que me pidas,* leyó Arthur. *Masaje caliente del bueno.* Se lavó la cara. El agua era tan fría que se puso a temblar de pies a cabeza.

Durante el viaje de vuelta —la casa de Veronica era la primera parada— hablaron de varias cosas, pero no de Irene. Arthur supuso que era demasiado deprimente incluso para resultar graciosa.

22

Al día siguiente, Arthur encontró una carta sin sello y dirigida a él en la mesita del recibidor de los Brewster. La letra era de su madre. Supuso que Betty, al salir de casa una hora antes, no había querido molestarle porque sabía que quería trabajar un poco antes de ir a clase por la tarde.

«Queridísimo Arthur:
Llamé a Gus y dijo que creía que aún estabas en casa de los Brewster. ¿Puedes venir a comer hoy jueves? Estoy sola en casa. No quise telefonear para no molestar a Betty B.

Besos.
Mamá.»

Eran las doce menos diez. Arthur telefoneó.

–Claro que puedo ir, mamá. Te veré dentro de unos quince minutos.

Horas antes Arthur había ayudado a Betty a trasladar un mueble librería y colocarlo en otra pared de la habitación, para lo cual habían tenido que sacar todos los libros y luego volverlos a colocar en el mismo orden. Arthur se alegraba de ser útil, especialmente al ver que Betty se lo agradecía tanto. Betty decía que a Warren le aburrían aquellas tareas.

Arthur dejó el coche al borde del césped, enfrente de su casa.

–Hola, Arthur, ¿cómo estás? –Su madre le besó la mejilla.

–Muy bien. ¿Por qué no iba a estarlo? Betty dice que puedo alojarme en su casa hasta que encuentre algo.

–Qué amable es, ¿verdad? No la vi esta mañana. Eché la carta al buzón y me fui. Tengo que llamarla y darle las gracias. ¿Warren está en casa?

–No, pero Betty habló con él por teléfono. De él salió la idea de que... podía quedarme unos días hasta encontrar algo. –Arthur disfrutó diciéndolo porque la actitud de Warren Brewster era tan distinta de la de su padre–. De todas formas... esta tarde iré a ver si encuentro una habitación en el dormitorio.

La cocina olía a carne en conserva y col, uno de los platos favoritos de Arthur. Sacó una cerveza del frigorífico siguiendo una sugerencia de su madre.

–De eso quería hablarte precisamente... del dormitorio –dijo Lois alegremente–. El martes por la noche hablé con la abuela. Le conté lo de... ya sabes. De modo que nos pusimos de acuerdo, la abuela y yo, y vamos a pagarte el dormitorio y también las clases. Lo importante es no preocuparse –añadió apresuradamente, como si se sintiera violenta.

Arthur experimentó cierta turbación.

–Gracias, mamá.

–De manera que si tu padre quiere armar tanto alboroto –colocó la col en una bandeja blanca, alrededor de una sonrosada montaña de carne en conserva–, tendrá que armarlo él solo.

–¿Lo sabe papá?

–Sí, porque se lo dije el martes por la noche, inmediatamente después de hablar con la abuela. Richard opina que te estamos consintiendo, *pero*... solo quiero que sepas que en esta familia no todos somos tan tercos. Me alegra que la parte materna de la familia sea capaz de quedar bien. Y ahora hablemos de otra cosa. –Sonrió.

Se sentaron y empezaron a comer.

—Por cierto, mamá, anoche estuve en el Silver Arrow con Gus y su novia. Ya sabes, el lugar donde trabaja Irene. Un restaurante para camioneros. ¡Ya lo creo! En realidad es un sitio bastante vulgar. Todos los camioneros bromeaban con Irene. Intentaban ligar con ella. —Arthur se echó a reír.

—¿De veras, Arthur? ¿Tan mal sitio es? —preguntó su madre con cara de regocijo.

—Y papá trata de salvar su alma. Pregunta: ¿tiene Irene un alma que salvar?... ¡Hola, Rovy!

El gato acababa de saltar sobre el banco.

—Esta mañana fui al entierro de Eva MacNeil.

—¿Esta *mañana,* mamá?

—Sí. No había mucha gente, porque su familia vive en Chicago. Me satisface decir que fuimos cinco personas del asilo. Fue muy conmovedor..., una chica de veintidós años. Y Richard sencillamente es incapaz de comprender mis sentimientos. Dice que el mundo está lleno de chicas así, como si Eva fuera una delincuente... y no lo era. ¿Y qué me dices del joven que la metió en un lío?, le dije yo. Del responsable raramente se habla, para bien o para mal. Bueno... —Lois hizo una breve pausa—. Debo decir que él no asistió al entierro. Tengo entendido que fue una de esas cosas que pasan, una aventura breve. Sé que Eva no intentó ponerse en contacto con el chico. Creo que él no era de aquí. Eva incluso fue a trabajar el día que se tomó las píldoras. No le dijo a nadie que estaba tan deprimida.

Arthur se lo imaginó sin esfuerzo: una noche en la cama, o una tarde, o en cualquier momento, luego el embarazo, luego la muerte. De pronto se le ocurrió que seguramente el suicidio también era pecado a ojos de su padre.

—Richard habla de la santidad de la vida. He aquí un buen lugar para... demostrarlo o confirmarlo, diría yo. Una chica joven «en apuros», como se decía antes. A veces la actitud de Richard se parece a la de los católicos, se parece tanto que me preocupa. No debería decir «católicos», desde luego, pero no sé de qué otra manera puedo llamarlos.

—Fundamentalistas —se apresuró a señalar Arthur.

Después de almorzar, su madre encontró una maleta vacía y un par de bolsas de plástico y metieron en ellas más pertenencias de Arthur. Entró en la salita para coger la sinfonía «Júpiter», regalo navideño de la abuela, porque Betty tenía tocadiscos y, en todo caso, Arthur quería tener el disco consigo. También cogió el cuarteto para cuerdas en Re menor de Mozart, que era de su propiedad. Lois le dijo que no se abstuviese de presentarse en casa cuando le viniese en gana y le devolvió sus llaves, una para la puerta principal y una para la puerta del garaje, las dos en el mismo llavero.

Después Lois dijo que tenía que irse, porque ya se le estaba haciendo tarde para volver al trabajo.

Arthur se quedó a lavar los platos, para que su madre se llevara una sorpresa agradable, una cocina limpia, al volver a casa sobre las seis de la tarde. Sonó el teléfono, pero no contestó. Era una casa medio amiga, una casa medio hostil. Muy extraña. Arthur se puso a silbar *Sunday, Sweet Sunday*. Domingo dulce, sin nada que hacer. ¿Cuándo iba él a disfrutar de un domingo así con Maggie?

Por la tarde Arthur averiguó que podía instalarse en un dormitorio de la Universidad de Chalmerston si estaba dispuesto a compartir una habitación con otro estudiante de primer año. Le cobrarían ciento cincuenta dólares al mes, desayuno y almuerzo incluidos. Los retretes y cuartos de baño estaban «al fondo del pasillo», le dijo la mujer, y había un teléfono giratorio por cada dos habitaciones. Era la forma más barata de alojamiento y Arthur sabía que no tenía más remedio que aceptarla, pero no acababa de decidirse.

—¿Puedo confirmárselo mañana? ¿Quedan más habitaciones de estas libres?

—Oh, sí. Este semestre muchos estudiantes abandonan o han sido expulsados y todavía no nos lo han comunicado.

Durante la cena, Arthur le dijo a Betty que había una plaza para él en un dormitorio y que su familia –mejor dicho, su madre y su abuela– le pagaría los gastos. La cena la había preparado Arthur antes de que Betty volviese a casa.

–No sé por qué insistes en vivir en el dormitorio –dijo ella–, cuando podrías quedarte aquí. Claro que el dormitorio es más cómodo porque está en el campus. Pero, teniendo coche... Bueno, tú sabrás lo que más te conviene, Arthur.

La casa de Betty era preferible, por supuesto. Era espaciosa, era civilizada. Vivir allí venía a ser como estar con Maggie.

–Desde luego, preferiría vivir aquí –dijo finalmente Arthur–. También quisiera pagarte algo. Es lo normal.

–Ya hablaremos de ello. Warren llegará mañana por la mañana. *Él* cree... ¡Yo ni siquiera le dije que sabías cocinar! Cree que es una buena idea que alguien esté en la casa conmigo, ya que él se ausenta tan a menudo. Sugirió treinta dólares a la semana, todo incluido.

–Gracias. Muy razonable –dijo Arthur, tratando de disimular la emoción.

–Razonable, supongo que lo es, pero eres útil en casa y eso es algo. –Sonrió y las comisuras de sus labios se movieron como las de Maggie–. Prueba durante una semana. Puede que cambies de parecer. Pero Warren dice que con tantos robos en las casas y estando yo tantas horas fuera de casa...

Arthur se dejó llevar por la fantasía unos instantes y se imaginó a sí mismo enfrentándose a puñetazo limpio con tres ladrones armados y derribándolos dejándolos sin sentido. Disfrutaría de su papel de protector de la casa.

Por la noche Arthur telefoneó a su madre desde la salita. Betty estaba arriba. Le contó lo de su acuerdo con los Brewster.

–Hablé con Betty por teléfono esta tarde, sobre las tres. No mencionó que te quedarías con ellos.

Arthur se rió.

–Y ella no mencionó que habías llamado. Supongo que fuiste tú quien llamó, ¿verdad?

Lois contestó que sí.

–Pórtate bien, Arthur. Y me alegra mucho la noticia. Dale a Betty mis... saludos y agradecimiento, ¿quieres? Creo que estarás bien en su casa.

En enero Maggie escribió dos cartas a Arthur, pero ninguna a Betty. Según ella, Arthur se encargaría de transmitirle las noticias, si había alguna. De todos modos, Maggie llamaba cada domingo al mediodía, cumpliendo una promesa que le hiciera a su madre. En una de sus cartas Maggie decía que no estaba segura de poder ir a casa en Pascua. La noticia sorprendió a Arthur, pues Maggie tendría como mínimo una semana de fiesta; y no podía ser por falta de dinero, toda vez que la familia viajaba gratis en los aparatos de la Sigma Airlines.

En febrero, pese a tener mucho trabajo en la universidad y en casa de los Brewster (había que enjalbelgar las paredes del sótano y antes era necesario prepararlas), Arthur descubrió que ya iba contando las semanas que faltaban para Pascua. Sin duda Maggie volvería a casa. Al menos a Arthur le hacía más feliz pensar que volvería. Preguntó a Betty qué pensaba ella al respecto. Le contestó que nunca lo sabía hasta el último minuto. Empezaba a preocupar a Arthur la posibilidad de que Maggie hubiese encontrado a alguien que le gustase, alguien que invariablemente Arthur se imaginaba mayor que él. Por otra parte, las cartas de la muchacha le tranquilizaban:

«... Me preguntas si pienso en ti en la cama. Claro que sí. Y, a propósito, ¿qué haces tú ahí abajo, libre como el viento? Aquí tenemos que estar de vuelta antes de la medianoche y no se permiten chicos en los dormitorios a partir de las diez de la noche. Pero no me quejo precisamente de eso.

Me alegra saber que tu padre está tranquilo y que tu madre se muestra tan comprensiva y te ayuda a pagar los gastos. Mamá dice que eres útil en casa y que papá se alegra de que estés allí.

¿El color de mi cama? Pues, beis, como la harina de avena pero un poco más oscuro. ¡Qué romántico!

Ahora he de aprenderme de memoria un par de estrofas de Byron. Me gusta. Es realmente romántico y a veces es ingenioso.

Sí, ya que lo preguntas, pienso mucho en ti. Besos.

Maggie.»

Arthur guardaba todas las cartas de Maggie en una carpeta, por orden cronológico. A veces ella olvidaba poner la fecha, y entonces la ponía él.

Betty Brewster cenaba fuera de casa una o más veces a la semana y también daba cenas en casa, para una o varias personas. En tales ocasiones Arthur ayudaba a poner la mesa, a preparar la comida y a servir las copas; luego desaparecía discretamente, a menos que Betty insistiera en que cenase con ellos. Los amigos de los Brewster eran más interesantes que los de los Alderman, y Arthur comprendió que sus padres, Lois incluida, no eran dados a recibir en casa. Seguramente tampoco lo era la mayoría de la gente de la ciudad.

Una noche de principios de marzo, mientras Betty y Arthur tomaban café después de cenar, oyeron el fuerte golpe de una portezuela de automóvil al cerrarse; luego se oyó otro.

–¿Quién será? –preguntó Betty.

Arthur se levantó. Se oyeron unos pasos y alguien llamó a la puerta.

–¿Quién es?

–Robbie.

–¿Qué ocurre, Robbie?

–¡Nada! ¿No puedes abrir la puerta?

Betty se le acercó por detrás y dijo:

–¿Tu hermano? Déjale entrar, Arthur.

Arthur abrió la puerta, aunque no del todo. Robbie entró resueltamente seguido por otra persona: Eddie Howell.

–Buenas –dijo Eddie Howell, quitándose la gorra de cazador. Llevaba puesta su sonrisa de circunstancias–. Con su permiso, señora Brewster. Me llamo Eddie Howell. Solo queríamos preguntarte cómo estás, Arthur.

–Buenas noches –dijo Betty.

–Mi hermano Robbie –dijo Arthur, frunciendo el ceño y molesto al ver que se encaminaban hacia la sala–. Podrías haber telefoneado antes de venir, Robbie.

–Nos hubieras dicho que no viniésemos –repuso Robbie, quitándose por fin su gorra de piel de mapache. Vestía su largo chaquetón de cazador y calzaba chanclos.

–Tiene usted una casa preciosa, señora Brewster –dijo Eddie.

–¿Qué puedo hacer por vosotros? –Arthur observó que Eddie Howell traía la cartera consigo.

–No hay nada que tengas que *hacer* por nosotros, Arthur. A tu padre le interesa saber cómo te va..., qué haces.

¿Le interesaba? Arthur vio unos puntitos color de rosa ante los ojos.

–¿No queréis sentaros? –preguntó Betty–. Encantada de conocerte, Robbie.

Robbie saludó torpemente con la cabeza.

–Lo mismo digo.

–No queremos entretenerles –dijo Eddie Howell, mirando a su alrededor, como si dudara entre sentarse en el otro sofá o en un sillón.

–¿No os quitáis los abrigos? –preguntó Betty.

–Oh, no, gracias. –Al menos en esto Eddie Howell parecía no tener dudas–. No, lo que tengo que decir puedo decirlo muy de prisa. Es que a Richard, el padre de Arthur, le preocupa cómo le van las cosas a su chico. Saber si es feliz... y va progresando.

–Todo me va bien, gracias. –Arthur permanecía de pie, con los brazos cruzados.

Betty se sentó en el borde del sofá.

Eddie Howell se sentó en el extremo del otro sofá y Robbie en un sillón, con la gorra entre las rodillas.

—A Arthur le han ocurrido tantas cosas... durante el último año —dijo Eddie Howell, dirigiéndose a Betty—. A un joven no le resulta fácil soportar semejantes experiencias. Y a una joven, tampoco —añadió—. El alma se sume en la confusión.

Pero la sonrisa falsa de Howell era capaz de disipar la confusión, supuso Arthur. La cara de Robbie aparecía inexpresiva y neutral, como si no estuviese escuchándolos siquiera. Estaba contemplando el paisaje a la acuarela colgado sobre la chimenea.

—... quiere saber si has reflexionado sobre lo sucedido, si has hecho examen de conciencia y... si eres capaz de sentirte... o empezar a sentirte en paz con Dios y contigo mismo.

Arthur lanzó una mirada a Betty, parpadeó y con tranquilidad premeditada dijo:

—Me va muy bien en la universidad. Y no sé... qué es lo que le preocupa.

Eddie Howell guardó silencio.

—Que vivas *aquí* —terció Robbie—. Precisamente en esta casa.

Arthur aspiró hondo.

—Tengo que trabajar un poco esta noche. Y la señora Brewster también —dijo, mirando a Eddie Howell.

—Es solo un momento —dijo Eddie con una sonrisa en sus labios sonrosados—. Tu padre está un poco disgustado... y creo que es comprensible que lo esté... porque te alojas en esta casa. Dice que está mal. Con todo el respeto debido a la señora Brewster —concedió, señalándola con la cabeza—, por su amabilidad y su caridad.

—¿Caridad? —preguntó Betty, sonriendo—. Arthur es una gran ayuda en esta casa, señor...

—Howell.

—Señor Howell. Está aquí porque yo le invité. No porque viniese a suplicarme.

–No, yo... –Eddie Howell miró a Arthur–. ¿No te sientes culpable? ¿No necesitas decir «lo lamento»?

–Eso ya lo he dicho. ¿Por qué iba a repetirlo una y otra vez? ¿A quién iba a decírselo? –Arthur pensó en su padre, satisfecho de su sensación de venganza. Su padre le había echado de casa–. Si mi padre pretende fastidiar a la universidad por mi causa... del modo que sea... puede...

–Tranquilo, Arthur. –Betty se levantó.

Eddie Howell también se puso en pie y ladeó su cara sonriente.

–Tu padre no trata de obstaculizar tus estudios, Arthur. Queremos que vuelvas..., que vuelvas a la iglesia y a los brazos amistosos de las personas que realmente te quieren. Esto incluye a Cristo, el más grande de todos los que perdonan.

¿Los amistosos brazos de su padre? Con sus palabras, Eddie Howell parecía insinuar que los brazos de Betty no eran amistosos.

–Creo sinceramente, señor Howell –dijo Betty–, que a Arthur le va bastante bien en este momento. Trabaja mucho, es feliz en la universidad. Me alegra *mucho* tenerle en casa. Así que, ¿tal vez podrá decírselo usted así al señor Alderman? –Echó a andar con garbo hacia la puerta.

A Eddie Howell aún le quedaba algo por decir, de modo que permaneció donde estaba.

–No serás realmente feliz, Arthur, mientras no comprendas profundamente lo que ha pasado. Mientras no decidas ponerte bajo el amparo de Dios y de Cristo. –Por fin se movió–. Buenas noches, señora Brewster, y que Dios la bendiga.

Arthur no prestó atención a los murmullos que le llegaron desde la puerta. Se secó el sudor de la frente. Oyó con placer que Betty cerraba la puerta principal y volvía a la salita.

–Bueno..., ahora ya lo has visto tú misma –dijo Arthur.

Betty soltó una carcajada.

–Vamos, Arthur. Sus intenciones son buenas. O ellos creen que son buenas. Vamos a olvidarnos de esta visita. ¡Y no pongas esa cara de vinagre!

—De acuerdo.

—Me parece que un poco de whisky no te sentaría mal, Arthur. Sin hielo ni agua. Vamos a..., hum..,. pecar. —Se acercó al carrito-bar que había en un rincón—. Son verdaderamente pesados, ¿eh? —De pronto Betty se rió de buena gana.

—Lo que me llegó al corazón fue eso de... los brazos acogedores *de mi padre...*

—Tranquilo, Arthur —dijo Betty, sonriéndole.

Arthur pensó que Maggie había heredado la serenidad de su madre.

—A sus órdenes, señora.

23

Unos diez días antes de las vacaciones de Pascua, Arthur recibió una carta de Maggie diciéndole:

«Queridísimo Arthur:

He de darte una noticia que probablemente te afectará mucho. También a mí me cuesta mucho dártela. No se trata solo de que haya encontrado a otro, sino que es algo más importante. Hay alguien y ese alguien es Larry Hargiss. Pero, además, he cambiado mucho desde el pasado septiembre y también desde el verano. Puede que también tú hayas cambiado, ¿no?

Así que no volveré a casa por Pascua. Deseo muy de veras que consigas olvidarme sin sufrir demasiado. Sé que lo nuestro era importante... para ambos. Pero entonces éramos como niños en comparación con ahora, ¿no crees? Al menos es una *ayuda* enfocarlo así. Siempre te tendré un cariño muy especial, porque tú eres importante en mi vida. Pero ante ti se abre un camino largo y difícil, más años de estudio, y también ante mí, muy probablemente más de tres años si ambos vamos a graduarnos.

Sé que a mi madre le seguiría gustando tenerte en casa con

ella. Pero me haré cargo si tú no tienes ganas. Sé que eres muy serio y que esto puede disgustarte.

Con mucho cariño,
Maggie.»

Arthur leyó la carta rápidamente, de pie en su cuarto. Al terminarla, se sentía ligeramente mareado, pero no se sentó. De modo que, después de todo, era Larry Hargiss, el tipo que estudiaba Medicina en Harvard. El nombre se le había grabado de un modo desagradable en la cabeza desde que Maggie lo pronunciara cuando volvían en coche del aeropuerto poco antes de Navidad. Y ahora lo sabía a ciencia cierta. ¡El muy cerdo! Y probablemente Maggie pasaría las vacaciones de Pascua con él, en casa de los padres de Larry o en algún centro turístico. ¿Sabía Betty lo de Larry? Tal vez, ya que Maggie decía en su carta «Sé que a mi madre le seguiría gustando...». Betty habría esperado que Maggie le diera la noticia, por supuesto. ¿Y en Navidad? Arthur estaba seguro de que Maggie no había fingido ante él en Navidad. ¿Qué había ocurrido desde entonces? Se quedó mirando fijamente la carta con la sensación de que la había escrito otra persona, pero la letra era de Maggie. Luego la dejó sobre la mesa, cerca de la máquina de escribir. Eran las doce y veintidós minutos.

Como no tenía clase hasta las dos, había vuelto a casa de los Brewster para almorzar y leer una hora (inglés). Pensó que no podría ir a la clase de inglés a las dos, a la de bío a las tres ni a la de francés a las cuatro. Sin duda, podía permitirse el lujo de saltarse unas clases, ya que casi no había faltado a ninguna. ¡Y qué más daba si podía o no permitirse el lujo de fumarse unas clases!

Betty no estaba en casa y Arthur no sabía cuándo iba a volver, tal vez a las seis. Bajó a la cocina para prepararse una taza de café.

Tendría que abandonar inmediatamente la casa de los Brewster e instalarse en uno de los dormitorios. No había ni que pensar en seguir viviendo y durmiendo allí. De pronto el cuarto de Maggie, su escritorio con los libros apoyados en la pared, la máquina de escribir con su funda de fieltro verde, el tocador con unos cuantos frascos de perfume, colonia y cajitas misteriosas..., se dio cuenta de que todo aquello era una exposición privada, una especie de retrato de Maggie que él podía contemplar cuando la muchacha no estaba. Ahora el mismo retrato parecía excluirle, como el rostro poco amistoso de una desconocida. Quizás algún día ella abriría la puerta de su habitación a Larry Hargiss.

Tras tomarse media taza de café, Arthur subió rápidamente al lavabo y vomitó en el váter. Después se pasó por la cara una toalla empapada en agua fría y se lavó los dientes.

Decidió que era una buena idea ir a las clases de la tarde en lugar de desmoronarse. Salió temprano en coche y pasó un rato caminando sin rumbo fijo entre los árboles del campus, cruzando un puente en forma de arco, con los ojos clavados en el suelo, hasta que llegó la hora de la clase de inglés. A la mitad de la segunda clase, la de microbio, se escabulló mientras el profesor Jurgens escribía algo en la pizarra.

Arthur se presentó en las oficinas y le dijeron que había una plaza en el Hamilton Hall y que podía compartirla con otro estudiante.

—¿No hay nada en Creighton? —preguntó Arthur sin ningún motivo especial para ello, exceptuando que allí vivía Stephen Summer, un estudiante de bío con el que simpatizaba bastante.

—Creighton está lleno. Me consta.

—En tal caso será mejor que acepte la plaza en el Hamilton. ¿Puedo confirmárselo mañana? He venido sin... —Titubeó entre decir sin dinero o si el talonario de cheques, y hacía falta una cosa u otra para cerrar el trato.

La mujer dijo que le reservaría la plaza hasta el día siguiente. Arthur pidió que le escribiera en un papel que tenía opción a la habitación 214 de Hamilton y se fue.

Se dijo a sí mismo que debía olvidarse de aquel día. Decidió ir a ver a Gus. Pero antes tenía que hacer las maletas y darle explicaciones a Betty. En vista de ello, volvió a casa de los Brewster. Betty aún no había llegado. Arthur cogió un par de bolsas grandes de plástico del trastero, subió a su cuarto y empezó a recoger sus cosas. Varios minutos más tarde, cuando ya estaba a punto de terminar, oyó que la puerta principal se cerraba suavemente y al poco la voz de Betty le preguntó desde abajo:

—¿Quieres un poco de té, Arthur?

Arthur se acercó a su puerta.

—¡Sí! Gracias. Bajo en seguida.

—¿No tenías clase esta tarde? —preguntó Betty al verle entrar en la cocina, donde la tetera eléctrica ya empezaba a hervir.

—No me encuentro demasiado bien.

—A ver si será la gripe. Me han dicho que hay una epidemia.

—Hoy he recibido carta de Maggie. Por lo visto, ha encontrado a otro.

—¿Sí? ¿A quién?

—Un tal Larry. —Arthur intentó aparentar despreocupación.

—Ah, el estudiante de Medicina.

—De modo que lo sabías —dijo Arthur.

—No, no lo sabía, Arthur. Maggie lo mencionó un par de veces en sus cartas. Sí sabía que ella le gustaba a él. Vamos a la salita. ¿Podrás con todo esto?

Arthur cogió la bandeja con ambas manos. Maggie le había parecido la de siempre la última vez que hablara por teléfono con ella, hacía unos domingos.

—Lo siento de veras, Arthur. Puede que sea algo pasajero. ¿Quién sabe?

Arthur dejó la bandeja sobre la mesita.

—Maggie nunca habla porque sí.

Betty sirvió el té y cortó dos pedazos de pastel.

—¡A lo mejor dentro de un mes a Maggie ya se le habrá pasado

264

lo del tal Larry! Pero me imagino que en este momento lo que yo diga no va a servirte de consuelo.

A pesar de ello, Arthur se aferraba a cada una de las palabras de Betty.

—Me han dicho —comentó Arthur, removiendo el té— que las chicas siempre prefieren hombres un poco mayores que ellas. Y sobre eso yo no puedo hacer mucho.

Betty le ofreció una porción de pastel.

—¡Anda, cógelo! Y cómetelo. Esto no es el fin del mundo, Arthur. Aunque Maggie..., aunque no sea una cosa pasajera. ¿Es el tal Larry la persona con la que Maggie va a pasar el resto de su vida? Ambos tenéis dieciocho años. Es difícil trazar planes para toda una vida cuando se tiene esa edad.

¿Era difícil? Arthur ya había decidido dedicar su vida a la biología o, para ser más exacto, a la microbiología, y hacia tal meta se dirigían sus pasos. No cambiaría súbitamente de parecer y se haría arquitecto. Y en el caso de Maggie le habría parecido que sus pasos también se dirigían hacia la meta apetecida.

—La mitad de mi vida acaba de esfumarse —dijo—. Maggie es la mitad de mi vida.

Betty meneó la cabeza.

—¡Eso es lo que crees en este momento!

—Sí. —Arthur estaba tan convencido de ello como si lo hubiera examinado con el microscopio o demostrado por medio de la lógica—. He pensado que debo irme de esta casa. Me marcharé mañana, si te parece bien. O esta misma noche, si duermo en casa de Gus.

—No es necesario, Arthur —dijo Betty—. Aquí no ha cambiado nada. —Betty sirvió más té para ambos. Sus manos eran fuertes pero elegantes, muy parecidas a las de Maggie.

—Es que esta casa me recuerda mucho a Maggie. Mañana tendré habitación en un dormitorio. Lo sé porque lo he preguntado hace un rato.

Betty suspiró y cogió un cigarrillo.

—Lo comprendo. Quizás te convenga tratar de olvidarla durante una temporada. Ver qué pasa. Lo que no te conviene es deprimirte y pasarte varias semanas sin hacer nada, Arthur. ¡Tus estudios se irían al cuerno y tú no querrás que suceda esto!

Antes de las siete Arthur telefoneó a Gus para preguntarle si podía ir a su casa. Le constaba que a Gus y a su familia no les importaría que se presentara en casa mientras estaban cenando. Después de hablar por teléfono, Arthur llamó a la puerta de Betty y le dijo que se iba un rato a ver a Gus.

—¡Buena idea, Arthur! Hasta luego.

Al llegar a casa de los Warylsky, Gus y su familia estaban cenando en la cocina. La madre de Gus insistió en que Arthur se sentara a la mesa y comiera algo. Al cabo de veinte minutos pudieron subir al cuarto de Gus.

—Maggie ha encontrado a otro. Un tipo mayor. ¿Qué te parece? —dijo Arthur cuando Gus hubo cerrado la puerta.

—¿De veras? Sospeché algo parecido en cuanto te vi.

—¿Sí? —Fue como si Gus acabara de decirle que incluso parecía un muerto que continuaba andando entre los vivos—. ¡Jesús! —Arthur ocultó la cara entre las manos y rompió a llorar.

—Sí, sí —dijo Gus—. Sucede a veces. Muchacho, sí... Me lo han dicho. Muchas veces.

Arthur se echó a reír y volvió los ojos húmedos hacia Gus.

—¡Espero que no te haya ocurrido a ti, viejo!

—No..., sí. Algunas veces, cuando tenía dieciséis años. Pero tú y Maggie... Bueno, tenía la esperanza de que durase. ¿Sabes qué diría Veronica?

—¿Qué? —preguntó Arthur, ansioso de palabras, de pensamientos.

—Que te buscases otra chica. Aunque fuera para una aventura corta. Sí. Recordarás que el otro día, hablando de una conocida suya, dijo algo parecido. A esa chica la dejaron plantada y hablaba de suicidarse.

266

–¡Yo no pienso suicidarme! –exclamó Arthur, riéndose.

Gus bajó corriendo a la cocina y volvió en seguida con dos latas de cerveza y otras dos de Coke.

–Esta noche puedes escoger.

–Voy a irme de casa de los Brewster –dijo Arthur.

–Lo comprendo.

–Así que ahora soy un apátrida. –Arthur alzó su cerveza–. O, en todo caso, un hombre sin hogar. A propósito, puedo instalarme en el Hamilton Hall mañana mismo. Me lo dijeron esta tarde.

Al día siguiente, a la hora del almuerzo, Arthur se mudó a la habitación 214 del Hamilton Hall después de pagar un mes de alquiler con el dinero que sacó de la caja de ahorros. Su compañero de cuarto, Frank Costello, no estaba. La habitación era pequeña y cuadrada; y las paredes, que en otro tiempo habían sido de color blanco cremoso, mostraban huellas dactilares y otras manchas. En ángulos opuestos había dos camas individuales y también había dos escritorios, apoyados en paredes opuestas de tal manera que los dos estudiantes que las utilizaran se diesen la espalda. Y una alfombra sucia, no muy grande. Sobre un anticuado baúl con cantoneras de metal, sin duda propiedad de Costello, Arthur vio un hornillo, pese a que, según acababan de decirle, no estaba permitido tener hornillos en las habitaciones. La cama de Costello estaba por hacer y las dos mantas de la otra aparecían tiradas de cualquier manera. Y Arthur observó que carecía de almohada. Cerca del baúl había un cartón lleno de botellas de «Coke» vacías. La única ventana del lado de Arthur daba al campus y desde ella al menos se veían árboles altos y hermosos. Había un frigorífico minúsculo en el suelo, cerca del baúl de Costello, y el teléfono giratorio se hallaba vuelto hacia la habitación contigua, con las palabras CAJA DE BLA-BLA-BLA escritas en la caja. Arthur dio la vuelta al teléfono y ante sus ojos apareció un auricular gris, lleno de mugre. ¿Cuántos gérmenes se observarían en él bajo el microscopio? ¿Sería peligroso acercárselo a la nariz o a la boca?

Arthur profirió una carcajada que más bien parecía un quejido, al mismo tiempo que sus ojos se llenaban de lágrimas y todo su cuerpo se estremecía. Después se sintió mejor, pero pensó que era una suerte que Frank Costello no le hubiera oído porque estaba ausente. Acercó la maleta, el talego y la máquina de escribir a su cama y entonces se fijó en que junto a ella había una cómoda muy pequeña cuya superficie, supuso, harías las veces de mesita de noche. Decidió telefonear a su madre antes de que se fuera a trabajar. Pidió línea y tuvo que identificarse antes de que se la dieran. Luego marcó el número de su casa.

Contestó su padre, que raramente comía en casa, pero aquel día a Arthur le daba lo mismo.

—¿Está mamá? —preguntó Arthur.

—Un momento. Lois, es para ti.

Lois se puso al aparato.

—Hola, mamá. Solo quería decirte que acabo de instalarme en el Hamilton Hall, aquí en la universidad.

—¿Sí? ¿A qué se debe esta decisión?

—Pues, resumiendo: a que Maggie me ha dado calabazas. —Arthur se irguió y miró hacia el techo. La noticia pareció anonadar a su madre—. *Sí*, mamá, pero no le digas nada a papá, ¿quieres? Por favor... Oh, no es nada del otro mundo, pero no está mal del todo. Supongo que puedo pagarla, gracias a ti y a la abuela... Sí. —Dio el número a su madre, leyéndolo en la sucia base del teléfono. Tuvo que asegurarle que no se sentía desdichado y prometerle que la llamaría el fin de semana o iría a comer a casa. Arthur solo le prometió que la telefonearía.

Acto seguido guardó sus cosas en el reducidísimo armario y sobre la cama de Costello dejó una nota diciendo que era su nuevo compañero de cuarto y que estaría de vuelta a las cinco y media. Después se fue a clase y al salir pasó por el supermercado principal de la ciudad, donde compró un poco de fruta, «Cokes», cerveza y leche. Estaba guardando sus compras, algunas en el pequeño frigorífico, cuando entró en el cuarto un chico delgado, de pelo negro, que no mostró ninguna sorpresa al verle.

–Hola. Soy Arthur Alderman –dijo Arthur–. ¿Tú eres Frank?

–Sí. –Frank frunció el ceño. Llevaba un par de libros bajo un brazo y una bolsa de papel en una mano.

–Acabo de comprar unas cosillas –dijo Arthur–. Te dejé una nota. –Señaló con la cabeza la cama de Frank–. ¿No te dijeron que iba a instalarme aquí?

–No. No me dijeron nada. Hoy no he visto a nadie. –Frank tiró los libros sobre la cama. Luego se quitó las botas, llevó la bolsa al frigorífico, extrajo un cartón con seis botellas de Coca-Cola y lo abrió con un cuchillo para cortar pan–. ¿Quieres una?

–No, gracias. Acabo de comprar unas cuantas.

–No paso demasiado tiempo aquí. Esta noche voy a salir –dijo Frank.

Arthur seguía arrodillado ante el frigorífico.

–¿De dónde eres?

–De Nueva York. –Tenía los ojos de color castaño oscuro, enrojecidos.

Sin saber por qué, Arthur dudó que fuese de Nueva York, pero era un detalle sin importancia. Frank salió con el albornoz al brazo y volvió con él puesto, la ropa en la mano, al cabo de unos minutos, cuando Arthur se disponía a salir hacia el refectorio del Hamilton Hall. El comedor era estilo cafetería y no estaba abarrotado, aunque ya había mucho ruido. La comida resultó tal como le habían dicho que sería: sosa pero abundante. Al volver a la habitación, Frank ya no estaba. Arthur se sentó y escribió a mano una carta para Maggie:

«Hoy me he ido de tu casa y ahora estoy en la habitación 214 del Hamilton Hall de la Universidad de Chalmerston.»

No hizo constar la dirección para inducir a Maggie a escribirle ni le pidió que le escribiese en el resto de la carta.

«... mi compañero de cuarto es un tal Frank Costello, apellido que me hace pensar en la Mafia, aunque me han dicho que puede ser un apellido irlandés también.

Tu madre estuvo muy amable, como siempre, y me pidió que me quedase. Pero ya puedes imaginarte cómo me siento. Todavía te quiero, en ese sentido no he cambiado ni pizca y si es un error, no sé por qué será. Espero que seas feliz... lo digo sinceramente.

Con todo mi amor,
Arthur.»

Poco después de pegar el sello en la carta, mientras se estaba poniendo la chaqueta para salir a echarla al buzón, Arthur volvió a sentir náuseas y tuvo que ir al lavabo del extremo del pasillo.

Al volver de echar la carta, Arthur estudió durante media hora. Pero cada dos por tres se ponía a pensar en la carta. No había dado con el tono exacto. Era una carta amistosa, cortés, serena. Pero no reflejaba la verdad en absoluto. La verdad era algo espantoso. Le parecía que ya no tenía una razón para vivir, pero no sentía deseos de quitarse la vida. La música metálica (rock barato) que llegaba débilmente a sus oídos desde otro cuarto ni siquiera le molestaba, pues semejaba formar parte de la locura y la fealdad que envolvían toda su vida. Le esperaban tres años más en una habitación como aquella, a no ser que se produjera un milagro y los milagros eran infrecuentes.

A la una de la madrugada, después de dormir cerca de una hora, Arthur se despertó con la frente bañada de sudor frío, pese a que la calefacción era incluso excesiva. Sintió escalofríos. Tenía el pecho reluciente de sudor. Se puso el albornoz y se fue al lavabo. Algunos estudiantes seguían levantados. Arthur no conocía a ninguno de ellos. Mojó la toalla con agua fría y se frotó la cara. ¿Tenía calor o frío? Cuando volvió a acostarse no consiguió pegar ojo y notó que el corazón le latía con bastante rapidez. Procuró respirar de modo más acompasado, como solía recomendarle a Robbie cuando este se enfurecía por alguna razón. Clareaba ya cuando por fin se durmió. Luego entró Frank Costello, algo bebido o quizás muy cansado; encendió la luz central, luego la luz de su mesa; se quitó los zapatos con los pies y se dejó caer sobre su cama tras despojarse de los pantalones; apagó la luz de su mesa y dejó encendida la central. Arthur no se tomó la molestia de levantarse para apagarla.

Y así siguieron las cosas incluso cuando empezaron las vacaciones de Pascua y en los dormitorios quedaron tan solo unos pocos estudiantes que no tenían ningún otro sitio adonde ir. Frank Costello se fue a «casa» –dijo que sus padres estaban separados–, a Wisconsin, no a Nueva York. Arthur había descubierto que Frank tomaba «polvo de ángel». Frank no hacía ningún secreto de ello y le daba lo mismo aprobar o no aquel semestre.

–Mis padres pagan los estudios, pero me tienen sin blanca. ¡Ya ves en qué agujero he de vivir! –le había dicho Frank–. Estos mierdas de aquí pueden echarme a patadas cuando quieran. A mí me da lo mismo.

Arthur adivinó que la vida de Frank Costello era más sombría que la suya propia. Arthur tenía su microbiología, algo a lo que aferrarse, pero, ¿qué aliciente tenía Frank excepto cinco o seis «viajes» a la semana? El profesor Jurgens de microbio simpatizaba con Arthur y en enero le había invitado a cenar en su casa. Arthur sabía que una invitación como aquella no era frecuente. Sin embargo, no podía hablar de Maggie con el profesor Jurgens. Y los fríos sudores nocturnos continuaban, no cada noche, pero sí dos o tres veces a la semana. Los pantalones le venían grandes por la cintura. Una noche Arthur fue a cenar a casa de Norma Keer, ignorando la casa de al lado, la de su familia, como si allí vivieran unos desconocidos. Antes de marcharse le dijo a Norma que Maggie quería a otro chico. Norma se mostró comprensiva y le dijo:

—Esto le sucede a todo el mundo una o dos veces, Arthur. No permitas que te tenga abatido durante mucho tiempo.

Pero, bien mirado, ¿qué podía hacer Norma u otra persona para remediarlo?

Maggie le escribió una carta breve diciéndole que se alegraba de que no se lo estuviese tomando «demasiado a pecho». Al leerla, Arthur se congratuló estoicamente.

Durante las vacaciones de Pascua, Arthur visitó a los Brewster cuatro o cinco veces. Warren tuvo varios días de fiesta seguidos, gracias a una feliz coincidencia, según dijo él mismo. Arthur procuró mostrarse alegre, pues temía que la gente se sonriera a sus espaldas si le veía melancólico. Betty le dijo que su habitación seguía desocupada, y ella y Warren le invitaron a pasar un par de días si lo deseaba; además, había cosas que hacer en el jardín. Arthur trabajó varias horas allí a veces con Betty, pero no se quedó a dormir ninguna noche. Si comía poco, le costaba menos retener la comida, pero era consciente de que tenía que hacer algo si no quería caer enfermo y acabar en el hospital o en la consulta del psiquiatra. ¿Y qué le diría al psiquiatra? ¿Que el mundo se había derrumbado? ¿Que ya no había nada bajo sus pies? Algo por el estilo.

El segundo día después de reanudarse las clases, Arthur tuvo una idea feliz. Comprendió que era una idea para animarse, una idea muy sencilla. Invitaría a Gus, a Veronica y a una chica llamada Shirley, que Veronica le había presentado una o dos semanas antes. Invitaría a los tres a tomar unas copas y a comer algo, como si celebrase su cumpleaños. Así, pues, al encontrarse casualmente con Gus en el campus, Arthur le propuso que salieran los cuatro el viernes por la noche. Gus dijo que el viernes le iba bien y que probablemente también a Veronica.

—¿Podría Veronica avisar a Shirley? Van juntas a algunas clases, ¿verdad?

—Creía que no te era simpática —dijo Gus—. Al menos, eso me dijo Veronica.

Arthur a duras penas se acordaba de Shirley.

–No me cae mal. Simplemente he pensado que sería agradable ir... ¿Al Mom's Pride, por ejemplo? Nos lo pasaríamos bien.

Resultó que Shirley no estaba libre, pero sí lo estaba una muchacha llamada Francey McCullough, otra amiga de Veronica. Francey era estudiante de segundo año, medía alrededor de metro sesenta, tenía el pelo rizado y castaño, y su talante era amistoso, pero distraído o distante. Fueron en dos coches, ya que Gus quería llevar el suyo, y Arthur, como anfitrión, insistió en conducir el suyo también. Tras recoger a Francey en casa de Gus, lugar de reunión, se fueron a Mom's Pride.

El «jukebox» del Mom's Pride funcionaba a toda pastilla y el local estaba abarrotado. Arthur no había reservado mesa, suponiendo que fuera posible reservarla, pero tras esperar diez minutos en el mostrador, tomándose unas cervezas mientras tanto, les dieron una mesa para cuatro. Francey no valía nada al lado de Maggie, pensó Arthur, incluso comparada con Veronica, de cuyos encantos hogareños ya comenzaba a ser consciente. Pero Arthur decidió que aquella era su noche y que sería un buen anfitrión, lo cual significaba asegurarse de que todos tomaran lo que les apeteciera y pagar él la cuenta.

–Conozco una chica a la que le gustas mucho, Arthur –dijo Francey mientras bailaban–. Aline. ¿Te acuerdas de ella? ¿Pelo castaño y corto?

Arthur la recordaba perfectamente. Aline era la chica que se parecía a Maggie y Arthur pensó en esta en cuanto oyó el nombre de Aline.

–Sí, claro. Nos vimos una vez. –Esperaba que Veronica o Gus no le hubiesen dicho a Francey que Maggie le había plantado. De todos modos, si Francey lo sabía, él ya no podía hacer nada por remediarlo.

Las habilidades de Gus como bailarín iban mejorando, o quizás era que con Veronica bailaba más a gusto que con Maggie. Arthur sonrió al verlos: Gus, alto y flacucho, y Veronica, más culibaja que Francey, doblándose y retorciéndose al unísono a un metro el uno del otro.

—¿Practicas el boxeo? —preguntó Francey.

—¿El boxeo? No... Nunca en la vida. ¡En cuestión de deportes soy un esnob!

—¡Lo decía en serio! Eres tan fuerte que podrías practicar la lucha libre.

Arthur se echó a reír, sintiendo el efecto agradable del par de cervezas que se había tomado. Empezó a sonar un número más lento, bajaron las luces, como en una discoteca, y los bailarines saludaron el cambio con risas y gruñidos. Francey le rodeó la cintura con los brazos. Arthur no había abrazado así a una chica desde que abrazara a Maggie... alrededor de Año Nuevo. ¡Cuánto tiempo hacía ya! Arthur notó que se estaba excitando y se apartó un poco, Francey se apretó contra él, luego se retiró también, y sus ojos se cruzaron en la semipenumbra. Ella no sonreía.

Terminó la música, se encendieron las luces y algunos aplaudieron.

Arthur preguntó a Gus, Veronica y Francey si querían tomar algo más y luego se acercó al mostrador para pedir dos cafés, una cerveza, otra hamburguesa para Gus y una ración doble de patatas fritas.

—¡Que sean dos cervezas! —dijo Arthur, y pagó.

Mojaron las patatas fritas en la salsa de tomate que había en el borde de la bandeja grande.

—¿Qué tal es la vida en el dormitorio, Arthur? —preguntó Veronica.

—De lo más elegante —contestó Arthur, pensando en los calcetines y calzoncillos sucios que Frank Costello dejaba en el suelo.

—Lamento lo de... —Veronica torció el gesto rápidamente—. ¿Tuviste que marcharte de casa de los Brewster?

—No *tuve* que marcharme —repuso Arthur, gritando para hacerse oír—, pero no podía permanecer acampado allí toda la vida. —Gus y Francey no parecían prestar atención a sus palabras. Tanto mejor. Francey, sentada al lado de Arthur, fumaba lentamente un cigarrillo. Arthur creyó que la muchacha le estaba observando. Pidió a Veronica que bailase con él.

—Le gustas a Francey —dijo Veronica en la pista.

—¿Te lo ha dicho ella?

—No, pero lo noto. —Veronica le sonrió con unos ojos curiosamente soñolientos—. En este momento... no tiene novio. Podrías pensar en ello.

Arthur no quería pensar en nada ni hacer planes. A la una de la madrugada se sentía algo más animado.

—¡Oye, Gus! ¿Vamos a tomar el último café en el Silver Arrow? ¿Recuerdas aquella noche? ¿La buscona de Irene?

—¿Qué es el Silver Arrow? —preguntó Francey.

—Un restaurante para camioneros —dijo Gus—. Claro, chico. Empiezo a cansarme de este lugar. ¿Y vosotras, chicas? ¿Estáis cansadas de este lugar?

Emprendieron la marcha hacia el Silver Arrow, Francey de nuevo en el coche de Arthur.

—¿Qué tiene de especial ese restaurante? —preguntó Francey.

—Absolutamente nada. Bueno..., detrás del mostrador hay una mujer que es de armas tomar. Todo el local es de armas tomar.

—¿Una mujer que tú conoces?

—Nooo. —Arthur se rió—. Bueno, la he visto una o dos veces. ¿Que si soy cliente? Pues no.

También aquella noche había un par de camiones gigantescos aparcados ante el establecimiento, además de media docena de coches. Un hombre que vestía una chaqueta forrada y pantalones claros y no tenía aspecto de camionero estaba armando un escándalo de borracho porque una de las camareras se negaba a servirle una cerveza.

—¡Si no *sale* por voluntad propia, le *echarán!* —gritó una de las camareras del mostrador.

—Es esa —dijo Arthur a Francey, señalando a Irene con la cabeza. Irene no se había fijado en el grupo de Arthur.

No había sitio para cuatro personas juntas en la barra, de modo que Francey y Arthur se sentaron en dos taburetes y Gus y Veronica encontraron otros dos algo más lejos. Todas las mesas estaban ocupadas. En el «jukebox» sonaban las notas de *Tuxedo Junction*. Arthur pidió a gritos cuatro cafés.

—Tienes razón, es un sitio de armas tomar, Arthur —dijo Francey.

—He aquí la realidad descarnada, como suele decirse —repuso Arthur con aire lánguido.

Una de las camareras les sirvió los cafés. Irene aún no se había fijado en Arthur y, de hecho, sus ojos parecían desenfocados, aunque mostraba una radiante sonrisa. Quizás las luces del local acababan por dañar la vista de quienes trabajaban allí.

Un camionero, tratando de hacer el payaso pero disfrutando visiblemente de la superioridad de sus músculos, expulsó al borracho, que cayó rodando por los peldaños de la salida.

—¿Quién va a llevar a ese tío a su casa? —chilló una mujer.

—¡Que vaya andando! —Risas.

Gus se acercó a Arthur con una sonrisa y las manos hundidas en los bolsillos de la chaqueta.

—Oye, Art —le dijo al oído—. Veronica dice que tu amiga la rubia parece embarazada.

—¿En serio? —dijo Arthur, regocijado—. Supongo que es muy probable. —Si era verdad, los consejos de su padre habían sido en vano.

Gus volvió junto a Veronica, pero al cabo de un momento él y Veronica pudieron sentarse al lado de Arthur y Francey. Desde hacía un rato Arthur venía observando a Irene. ¿Tenía el talle un poco más grueso? Posiblemente. Pero a Arthur no le habría llamado la atención de no haber sido por el comentario de Veronica. ¿Por dónde empezaban las mujeres a mostrar el embarazo? ¿Por encima o por debajo del talle?

—Oh, hola, Arthur —dijo una voz cerca de él justo en el momento en que se volvía hacia Francey.

Irene se hallaba inclinada ante él y Arthur miró sus manos, sus uñas rojas, su anillo de oro falso y la cuenta que sostenía entre dos dedos.

—¿Estás bien? ¿Eres buen chico? —preguntó Irene.

—Sí, claro. —Durante unos momentos Arthur vio en los ojos de la mujer aquella expresión extraña, mezcla de preocupación intensa y debilidad mental, que tanto le turbaba.

—¿Y tú? Espero que...

Una voz de hombre llamó a Irene desde el otro extremo, donde estaba el aparador.

—Es asombroso, ¿verdad, Francey? —dijo Arthur—. Va a la iglesia... todos los domingos.

La muchacha inclinó la cabeza hacia atrás y se rió sin apenas hacer ruido; luego encendió un cigarrillo antes de que Arthur pudiera sacar su encendedor. A Arthur le gustó su forma de reírse, como si disfrutara.

Quedaron en que Arthur llevaría a Francey a su casa y las dos parejas se despidieron a la puerta del Silver Arrow.

—Ha sido una velada estupenda, Arthur. Muchísimas gracias —dijo Gus—. Hasta pronto. Pásate por casa *cuando quieras.*

—Ven a verme a mi guarida siempre que lo desees —dijo Arthur—, pero no puedo prometerte intimidad.

Ya en el coche, Francey dijo:

—Me gustaría ver tu guarida. ¿Podemos ir ahora?

Arthur no se llevó ninguna sorpresa. Estaba a punto de proponerle lo mismo.

—Desde luego. Esta noche mi compañero de cuarto no está... ni estará mañana por la noche. Se ha ido a Wisconsin. —Arthur recordó el comentario que oyera casualmente en la fiesta de Ruthie hacía unos meses, cuando Maggie se había ausentado por primera vez de la ciudad para abortar: «... compañero de cuarto no está y no volverá hasta las cuatro», había dicho un tipo de la universidad, tratando de persuadir a una muchacha del instituto a que se fuera con él.

—Pues no está tan mal —comentó Francey, ya dentro de la habitación 214.

Al entrar sigilosamente en el vestíbulo no habían visto al encargado. A decir verdad, a Arthur le habían dicho que meter chicas en el dormitorio no era ningún problema. En cambio sí surgían problemas cuando una muchacha quería tener un chico en su cuarto después de las once de la noche.

—Si quieres que te diga la verdad, lo he arreglado un poco antes de salir. No siempre está tan ordenado.

Francey comentó que desde la ventana se divisaba una vista agradable en lugar de una triste pared y que Arthur tenía un solo compañero de cuarto, mientras que algunos estudiantes tenían dos, uno de los cuales dormía en una cama que apenas cabía en la habitación. De pronto Arthur empezó a pensar que su alojamiento no era tan malo. Sacó dos cervezas del frigorífico y, al volverse, vio a Francey con los brazos abiertos. Dejó las cervezas y la abrazó con fuerza, sin importarle ya la excitación. Se besaron. Luego Arthur retrocedió unos pasos.

—¿Crees que... esta cerveza...?

—¿Tienes un poco de whisky?

Arthur lo tenía, media botella intacta de «Ballantine's» que había comprado porque le recordaba la casa de Betty Brewster, donde había de todo. Sacó la botella de la maleta que guardaba en el armario. Tomaron dos whiskies sin agua cada uno y después Arthur acompañó a Francey a las duchas. Un chico los vio en el pasillo y silbó. En el cuarto de las duchas no había nadie y Arthur se quedó esperando con la ropa de Francey y su propio albornoz en la mano mientras ella se metía debajo de la ducha. Eran casi las dos de la madrugada. Tras acompañar a Francey a su cuarto, se duchó él también. Al volver a su cuarto, Francey estaba en su cama.

—Trae el whisky —dijo ella.

Arthur se acercó con la botella y dos vasos.

A los pocos instantes, los dos estaban en la cama, con la puerta cerrada con llave, las luces apagadas y el whisky olvidado en la mesita de noche. Arthur procuró no precipitar las cosas, pero alcanzó el clímax tan pronto, que se sintió violento. Luego repitieron, por supuesto. La segunda vez y la tercera lo hizo mucho mejor. Y la muchacha estuvo perfecta. Para Arthur ya no era Francey, sino *una chica*, o *la chica*. Ella tampoco tenía prisa. El amanecer empezaba a verse por la ventana cuando Arthur notó que le invadía una somnolencia agradable. Se apoyó en un codo. La muchacha le miraba con los ojos entornados.

—¿Quién iba a pensar —dijo ella— que serías tan agradable en la cama? Bueno, pues yo. Y lo pensé. ¿Me das un cigarrillo?

Arthur tuvo que levantarse para coger el paquete, pero no necesitó encender la luz. En aquel par de segundos, mientras cogía el paquete rojo y blanco del escritorio, se dio cuenta de que estaba curado, de repente, como si hubiera estado enfermo. Estaba curado dc la depresión que Maggie le causara. ¿Era lo mismo que estar curado de Maggie? ¿Significaba que su amor por ella había terminado? ¿Sencillamente borrado, muerto, desaparecido? Aún no estaba seguro de ello. Solo sabía que se sentía completamente feliz. Y durante aquellos mismos segundos comprendió que ello no tenía nada que ver con agarrarse a Francey, ni con enamorarse de ella, ni siquiera con tratar de empezar una aventura con ella.

Encendió un cigarrillo para ella. Luego se puso los pantalones del pijama.

—¿No deberíamos dormir un poco? ¿Tienes cosas que hacer hoy?

—¿Qué día es hoy? —preguntó Francey con voz de sueño.

—¡Sábado! —Arthur se rió.

La muchacha se fue sola a las duchas y Arthur preparó dos tazas de café instantáneo, fuerte y negro, sin azúcar, como Francey lo había tomado en el Silver Arrow. El mundo parecía cambiado, como si él hubiera renacido y, al pensar en los cristianos renacidos, Arthur profirió una sonora carcajada. Sería magnífico levantarse en la iglesia y gritar: «¡Soy un renacido porque me he acostado con una chica simpática... y, por si fuera poco, sin estar casados!». ¡Le hubieran echado sin contemplaciones!

Francey volvió de las duchas y se metió nuevamente en la cama.

—¿Por qué sonríes?

Arthur se le acercó con las tazas de café.

—¡Los cristianos renacidos! Mi padre va a una iglesia de renacidos de la ciudad, y esa rubia que has visto en el restaurante va a la misma iglesia. Y anoche Gus y Veronica me dijeron que parecía embarazada. Y ocurre que yo sé que no está casada.

—Hum. Embarazada —dijo Francey, riéndose—. Desde luego, parece una pelandusca.

—¿Verdad que sí? —Arthur se rió—. Tuve una discusión con mi padre a causa del asunto. Bueno, no a causa de ella, sino de algo... parecido. ¡Condenados santurrones! ¡Anoche Irene me preguntó si era buen chico!... ¡Están todos enfermos!

—Sí, y lo que están haciendo en política no me hace ninguna gracia. Tratan de influir en el gobierno y lo están consiguiendo. Tienen a los liberales en una lista negra y se aseguran de que no resulten elegidos, ¿sabes? Incluso han empezado a prohibir libros. ¡Que se vayan todos al infierno! Lo único que importa es el individuo... en última instancia.

—Sí. ¿Y cómo puedo darte las gracias, las *gracias*... por lo de anoche y lo de esta mañana? —Arthur hizo una reverencia.

—¡Arthur, todavía estás un poco borracho! Bébete el café, vuelve a la cama y duerme un rato.

—Primero me ducharé.

Arthur se duchó. Luego durmieron hasta casi el mediodía.

24

Sobre la una de la tarde del sábado, Arthur llevó a Francey Mc-Cullough a una casa de Varney Street donde estaba citada con otra estudiante para hacer unos trabajos de arte dramático.

–Hasta la vista. Y gracias por traerme –dijo Francey al apearse del coche. Acababa de darle a Arthur el número de teléfono de la residencia donde se alojaba.

Es asombroso, pensó Arthur. Fantástico. Francey se mostró tan despreocupada al decirle adiós con la mano, justo como él prefería en aquel momento. ¡Y ella le había transformado de la noche a la mañana!

Al volver a su habitación, Arthur se pasó media hora sumido en una especie de ensueño mientras ponía orden. ¿Qué significaba lo ocurrido durante la noche?

¿Qué significaba Francey, tan lacónica con él? ¿Y lo de la noche? ¿Significaba que Maggie quedaba realmente olvidada, que él ya no la quería, sencillamente? Arthur no podía creer que así fuera. Pero ya no sentía dolor por culpa de Maggie. De ahí que se le hubiera ocurrido la palabra «curado». Era muy extraño, porque no podía decir honradamente que estuviese enamorado de Francey, ni siquiera que ella le atrajese mucho. Tal vez pasaría otra noche con ella o tal vez no. Quizás ella querría verle otra vez, o quizás le diría que no cuando la telefonease. Francey le había dicho que ella y su novio se habían peleado pero que a lo mejor se reconciliarían. No lo sabía seguro.

Arthur no recordaba el nombre del novio, pero sí que era estudiante de uno de los últimos cursos de la universidad.

Arthur se obsequió a sí mismo con un par de tareas de las más agradables: leer unos relatos de *Dublineses,* de Joyce, luego un poco de bío. Serían las cuatro de la tarde y estaba echando una siestecita, cuando sonó el teléfono. Al parecer, no había nadie en la habitación contigua, de modo que Arthur se levantó para contestar.

—¡Hola, *Franky!* —dijo una voz excitada, masculina.

—No. Frank no está.

—¿Dónde está?

—En su casa, dijo. Wisconsin.

El otro soltó un gruñido.

—Si viene... ¿le dirás que esta noche hay una fiesta en Cranleigh, habitación número... uno sesenta y uno? A partir de las ocho. Dile que ha llamado John.

Arthur tomó nota del recado y lo dejó sobre la cama de Frank.

Luego tuvo la feliz inspiración de ir a ver a su madre. Marcó el número de su casa y Robbie se puso al teléfono.

—¿Cómo estás, Robbie?

—Bien.

—¿Mamá está en casa?

—Sí. —Robbie dejó caer el teléfono sobre la mesa.

—¡*Hola,* Arthur! —dijo Lois.

—Pensaba pasar un rato por casa. ¿Vas a estar?

A su madre le encantó la idea. Dijo que claro que podía ir y cenar con ellos y añadió que si necesitaba alguna cosa, suéteres o camisas, se los tendría preparados.

Poco antes de la hora en que su familia solía cenar, Arthur salió camino de la casa de West Maple. Al llegar, vio a Norma Keer recortando los setos de su jardín. Arthur aparcó el coche y saludó a Norma con la mano.

—¿Llegarás muy lejos con esa cosita? —preguntó Arthur al ver que Norma utilizaba una podadera pequeña.

—¡Estoy cortando las ramas *muertas!* —contestó Norma—. ¡A ver si me visitas pronto o me olvidaré por completo de ti!

Arthur llamó a la puerta y oyó los pasos de su madre, que se acercaban casi corriendo.

—¡La puerta está abierta! ¡Hola, Arthur! —Le besó la mejilla—. Tienes buen aspecto. ¿Cuánto tiempo ha pasado? ¿Un mes?

—¡No, mamá! Dos semanas —dijo Arthur, sonriendo—. Hola, Robbie.

Robbie se hallaba apoyado en la jamba de la puerta de la salita, con los ojos puestos en el televisor.

—Hola —dijo por encima del hombro.

Arthur colgó la chaqueta en el recibidor y, al asomarse a la salita, vio que su padre estaba en el despacho, cuya puerta se hallaba entreabierta.

—No hay nada especial para cenar, solo chuletas de cerdo —dijo Lois—. Estás más delgado, Arthur. ¿Te dan suficiente de comer en ese... dormitorio?

—La comida no es tan buena como la tuya. Y hace cosa de una semana pillé un resfriado.

Se pusieron a charlar en la cocina, que, como siempre, le resultó más agradable que la salita. Lois le preguntó cuándo había escrito por última vez a la abuela y Arthur le dijo la verdad: hacía dos semanas.

—Me llama de vez en cuando y siempre pregunta por ti. Le dije lo de Maggie. Espero que no te importe, Arthur.

—No. Bueno..., estas cosas pasan..., dicen. No parezco a punto de derrumbarme, ¿verdad?

Lois meneó la cabeza y sonrió al mismo tiempo que le apretaba el brazo.

—¡No sabes cuánto me alegra que hayas venido esta noche!

Robbie se acercó más al televisor, en el que se oían voces, disparos y explosiones. Richard salió de su despacho.

–Hola, Arthur –dijo.

–Hola, papá.

Sin decir otra palabra, Richard entró en la cocina con aire de estar preguntándose si la cena tardaría mucho.

La cena resultó igualmente tensa, pues Richard y Robbie guardaron silencio y Arthur y su madre fueron el alma de la fiesta, si a aquello se le podía llamar fiesta. Lois le pidió que recordara que tenía unas camisas limpias para él. También le preguntó si había traído alguna camisa sucia. Arthur no se había acordado.

–A propósito, papá, ¿cómo está Irene? –preguntó Arthur en un momento de silencio–. ¿Todavía va a la iglesia?

–Claro que sí. Que yo sepa.

–Anoche estuve en el Silver Arrow. Una de mis amigas dijo que Irene parecía embarazada. Espero que no sea verdad.

–¿Quién te dijo eso? –preguntó Lois.

–No me lo dijo nadie. Es solo que Veronica..., la novia de Gus..., dijo que Irene parecía embarazada. –Arthur observó que los ojos grises de Robbie se apartaban de la comida para mirar a su padre–. Supongo que no tiene importancia. Dijiste que antes era..., bueno...

–Está embarazada, sí –dijo su padre, jugueteando con la servilleta a un lado del plato vacío–. Es raro que... Bueno, supongo que ya debe de empezar a notársele.

Robbie parecía un soldado en estado de alerta. No movió el torso ni la cabeza, pero sus ojos se desplazaron de su padre a su madre, rebotaron en Arthur, luego volvieron a mirar a su padre.

Irene había caído y el aborto quedaba descartado. Si Richard seguía aconsejando a Irene, le diría que no abortase. ¡Qué lío! Y la pobre Irene solo tenía medio cerebro, como mucho.

–¿Y quién es el padre? –preguntó Arthur–. ¿Uno de los camioneros?

–¡Arthur! No bromees sobre una cosa así. –Pero Lois sonrió ligeramente al decirlo.

–No era mi intención bromear –dijo Arthur.

–No lo sabemos. Eso no es lo importante. –Su padre se levantó y recogió su plato y el de Lois también.

¿No tenía alguna importancia, se preguntó Arthur, no era, cuando menos, una cuestión de cierto interés? Le dieron ganas de preguntar si Irene volvía a ejercer su oficio, pero en vez de ello dijo:

–¿Tiene novio? Por fuerza ha de tenerlo.

¿Habría Irene iniciado a Robbie? Sería realmente divertido. Arthur apretó los dientes para sofocar una sonrisa.

–Pues... –dijo su madre, levantándose para recoger el plato de Arthur–. Nadie lo sabe. Es una pena.

–¿Y qué piensa hacer? –Arthur dirigió la pregunta tanto a su padre como a su madre.

Richard volvió a la mesa con los cuatro platos de postre.

–¿Qué quieres decir? Tendrá el bebé, como es natural.

Arthur encendió un Marlboro. Sentía cierto placer, posiblemente rencoroso, al ver a su padre en un aprieto: Irene, su protegida, se había rebelado y ahora estaba embarazada. ¡Ah, los placeres del cuerpo!

–... salsa para esta tarta de frutas, Arthur. Espero que te guste –dijo Lois, tratando de llenar el silencio.

Richard volvió a sentarse.

–¿Quién cuidará de la criatura? –preguntó Arthur.

–Pues, ella –repuso su padre–. ¿Quién si no? Su hermana está en casa y puede ayudarla.

La tranquilidad con que su padre se tomaba el asunto sorprendió a Arthur. ¿Acaso no era una catástrofe... que Irene estuviera encinta? Al mismo tiempo, la situación resultaba graciosa: la hermana gordinflona, la que se pasaba el día sentada, comiendo caramelos, le daría los biberones al bebé mientras Irene volvía a su trabajo en el Silver Arrow. Era una situación graciosa y rara, tan rara como la seriedad acerada de Robbie, que escuchaba con atención cada una de las palabras que decían.

—¿Quieres decir —preguntó Arthur, regando de salsa su pastel— que Irene se niega a revelar quién es el padre? ¿O es que ni ella misma lo sabe?

—Arthur..., ¿no podemos cambiar de tema? —intervino su madre.

Arthur la miró de soslayo.

—Es que el padre podría ayudarla a salir del mal paso. Por lo que he oído decir, Irene y su hermana no tienen mucho dinero.

—La pobre Irene —suspiró Lois— no está bien de la cabeza, al menos no del todo.

—Está loca —dijo Robbie, mirando a Arthur—. Ya te lo dije el día que se presentó aquí, el pasado verano.

La severidad de Robbie asombró a Arthur. Debía de ser el lado feo de la virtud, pensó, el. sentirse superior a pecadoras de pocas luces como Irene.

—Las mu..., las chicas a veces quedan embarazadas, Robbie —dijo Arthur con dulzura—. Y no olvides que para ello es necesaria la intervención de un tío. Debes de perdonar. ¿No te parece?

—¡Arthur! —exclamó Lois.

Robbie no dijo nada.

Después de cenar, Arthur y su madre se fueron a tomar el café en la habitación de aquel mientras Richard y Robbie se quedaban en la salita ante el televisor. Arthur quería coger un par de cosas que tenía en su cuarto.

—¿Crees que Maggie seguirá con su nuevo novio? —preguntó Lois.

—No lo sé. Tal vez sea mejor que piense que sí. —Su voz sonaba hueca, incluso asustada. Se enrolló un cinturón de cuero marrón en la mano, luego decidió ponérselo sobre los pantalones y el suéter. Volvía a experimentar la sensación de vacío.

—Tienes mejor cara..., mejor expresión. Pero me gustaría verte engordar uno o dos kilos. Me tuviste muy preocupada hace unas semanas. No estarás fingiendo solamente, ¿verdad?

Arthur adivinó a qué se refería su madre: fingir que estaba animado cuando no era así. Arthur negó con la cabeza, súbitamente enfadado sin ningún motivo. Rehuyó la mirada de su madre.

—Oye, mamá —dijo en voz baja, mirando de reojo la puerta—. ¿Por qué Robbie se interesa tanto por todo este lío de Irene?

Lois aspiró hondo.

—Ha sido una decepción... para Richard. ¿Sabes? Y Robbie se da cuenta de ello. Richard creía que Irene había mejorado mucho, que era más feliz y volvía a levantar cabeza y ahora está... embarazada de cuatro o cinco meses. Lo cual quiere decir que ha estado haciendo comedia todo el tiempo.

De modo que había sucedido en diciembre o enero, según calculó Arthur.

—¡Mamá, si vieses los tipos que frecuentan el Silver Arrow! Y ella les da pie. No me extraña que nadie sepa quién es el padre. De hecho, ¿a quién le importa? —Arthur sacó del armario su camisa de viyella azul marino y recordó la tarde en que la había comprado, para cenar por primera vez en casa de Maggie—. ¿Papá sigue dando a la Iglesia la décima parte de sus ingresos? —preguntó Arthur de sopetón.

—Sí, estoy segura de que sí. Y un poco más.

Arthur cerró el armario, puso la camisa sobre la cama y empezó a doblarla.

—Me recuerda un artículo que leí en *Time* el pasado febrero. Todas estas Iglesias ricas están relacionadas entre sí..., no se trata de una asociación comercial, pero todas dicen lo mismo. Son como el gas. No puedes verlo, pero está ahí, en la atmósfera. Todos tenemos que respirarlo... porque la Mayoría Moral lo dice. —Arthur volvía a sentirse vagamente enfadado, pero consiguió que no se le notase en la voz—. Estas Iglesias se libran del impuesto sobre la renta y nadan en pasta. Como la Worldwide Church. La que edita *Plain Truth*.

Como los Moonies. Los peces gordos viven rodeados de lujo y dicen: «Así es como a nuestra gente le gusta vernos.» Verlos ricos, quiero decir.

Su madre no contestó. Arthur adivinó que estaba pensando en otra cosa. Esperaba que dijera que Richard y ella no parecían precisamente ricos; y tampoco lo parecía el reverendo Bob Cole. Pero, de haberlo dicho, sus palabras no habrían rebatido el argumento de Arthur. Los líderes de aquellas Iglesias eran ricos y muchos de sus feligreses estaban sin blanca y eran tan crédulos como los negros incautos que habían seguido a Jim Jones hasta la muerte en Guyana, tras dejarse esquilar por él. Aquel suceso había causado gran impresión en Arthur. Muchos de los negros americanos del grupo de Jim Jones, y también unos cuantos blancos chiflados, ingresaban regularmente sus cheques de la seguridad social en la cuenta bancaria de Jim Jones. Arthur tenía ganas de pelearse, pero no con su madre.

Lois cambió de tema. Le preguntó por Gus y por Veronica, y si le habían acompañado al Silver Arrow, y entonces Arthur tuvo motivo para contarle algo un poco más alegre, que había salido con una chica llamada Francey, la noche anterior sin ir más lejos; habían ido al Silver Arrow al salir del Mom's Pride. Y Francey no era su nueva novia ni mucho menos, porque él sabía que Francey tenía un novio formal.

–Sea por lo que sea..., hoy te veo mucho más animado. ¿Sabes, Arthur? Si Maggie sigue con ese otro chico, tendrás que superar su recuerdo. No quiero verte triste.

Arthur abrió un cajón por si había en él algo que le hiciera falta. *Superar su recuerdo*. Detestaba las frases como aquella. Nunca habría otra chica como Maggie; era así de sencillo. Estuvo a punto de derrumbarse en aquel momento y se disponía a excusarse para ir al baño cuando su madre le propuso llamar a Norma Keer y preguntarle si podían ir a verla.

De modo que Arthur telefoneó y diez minutos después él y

Lois estaban en la salita de Norma mientras el café se estaba preparando en la cocina y Norma, con los pies descalzos, sacaba las tazas y demás. Al preguntarle Norma cómo estaba Maggie, Arthur repuso:

—Muy bien, según creo. Va a especializarse en sociología.

Pero luego Norma dijo que se acercaban las vacaciones de verano y entonces podría ver a Maggie. Al oírla, Arthur tuvo la sensación de que Norma hablaba con un fantasma, de que el fantasma era él mismo. Norma sugirió que tomasen una copita de coñac con el café y Arthur aceptó, aunque su madre lo rechazó.

—¿Y Robbie? —preguntó Norma—. Apenas me saluda cuando salgo al jardín. Yo siempre le saludo.

A Arthur se le ocurrió que Robbie la evitaba porque sabía que Arthur y Norma eran amigos.

—¿Y qué tal va tu salud, Norma? —preguntó Arthur con el propósito de cambiar de tema y alegrar un poco el ambiente, aunque sin duda interesarse por la salud de alguien era una muestra de cortesía.

—El lunes me dieron una buena noticia. Me la guardaba para decírtela... en el caso de que me preguntaras. —Norma se sentó en su rincón del sofá, un poco más erguida que de costumbre—. El lunes mi médico dijo que hacía «grandes progresos». Quiso decir que ya no estoy en la celda de los condenados a muerte.

—¡Estupendo, Norma! —exclamó Lois—. ¿Por qué no nos llamaste para decírnoslo... el lunes? —Lois profirió una carcajada de felicidad.

—Pues... porque quería reservarme la noticia. ¿No se me ve más feliz? El doctor tenía los resultados de otros dos análisis... Ya he perdido la cuenta de los que me han hecho. Bueno, el caso es que dijo: «Hemos conquistado dos grandes problemas.» Opina que no tengo nada de que preocuparme. De modo que todas las píldoras y radiaciones sirvieron para algo.

Sí, era un milagro, pensó Arthur. Nunca había esperado oír semejantes palabras en boca de Norma. Se alegró tanto como si Norma fuera un miembro de la familia..., la abuela, tal vez.

–¡A tu salud, Norma! –Arthur alzó su copa. Al echar la cabeza atrás, vio la mesa renacentista italiana a su derecha, la mesa sólida que había despertado la admiración de Maggie. ¿Volvería Maggie a contemplarla alguna vez con él? ¿Le sonreiría como le sonriera aquel día, mientras acariciaba la superficie de la mesa con la punta de los dedos? Se alegró de que su madre rehusara una segunda taza de café.

Al poco salieron de casa de Norma, y Arthur fue a buscar el coche. Lois le dijo que condujera con prudencia, y Arthur recordó que no se había despedido de su padre y de Robbie y se dijo que daba lo mismo.

–¡Arriba estos ánimos! ¡Y llámame pronto!

Al día siguiente, domingo, sobre las cuatro de la tarde, Frank Costello regresó de Wisconsin. Arthur ya sabía que la intimidad no podía durar eternamente.

Frank dejó caer al suelo unos talegos y algo que parecía la funda de una guitarra.

–¿Has tenido buen viaje? –preguntó Arthur al ver que Frank ni siquiera le decía hola, quizás porque le faltaba aliento para ello.

–Sí. No ha estado mal. Siempre va bien cambiar de aires.

–Hay un mensaje para ti. Sobre la cama.

–Ah, sí. Gracias.

El ambiente cambió, se hizo más tenso. Pero lo importante, pensó Arthur, acomodándose en su cama para seguir leyendo a Alfred Whitehead, era haber superado el fangal de la depresión. Bonita palabra la de «fangal»: hacía pensar en barro o en una ciénaga. ¿Correría peligro si basaba su curación en Francey McCullough? Quizás cualquier chica podía curarle. Las chicas eran intercambiables, según había leído en alguna novela. Por supuesto, era verdad si se trataba solo de acostarse con ellas. ¿Y qué más sabía de Francey? Decidió llamarla el martes. No sería precipitar las cosas. Podía ser que ella le dijese en seguida que volvía a ir con su novio. ¡Era mejor volver a Whitehead! Whitehead resultaba aburrido. Tópicos y nada más que tópicos.

A pesar de todo, el lunes por la mañana Arthur bajó con la habitual esperanza de encontrar una carta de Maggie en el mostrador. No había nada para él. Y, como de costumbre, se imaginó que Maggie estaría muy ocupada con Larry Hargiss, al que probablemente vería por lo menos tres veces a la semana. ¿Y por qué no iba a hacerlo si sus universidades estaban tan cerca la una de la otra y hasta era posible que Hargiss tuviera algunas clases en Radcliffe? Y quizás Maggie pensaba que era mejor, más prudente o algo así, no volver a escribirle. Arthur le había escrito dos cartas desde que ella le hablara de sus relaciones con Hargiss y estaba seguro de que Maggie no había perdido la dirección del dormitorio, a menos que la hubiera perdido adrede.

El martes, alrededor de las seis de la tarde, Francey telefoneó a Arthur.

—¿Por qué no me has llamado? —preguntó Francey.

Arthur no la oía bien porque Frank tenía puesto un «cassette».

—¡*Iba* a telefonearte dentro de diez minutos!

—... haces esta noche? ¿Quieres venir a mi apartamento? Ellsworth tres once.

Francey dijo que estaría sola en su apartamento y que prepararía algo para cenar. El apartamento, aunque era pequeño, tenía dos dormitorios, cuarto de baño y una minúscula salita con televisor. ¡Un lujo!

—¿Cómo van las cosas? —preguntó Francey.

¿Qué podía contestarle?

—Bien.

—¡Eres tan serio! —dijo Francey sin sonreír, y le abrazó por la cintura—. Estoy deprimida. ¿Qué te parece si comemos y bebemos... y nos relajamos?

El teléfono sonó mientras Francey preparaba unas copas con

ron. No contestó. También estaba friendo perritos calientes y tostando unos bollos. Pidió a Arthur que preparase la ensalada.

–Estas botas... me ponen negra –dijo Francey, cogiendo un par de botas peludas de color beis que había cerca de la puerta y tirándolas dentro del armario–. No son mías. Son de Susanne.

Comieron en una mesita de bridge mientras escuchaban música de Cole Porter, *Ridin' High* y otras canciones antiguas que gustaban a Arthur, entre ellas, *It's all right with me,*[1] que le pareció una canción muy adecuada para ambos.

–¿Tratas de olvidar a tu novio con un chico distinto cada noche? –preguntó Arthur.

–No intento olvidarle –contestó ella con cierto mal humor–. Quizás debería hacerlo. La vida es dura, ¿verdad? Ojalá no me enamorase tan locamente.

Antes de que transcurriese una hora ya estaban en la cama, una cama que olía como una fábrica de perfume aunque Arthur tenía la certeza de que Francey no la había perfumado deliberadamente. El acto amoroso resultó extraño, una especie de obligación que habría que cumplir, igual que cuando transportaba sacos llenos de malas hierbas en el jardín de la señora DeWitt y el cuerpo obedecía a su voluntad. Por la misma razón, el placer final fue más una terminación que un placer. Francey soltó un suspiro de satisfacción. Ella hubiera podido hacerlo otra vez; pero él no.

–Ojalá estuviese enamorada de ti –dijo Francey.

Arthur no dijo nada. ¿Deseaba que ella le quisiera? Estar con Francey resultaba fácil, era una de aquellas chicas que no causaban problemas. Y gracias a ella no se había derrumbado. ¿Contaba eso para algo? ¿Era suficiente? Y, en el caso de que lo fuera, ¿para qué?

–Ahora tengo que echarte porque ya son las diez menos diez y puede que Susanne vuelva del cine en cualquier momento. Es ca-

---

1. El título de esta canción de Cole Porter viene a significar «A mí me parece bien». *(N. del T.)*

paz de presentar una queja, como se dice, si encuentra a un tipo en la cama. Puedes quedarte si te levantas y te vistes.

Una vez vestido, Arthur decidió que era mejor irse.

—¿Volverás a llamarme? —preguntó Francey.

Por alguna razón, Arthur no tuvo ganas de telefonear a Francey al día siguiente ni al otro. El viernes volvía a sentirse muy deprimido sin saber por qué. Serían las seis de la tarde cuando Frank le ofreció, no por primera vez, un poco de su «polvo de ángel». Arthur dijo que no. Quizás la cocaína le hubiera proporcionado unos minutos de goce, suponiendo que le hiciera sentir algo. Arthur lo había probado en dos ocasiones sin sentir nada y alguien le había dicho que ello se debía a que la cantidad era demasiado pequeña. Estaba seguro de que Frank le daría una dosis suficiente, pero también Frank le resultaba deprimente.

—Te animará —dijo Frank—. Te sentará bien. Mejor que el alcohol.

—¿Desde cuándo me he dado a la bebida? —preguntó Arthur en tono jovial. Había observado que los aficionados al «polvo de ángel» siempre tenían algo que decir en contra del alcohol, aunque este se redujera a tomarse un par de cervezas, y al preguntarle a uno de los que tomaban cocaína por qué no bebía, el tipo le había contestado que porque «si empezaba a beber alcohol, no podía parar y se bebía todo lo que encontraba». Aquel pensamiento era deprimente, como lo era también la perspectiva de ver a Frank hasta que terminara el curso. Unos días antes Frank le había dicho que estaba «expulsado» de la universidad, pero seguía allí, utilizando la habitación para dormir. Arthur supuso que no le echaban a la calle porque, estando el año tan avanzado, no conseguirían alquilar de nuevo la plaza libre. Frank y su compañero John se marcharon antes de las siete.

Arthur cogió el teléfono y marcó el número de Betty Brewster. Estaba en casa.

—Hola, Arthur, ¿cómo estás?

–Voy tirando..., gracias. ¿Y tú?

–Como siempre. Warren salió hace cinco minutos. Es una lástima, porque le hubiera gustado saludarte.

–¿Y Maggie? No he tenido noticias suyas desde... desde hace unos cuantos días. ¿Está bien?

–Que yo sepa, sí. Nos telefoneó el pasado domingo. Warren estaba en casa, afortunadamente. Dijo que estudiaba mucho. Le diré que te escriba. Puede que no se haya acordado de hacerlo.

–No, no se lo digas. –De pronto Arthur sintió calor en la cara.

–Bueno..., la casa no es la misma sin ti... según Warren. Me dijo que te hiciera volver, que él no quería hacer todas «esas cositas».

–Betty se rió.

A Arthur le picaban los ojos al colgar. Sacó una cerveza del frigorífico. Podía volver a casa de los Brewster al día siguiente, desde luego, o aquella misma noche. De esa manera viviría en un sitio mucho más estético que el dormitorio, pero tendría la sensación de estar esperando a Maggie, esperándola en vano, o abusando de la amabilidad de los Brewster.

Tuvo el impulso de llamar a Francey, pero lo reprimió. De todos modos, era agradable pensar que podía llamarla cuando quisiera.

A la mañana siguiente, como respondiendo desde lejos a un pensamiento de Betty, llegó una carta de Maggie. Arthur abrió el sobre con la esperanza de que Maggie se hubiera hartado del señor Hargiss, la esperanza de que la carta insinuase algo al respecto. La carta llevaba fecha del 19 de mayo.

«Querido Arthur:

Te escribo esta antes de ponerme a empollar de firme para aprobar los exámenes finales. A lo mejor tú estás haciendo lo mismo. Las matemáticas siguen resultándome un hueso y todavía he de presentarme a un examen para reunir los créditos mínimos. Por otro lado, estoy siguiendo un curso básico de sociología, de un semestre, y me gusta mucho mi profe, Robert Pinderley.

Pienses lo que pienses, no salgo mucho. Aquí nadie sale, ya que el ambiente es bastante estricto y todos tenemos mucho trabajo. Cuando se avecinan exámenes, nos dan café y emparedados en los pasillos del dormitorio alrededor de las once, porque muchos estudiamos hasta pasada la medianoche.

Mi madre dice (¡otra vez!) que te echa de menos. Espero que no te hayas arrepentido de tu decisión de alojarte en los dormitorios de la universidad. De pronto siento deseos de pasear contigo por la cantera y volver a sentirme libre. El trabajo en el instituto nunca fue así, ¿verdad?

Puede que ahora seas más feliz... de lo que parecías en tu última carta. Puede que hayas encontrado a alguien que te guste o que al menos sea capaz de animarte. Espero que así sea.

Por favor, escríbeme otra nota cuando puedas.

Con mucho cariño,
Maggie.»

Apenas hubo terminado de leer la carta, Arthur pensó muchas cosas en pro y en contra, pero los pensamientos negativos acabaron imponiéndose. Maggie no decía nada del señor Hargiss, pero sería porque no deseaba herirle. ¿Tan melancólica le había salido a él su última carta? Y, a pesar de su alusión a la cantera, Maggie *esperaba* que hubiese encontrado a otra persona. ¿Qué otra cosa podía ser más negativa que aquella? Equivalía a un «seamos amigos» que a Arthur le resultaba horrible.

Se fue a la clase de filosofía de las nueve. El pesado de Whitehead y Platón, que era incluso más pesado. Todo lo que decían resultaba tan obvio –¿por qué se habían tomado la molestia de escribirlo?– y, además, tan poco consolador. ¿No decían que la finalidad de la filosofía era ayudarte a vivir? Quizás los extremistas eran mejores, gente como Nietzsche, incluso Cotton Mather; este último era sin duda compañero espiritual de su padre, pues siempre hablaba del fuego del infierno y de la condenación, sin mostrar el menor asomo de tolerancia.

Arthur profirió una exclamación y decidió llamar a Gus por la noche y pasar un rato en casa de los Warylsky. O tal vez se tropezaría con Gus en la universidad y le preguntaría si podía ir a su casa. Con Francey nunca se tropezaba, aunque tampoco ponía un gran empeño en encontrarla. No quería visitar a Norma aquella noche. De hecho, tampoco quería ver a Gus, no solo porque estaba demasiado deprimido para imponerle su compañía a un amigo, sino porque sabía que en realidad Gus no podía ayudarle. Nadie podía ayudarle.

A las seis y media de aquella tarde Arthur le decía por teléfono a Francey:

—Vente para aquí. ¿Puedes? Frank ha salido y no sé cuándo va a volver.

Francey accedió tras un brevísimo titubeo.

—¡Pasaré a buscarte dentro de cinco minutos!

Y así lo hizo. Pusieron la radio de Frank. Sintonizaron una emisora que daba música de baile, para crear ambiente, aunque no bailaron. Arthur preparó algo de comer, con un poco de ayuda por parte de Francey, que no mostraba mucho interés por cenar. La muchacha bebía sorbitos de whisky y tenía una expresión soñadora y distante, y un poquito triste. Luego se acostaron. Sobre la una de la madrugada Arthur dijo:

—¿Has pensado alguna vez que podrías ser mi novia? —Se quedó esperando que ella dijera «¿Por qué no?».

Francey estaba fumando un cigarrillo.

—No quiero ser la novia de nadie. Solo quiero ser.

Sus palabras sonaban a filosofía.

—¿Tienes que estar enamorada? ¿Tenemos todos... que estar enamorados?

Francey se echó a reír.

—Yo estoy en contra. Pero sigo diciendo que eres simpático.

Arthur pensó que lo mejor era dejar las cosas como estaban. Francey iba a quedarse toda la noche. Y a él le encantaría despertarse por la mañana y encontrarla a su lado. Y si por la mañana el pesado de Frank ya había vuelto, que se fuera al cuerno. De todos modos, no había nada capaz de despertar a Frank por la mañana.

Aquella noche agradable con Francey le infundió ánimo, un ánimo que le duró muchos días, le permitió estudiar con la cabeza clara, e incluso le hizo creer que había acertado a encontrar una nueva filosofía: tomarse la vida tal como se presentaba. Disfrutar y estar agradecido. No agradecido a Dios, sino a la suerte y a la casualidad. Andar con pies de plomo, hablar juiciosamente y aferrarse a lo que tenía. Ser cortés con lo que tenía. Al ocurrírsele la palabra «cortés», envió flores al alojamiento de Francey McCullough. Antes se cercioró en la floristería de Chalmerston de que su tarjeta iría unida al ramo de flores y de que estas no serían depositadas en cualquier parte sino que las entregarían a la señorita McCullough o a su compañera en el cuarto 311. Escogió rosas y claveles azules pensando que era una combinación estrafalaria, pero se encaprichó de ella. En la tarjeta escribió:

«A la que no es mi novia con mucho cariño y agradecimiento. A.»

Francey no le telefoneó aquella noche para darle las gracias, pero a Arthur no le importó. Tenía que estudiar para lo que el profesor Jurgens llamaba un «examen preparatorio» de microbio. De nuevo estaba solo en su cuarto, sin hacer caso del desorden que había en la mitad de Frank. Estudió hasta después de la una de la madrugada.

Al día siguiente, por la tarde, la clase se sometió al examen especial de Jurgens, y Arthur salió del aula convencido de que aprobaría con nota alta, tal vez la más alta. Las notas no aparecerían en el tablero de anuncios como las de los exámenes finales, sino que se devolverían los ejercicios a los estudiantes, uno por uno. Como llevaba más de una semana sin ver a Francey, decidió llamarla para salir con ella, no necesariamente aquella misma noche, sino durante el próximo fin de semana.

Contestó una chica diciendo que Francey se estaba duchando y que esperase un minuto. Luego Francey se puso al aparato.

–¿Diga?... Ah, hola, Arthur.

–Hola. Me preguntaba cuándo podría verte. ¿El viernes? ¿El sábado?

–Pues... –Francey jadeaba un poco, como si se estuviera secando con una toalla–. Me he reconciliado con mi novio. Así que, lamentándolo mucho, pienso que no deberíamos volver a vernos. Al menos por el momento. ¿Lo comprendes? Lo siento. Pero así están las cosas.

–Sí, claro que lo comprendo. Sí, bueno...

–¡Y gracias por las flores! Todavía están aquí. Son muy bonitas.

–Sí, bueno..., te deseo mucha suerte, Francey.

Colgaron y Arthur tuvo la sensación de que le habían pegado un tiro en el estómago, o en el pecho. Se dio una ducha y se cambió de ropa para animarse, si era posible. Trataba de no pensar en nada, especialmente en Francey. Sin embargo, pensar en Francey era inevitable y se preguntó qué había perdido. Una chica que estaba dispuesta a acostarse con él, tal vez con cualquiera, una chica a la que apenas conocía y a la que sabía enamorada de otro chico, con el consiguiente riesgo, que Arthur no ignoraba, de que ocurriese precisamente lo que acababa de ocurrir.

A pesar de todo, era espantoso. No solo le había dejado Maggie, sino que Francey acababa de hacer lo mismo. Su mundo se estaba derrumbando. Pero al pensar en ello, recordó lo que sintiera al recibir la carta de Maggie hablándole de Larry Hargiss. Entonces y no ahora se había derrumbado su mundo.

El miedo hizo presa en él durante unos segundos y se fue al lavabo creyendo que iba a vomitar. Tenía el estómago encogido, pero no vomitó. Con cierto alivio recordó que en aquel momento no tenía nada en el estómago. Se dijo a sí mismo que no estaba mareado, ni pizca, y, mirándose en el espejo, se pasó el peine por el pelo. Gotas de sudor perlaban su frente como la condensación en un cristal frío.

Lo que le convenía era dar un paseo, pensó. Se puso los mocasines viejos, sus favoritos, apagó las luces y salió. Antes de salir se acordó de coger una linterna de bolsillo. Al cabo de un rato, cuando finalmente alzó los ojos para ver en qué calle estaba, comprobó que había caminado mucho en dirección sur, o al menos eso creía. Los nombres de las calles Morgan y Tweeley no le decían nada, pero el resplandor del centro de la ciudad quedaba a sus espaldas y podía distinguir el norte del sur porque era muy visible la posición de Vega y de la constelación en forma de diamante que la acompañaba. A falta de otra meta, emprendió el regreso a la universidad y a su cuarto.

De repente se encontró junto a su propio coche, como si el Ford marrón hubiera sido su objetivo. ¿Dónde podía ir? Miró el reloj y vio con sorpresa que eran las once y diez. Había caminado durante más de tres horas.

—¡Santo Dios! —musitó, apoyando la cabeza en el tejadillo del coche. Metió las manos en los bolsillos y encontró las llaves. Subió al coche y permaneció sentado durante un minuto, luego puso el motor en marcha. Se dijo que el Silver Arrow era el lugar más apropiado en aquel momento, con sus luces brutales, sus clientes groseros, la payasa de Irene, tan llena de virtud. ¡Resultaría divertido! Arthur conducía el coche con tranquilidad premeditada, cogiendo todas las esquinas en segunda porque llevaba la imagen de un impacto en la cabeza. No pensaba en un accidente de coche, sino en un impacto contra su pecho. De pronto recordó que a los trece años había chocado contra el pecho, el abdomen de un grandullón que le bloqueaba una puerta. Arthur, que se había escapado de casa, llegó en autobús a Nueva York con catorce dólares en el bolsillo.

Sobre su cama sus padres encontraron una nota que decía: «No os preocupéis. Volveré dentro de cuatro días» o algo por el estilo, pero Lois y Richard adivinaron que estaba en Nueva York, porque la ciudad le tenía fascinado tras visitarla un par de veces con ellos. De modo que avisaron a la policía neoyorquina y al atardecer del segundo día, al entrar Arthur en un hotel modesto para preguntar si tenían una habitación, el recepcionista le preguntó su edad y Arthur salió disparado hacia la puerta, tropezando allí con un guardia jurado u otro empleado del hotel. Fin de la aventura.

En segunda otra vez. El ritual ayudaba a mantener el equilibrio. Recordó haber pensado lo mismo después de recibir la carta de despedida de Maggie y que se había esforzado por actuar como si nada cuando en realidad sentía deseos de romper algo, tal vez un mueble. Recordó haber pensado que el ritual ayudaba a la gente a conservar la serenidad y que constituía una parte importante de la religión: levantarse y sentarse en la iglesia, cantar himnos sin pararse a pensar en el significado de las palabras. Formas externas. ¿Y qué se escondía debajo de ellas? Desdicha, infierno y confusión. ¿Y por qué no lo afrontaba la gente? Porque no podía.

Y allí estaba el Silver Arrow con sus luces reluciendo a la derecha de la carretera. Arthur aparcó entre dos turismos, aunque había por lo menos un camión enorme aparcado con su morro chato apuntando hacia el local.

Arthur entró en el establecimiento. Flotaba en el aire un olor húmedo a cebollas y tocino y en el «jukebox» se oía una voz femenina. En una de las mesas una mujer soltó una risotada.

—¡Que sean *tres* cafés!

—¡He dicho con una *rodaja!*

Arthur se sentó en uno de los taburetes de la barra, detrás de la cual había dos camareras con su gorrito plateado; ninguna de ellas era Irene. Una de las camareras le atendió con bastante prontitud.

—Una hamburguesa poco hecha y un café, por favor —dijo Arthur.

—¿Con o sin rodaja? —preguntó la muchacha.

—Con.

La camarera puso un vaso de agua ante él y Arthur bebió unos sorbos mientras miraba a su alrededor buscando a Irene. Pensó que sería agradable que no estuviera. De pronto Irene apareció por la izquierda saliendo de una puerta que quedaba fuera del alcance visual de Arthur, aunque pudo verla en parte cuando Irene la abrió. Su aspecto era animado y sonriente y llevaba en la mano unas servilletas de papel. Al ver su forma de andar, Arthur adivinó que calzaba zapatos de tacón alto. ¡Y su cintura! Sí, ya no cabía duda alguna. ¿Cuánto tiempo seguiría trabajando? ¿Qué pensarían las otras dos camareras acerca de la identidad del padre? ¿O era un detalle que las traía sin cuidado? También ellas parecían de armas tomar, aunque ambas eran más jóvenes que Irene.

La camarera de pelo cobrizo le sirvió la hamburguesa sobre un bollo humeante y dejó un tazón de café al lado del plato. Arthur abrió el pequeño recipiente de la crema y echó su contenido en el café.

Irene no le había visto. Sin dejar de sonreír, le dijo algo a voz en grito a un cliente sentado a la izquierda de Arthur; luego, volviéndose, soltó una carcajada. Aquella noche llevaba mucho colorete en las mejillas. Realmente parecía una payasa.

Arthur pegó un mordisco a la hamburguesa y se puso a masticar como si fuera serrín, aunque no había nada malo en ella. Si comía despacio y pensaba en otra cosa, la retendría en el estómago y no le sentaría mal. No podía permitirse otra caída en picado faltando tan poco para los exámenes finales.

Irene le descubrió y su reacción fue un sobresalto de sorpresa.

—¡Caramba, Arthur! —dijo, inclinándose ante él con dos tazones de café en cada mano—. ¿Qué tal te va? Vuelves a estar un poco abatido, por lo que veo. ¿Has venido con amigos? —Sus ojos buscaron detrás de Arthur.

—No. —La sonrisa de Irene parecía la de una loca.

301

Irene volvió después de servir los cafés.

–Y supongo que habrás notado que estoy... Bueno, tú deberías saberlo –dijo mirándose la cintura.

Arthur se sintió violento al comprender que se refería a su embarazo. Tragó saliva.

–No lo sabía.

–Tu padre. Sí. –Movió la cabeza afirmativamente, con la misma sonrisa aturdida y los ojos un tanto desenfocados. Luego, con un paño húmedo frotó distraídamente la superficie del mostrador–. ¿Él no te lo ha dicho?

–*¡Irene!* –llamó en tono apremiante una de sus compañeras–. ¡Los huevos revueltos ya están!

Irene se alejó hacia la ventanilla abierta que comunicaba con la cocina y en cuyo alféizar humeaban unos platos de huevos con tocino. Irene los cogió y se fue a servirlos a los ocupantes de una de las mesas que quedaban a espaldas de Arthur.

¿Qué habría querido decir con aquello de «tu padre»? ¿Que Richard la había dejado embarazada? ¿Se lo habría dicho a otras personas? Arthur frunció el ceño y con gesto nervioso apartó el plato. Quería hacerle más preguntas a Irene. ¿Pero qué podía preguntarle? Irene estaba chiflada. Le diría cualquier cosa.

–¡Oye! –llamó Arthur al verla pasar rápidamente. De pronto Arthur sonrió al pensar que perdería la criatura si no se tomaba las cosas con más calma. ¿Qué debía preguntarle? ¿Lo que había dicho su padre al enterarse? ¿Sacaría algo en claro o Irene le contaría mentiras, fantasías?–. *¡Irene!*

Irene se detuvo y le prestó atención.

–¿Qué dice mi padre? –preguntó Arthur, consciente de que estaba entre otros dos clientes, aunque en el local había mucho ruido y los dos hombres no parecían escucharle.

–Pues, yo diría que está contento –repuso Irene.

–¿Y mi madre?

Irene se encogió de hombros.

–No sé si lo sabe o no. –En su rostro apareció un destello de malicia antes de alejarse apresuradamente hacia la cafetera express.

¡Puro disparate! ¡Lo que faltaba para rematar la noche! ¿Y si a la gente le daba por creérselo? ¿Y si Irene se lo decía al reverendo Cole en la Primera Iglesia del Evangelio de Cristo, aquel manantial de habladurías? ¡Menos mal que no decía que la criatura era de Cristo o de Dios! Arthur sonrió con ironía y se bebió el café de un trago. La cuenta subía a un dólar con setenta y cinco centavos. Dejó dos dólares sobre el mostrador y salió del local.

Ya eran las doce menos diez. Arthur sintió el impulso irreprimible de telefonear a su madre, de verla aquella noche. Había pensado llamarla desde el Silver Arrow, pero no había querido que Irene le viera telefoneando, aunque seguramente a ella no se le hubiese ocurrido que llamaba a sus padres. Podía llamar desde otro sitio junto a la carretera o desde una cabina de la ciudad. ¿Pero y si se ponía su padre y se negaba a que les visitase?

Arthur se dirigió hacia el domicilio de sus padres. Al llegar, ya eran las doce y cuarto y la casa estaba a oscuras. Solo se veía luz en la salita de Norma. Arthur subió los peldaños de la entrada y llamó suavemente.

Al cabo de unos segundos, oyó los pasos de su padre calzado con zapatillas.

–¿Quién es?

–Arthur.

Richard entreabrió la puerta.

–Vaya, es un poco...

–Ya lo sé. Lo lamento. Quiero hablar un momento con mamá.

–Tu madre está cansada esta noche.

Arthur vio que su madre entraba en el vestíbulo y encendía la luz.

–¡Arthur! ¿Ocurre algo?

–Oh, no, mamá. ¿Puedo hablar un minuto contigo?

–Desde luego, Arthur. Pasa.

—Es solo algo personal –dijo Arthur al entrar, esperando librarse de su padre.

Richard tuvo que retroceder para dejarle pasar, luego dio media vuelta y se dirigió hacia el dormitorio, como si quisiera reanudar una tarea tan seria como era la de dormir.

Arthur vio una raya vertical de luz en el recibidor y comprendió que su padre no había cerrado la puerta del dormitorio. Lois encendió una lámpara en la salita, pero tampoco aquella habitación ofrecía suficiente intimidad.

—Vamos al garaje –susurró Arthur.

Su madre le siguió.

—Acabo de ver a Irene –dijo Arthur susurrando de nuevo–. ¿Qué significa eso que dice sobre... sobre su embarazo...?

—¿Qué dice? ¿Te lo ha dicho a *ti?*

—¡Sí! Bueno, pues dice que papá es el responsable. –Pudo ver que Lois ya estaba enterada–. Está cargada de puñetas, ¿verdad?

—Cálmate, Arthur.

Pero Arthur no podía calmarse y abrió bruscamente la puerta de la cocina para ver si su padre estaba espiándolos. En la cocina no había nadie.

—Veo que ya te lo han dicho. Y bien, ¿qué piensa hacer papá?

—¿Sobre qué?

—Sobre ese cuento. No será verdad, ¿eh?

—Pues...

—¡Por el amor de Dios, mamá! –Arthur la cogió por el brazo y al mismo tiempo se dio cuenta de su propia y absurda consternación–. ¿Es verdad, mamá?

—No lo sé.

—¡Santo cielo! ¿Qué dice papá?

Lois hizo un gesto nervioso y evitó mirarle directamente.

—Pues dijo... No quiero hablar del asunto, Arthur.

—Ni yo. Pero... Quiero decir que si Irene anda por ahí contando semejante historia, alguien tendrá que hacer algo al respecto,

¿no te parece? ¿Me estás diciendo que puede ser cierto? –Arthur se preguntó cómo podía alguien acercarse a Irene, a menos que ese alguien fuera un camionero borracho.

–No, no es eso. Pero Richard reconoce que pasó... algunos ratos con ella. No noches enteras, eso no, pero... porque ella estaba trastornada y necesitaba su compañía. Pero Richard...

–¡Válgame Dios! –Súbitamente le pareció que podía ser verdad–. Bien, mamá, la respuesta es sí o no, ¿no crees? –Arthur la sujetó por la muñeca al ver que se tambaleaba como si fuera a desmayarse–. ¡Apóyate en el coche, mamá! –susurró.

–No le digas nada a Robbie de todo esto, ¿quieres?

–La otra noche llegué a la conclusión de que Robbie ya sabía algo de todo esto.

–No. Lo único que sabe es que ella está... embarazada.

Arthur cogió un cigarrillo, ofreció otro a su madre y encendió los dos.

–¿Cuándo empezó Irene a propagar ese cuento?

–El mes pasado. Fue cuando me enteré yo. Me lo dijo por teléfono.

–¡Dios mío, mamá! ¿Y tú no le preguntaste nada a papá? –dijo Arthur, consciente de que sentía una satisfacción mezquina al ver a su padre en semejante brete, fuera o no responsable, porque su padre le había hecho la vida imposible en las mismas circunstancias–. Sin duda él te diría la verdad.

Lois dio una chupada al cigarrillo y clavó los ojos en las zapatillas.

–Richard dice que es posible. Dijo que él... una o dos noches... ¡Es tan horrible, que me cuesta creerlo, Arthur! –Rompió a llorar.

Arthur buscó un pañuelo en su bolsillo y, al no encontrar ninguno, metió la mano en el bolsillo de la bata de su madre. Encontró uno de papel y se lo dio.

–Irene nos llama... a veces... y nosotros procuramos contestar el teléfono antes de que lo haga Robbie. Aunque, de todos modos, si alguna vez se enterase de esto, diría sencillamente que Irene está loca. Es lo que dice siempre. Bueno, la verdad es que *está* loca.

—Sí —dijo Arthur, disfrutando de su cigarrillo—. Bien, la siguiente pregunta es: ¿tiene Irene uno o dos amiguitos? Dudo que tenga un novio formal, pero podría ser algún ave de paso.

—¡Ella lo niega rotundamente! ¡Lo sé! —se apresuró a contestar Lois—. Desde que va a la iglesia, y empezó a ir... el verano pasado. Richard dice que ella jura que no.

Bonito gesto el de su padre al. decir aquello, pensó Arthur.

—¡De que flirtea no me cabe duda, mamá! —dijo Arthur, riéndose.

—¡Chist!

—Hay una cosa que se llama... yacer en la cama con una chica —empezó Arthur, bajando la voz y en el acto deseó no haber empezado, pues no sabía cómo terminar—. Mi padre tiene que saber...

—¿Qué?

—Si es o no es posible que dejara embarazada a una chica. De modo que papá dice que es posible. ¡Cielos! ¿Quién pudo acercarse a ella... aunque fuese por cortesía?

—Volvamos a entrar. A Richard le extrañará que estemos aquí tanto rato.

—Dile que te he estado hablando de Maggie. Mejor dicho, de Francey.

—Bueno. —Lois abrió suavemente la puerta de la cocina y entró—. Me apetece una taza de té, aunque haga calor. El té reconforta —musitó como si hablara consigo misma. Puso la tetera en el fuego.

La luz de la cocina seguía encendida, al igual que la de la salita. Arthur, asomándose al pasillo, vio que la puerta del dormitorio de sus padres estaba cerrada. También lo estaba la de Robbie.

—Robbie duerme como un tronco —dijo Lois en un susurro cuando él volvió a entrar en la cocina.

Al cabo de un momento, Lois cambió de idea y dijo que prepararía unos ponches calientes, si a él le parecía bien.

Arthur contestó que le daba lo mismo. Era una noche de locos y no venía de ahí tomarse un ponche caliente cuando la temperatura era de casi treinta grados. Empezaba a comprender que su madre sencillamente rehusaba decir sin ambages que Richard era el padre de la criatura de Irene.

—Mamá, ella tendrá el bebé, ¿verdad? Como papá es contrario al aborto y..., por supuesto, ya es demasiado tarde.

—En ningún momento se habló de abortar —susurró Lois por encima del hombro—. Oh, no, parece que ella desea tenerlo.

Arthur tuvo que acercarse a su madre para poder oírla.

—¿Papá piensa reconocerlo? —Sabía que la pregunta aumentaría el sufrimiento de su madre, pero necesitaba saber algo seguro.

—Sé que piensa negarlo —susurró Lois—. Lo que ella vaya diciendo por la ciudad no importa, porque todo el mundo sabe que está algo mal de la cabeza. Y Richard no está seguro... del todo. —De repente se ocupó de la tetera, pues el agua empezaba a hervir.

Las palabras de Lois contestaban a una pregunta a la vez que planteaban otra. Si su padre no estaba seguro, ¿sería porque quizás Irene tenía otros amigos? Pero, ¿y si la criatura era el vivo retrato de Richard e Irene insistía en que Richard era el padre? Arthur reparó en que la mano de su madre temblaba al echar «Four Roses» en dos vasos y añadir luego agua caliente, azúcar y limón.

—Aquí tienes —dijo ella, ofreciéndole su vaso.

El ponche tenía buen sabor. Y Arthur notó que los dos primeros tragos se le subían directamente a la cabeza.

—Seguro que papá no le haría ascos al aborto en este caso —dijo en voz baja, riéndose.

—No seas tan cruel, Arthur.

¿Cruel? ¿Cruel acerca del aborto? Sintió un regocijo levemente histérico, pero mantuvo la cara seria. Lo importante eran los deseos de la muchacha, recordó haber pensado un año antes, e Irene quería tener aquel hijo.

En el pasillo se abrió una puerta y Arthur se dispuso a hacer frente a su padre, pero fue Robbie quien entró en la cocina, descalzo, con un pijama rosa y excesivamente holgado, muy tieso y con expresión ceñuda.

—¿Qué..., qué pasa? ¿A qué vienen esas risas?

—¿Risas? —dijo Lois—. Seguramente hemos levantado la voz. Lo siento, Robbie, si te hemos despertado.

—¿Arthur se ríe...? —La expresión ceñuda de Robbie se hizo más intensa; empezó a frotarse vigorosamente los ojos con el dorso de la mano— ¿... Se ríe de Irene? —preguntó Robbie en voz baja.

—No, Robbie, no —repuso Lois—. Cielos, ¿qué hay de gracioso en Irene?

—Nada —dijo Robbie—. Es una enferma mental. Entonces... ¿de qué te reías, Arthur?

—Se me ha olvidado. —Arthur cruzó los brazos en actitud de aburrimiento ante la presencia de su hermano.

—¿Quieres un vaso de leche, Robbie? —preguntó Lois.

—No. Un poco de tarta de chocolate, si queda algo —dijo Robbie, avanzando hacia el frigorífico. Parecía que la tarta de chocolate era un objetivo por el que quizás tendría que luchar.

Lois, adelantándose, sacó la bandeja con la tarta de chocolate; luego buscó un tenedor y se lo dio a Robbie.

—¿Qué tal va la caza, Robbie? —preguntó Arthur.

—No es temporada de caza —contestó Robbie, comiendo con el ceño fruncido aún—. Estoy ocupado. La escuela y cosas.

—A veces Robbie acompaña a Richard —dijo Lois—. A hacer visitas, ¿sabes, Arthur?

—¿A clientes de seguros? —preguntó Arthur.

—No..., bueno, no tanto, más bien a la gente de la iglesia. Personas ancianas o jóvenes que sencillamente necesitan hablar con alguien o tienen problemas —dijo su madre.

Silencio.

Sin duda Robbie no estaría con su padre las noches en que este se acostaba un rato con Irene, pensó Arthur, esta vez sin ganas de sonreír. ¿Conservaría puesta su padre la mayor parte de su ropa? ¡Era repugnante imaginarlo! Y resultaba absolutamente horripilante imaginarse la voz quejumbrosa de Irene diciendo: «¿No quieres acostarte un ratito conmigo?»; o quizás abría la espita de las lágrimas y decía: «Me mataré o me echaré a la calle si no te quedas un ratito conmigo esta noche.» ¿Tenían las prostitutas deseos sexuales verdaderos? ¿Tenía Richard la obligación de hacerle experimentar un orgasmo?

—He de irme, mamá. —Arthur dejó su vaso en la escurridera.

Robbie se había esfumado después de terminar el pastel.

—¿Tienes que irte, Arthur? Tómate otro ponche. El agua todavía está caliente.

Arthur dijo que no.

—Podrías pasar la noche aquí —agregó su madre—. ¿Por qué no? Es tan tarde. Tu cama está hecha, como siempre.

—No, mamá, teniendo el coche no me cuesta nada volver allí. —Arthur no podía soportar el ambiente de la casa. Distinto habría sido si él y su madre hubiesen estado solos en la casa.

Lois salió con él, mirando tímidamente a diestra y siniestra como si alguien pudiera verla en bata fuera de la casa, aunque las calles bordeadas de árboles estaban desiertas y la oscuridad era casi total. Incluso Norma tenía las luces apagadas.

Antes de subir Arthur al coche, su madre le apretó la mano. Creyó que quería decirle algo importante, pero Lois se limitó a darle las buenas noches y recomendarle prudencia. También Arthur quiso decirle que le preocupaba lo que Robbie pudiera hacerle a Irene. Acababa de tener una premonición en el sentido de que Robbie golpearía a Irene en la cara o haría algo peor.

25

Eran las cuatro y cuarto de la madrugada y Arthur seguía despierto. A las tres se había levantado para beberse una lata de cerveza, a ver si le daba sueño, pero sabía que no iba a pegar ojo en toda la noche, pese a que Frank Costello había salido y no era probable que volviese.

En el cerebro de Arthur se mezclaban Francey, los apuros de su padre y Maggie, pero pensaba sobre todo en su padre e Irene. Su madre no quería decirle claramente que Richard era el responsable, aunque sin duda sus palabras daban a entender que lo era. Arthur supuso que el asunto ya no tenía gracia, era una tragedia o una vergüenza social. Una noche, al cabo de unos meses, él y Gus tal vez irían a tomar café en el Silver Arrow y no verían a Irene, porque estaría en el hospital ¡dando a luz a un bebé que sería su medio hermano o su media hermana!

El pensamiento era repugnante y Arthur parpadeó al tiempo que miraba fijamente el techo. Los rincones de la habitación comenzaban a hacerse visibles. Se imaginó al bebé, varón o hembra, un pobre tonto que miraría ceñudamente con unos ojos grises como los de Richard o los de Robbie. Se incorporó y, tras encender la lámpara de la mesita y coger un grueso volumen de microbiología, estuvo hojeándolo varios minutos, buscando detalles que, a su juicio, podían preguntarle en el examen final.

El amanecer trajo a su memoria el momento en que despertara al lado de Francey en aquella misma habitación, y los ratos que pasara en vela junto a ella. ¿Qué hacía Irene en la cama? Arthur se estremeció y dejó el libro al recordar su horrible perfume. Irene tenía por lo menos treinta años, aunque, por supuesto, una chica de esa edad resultaría joven para Richard. ¿Era posible que su padre se hubiera sentido atraído hacia Irene? ¿Cómo hubiera podido eyacular de no haberla encontrado atractiva? ¡Increíble! ¿Y la hermana de Irene? ¿Dormía tras una puerta cerrada o un tabique mientras ellos...?

Según Lois, Richard pensaba negar que la criatura fuese suya, pero, ¿qué le diría Lois a la abuela si hablaban del bebé? Arthur se imaginó una escena ante un tribunal: Irene proclamaba a gritos que Richard Alderman era el padre de su criatura y un par de policías la sacaban a rastras de la sala y otra persona le ponía una camisa de fuerza. Era cosa de locos. Pero, ¿podía suceder? Y si Richard confesaba a Lois que «se había acostado con ella un par de veces...» y no decía nada más, si hacía eso, Richard se estaba comportando como un cobarde. Si no era culpable, ¿por qué se andaba con tantas vaguedades? Richard tenía que saber si últimamente había algún hombre en la vida de Irene, porque Richard la tenía vigilada y ella le confesaba todas sus cuitas y pecados. Richard sabía si la respuesta era sí o no. Esa fue la conclusión a que llegó Arthur.

−¡Oh, Maggie! −dijo Arthur, dando media vuelta para tratar de dormir. No tenía ninguna clase hasta las diez.

Le despertó el timbre del teléfono, que parecía parte de un sueño.

−Hola, Arthur, soy Betty. Te llamo a esta hora porque quería encontrarte antes de que te fueras a clase. ¿Puedes venir a tomar una copa esta noche... o a tomar el té, o a cenar? ¿O las tres cosas?

Según el reloj de Arthur, eran poco más de las ocho.

−Me gustaría, pero estamos en época de exámenes. Será mejor que no salga esta noche. Gracias de todos modos.

Arthur se preparó un poco de café instantáneo muy cargado en el hornillo con un poco del agua que Frank guardaba en botellas de zumo de fruta. Eran cerca de las nueve y media cuando aparcó el coche lejos del edificio donde tenía las clases; lo hizo a propósito, con la esperanza de que un paseo le despejara la cabeza.

—¡Eh! ¡Eh! ¿Estás aturdido, Arthur? —Gus le abordó en la escalinata del Everett Hall.

—Ah, hola, Gus —saludó Arthur.

—¿Malas noticias? —preguntó Gus—. ¿De Maggie?

Arthur dijo que no con la cabeza.

—No. Es solo que aún no estoy despierto del todo.

Gus le invitó a cenar en su casa el domingo por la noche, para celebrar su cumpleaños. Luego echó a andar a buen paso hacia otro edificio.

A las cinco y unos minutos, después de su última clase, Arthur se metió en una cabina del vestíbulo y marcó el número de Betty. Preguntó si podía cambiar de parecer e ir a su casa.

—¡Claro que sí, Arthur! ¿Pronto? ¿Ahora mismo?

—Dentro de media hora. ¿De acuerdo?... Gracias, Betty.

Volvió a la habitación para ducharse y ponerse una camisa limpia. Pero ello no le alivió, ya que el día era caluroso, sin un soplo de brisa, y la débil promesa de lluvia que flotaba en el aire no se materializó, al igual que el día anterior. Al cabo de un rato Arthur subía por la senda empedrada de los Brewster, consciente de que a su izquierda se alzaba el alto abeto azul, consciente del rosal que él cuidara durante su estancia en la casa y que ahora estaba en flor y parecía tan feliz como siempre bajo los cuidados de Betty o tal vez de un jardinero.

—¡Hola, Arthur! ¡Pasa! —dijo Betty al abrirle la puerta.

En la mesita había una jarra de té helado y la mitad de una tarta de chocolate que recordó a Arthur la porción de tarta que Robbie se había comido la noche antes. Betty le pidió noticias y Arthur limitó sus respuestas a los estudios y los exámenes.

–¿Y cómo están tus padres? –preguntó Betty. Llevaba un traje pijama de raso negro con bordados, que Arthur elogió porque era bonito.

–Bien, gracias. Anoche vi a mi madre.

–¿Y... tu hermano?

Quizás Betty no recordaba su nombre.

–Robbie. Como siempre. Flacucho y más alto cada día. No es muy dado a hablar.

–Sí, ya me lo dijiste una vez. No te veo muy animado, Arthur.

–Será por el calor. Es estupendo estar un rato aquí. –Se refería al aire acondicionado de los Brewster y sin duda así lo entendió Betty.

–Mira, si tu alojamiento actual te deprime. –Betty sonrió–. ¡Ya me han hablado de esos dormitorios! Aquí serás bien acogido, de veras. Piensa en el próximo otoño. Falta mucho aún, pero piensa en ello.

Las palabras de Betty sonaron a sentencia de cárcel: el próximo otoño. Y el año que le seguiría. Arthur esperaba animarse un poco por el simple hecho de entrar en casa de los Brewster, pero no fue así. La escalera con su elegante barandilla, los cuadros de la pared..., todo le recordaba a Maggie al mismo tiempo que lo separaba de ella.

–¿Por qué no te quedas a comer algo, Arthur? Un poco de ensalada de patatas y carne fría, nada más. Te sentaría bien. Me parece que has perdido peso.

–En efecto, pero lo estoy recuperando.

–¿Tienes algún plan para este verano?

Arthur pensó inmediatamente en zambullirse en algún lago de aguas frías y no volver a la superficie.

–Me buscaré algún empleo... para ahorrar un poco de dinero. No he pensado mucho en ello. –Hizo girar el vaso entre las manos, sintiéndose violento.

–¡Qué tonta soy! ¡Ni siquiera sabrás dónde vas a estar este verano, Arthur!

—Los estudiantes tienen opción a seguir en el dormitorio. No es difícil.

Betty seguía mirándole con expresión preocupada.

—¿Cómo está Maggie? ¿Qué piensa hacer este verano?

—Ah. Pues Maggie ha decidido no venir a casa hasta mediados de julio. Se irá a algún lugar de Massachusetts. Con su nuevo amigo. Al menos durante dos semanas, dice ella. Ya veremos.

Arthur tuvo la sensación de que acababa de alcanzarle otro proyectil. Le zumbaban los oídos como si los tuviera llenos de campanillas. Era el preludio de un desvanecimiento.

—Sí —dijo Arthur por decir algo. Se levantó, volvió a sentarse y luego se levantó otra vez—. Creo que ya es hora de que me vaya.

—Ya veo que he metido la pata. Pero tú me has preguntado por Maggie. —Betty seguía sentada al otro lado de la mesita—. Escúchame, Arthur.

Estas cosas pasan, esperaba oír Arthur.

—Tienes dos buenos amigos... en mí y en Warren. ¿Cómo sabemos nosotros..., cómo sabe alguien... lo que va a hacer Maggie?

Sin duda se acuesta con Hargiss desde Pascua, pensaba Arthur. Clavó las uñas en el pulgar y siguió escuchando cortésmente.

—Hay otras chicas en el mundo. Ya sé que nunca parece que las haya. Pero no debes atormentarte, Arthur.

Arthur dijo que sí con la cabeza y se dispuso a salir.

Betty se levantó.

Con un ramalazo de vergüenza, Arthur pensó que en cuestión de semanas, quizás solo de días, la historia de Irene se sabría en toda la ciudad.

Betty apoyó una mano en el hombro izquierdo de Arthur.

—¿No vas a cambiar de opinión y quedarte a cenar? ¿Por favor?

Arthur dijo que no con la cabeza.

—Gracias, Betty. Y gracias por el té.

Fue a buscar el coche sin mirar atrás y regresó al dormitorio.

Quiso la suerte que Frank estuviera allí con un «cassette» de rock puesto a todo volumen.

Aquella noche no le importó el incordio extra de la música abominable y atronadora, música que seguiría sonando hasta que Frank partiese en busca de sus diversiones nocturnas, probablemente a las diez. La habitación olía a marihuana. Tras ducharse una vez más y ponerse los pantalones del pijama, Arthur se instaló cómodamente en la cama con la intención de estudiar un rato. Repasó el ADN, uno de los temas favoritos del profesor Jurgens, prestando mucha atención a la grafía de los términos, pues Jurgen era muy quisquilloso al respecto. Al cabo de veinte minutos ya se sentía más optimista y pensó que aprobaría los exámenes con facilidad. No se le escapaba que la mitad de los estudiantes de la universidad no eran más que unos perezosos, variaciones de Frank Costello, y que, pese a ello, aprobaban. Él estaba preparado para satisfacer requisitos más elevados. Otros estudiantes decían que a las «minorías» sencillamente no las podían suspender, y él mismo se había percatado de ello. A los estudiantes que ponían un mínimo de esfuerzo o de voluntad se les permitía ir tirando, incluso se los elogiaba.

Pensó en la abuela y trató de recordar lo que ella le había escrito en su última carta. Algo muy esperanzador. No recordaba con exactitud sus palabras, sus bonitos adjetivos, pero lo esencial era que la abuela le tenía por un buen estudiante y se enorgullecía de él. Una frase sí la recordaba: «... lástima que Richard sea incapaz de mostrar más interés, que es lo que tú necesitas ahora, en lugar de dedicar tanto tiempo a esos tarambanas y fracasados, probablemente sin servirles de gran ayuda...»

El primer examen, el de física, tuvo lugar el viernes de aquella semana. Arthur salió convencido de que aprobaría con buena nota. A las cinco y media, cuando llevaba unos quince minutos en su cuarto, sonó el teléfono. El tipo de la habitación contigua contestó antes que él. Frank Costello dormía boca abajo en su cama.

—¿Quién? —oyó Arthur que decía el vecino—. Ah, sí, aguarde un momento.

Arthur cogió el auricular.

—Hola, Arthur, soy yo —dijo la voz de su madre—. ¿Estás bien?

—Sí, mamá. ¿Y tú?

—Su..., supongo que sí. Solo quería saber cómo te ha ido el examen. ¿Bien? Hoy tenías el primero, ¿verdad?

—Física. Acabo de volver. ¿Estás sola en casa?

—Sí.

Arthur advirtió que algo preocupaba a su madre.

—¿Cuáles son las últimas noticias? ¿Más llamadas de..., ya sabes, Irene? —pronunció el nombre en voz baja, odiándolo.

—No, ni una palabra.

—Estupendo. ¿Y Robbie? ¿Sigue sin saber nada?

—Arthur, no se trata de saber... con seguridad. ¿Cómo puede alguien dar crédito a lo que ella dice?

—De acuerdo, me refería a su historia —contestó Arthur con cierta sequedad—. Tú puedes creer lo que dice papá, sí o no. ¿Verdad?

—Las cosas no son tan sencillas.

¿Por qué no lo eran?, se preguntó Arthur.

—¿Dónde está Robbie?

—Esta noche tiene partida de póker y salió de casa temprano. Cenará en casa de Jeff. Esta noche juegan en casa de Jeff. ¿Por qué no vienes y cenamos juntos, Arthur?

—Pues... —Arthur titubeó—. Papá está en casa, ¿no?

—Estará, sí.

—Entonces no quiero ir, mamá, gracias.

Después de colgar, Arthur pasó unos minutos sumido en negra depresión.

El sábado por la tarde vio fugazmente al tipo al que suponía novio de Francey. Fue en un bar llamado The Dungeon, en una calle próxima a la universidad. El establecimiento era popular por sus hamburguesas y donuts y porque permanecía abierto hasta la una de la madrugada. Al entrar en el local, vio a Francey en una de las mesas, sonriendo a un tipo de pelo rubio, corto y ondulado, cuyo rostro Arthur no podía ver. La expresión radiante de Francey, sus ojos luminosos –más de lo habitual– le trajeron a la memoria varios momentos felices que pasara con ella, justo después de hacer el amor. Arthur dio media vuelta y salió a la calle, alegrándose de que Francey no le hubiera visto.

Frank acababa de dormir casi dieciséis horas seguidas y tenía ganas de Conversar con Arthur.

–¿Para qué sirve estudiar tanto? Luego sales de la universidad... y no encuentras empleo, ya sabes... ¿Por qué hacer que la vida resulte aún más aburrida, trabajando sin descanso como haces tú?

En aquel momento la vida era aburrida, incluso exasperante, y no solo porque Frank Costello estuviera allí de pie en medio de la habitación, tambaleándose, con los ojos enrojecidos.

–Sí –dijo Arthur, recostándose en el respaldo de la silla para descansar los hombros.

–¿Nunca te paras a pensarlo? Yo, sí... y no me cuesta comprender a los negros. *Ellos* saben qué les espera..., nada. *Pero...* –Frank adoptó el aire de quien va a pronunciar una declaración solemne–, ellos tienen la música, ¿no es verdad? Eso es algo, eso es mucho. En *eso* son genios. Cuando me largue de esta fábrica de parados, me iré a Nueva York..., puede que por dos semanas tan solo, hasta que se me acaben los quinientos pavos. Es todo lo que podré sacarle a mi padre, estoy seguro, pero pienso probar suerte en Nueva York... haciendo algo relacionado con la música. ¿Sabes? –Frank iba descalzo y solo llevaba los pantalones del pijama–. ¿Te importa si me siento? –preguntó, señalando la cama de Arthur.

–Pues en este momento, sí me importa... porque tengo que terminar esto, de veras.

Frank asintió con la cabeza, decepcionado.

–¿Te importa que coja una de tus cervezas? Puedo reemplazarla más tarde.

—Sírvete tú mismo —dijo Arthur, inclinándose de nuevo sobre sus apuntes.

Frank abrió la lata y bebió un trago.

—Mm-m... Qué buena cuando está fría... Siento haberte llamado anticuado. No quería...

—Oh, no importa —farfulló Arthur, deseando que se fuera de una vez. Frank nunca le había llamado anticuado, como no fuera implícitamente; Arthur, en cambio, consideraba a Frank increíblemente anticuado, miembro de una especie de universitario extinguida al mismo tiempo que el dinosaurio, antes incluso de la generación de su padre.

Por suerte, Frank decidió salir aquella noche. Hizo y recibió muchas llamadas telefónicas y Arthur temió que estuviera organizando una fiestecilla en la habitación, pero finalmente se fue. Arthur, más relajado, se desperezó y decidió bajar a la «sala de estar» del Hamilton Hall, donde había un televisor. Quería olvidarse de la microbiología durante diez minutos. Estaban dando las noticias y hablaban de Reagan y de su elevado presupuesto para armamentos, para la defensa. No era la primera vez que Arthur oía hablar del asunto y en cada ocasión los presupuestos se le antojaban más elevados. Algunos estudiantes, quizás de los últimos cursos de ciencias políticas, tomaban notas. Arthur salió con el propósito de dar un corto paseo, comió un bocado en la cafetería del dormitorio y volvía a estar absorto en los libros cuando a las diez sonó el teléfono. Era la tercera llamada desde que se marchara Frank y Arthur supuso que volvía a ser para Frank.

—Hola, Arthur. Yo otra vez... molestándote —dijo su madre.

—No, mamá. No me molestas. Frank ha salido esta noche. Tanto mejor. ¿Qué tal te van las cosas?

—Oh..., pues como siempre. Richard ha salido esta noche y Robbie, también... otra vez. Parece que el póker de anoche no fue suficiente.

318

—¿Ha ido papá a ver a un cliente? —Arthur se imaginó a su padre visitando a Irene Langley, llevándole un ramillete de flores, tal vez una revista religiosa también.

—Sí. A dos clientes, dijo. No creo que quieras venir a comer mañana domingo, ¿verdad?

—¿Tú piensas ir a la iglesia? —Arthur se dijo que podía ir a ver a su madre mientras su padre y Robbie estaban en la iglesia.

—No estoy segura. De vez en cuando me escabullo, porque realmente ando muy ocupada con el asilo. No sé seguro qué haré mañana. De todos modos, volvemos a casa antes de las doce y media, como tú sabes.

Arthur no tenía el menor deseo de comer en su casa y ver a su padre con la mirada perdida en el vacío y a Robbie con expresión de hostilidad.

—Pues francamente, mamá..., no creo que resulte muy divertido.

El silencio de Lois le resultó doloroso.

—Si quieres, te invito a comer fuera, mamá.

—Oh, no ahora, cuando tienes los exámenes encima.

—¡Claro que sí, mamá! Por favor. ¡Puedo robarles un par de horas a los estudios! ¡Faltaría más!

Pero no dio resultado. Su madre estaba acostumbrada a preparar el almuerzo dominical al volver de la iglesia —Arthur no necesitaba que se lo recordaran— y para ella venía a ser una obligación insoslayable.

—El viernes próximo tendré el último examen, mamá... Sí, dos el martes. Después del viernes, la vida mejorará.

Arthur se acercó al hornillo para hervir un poco de agua y hacer café. Se sentía inquieto porque su madre también parecía inquieta además de desgraciada. La abuela haría bien visitándolos otra vez pronto, puesto que sus visitas siempre animaban a Lois. La abuela sabía tomarse a broma a Robbie y a Richard, aunque tal vez a sus espaldas. En todo caso, la abuela no dejaba que la deprimieran. En su próxima carta a la abuela le preguntaría cuándo pensaba visitar a sus padres. ¿Y por qué no le escribía aquella misma noche?

Las palabras surgieron velozmente de la máquina de escribir y aquel fue el rato más feliz del día.

«... mamá parece deprimida, pero no sé por qué motivo. Tal vez esté cansada. ¡Pero me consta que una visita tuya la animaría! ¡Y también me animaría a mí!

¿Cuántos alumnos tienes ahora? ¿80?

Estoy en plena época de exámenes. Siento angustia, pero dicen que la angustia es saludable. Creo que lo aprobaré todo, incluso el francés.

Besos de tu diligente (en este momento)
nieto Arthur.»

Al terminar, se sentía mejor, pese a no haberle mencionado un detalle a la abuela: que no sabía cómo iba a pasar el verano, ni siquiera dónde viviría. Quizás iría a visitar a la abuela, dado que ella tenía una habitación libre en su piso. Tal vez en Kansas City encontraría un empleo para el verano o trabajaría para la abuela, haciendo cosillas que ella no tendría que pagarle, aunque probablemente le pagaría. En cualquier caso, no deseaba pasarse todo el verano en un campus fantasma a sabiendas de que en septiembre tendría que contemplar el mismo panorama.

26

El domingo por la mañana Arthur se levantó tarde. La cama de Frank estaba vacía y por hacer. Arthur pensó que con un poco de suerte Frank no volvería en todo el día.

Gus Warylsky telefoneó poco antes de las doce para preguntarle si quería comer en su casa. Luego podían ir con Veronica a nadar en la piscina de Grove Park.

–¡Te sentará bien! Me he tomado todo el día libre. –Arthur recordó que era el cumpleaños de Gus y estuvo tentado de aceptar. Pero decidió sacarle partido a la ausencia de Frank; además, tenía el traje de baño en casa de sus padres. Así que dijo que no, pero prometió ir a cenar con los Warylsky.

Después se sintió culpable por haber defraudado a un buen amigo.

A las cuatro de la tarde Frank seguía sin aparecer y Arthur llevaba sus buenas cuatro horas trabajando en tres asignaturas. Se echó en la cama con el libro de términos biológicos y estuvo hojeándolo hasta que se durmió.

El teléfono le despertó. Se levantó de un salto, tambaleándose.

–Hola, Arthur –dijo su madre–. ¿Qué estás haciendo? ¿Puedes venir a casa? –La voz le temblaba ligeramente.

–Pues... sí, mamá. ¿Qué pasa? –Se imaginó fugazmente que Irene se había presentado en casa, que su madre no sabía cómo resolver la papeleta o que su padre se negaba a echarla a la calle.

–Nada, pero estoy preocupada.

–No estará Irene ahí, ¿eh?

–¡No! Oh, no. ¿Pero puedes venir? –Hablaba en voz baja, como si no quisiera que la oyesen.

–¿Ahora?

–Sí, ahora.

–Desde luego, mamá. Ahora mismo voy. –Colgó y se puso los mocasines.

Tal vez Richard y Robbie se estaban peleando, pero, ¿acerca de qué, si siempre estaban de acuerdo el uno con el otro? ¿O estarían los dos discutiendo con su madre? Era más probable. ¿O acaso su padre había vuelto a tirar de la manta? ¿O era que él, Arthur, se estaba preocupando demasiado?, se preguntó al doblar la última esquina y entrar en West Maple.

En el momento en que tiraba del freno de mano, Arthur oyó dos estampidos y al principio creyó que acababan de reventársele dos neumáticos. Pero los estampidos habían salido de la casa. Echó a correr hasta la puerta principal y la encontró cerrada solo de golpe. Entonces oyó a su madre... y lo que oyó fue un breve grito.

–¡Arthur! –Lois salió corriendo de la salita.

Arthur notó olor a pólvora. Su madre le asió una mano.

Robbie cruzó la salita empuñando una escopeta de caza y descargó un culatazo en el suelo. Tenía la mirada perdida y una expresión sombría. Trató de decir algo, pero las palabras no le salieron.

Arthur pasó por su lado camino del despacho de su padre, arrastrando a Lois porque ella seguía aferrada a su mano. Vio a su padre boca arriba en el suelo. La sangre teñía de rojo la mandíbula y el cuello, así como la parte superior de su camisa a rayas.

–¡Papá! –Arthur se agachó junto a él, pero apartó la mano antes de llegar a tocarle. Su padre tenía destrozadas la garganta y par-

322

te de la mandíbula. La sangre manaba sobre la alfombra verde. Al incorporarse, Arthur vio salpicaduras de sangre en el escritorio.

—¡Tenemos que llamar a un médico! —dijo Lois.

—Está muerto, mamá. —Arthur miró hacia otro lado para no ver la mirada fija que mostraban los ojos grises de su padre—. Es inútil, mamá.

Su madre retiró bruscamente la mano de la suya.

—¡Estuvieron discutiendo aquí durante media hora!

Arthur miró a su hermano, que seguía de pie en medio de la salita, la culata de la escopeta apoyada en la alfombra, la mano derecha sujetando los dos cañones. Robbie respiraba por la boca y miraba a Arthur, pero sin el menor asomo de expresión en la cara.

—¿Está muerto, Arthur? ¿Debemos llamar al médico?

—Sí, mamá, está muerto. ¡Pero llamaré a un médico de todos modos! —Arthur la acompañó hasta el sofá, pero ella no quiso sentarse.

Se oyeron tres golpes rápidos en la puerta principal.

Robbie hizo un ruido con la nariz y luego se la limpió con el dorso de la mano.

Alguien entró en la casa. Era Norma Keer.

—¡Hola, Arthur! ¿Qué ha ocurrido? ¡Me pareció oír disparos! —Miró a Robbie y frunció el ceño—. ¿Se puede saber qué pasa aquí?

—¡El teléfono, Arthur! —exclamó Lois—. ¡Avisa a alguien!

Al entrar Norma en la salita, Robbie pasó por su lado como si no la viera y salió al pasillo.

—Han disparado contra mi padre —dijo Arthur.

Norma abrió desmesuradamente sus ojos saltones.

—¡No lo dirás en serio! ¿Dónde está? ¿En el jardín?

—No, ahí dentro, sí —dijo Arthur al ver que Norma iba hacia el despacho, que tenía salida al jardín de atrás—. ¡Suéltame, mamá! Voy a telefonear.

—¡Santo cielo! ¡Oh, Dios mío! —exclamó Norma, parándose en la puerta del despacho.

Arthur se acercó, como atraído por la necesidad de ver el cadáver de su padre una vez más, de asegurarse de que estuviera muerto, y reparó en que los pantalones azules de su padre aparecían mojados entre las piernas.

—Sé que está muerto. Debería llamar una ambulancia, ¿verdad, Norma?

—Oh, sí, Arthur, sí. ¡Dos disparos! ¡Los oí! ¿Quieres que llame yo, Arthur?

—No. Gracias —Arthur se acercó al teléfono. Estaba demasiado agitado para buscar el número del hospital más cercano, pero la palabra URGENCIAS aparecía escrita en la primera página de la guía y Arthur marcó el número que había junto a ella—. Oiga, necesito una ambulancia. Ahora mismo.

—¿Nombre y dirección, por favor?

Arthur dio la información solicitada.

Su madre, todavía temblorosa, le escuchaba. Luego, al colgar el aparato, Lois entró en el despacho, y, arrodillándose al lado del cadáver, apoyó una mano en la pechera de la camisa, sobre el corazón. Aquella parte de la camisa no estaba ensangrentada. Con la otra mano apretó la mano izquierda del cadáver, que reposaba sobre la alfombra.

—Me parece que incluso está frío —dijo su madre—. Dicen... Puede que una manta...

—¡Oh, mamá!

—¿El arma se disparó por accidente, Arthur? —preguntó Norma en voz baja—. ¿Qué ha sucedido?

—Robbie disparó contra él —repuso Arthur.

Norma le miró boquiabierta.

—¡No lo dirás en serio!

—¿No oíste cómo discutían? —preguntó Lois—. Se pasaron media hora discutiendo. ¡Acabaron chillándose!

—Pues no oí nada —dijo Norma—. Claro, como tenía el televisor puesto.

Pasaron de nuevo a la salita, pero sin alejarse de la puerta del despacho. Arthur lanzó una mirada hacia el pasillo. Se sentía lleno de ansiedad e incluso temía que Robbie volviera. Robbie tenía una escopeta y no estaba en su sano juicio. ¿Estaría en su cuarto, cargando nuevamente el arma?

–Vuelvo en seguida, mamá. –Arthur salió al pasillo sin hacer ruido.

La puerta de Robbie estaba cerrada. Arthur llamó dos veces, despacio. En aquel momento era muy consciente de que Robbie le detestaba.

–¿Quién es?

–Yo, Arthur.

Robbie no contestó.

Arthur no quería retirarse, dejar que fuera otra persona la que abriese la puerta, de modo que hizo girar el tirador y entró.

Robbie se hallaba sentado en el borde de la cama, con la escopeta sobre sus muslos delgados, la mano derecha sujetando la culata de madera.

–¿Has vuelto a cargarla?

–No. –Robbie le miró ceñudamente.

Empezaba a oírse el aullido de una sirena a lo lejos. De pronto Arthur se inclinó y, cogiendo la escopeta por la mitad de los dos cañones, se la arrebató a Robbie al tiempo que decía:

–¿Te has vuelto loco?

–¡Papá se lo merecía! –repuso Robbie, mirándole directamente con sus ojos claros y metálicos.

–¿Sí? –De repente Arthur lo entendió o creyó entenderlo–. ¿Te refieres a Irene?

–Sí.

Arthur sostenía la escopeta de modo que pudiera usarla para rechazar a Robbie si se le echaba encima y trataba de quitársela. Salió del cuarto con el arma y cerró la puerta.

Por la ventana de la cocina vio que una ambulancia se detenía ante la casa, un vehículo largo y blanco con una luz azul en el tejadillo. Arthur dejó la escopeta en el rincón del vestíbulo, donde colgaban las chaquetas.

–Ya voy yo, mamá –dijo, abriendo la puerta principal.

–¿Es aquí? ¿Alderman? –dijo un hombre que vestía pantalones blancos y camisa de manga corta del mismo color.

Arthur movió la cabeza afirmativamente y se echó a un lado.

Otro joven vestido de blanco se acercaba con pasos rápidos y un maletín de médico en la mano.

Arthur señaló el despacho con un gesto y el primero de los dos hombres entró, se agachó junto al caído y durante unos segundos le buscó el pulso en la muñeca.

–¿Cómo ha sido? –preguntó a Arthur y Norma, que se encontraban en el umbral–. ¿Accidente? ¿Suicidio?

–Le dispararon –contestó Arthur.

–¿Asunto de familia?

–Sí –dijo Arthur.

–Hay que avisar a la policía, así que de momento no podemos moverlo –dijo el enfermero, entrando en la salita–. ¡No traigas la camilla todavía! –gritó hacia la puerta principal–. Hay que llamar a la policía. ¿Puedo usar su teléfono?

–Desde luego –dijo Arthur.

–Quizás preferirías que me fuera, Arthur –dijo Norma–, pero me quedaré un rato. –Por medio de señas le indicó que pasara a la cocina–. ¿Dónde tienes el whisky? A tu madre le iría bien un poco. La tranquilizaría.

Arthur abrió el armarito donde siempre había alguna botella. Quedaba un poco de Cutty Sark y echó un par de dedos en dos vasos, luego en un tercero, para sí mismo. Fue a llevarle un vaso a su madre, que seguía de pie en la sala, con los ojos vidriosos y una expresión de desamparo que le llenó de angustia el corazón. Lois estaba escuchando al enfermero, o al menos mirándole, que hablaba por teléfono.

—Bébete esto, mamá —dijo Arthur—. Y siéntate.

—¿Qué hace Robbie? —preguntó ella.

—Está sentado en la cama, sin hacer nada. —Arthur miró el rostro pálido y acongojado de su madre—. Le he quitado la escopeta. No te preocupes, mamá.

Lois hizo una mueca al beber el primer sorbo de whisky sin agua ni hielo. Arthur la hizo pasar a la cocina porque los dos enfermeros no paraban de ir y venir por la salita y un tercero estaba hablando por teléfono en aquel momento.

—Siéntate, Lois. —Norma le acercó una silla. Tuvo que empujarla por los hombros para que se sentara—. ¿Qué mosca le ha picado a Robbie? —preguntó Norma en un susurro.

Lois cerró los ojos con fuerza y no contestó.

—¿Dónde está? ¿En su cuarto? —Norma miró a Arthur.

Arthur se alegró de que Norma estuviese con ellos.

—Sí..., sentado sin hacer nada. —Arthur miró hacia la puerta de Robbie, que apenas era visible desde allí, y súbitamente sintió deseos de entrar en su cuarto y darle una tremenda paliza. Pero ya se encargarían los polis, que no tardarían en llevarse al pequeño Robbie.

Llegó la policía, dos hombres con camisa de manga corta y pistola en la cadera. Hablaron con los enfermeros como si los conocieran personalmente, luego cruzaron la salita y entraron en el despacho. Un tercer agente entró por la puerta principal, que estaba abierta de par en par. Uno de los dos primeros entró en la cocina y sacó un bloc de notas de un bolsillo posterior.

—Buenas..., señora —dijo el policía, sin saber a cuál de las mujeres dirigirse.

—Mi madre —dijo Arthur, indicando a Lois.

—¿Pelea de familia? —preguntó el policía—. ¿Quién es el res...?

—Mi hermano —dijo Arthur—. Está en su cuarto. Allí —dijo, señalando.

De repente el policía se puso en guardia.

–¿Sigue armado?

–No. ¿Tiene otra arma en su cuarto, mamá? ¿Me oyes, mamá?

–No lo sé –dijo Lois.

–¿Qué edad tiene? –preguntó el policía.

–Quince años.

El agente fue a consultar con sus colegas en la salita.

Arthur oyó los clics de una cámara fotográfica en el despacho de su padre y vio que un hombre vestido de paisano se levantaba después de medir algo en el suelo con una cinta métrica.

Dos policías salieron al pasillo y Arthur les señaló la puerta de su hermano. El policía que iba delante había desenfundado el revólver y el otro tenía la mano apoyada en el suyo. El primero llamó a la puerta con la mano libre e inmediatamente hizo girar el tirador. La puerta no estaba cerrada con llave. Arthur pudo oír parte de lo que decían.

–... De acuerdo. ¿Quieres venir con nosotros?... Sí, Louey, adelante... ¿Cómo te llamas?

–¿Para qué es esto? –musitó Robbie.

–... dinos cómo te llamas.

Clic. Las esposas, pensó Arthur, y vio que no se había equivocado cuando los tres salieron al pasillo, un policía delante y el otro detrás de Robbie, que iba esposado y fruncía el ceño. Se produjo entonces un momento embarazoso, ya que los tres tuvieron que entrar de espaldas en la salita para dejar paso a los enfermeros con el cuerpo de Richard en una camilla. Uno de ellos jadeaba a causa del peso o del calor y la camilla chocó con el tabique que había entre el recibidor y la cocina. El cuerpo iba metido en un saco de color gris. Los enfermeros lo sacaron de la casa y se fueron.

El policía del bloc entró en la cocina e informó a Arthur y a Lois de que aquel mismo día Robert sería trasladado a un centro de detención de delincuentes juveniles, no a una prisión, toda vez que era menor de dieciséis años.

–Ya les daremos la dirección y el número de teléfono. Pero antes he de hacerles unas cuantas preguntas. –Dirigió a Arthur una mirada en la que había más esperanza–. ¿Estabas aquí cuando sucedió?

–No. Acababa de llegar..., de llegar ante la casa. Entonces oí los tiros. –Arthur vio que detrás del agente otro policía se inclinaba ante la escopeta apoyada en la pared del pasillo.

–Así es –dijo Norma–. Vivo en la casa de al lado. Oí los tiros y me asomé a la ventana. Vi a Arthur apeándose de su coche en el jardín.

¿La hora? Arthur y Norma calculaban que serían las cuatro y veinte. ¿Testigos? Lois confirmó que había visto a su hijo disparar la escopeta.

–Oye, Tommy –interrumpió el policía que iba con Robbie–. ¿Tienes idea de cuánto vas a tardar?

–Unos cinco minutos. Ve tú delante con él.

El policía empujó suavemente a Robbie hacia la puerta principal. Robbie se revolvió, pero no parecía más enfadado que cuando su madre le ordenaba que se lavara las manos antes de comer.

Súbitamente Lois se levantó de un salto.

–¡Robbie! –Pero no llegó a tocar al muchacho, como si la presencia del policía se lo impidiera–. ¡Robbie, no puedo creer que haya ocurrido esto! ¡Sencillamente no puedo!

–Pues ha ocurrido. Mi padre me contó la verdad –dijo Robbie–. Me la contó porque yo le pregunté.

–Ya podrá usted hablar con él más adelante, señora –dijo el agente que conducía a Robbie.

Lois parecía confundida.

–¿No necesita...?

Arthur cogió la mano de su madre y la retuvo.

–Le darán todo lo que necesite, mamá. –Supuso que su madre había pensado en prepararle una maleta.

Robbie y su acompañante salieron de la casa y el policía de la cocina se sentó ante el extremo de la mesa donde Robbie solía sentarse. El policía preguntó el motivo de la discusión entre Robbie y su padre, pero lo hizo en un tono que revelaba que el detalle no tenía demasiada importancia. En todo caso, no obtuvo respuesta de Lois, pues dijo que no lo sabía.

—Luego, al cabo de unos minutos —dijo Lois al policía—, Robbie se fue a su cuarto y volvió con su escopeta. Yo le vi, pero era demasiado tarde. No pude detenerle. Ya había llamado a mi hijo... para que viniese... porque tenía la impresión de que iba a pasar algo horrible.

El policía tomó nota del nombre de todos los Alderman e incluso anotó el nombre y la dirección de Norma. Luego pidió a Lois que pasara con él al despacho. Arthur entró en la salita, pero no fue más allá, pues las respuestas que deseaban oír eran las de su madre. Vio que Lois indicaba el sitio desde el que Robbie había disparado y que el policía examinaba las señales de perdigones de la pared. Él agente se cuidó mucho de no pisar la mancha de la alfombra. El hombre vestido de paisano, al que Arthur suponía inspector, y el fotógrafo seguían trabajando. Luego el policía dijo a Arthur y a Lois que el cuerpo ingresaría en el depósito de cadáveres de la ciudad y que por la mañana la señora Alderman podría iniciar los trámites para el entierro.

—Aquí tiene el número de teléfono del depósito, señora. Si no llama antes del mediodía de mañana, la llamaremos nosotros a usted. ¿Desea que avisemos a un médico para que le administre un sedante? A veces es una ayuda.

Lois no contestó y Norma dijo:

—Me quedaré un rato con ella. Si necesita algo, telefonearemos al doctor Swithers.

Al cabo de un rato, la puerta principal se cerró y Lois, Norma y Arthur se quedaron solos en la casa. Norma dijo que prepararía un poco de té y se fue a buscar la tetera. Arthur cruzó la salita hacia el despacho, cuya puerta permanecía abierta. Solo quería cerrarla, para evitar que su madre viera la alfombra, pero se quedó unos segundos contemplando el sitio donde el cuerpo de su padre había yacido boca arriba, con la pierna derecha doblada por la rodilla, los brazos extendidos y la masa sanguinolenta donde antes estaban la garganta y la mandíbula. A su derecha el papel pintado de la pared mostraba cuatro o cinco señales de perdigones. Seguramente Robbie había disparado desde el otro lado del escritorio y, a juzgar por las señales de la pared, Richard debía de estar de pie, dando luego un par de pasos hacia la puerta antes de caer de espaldas. La oscura mancha de sangre en la alfombra verde presentaba unos bordes bien definidos y su forma recordó a Arthur el contorno de Francia o tal vez de Alaska. Decidió que aquello era algo que él podía remediar y se fue a la cocina en busca de un cubo y una bayeta.

Norma le decía a Lois que se sentara, y Lois hablaba, casi llorando, y Arthur supuso que era mejor así.

Tras llenar el cubo en el fregadero, volvió al estudio y puso manos a la obra. La mancha parecía extenderse cada vez más y el agua del cubo no tardó en teñirse de rojo intenso. Arthur cambió el agua en el cuarto de baño y reanudó la tarea. Los bordes ya parecían más borrosos, pero era inútil: tendrían que tirar la alfombra. Pese a todo, Arthur supuso que lo que hacía era una mejora, que era preferible a dejar la mancha allí y que la viera su madre y la sangre fuese penetrando en la madera de debajo. La alfombra estaba clavada con tachuelas. Arthur limpió las manchas de sangre seca del escritorio de su padre. Después cambió otra vez el agua, por segunda o tercera vez, y finalmente enjuagó el trapo y lo dejó en un cubo de agua fría en el garaje.

—El té, Arthur. Te sentará bien —dijo Norma—. ¿Un poquito más de whisky? Estás un poco pálido.

—No, estoy bien —dijo Arthur, decidido a mantenerse de pie en la cocina pese a que le zumbaban las orejas. La sangre se había *ido,* por el desagüe, se dijo a sí mismo, y casi al instante vio que los cuadritos grises del linóleo del suelo se alzaban hacia él y sintió un golpe duro en el mentón.

Norma le puso en la frente un paño de cocina empapado y luego le limpió la cara con él.

–Sigue echado un rato, Arthur. No trates de levantarte –dijo Norma–. Es perfectamente normal –añadió, dirigiéndose a Lois–. El pobre chico ha...

Arthur anduvo con pasos vacilantes hasta el sofá de la sala. Norma insistió en que se echara y le hizo beber unos sorbos de té endulzado.

Lois estaba pálida, no quería echarse y a cada momento hacía a Norma preguntas que parecían incompletas:

–¿Mañana? ¿A qué hora dijo? No creo que Robbie supiera lo que se hacía, ¿y tú?... ¿Crees que debería llamar a mi madre, Norma?

–Pues, sinceramente, creo que esta noche no, Lois. Ahora no.

Arthur se sentía mejor y se incorporó. Le parecía un milagro que la casa estuviera libre de Richard y de Robbie, de aquel permanentemente, y de este durante un período indeterminado.

–Me quedaré aquí esta noche, mamá. No te preocupes. Iré al dormitorio a buscar mis cosas. Ahora mismo.

–¿Seguro que te encuentras bien? –preguntó Norma, que no se había sentado ni un solo momento.

–Sí, e iré ahora mismo –repuso Arthur, y subió a su habitación, pues tenía en ella un talego viejo de gran cabida; lo encontró en el fondo del armario–. Volveré... antes de una hora. ¿Estarás aquí, Norma?

–Puedes apostar que sí –repuso Norma.

Arthur se fue al Hamilton Hall. Frank no estaba en el cuarto, lo que facilitó la tarea de llenar el talego, pero Arthur supuso que debía dejarle una nota. La escribió aprisa y corriendo y la dejó sobre la cama de Frank. Echó un vistazo a su mitad del cuarto, ahora vacía, y sonrió. Se disponía a ir a una casa a la que amaba, junto a su madre, a la que también quería, y quizás no estaba bien, no era normal, sentirse feliz cuando su padre acababa de desaparecer, de morir, y su hermano se hallaba entre rejas, pero se sentía tan feliz que hubiera podido volar. Como siempre, el encargado de la residencia, que era un estudiante de los últimos años, no estaba en el mostrador de abajo, pero Arthur se dijo que por la mañana iría a las oficinas y les diría que pensaba vivir en casa durante el resto del año escolar, cuestión de unos pocos días.

Al llegar a casa, Norma le dijo que una vecina había llamado a la puerta y otra había telefoneado preguntando qué ocurría, pues había visto la ambulancia y el coche policial.

–Seguramente esperaron un intervalo que juzgaron decente –dijo Norma, que raras veces hablaba bien de las vecinas–. Apuesto a que serían capaces de no llamar a los bomberos hasta una hora después de ver fuego en tu casa. Tu madre ha llamado a la abuela. No pude impedírselo. Y ahora vendréis los dos a casa, a tomar un bocado. Tu madre quiso darse un baño y eso es lo que está haciendo en este momento. Te veré dentro de unos minutos.

Arthur fue a dejar sus cosas arriba. Observó que su escritorio estaba limpio; seguramente Lois quitaba el polvo cada día. ¡Qué delicia dejar su diccionario americano en el sitio de costumbre y ver a su lado el diccionario de francés Harrap! Y al fondo de la mesa los fósiles de erizos de mar aparecían alineados como siempre.

En el cuarto de baño se oía chapotear de vez en cuando a su madre, como si distraídamente se echara agua sobre los hombros con la esponja. Arthur se quitó la camiseta y se lavó en el fregadero de la cocina, secándose después con la toalla que se había traído del cuarto del dormitorio. Luego se puso una de las camisas limpias que había en un cajón.

Al cabo de unos instantes Arthur y Lois se fueron a casa de Norma. Lois estaba callada y pensativa, pero no triste; no lloraba ni se la veía aturdida. Norma tenía la mesa colmada de fiambres, escabeches, aceitunas y ensalada, dispuesto todo ello como en un bufé frío.

–Podemos sentarnos a la mesa o llevarnos los platos al sofá. Como gustéis –dijo Norma–. ¿Té helado? ¿Cerveza?

Arthur creyó encontrarse en una fiesta, una fiesta improvisada, y se encargó de servir a su madre, comprobando que tuviera lo que deseaba. Se reía sonoramente, igual que Norma y su madre, y a los pocos instantes no podía recordar el motivo de las risas. También era asombroso que ya fuesen las diez.

A pesar de hablar a grandes voces, oyeron un ruido en la puerta.

—¿Han llamado? —preguntó Norma, levantándose trabajosamente del sofá—. ¿Quién es? —preguntó a través de la puerta. Alguien le respondió y ella entreabrió la puerta.

—¿Está Richard aquí, por casualidad? ¿Richard Alderman?

Arthur reconoció la voz y se puso en pie.

—No —dijo, caminando hacia la puerta—. No está aquí.

Eddie Howell ya había cruzado la puerta y mostraba la consabida sonrisa.

—¡Hola, Arthur! Soy Eddie Howell —dijo a Norma—. Lamento molestarla, pero estoy citado con Richard y al ver su coche allí y luces aquí, me he dicho... Buenas noches, Lois.

Lois estaba de pie junto al sofá.

—Mi padre ha muerto, señor Howell —dijo Arthur.

Eddie Howell formó una «O» con la boca.

—Lo mataron —dijo Arthur—. Esta tarde, alrededor de las cuatro.

—¿Lo mataron? ¿Hablas en serio? —preguntó Eddie.

—Sí, es verdad —dijo Lois detrás de Arthur—. Mi marido recibió un disparo. Ha muerto.

—Vamos, Lois, no hace falta que te ocupes de esto —dijo dulcemente Norma.

—¿Un disparo de quién? —preguntó Eddie.

—De Robbie —repuso Arthur, irguiendo deliberadamente el cuerpo—. Tuvieron una discusión.

—¿Una discusión sobre qué? ¿Sobre Irene Langley?

—Arthur, ¿no queréis sentaros, tú y el señor Howell? —preguntó Norma.

—No creo, gracias —dijo Arthur—. Tú conoces a Irene Langley, ¿verdad, Eddie?

—Sí, naturalmente, viene a nuestra iglesia.

—Entonces sabrás lo que anda diciendo por ahí..., ¿no es así?

Arthur admitió que Eddie lo sabía, aunque no lo reconociera en seguida.

—Pues, oí decir que... Pero no hay que dar crédito a todo lo que dice, pobre mujer. ¿Irene habló con Robbie? —preguntó Eddie en tono de sorpresa.

—Tal vez fue mi padre quien habló con él. Así que estás al tanto, por lo que veo. ¿Te lo contó mi padre?

—Oh, no, no, no. Pero a veces veo a Irene. La..., la visito.

¡Cuántas visitas recibía Irene!

—Pues deberías habérselo ocultado a mi hermano —dijo Arthur—. Ejerces una gran influencia en él. ¿No te sientes un poco responsable de Robbie?

—No —dijo Eddie, mirando a Arthur, ahora con expresión ceñuda—. Robbie es hijo de Richard. ¡No tenía idea de que discutieran! Richard nunca dijo una palabra al respecto.

—Sí, si no fuera por ti..., por gente como tú —empezó Lois.

—¡Lois, lamento mucho oír esta noticia! —Eddie extendió una mano hacia Lois—. ¡Hablé con Richard en la iglesia esta mañana, sin ir más lejos! Y también con Robbie. No observé nada anormal en ellos.

—Si no fuera por...

—Lois, tómalo con calma. —Norma daba muestras de inquietud.

Arthur vislumbró el rostro tenso de su madre, los párpados temblando de rabia o a causa de unas lágrimas incipientes.

—¡Tenías a Robbie dominado! ¡Como un loco! —exclamó Lois.

—¿Que yo lo tenía dominado? —dijo Eddie, poniendo cara de perplejidad.

—*Alguien* tiene que decirlo —prosiguió Lois—. Tú sabes muy bien por qué se enfadó mi hijo. Por el mismo motivo que tú y Richard y Robbie, sí, os enfadasteis... por lo que hizo Arthur el verano pasado. Puede que Arthur dejara embarazada a una chica, pero... ¿eso justifica una muerte? Porque a eso es a lo que equivale. *¡Tú* deberías ir a hablar con Robbie! ¡Cree que ha hecho lo que había que hacer! —La voz de Lois se hizo aguda a la vez que su cuerpo se estremecía a causa de los sollozos, pero se mantuvo erguida. Norma rodeó con un brazo sus hombros.

—Lois.... llora hasta desahogarte del todo. No te hará ningún daño.

—No sé qué he hecho *yo* para causar todo esto —dijo Eddie, que parecía haber recobrado la tranquilidad y la sonrisa de siempre.

—Fuera de aquí, Eddie —musitó Arthur.

Eddie dio un paso atrás, hacia la puerta.

—¿Dónde está Robbie?

—La policía se lo llevó —dijo Arthur, pasando por su lado para abrirle la puerta.

Eddie titubeó, luego dijo:

—Buenas noches, Lois. Buenas noches, señora. —Y salió.

Arthur cerró la puerta tras él.

Su madre se encontraba de pie con Norma junto al sofá, sujetando una servilleta de papel contra la nariz, pero no estaba llorando.

—¡Preguntarme a mí dónde está Robbie! —dijo Arthur.

Norma logró que Lois se sentara. Lois se había dejado los cigarrillos en casa, de modo que Arthur fue a buscárselos. Al entrar en casa, el teléfono estaba sonando, pero Arthur no se tomó la molestia de contestar. Pensó que si Norma no conocía el papel de Irene en la muerte de su padre, ahora sí lo conocería. Y ahora sabría de la relación de una chica con él, Arthur. ¿Daría por sentado que era Maggie? Pero no importaba, porque Norma era una amiga y su amistad era más fuerte que lo demás. Arthur supuso que Norma le haría algunas preguntas aquella noche, pero no hizo ninguna.

27

Al día siguiente, lunes, el teléfono comenzó a sonar a primera hora de la mañana. Arthur contestó una llamada alrededor de las nueve.

–Bob Cole al aparato –dijo una sonora voz de tenor–. ¿Hablo con Arthur?... Eddie Howell me llamó anoche para comunicarme la triste noticia. Estoy desolado, Arthur. ¿Podría hablar un momento con tu madre?

–Sí. Aguarde un segundo mientras voy a avisarla. –Arthur fue a llamar a su madre, que salió de su cuarto, y dijo–: Ahora es el reverendo Cole.

Arthur salió al jardín para no oír lo que decía su madre. Aquella mañana se había despertado muy temprano y alegrado al encontrarse en su propia cama y figurarse que su madre le traería una taza de café sobre las ocho, que era exactamente lo que había sucedido. La abuela había llamado más tarde diciendo que llegaría al aeropuerto de Indi a las ocho y media de la noche. Era una buena noticia. También habían telefoneado del centro de detención donde se encontraba Robbie. Querían que Lois se personara allí por la mañana para firmar unos papeles. Arthur se había brindado a ir él, pero la policía quería que fuera su madre. Arthur había echado otro vistazo a la alfombra del despacho y había comprendido que tendrían que tirarla.

—¡Arthur! —llamó su madre.

Arthur salió del cobertizo de las herramientas y corrió hacia la puerta de atrás. Tuvo que cruzar de nuevo el despacho de su padre. Al salir de él, cerró tras de sí la puerta que comunicaba con la salita.

—Betty Brewster —dijo Lois, tendiéndole el teléfono.

—Me enteré de lo de ayer por..., por una amiga a la que creo que tú no conoces —dijo Betty—. La noticia me ha afectado muchísimo. Como le acabo de decir a tu madre, llamo para preguntar si necesitáis ayuda. Si hay algo que yo pueda hacer. Algún servicio.

—Gracias, Betty. No sé qué te habrá dicho mamá, pero no se me ocurre nada. Voy a quedarme en casa y la abuela llegará esta noche.

Se alegró al ver que Betty no le preguntaba por qué Robbie había disparado contra su padre. Lois aún no había vuelto del centro de detención cuando Arthur salió de casa a las doce y media para presentarse al examen de la una. En el Everett Hall, donde iba a celebrarse el examen, anduvo por los pasillos con la vista baja y vio con alivio que ningún conocido le abordaba o dirigía la palabra. Cabía incluso la posibilidad de que la noticia del suceso no apareciera en el *Herald* hasta el día siguiente. En el aula del examen no estaba permitido hablar y los estudiantes tenían que sentarse con dos asientos de distancia entre ellos, para que no pudieran copiar unos de otros. Los ojos de Arthur se cruzaron con los de un chico al que conocía, el cual sonrió rápidamente y le hizo la señal de la victoria alzando los pulgares.

Cinco minutos después, Arthur se hallaba inmerso en otro mundo: el examen de Introducción a la Filosofía.

Al salir del Everett Hall eran casi las cuatro de la tarde y Arthur vio fugazmente a Francey. La muchacha vestía unos tejanos recortados a la altura de las pantorrillas y una camisa roja y corría al trote hacia un coche. Dentro del vehículo había alguien que sostenía la portezuela abierta. Ver a Francey no le afectó lo más mínimo. Era un buen síntoma; era incluso una señal de que hacía progresos.

¡Y la abuela llegaría por la noche! Se sintió feliz al pensar que iría a buscarla al aeropuerto. Por la mañana Lois había arreglado el cuarto de los huéspedes, adornándolo con un florero que contenía unos lirios recién cortados. Arthur encontró una nota en casa.

«Volveré sobre las 5.30. ¿Puedes sacar tres bistecs del congelador? Ando de cabeza desde la una.»

Por la tarde su madre había ido a trabajar al asilo, como de costumbre. Rovy empezó a ronronear dulcemente para indicar que tenía hambre y a frotarse contra las piernas de Arthur. Tras darle de comer, Arthur sacó los tres bistecs y los puso sobre la tajadera y guardó esta en el horno para que Rovy no pudiera alcanzarla.

—¿Te das cuenta, Rovy, de que estamos solos, solos, *solos*? —dijo Arthur al gato.

Rovy no contestó al comentario. Su lomo encogido, mosqueado, se movía mientras iba engullendo su comida.

A las cinco y media Lois aparcó su coche ante la casa. ¿Qué harían con el coche de su padre? Vender el condenado trasto, pensó Arthur con esperanza, aunque era el mejor de los tres coches. Arthur no quería tocarlo ni conducirlo, jamás. Lois entró en la cocina desde el garaje.

—¡Hola, mamá! Acabo de hacer café. ¿Quieres un poco?

—Sí. ¡Uf! —Llevaba a cuestas dos gruesos libros de tapas azules, libros de contabilidad del asilo.

—¿Cómo te ha ido? ¿Por qué has ido al asilo hoy, mamá? ¿Has visto a Robbie? —Muy a su pesar, Arthur sentía curiosidad por Robbie.

—Sí. Necesito lavarme las manos. —Lois se fue al cuarto de baño.

Arthur sirvió el café.

—Sí, le he visto —dijo su madre al volver—. Estaba en un cuarto con otros tres o cuatro chicos... leyendo revistas.

—Vaya —dijo Arthur—. Revistas. ¿Dónde cae ese centro?

—Es un edificio que hay detrás de jefatura. Esto es provisional.

Más adelante lo trasladarán a otro lugar cerca de Indi. –Lois hablaba despacio mientras removía el café.

Arthur se quedó esperando pacientemente que le dijera más cosas.

–En el otro lugar se celebrará la vista de la causa, por así decirlo, ante el tribunal de menores o algo así. Puede que incluso se celebre donde está ahora. No lo sé seguro.

–¿Robbie... te dijo algo más?

–No, casi nada –contestó en seguida Lois–. No parecía lamentarlo ni pizca, ¿sabes? Ni siquiera estaba triste.

A Arthur no le costó imaginárselo.

–Luego fui adonde está Richard –dijo Lois, mirando fijamente la mesa con ojos a los que comenzaban a aflorar las lágrimas–. Tuve que ir... después de ver a Robbie.

Arthur sintió una punzada de dolor.

–¿Por qué no me telefoneaste esta mañana, mamá? Hubiese ido contigo. ¡Yo estaba aquí!

–No tuve que *ver* a Richard, solo querían que firmara unos papeles. Uno de ellos era para la funeraria..., la Gregson, ya la conoces. Y di mi conformidad a que el entierro se celebrase mañana. A las once. Hablé con ellos. La verdad es que no tengo ganas de avisar a nadie. –Inclinó la cabeza.

–No bebas más café, mamá. Sube y duerme un rato. La cena ya la prepararé yo..., empezaré antes de salir a buscar a la abuela a las siete y cuarto. No te preocupes por nada.

–No creo que debamos mandarle un telegrama a Stephen, el hermano de Richard. ¿Qué opinas tú? Le escribiré. No estaban... muy unidos.

–No, mamá. –Arthur apenas recordaba a su tío Stephen, al que había conocido cuando él tenía unos diez años más o menos. El tío Stephen vivía en el estado de Washington. Súbitamente Arthur pensó en el *Herald,* que, como cada día, seguramente estaba en el buzón desde las dos de la tarde.

En aquel preciso instante sonó el teléfono. Era una mujer cuyo nombre le resultó vagamente conocido a Arthur. Llamaba para darles el pésame. Arthur dijo que su madre estaba descansando y le dio las gracias en su nombre. Luego fue a mirar en el buzón de la entrada y encontró dos cartas y el *Chalmerston Herald*.

La fotografía de su padre venía en la primera página, en una sola columna de la parte inferior. Era una foto antigua en la que su padre aparentaba unos treinta y cinco años y vestía camisa blanca, corbata y traje oscuro; su expresión era severa, aunque sonreía levemente. ¿De dónde habrían sacado la foto?

«... representante de seguros y planes de jubilación de la Heritage Life resultó mortalmente herido la tarde del domingo por los disparos de su hijo Robert, de 15 años, según informaciones facilitadas por la policía, en su domicilio de West Maple Street...»

A juzgar por lo que decía la noticia, parecía un accidente. Arthur se llevó el periódico a su cuarto con la esperanza de que su madre no lo encontrara a faltar y lo pidiese. Lois había entrado en su dormitorio con la intención de descansar, pero cuando Arthur miró por la puerta entreabierta, la vio agachada ante la cómoda.

—Quería guardar algunas otras cosas de Richard antes de que llegara mamá.

—¡Ya guardaste suficientes cosas esta mañana, mamá! Ahora déjalo o luego estarás cansada.

Lois se acercó a la cama de matrimonio con pasos vacilantes y se echó boca abajo. Arthur salió de la habitación cerrando luego la puerta suavemente.

En la salita ya se notaban algunos cambios: Lois había sacado de allí la vieja chaqueta de «tweed» que Richard solía colgar en el respaldo de una silla cerca de la puerta de su despacho; también había quitado el portapipas que raramente utilizaba. Arthur entró en la cocina y puso la mesa. El teléfono sonó cuando se encontraba pelando patatas.

—¡Maldita sea! —dijo, y fue a contestar.

—Hola. Soy Irene —dijo una voz llorosa—. Solo quería...

—En este momento estamos muy ocupados. Lo siento, tengo que...

—¿Puedo hablar con tu madre? Quisiera...

Arthur cortó y dejó el teléfono descolgado para que su madre pudiera dormir la siesta sin que la molestaran. Ya era la hora de salir de casa para ir al aeropuerto de Indi.

* * *

—Claro que iré a ver a Robbie —dijo la abuela cuando iban en el coche camino de Chalmerston.

—Espero que esté amable contigo —dijo Arthur.

—¿Conmigo? ¿Qué quieres decir?

—En este momento no suelta prenda. —Arthur conducía mirando ceñudamente la calzada.

—¿Por qué discutieron? ¿Tú lo sabes?

—No —contestó Arthur—. Yo no estaba.

Al llegar a casa, la escena resultó alegre de modo casi convincente durante unos minutos. Abrazos y besos, la abuela abriendo la maleta en el cuarto de los huéspedes, luego unas copas en la salita mientras Arthur seguía preparando la cena.

—... discutiendo. Esto fue el domingo por la tarde —dijo la voz de su madre—. Bueno, ahora ya casi da lo mismo que te lo diga, porque Robbie te lo dirá de todos modos. ¿Te acuerdas de Irene Langley? ¿La que vino con su hermana el día de Navidad?

Arthur, tratando de no oírlo, arrojó adrede un cucharón en el fregadero, armando gran estruendo.

—¡No puede ser, Lois! —exclamó la abuela.

Arthur metió los bistecs en el horno, consultó su reloj y se fue a la sala.

—¿Pero qué dijo Richard? —La abuela se hallaba sentada en el sofá, escuchando con atención.

—Vaguedades —contestó Lois—. Sé que... no quiero creerlo.

La abuela meneó la cabeza.

—¿Y a cuánta gente piensa decírselo Irene? Debe de resultar muy desagradable.

Arthur hizo una seña a la abuela indicándole que la cena estaba lista. La abuela se levantó, rodeó con un brazo los hombros de Lois y la besó en la mejilla.

—¡Lois, querida, qué mal rato estás pasando! Arthur dice que la cena está lista. Vamos a olvidarnos de todo esto durante unos minutos.

Después de cenar, pese a que era bastante tarde, la abuela propuso que tomaran café en la salita, como solían hacer.

—Querrás acostarte temprano, ¿verdad, Arthur? —preguntó la abuela—. ¿Tienes examen mañana?

—Sí, tengo dos.

—¿Feliz de estar en casa?

—¡A más no poder!

Luego la abuela frunció el ceño mientras bebía el café.

—Podré ver a Robbie antes de las once, ¿no es así, Loey? No me impedirán verle, ¿verdad?

—No creo.

—Puede que quiera asistir al entierro. ¿Se lo permitirían?

Lois titubeó.

—Pues no lo había pensado. Estoy segura de que le darían permiso...

Sonó el teléfono. Arthur dejó que contestara su madre, porque probablemente era una de sus amigas la que llamaba. Arthur ni siquiera prestó atención a lo que dijo Lois al ponerse al aparato. Luego Lois se volvió y dijo:

–Arthur... Es Maggie. –Le ofreció el teléfono.

–¿*Maggie?* –Arthur cogió el aparato–. ¿Sí?

–Hola, Arthur. –Maggie pareció suspirar–. Mi madre acaba de llamarme. Me ha dicho que tu padre... Bueno, que...

–Sí. –Arthur cerró los ojos, alegrándose de que la abuela y su madre se hubieran ido a la cocina.

–Me ha dicho que, según el periódico, Robbie disparó contra él. ¡Es espantoso, Arthur! ¿Fue un accidente?

–No.

–¡Dios mío! No voy a preguntarte por qué en este momento, pero quería decirte que lo siento mucho. ¿Estás en casa ahora? ¿Vas a quedarte?

–Sí. –Arthur quería dejarse de tonterías y decirle *Te quiero, Maggie, te quiero como te he querido siempre,* aunque ella pudiera contestarle *Pues lo siento mucho*–. Me han dicho que no volverás a casa este verano.

–Probablemente. Es verdad. Puede que a finales del verano, tal como están las cosas... ¿Querrás darle recuerdos a tu madre y también a la abuela? Tu madre me ha dicho que está con vosotros.

Colgaron sin que Arthur le hubiera dicho que la quería. Se reprochó a sí mismo por ello al mismo tiempo que se decía que tal vez era más prudente no habérselo dicho. Quizás Maggie le habría dicho que no se pusiera pesado. De todos modos, las chicas siempre lo sabían. Arthur recordaba haberlo leído en alguna parte. La abuela no entró a verle después de acostarse. Ella y Lois se quedaron en la salita, hablando en voz baja, hasta muy tarde.

Por la mañana Arthur salió de casa a las nueve; el examen de microbio empezaba a las nueve y media. La abuela y su madre ya habían salido a visitar a Robbie en el centro de detención; después asistirían al entierro, que estaba fijado para las once. Arthur se alegró al ver que la abuela no le sugería que asistiese al entierro, diciéndole tal vez que intentara aplazar el examen, cosa que, de todos modos, quizás no habría sido posible. Arthur sencillamente no quería ir al entierro de su padre y escuchar una sarta de palabras huecas en boca de Bob Cole. Con toda probabilidad Irene Langley haría acto de presencia en la Primera Iglesia del Evangelio de Cristo, donde iba a tener lugar el oficio de difuntos, y luego, en uno de los coches de lujo, iría al cementerio Greenhills, en el Westside. Arthur escupió en un seto antes de subir de dos en dos los peldaños del Everett Hall.

Al llegar Arthur a casa poco antes de las doce, Lois y la abuela aún no habían regresado. Seguramente se habrían quedado hablando con los asistentes al entierro. Le entraron ganas de tomarse una cerveza de las muchas que había en el frigorífico, pero tuvo miedo de que le diera sueño y no tuviese la cabeza despejada para el examen de francés a las dos, así que optó por una ducha en lugar de la cerveza. Mientras se duchaba pensó que a las once y media, mientras él escribía un párrafo sobre el ADN, su padre bajaba a la tumba y luego los terrones de tierra empezaban a caer sobre la tapa del ataúd. Su padre solía hablar mucho del alma, pero su cuerpo, desde luego, había que inhumarlo como el de cualquier otra persona, como el de un gato o de un perro, y al poco los gusanos darían buena cuenta de él, a pesar de la calidad del ataúd. Mas no era aquello lo importante: su padre había muerto deshonrado, cuando menos, a causa de un asunto deshonroso. Hasta su madre, al ver cómo el ataúd descendía a la tierra, debía de haber reflexionado que Richard no habría muerto de no haber sido por la ira de Robbie y el motivo de dicha ira.

Cuando Arthur terminó de vestirse en el baño, las dos mujeres ya habían vuelto. Y de repente recordó que la gente solía comer y beber en casa del difunto después del entierro. ¿No era así? Pero no lo fue en el caso de su padre.

–Hola, Arthur. ¿Qué tal te ha ido el examen? –le preguntó su madre con voz cansada.

–Bien.

La abuela no dijo nada. Llevaba un vestido veraniego de color

púrpura y un chal negro sobre los hombros, con el que probablemente se habría cubierto la cabeza en el templo. Se quitó el chal y
lo dobló dos veces.

—¿Y el entierro..., llevasteis a Robbie con vosotras? —preguntó
Arthur.

—Le dieron permiso, pero no quiso ir —contestó su madre.

Guardaron silencio durante unos segundos.

—Bien... ¿Quieres que prepare algo de comer, mamá? Tengo que
irme a la una y pico. Esta tarde toca examen de francés.

—Lo sé, querido. Yo prepararé algo para los tres. Pero antes quiero quitarme estos zapatos. —Se fue al dormitorio.

Arthur puso tres cubiertos en la mesa, aunque le hubiera dado
lo mismo comer algo de pie.

—Confío en que Irene no estuviera en el entierro —dijo Arthur
en voz baja a la abuela.

—Estaba. Y llorando. Lágrimas auténticas. Pude verlas. Sin embargo, como ya le he dicho a tu madre, me dio la impresión de que
no se lo había contado a toda la ciudad. ¿No pensaste tú lo mismo,
Lois? —añadió al volver Lois a la cocina.

—Es difícil decirlo. Puede que la gente disimulara... en el entierro.

—¿Viste también a Robbie, mamá? —preguntó Arthur.

—Durante un minuto. Después la abuela habló con él en su
cuarto. Me parece que la abuela se ha llevado una pequeña sorpresa.

—Estuvo tan frío —dijo la abuela—. Parece otro. Y, al mismo tiempo, puede que no haya cambiado nada.

—¿Dijo «No quiero ir al entierro» o algo por el estilo? —preguntó Arthur.

—Sí —repuso la abuela—. Y dijo que a su modo de ver... lo que
había hecho estaba bien. Que estaba *bien*. ¡Vaya si es otro!

Arthur miró su reloj mientras bebía un vaso de leche. La abuela le daba pena.

—Y me parece que no le importa ni pizca estar allí donde está

—dijo la abuela—. Habló de alistarse en la infantería de marina más adelante. —Trató de sonreír.

—¿Cuánto tiempo estará allí, mamá?

—Un par de días, por lo que oí decir. Creo que tiene que verle un psiquiatra y luego se celebrará la vista de la causa. —Lois puso la carne de buey en la mesa.

—Me contó —dijo la abuela— que tu padre le confesó lo de Irene. Y que entonces supo lo que tenía que hacer.

Arthur se estremeció como si ya no lo supiera de antemano.

—¿El domingo?

—Sí, después del almuerzo. Robbie dice que el sábado Irene habló con él por teléfono, pero ella se lo había dicho a Richard mucho antes.

Arthur miró a su madre.

—¿Robbie no te dijo nada el sábado?

—¡No! —exclamó Lois—. Ahora me acuerdo..., el sábado por la tarde Richard y yo fuimos de compras y estuvimos fuera un par de horas.

—¿Y Robbie fue a la iglesia el domingo? —preguntó Arthur, asombrado, aunque el asombro solo duró unos segundos, ya que, desde luego, su hermano era capaz de ir a la iglesia pasara lo que pasara.

—Sí —dijo Lois—, y no observé ningún cambio en..., en su forma de comportarse con Richard.

Arthur se levantó y pasó por detrás del sitio donde Robbie solía sentarse.

—Será mejor que me vaya, mamá..., con vuestro permiso. —Arthur comprobó si llevaba las llaves del coche en el bolsillo del pantalón.

—Sí. ¿Y sabes qué me dijo Robbie, Arthur? —La abuela le miró—. Pues me dijo que Richard le había contado algo tan horrible que no quería decírselo a Lois. Así que le aplicó el castigo merecido, según él. —La abuela se arrugó, o se le arrugó la cara, y cerró los ojos para contener las lágrimas.

Arthur vio unas arruguitas en las que nunca se había fijado en la barbilla de la abuela, iluminada por el sol que entraba por la ventana de la cocina. Le dolió verla así, porque él no podía hacer nada, no podía decirle ninguna palabra que la ayudase a soportar mejor lo sucedido.

—Tengo la sensación de haber perdido un nieto. Eso es todo —dijo la abuela—. Y es muy triste.

28

Al llegar a casa después del examen de francés, Arthur supo por su madre que el reverendo Cole los visitaría a las cinco y media.

–Bob dijo que esta tarde iría a ver a Robbie también. Y Gus telefoneó justo después de irte. Realmente, el teléfono no ha parado en toda la tarde.

Arthur acababa de ver y hablar con Gus hacía solo unos minutos.

–Y la vista de la causa se celebrará el viernes por la mañana. Me autorizan a estar presente. Dieron a entender que hacían una excepción. Pero no puede asistir nadie más... de la familia.

–Entiendo. –El último examen de Arthur tendría lugar el viernes por la mañana–. ¿Dónde está la abuela?

–Descabezando un sueñecito. Dice que volverá a Kansas City el viernes a primera hora de la tarde y vendrá otra vez a echarme una mano la próxima semana. Tuvo que marcharse precipitadamente y ha de resolver unos asuntos en su escuela. Luego quedará libre.

Arthur sabía que su madre tenía que encargarse de algunos trámites y papeleos, aunque ella le había dicho que una empleada de la oficina de su padre vendría a ayudarlos. Entró en su cuarto, se puso unos «levis» viejos y una camiseta y salió al jardín de atrás. La luz del sol poniente le dio en la cara y le produjo una sensación deliciosa. Sacó la pala del cobertizo.

Cuando su madre le llamó, transcurrida casi una hora, estaba mugriento y sudoroso. Echó a andar hacia ella, blandiendo la pala por el mango.

—Mamá, no quiero ver a ese tipo —dijo en voz suave pero firme.

—Por favor, Arthur. ¿Ni cinco minutos? Bob sabe que has estado ocupado con los exámenes. Pronunció un sermón muy bonito en el..., antes del entierro de Richard, en la iglesia. —Lois llevaba otro vestido veraniego.

Arthur comprendió que tendría que dejarse ver si su madre le había dicho a Bob Cole que él se encontraba en casa.

—De acuerdo, mamá. Tardaré un minuto.

Arthur se tomó su tiempo: se lavó perezosamente las manos, se mojó la cabeza y escupió agua del grifo del patio, cuya llave quemaba al tocarla. Entró en casa con la esperanza de que el reverendo ya estuviera a punto de irse.

No era así. Bob Cole estaba sentado con cara solemne y un vaso de té helado en la mano cuando Arthur entró en la salita. Arthur aceptó el té helado que su madre le ofrecía, pero no quiso sentarse, pretextando que llevaba los «levis» demasiado sucios.

—Arthur, todos nosotros nos sentimos muy tristes, desolados, a causa de lo ocurrido —dijo Bob Cole, sonriendo tristemente—. Solo he venido a deciros unas palabras de amistad y condolencia.

Arthur se quedó esperando. ¿Iba a mencionar a Irene? ¿La habría mencionado ya?

—... difícil a todos hacernos a la idea de que un chico tranquilo como Robbie fuera capaz de hacer una cosa así. En un momento como este necesitamos toda la fuerza interior que podamos reunir. Pero esa fuerza puede nacer del amor, del perdón y de la buena vecindad. —Sus ojos negros se posaron en la abuela, que se hallaba sentada en el sofá, luego en Lois, que estaba sentada en el borde de un sillón, y finalmente volvieron a mirar a Arthur.

—Coge una galleta de coco, Arthur. Están muy ricas —dijo su madre.

Arthur cogió una para hacerla feliz. Recordó que en cierta ocasión el reverendo Cole había hablado con su padre acerca de él y de Maggie. ¿Y ahora venía a dar el pésame a su familia por la muerte de su padre?

—Robbie creyó hacer lo correcto, ¿sabe?

—Arthur, no creo que haga falta sacar eso a colación —dijo Lois con dulzura.

De repente la expresión de Bob Cole se hizo más alerta y Arthur comprendió que conocía el papel de Irene en aquel asunto.

—Si ha hablado usted con Robbie, es probable que él le haya dicho lo mismo.

—Sí, en efecto —dijo el reverendo.

—Y probablemente también habrá hablado usted con Irene —dijo Arthur.

—¡Arthur! —exclamó la abuela—. Todos... Siéntate, por favor. No llevas los tejanos tan sucios como dices.

Bob Cole miró al vacío y carraspeó.

—No estaría bien, Arthur, que revelara las confidencias de mis fieles.

—Pero seguramente ella habló con usted. Así que usted sabe por qué mi hermano se puso furioso.

El reverendo aspiró hondo.

—Pero es que a Irene no siempre se la puede creer. Todavía padece cierto trastorno mental —informó a la abuela—, aunque se la ve mucho más calmada que antes.

—Pero mi hermano se tragó la historia que ella le contó —dijo Arthur— y, según él, mi padre confirmó que era cierta. De eso estoy hablando.

—Arthur... —Lois pareció quedarse sin palabras—. Arthur ha tenido un día muy duro, Bob. Dos exámenes, uno por la mañana y otro por la tarde.

Bob Cole asintió con la cabeza, tranquilamente, como si se hiciera cargo.

–No importa lo que Irene me dijera a mí, Arthur. No puedo decírtelo... ,ni se lo puedo decir al público en general. Sería un abuso de confianza, una deslealtad para con todo el mundo y para conmigo mismo, mi vocación.

Al oírle, Arthur volvió a sus pensamientos de hacía unos segundos.

–Esto me recuerda lo del año pasado..., el aborto. –Nervioso, se humedeció los labios–. Recuerdo que usted se enteró por boca de alguien y habló de ello a mi padre y, evidentemente, a otras personas como Eddie Howell. Pues bien, a mi modo de ver, fue como hacerlo público.

Bob Cole dirigió una débil sonrisa a la abuela, como diciéndole que tenían que ser pacientes con los jóvenes.

–Lo hice por tu propio bien, Arthur..., a la larga.

Un tópico y una evasión, pensó Arthur.

–Todo el lío que se armó el año pasado fue sobre si mi..., mi amiga debía o no hacerse abortar, aunque ella lo deseaba y así lo hizo. Ahora que realmente ha ocurrido algo... usted se echa atrás. Usted no quiere entrometerse.

–¿Ah, no? –preguntó el reverendo con cara seria–. A todos nos interesa muchísimo el asunto. Y... nos preocupa el aborto, sí. Todos sabemos que Irene no está casada, pero el aborto quedó siempre descartado y ella tendrá esa criatura y... nuestra Iglesia va a ayudarla económicamente. Y eso es algo.

Sí, era algo, comprendió Arthur, a favor de la Iglesia. ¿Pero un hijo de una madre loca?

–Hace un minuto dijo usted que...

El reverendo le interrumpió inesperadamente:

–Creo que ya es hora de que me vaya.

–Iba a mencionar la locura –dijo Arthur, dejando el vaso de té sobre la mesita–. Cuando una persona loca o con un trastorno mental..., y usted acaba de decir que Irene Langley padece uno..., cuando una persona así queda embarazada ¿también tiene la criatura?

—Sí —repuso Bob Cole—. No me cabe duda alguna de que tendrá ese bebé. Porque lo desea. —Sonrió dulcemente, como si ya estuviera bautizando el bebé.

—¿Y si ella miente? —preguntó Arthur.

—¿Sobre qué? ¿Sobre el embarazo? —La sonrisa de Bob Cole se hizo más amplia.

—Cuando dice que el responsable era mi padre —dijo Arthur, observando que su madre se retorcía las manos sobre el regazo.

—Bueno, ¿es eso lo más importante? —preguntó Bob Cole—. ¿Lo que *ella* dice? ¿Quién puede demostrarlo o desmentirlo? —El reverendo se puso en pie—. Lo más importante es la vida humana, Arthur. Todo el mundo sabe que Irene es un poco rara. Además, ha tenido una vida dura..., increíblemente dura. Por eso todos procuramos ayudarla en cada...

—Lo más importante es que mi padre ha muerto, que Robbie disparó contra él —dijo Arthur.

—¡Es verdad, Bob! —Lois se puso en pie y miró a Bob Cole como asustada por lo que acababa de decir—. Es verdad, porque Robbie creyó lo que su padre le dijo. Y quedó muy consternado..., me refiero a Robbie. No conseguí calmarle. Tenía muy arraigada la idea de que el sexo..., cualquier cosa relacionada con... las relaciones físicas extramatrimoniales era mala. Verdaderamente mala. Pero, como le dije a Arthur..., no, a Eddie Howell... ¿Vale la pena matar a alguien por ello, bien mirado? Pero estas cosas Robbie las aprendió en la iglesia. Antes no era así, cuando tenía diez y doce años, de veras. Y luego Richard... ¡No me ayudó ni pizca! —Lois aspiró hondo y echó la cabeza hacia atrás, como decidida a no llorar.

—Loey —dijo la abuela, levantándose—. Aunque solo sea por hoy, procura...

—Lo siento, mamá —contestó Lois—, pero tengo que decir... No me importa que Richard sea o no el responsable. Ha muerto, y eso es lo que me importa a *mí*. –No pudo seguir hablando.

Bob Cole apoyó una mano en el brazo de Lois.

–Vamos, vamos. Me hago cargo, Lois. De veras que sí.

Arthur se llevó las manos a las caderas y reprimió el impulso de apartar la mano del reverendo del brazo de su. madre. Le entraron ganas de decirle que se guardase sus condenados «secretos» y se lo habría dicho si la abuela no hubiera estado presente.

Lois y la abuela acompañaron al reverendo hasta la puerta desde donde llegaron a oídos de Arthur muchas palabras de consuelo pronunciadas en voz baja.

–Condenado hipócrita –dijo Arthur cuando oyó que se cerraba la puerta principal. Abrió el frigorífico para sacar una cerveza–. Evasivas, ¿no te parece, abuela? –dijo Arthur por encima del hombro.

–Sí –dijo la abuela con firmeza, sonriéndole. La sonrisa era más triste que regocijada.

* * *

El viernes por la mañana Arthur se presentó al último examen mientras su madre asistía a la vista de la causa de Robbie. La abuela la acompañó con la intención, según dijo, de esperarla en el coche o en algún café cercano, si lo había. El avión de Kansas City salía a las dos menos cuarto y Lois la llevaría al aeropuerto.

Arthur se encontraba en casa cuando a las tres llegó su madre. Por una vez se había tomado la tarde libre.

–Tendrá que pasar seis meses en un centro de detención para muchachos –dijo Lois–. El centro está cerca de Indianápolis y se llama Foster House. Para chicos de hasta dieciocho años. Allí les dan clases, trabajan en el jardín, aprenden carpintería...

Arthur ya se esperaba algo por el estilo.

–¿Pero qué *han dicho*? ¿Cuántas personas había en la sala?

–Oh..., unas cinco o seis. Pues han dicho que su padre influía en él. Que su influencia era excesiva, quiero decir. Lo cual es cierto, desde luego. Dicen que es proclive a las obsesiones. Ya sabes cómo habla esa gente. –Se aflojó el pañuelo del cuello y se lo quitó bruscamente.

–Siéntate, mamá. ¿Quieres un café? ¿Robbie estaba presente?

–Sí, estuvo en la sala unos quince minutos. Luego se lo llevaron. Dijo... que su padre había confesado su pecado y explicó en qué consistía el pecado en cuestión. –Miró rápidamente a Arthur, luego se sentó en una silla.

Arthur se imaginó lo que sentiría su madre e hizo una mueca mientras le preparaba un café instantáneo.

–Y yo tuve que decir, porque es la verdad, que Robbie recibió toda esta influencia el año pasado. Y creo que en cierto modo eso contribuyó a su defensa.

–¿Y qué pasará después de los seis meses?

–Comprobarán qué progresos ha hecho para ver si puede volver a casa. –Lois sonrió repentinamente–. ¡Habló de alistarse en la infantería de marina! Yo creía que era necesario haber cumplido los diecisiete. Nadie hizo comentarios durante la vista. –Se echó a reír–. Pronto tendrá dieciséis años y me daba miedo que lo metieran entre rejas. Huelga decir que eso no le haría ningún bien, ninguno en absoluto. Foster House... hace pensar en una especie de campamento de verano. Gracias por el café, querido.

Arthur estaba asqueado de Robbie. Le daba lo mismo que Robbie estuviese entre rejas, en una habitación con otro delincuente o en un dormitorio con otros cuarenta chicos como él.

–¿Cuándo volverá la abuela?

–Dijo que probablemente el martes. Ah, por cierto, la mujer de la oficina de Richard vendrá esta noche a buscar algunos papeles.

La perspectiva se le antojó sombría a Arthur.

–A lo mejor esta noche iré a casa de Gus. Después de cenar. –Se levantó–. Y ahora me ocuparé de la alfombra.

–¿Qué quieres decir?

–La sacaré del despacho. Es imposible limpiarla, mamá.

Lois no protestó. Arthur se fue al despacho y primero intentó desclavar la alfombra con las manos; luego cogió un martillo sacaclavos y unas tenazas. El escritorio de su padre pesaba lo suyo y tuvo que levantar primero un lado y luego el otro, al tiempo que con un pie empujaba la alfombra. Por fin consiguió sacarla y la dejó junto a la puerta del jardín de atrás. Para él lo principal era eliminar la mancha de bordes borrosos, pero allí seguía, con sus bordes más definidos, recordándole el contorno de Francia, sobre el entarimado. Arthur barrió el suelo y, por si acaso, volvió a atacar la mancha con agua jabonosa y un cepillo. El agua no se tiñó de rojo. Puso unos periódicos sobre la parte mojada del suelo. Luego, tras atar una cuerda alrededor de la alfombra, la arrastró hasta el garaje y, dando un par de tirones fuertes, logró meterla en el portamaletas del coche de su padre. Después fue a buscar las llaves de su padre en la cocina y sacó el coche del garaje.

Arthur se llevó la alfombra al vertedero público más cercano de cuantos conocía, la tiró allí y volvió a casa en seguida. Era la primera vez que conducía el coche de Richard. Era un verdadero trasto. Tenía la dirección floja, poco fiable, y el volante sugería falsedad, evasivas y ambigüedad.

A las ocho y cuarto Arthur llegó a casa de Gus. Al parecer, toda la familia Warylsky estaba en la cocina.

–¡Nos sorprendió tanto la noticia! –exclamó la madre de Gus–. ¿Cómo se encuentra tu pobre madre?... ¿Y dónde está Robbie ahora?... Da recuerdos a tu madre de nuestra parte. ¿Lo harás, Arthur?

Gus y Arthur cogieron unas botellas de «Coke» y unas cervezas y subieron al cuarto del primero.

–¡Jesús! –exclamó Gus, meneando la cabeza y mirándole como si acabara de regresar de la luna. Al menos eso le pareció a Arthur.

–Quería ir al entierro, Art, pero aquella mañana tenía un examen –dijo Gus.

356

Arthur soltó una carcajada.

—Lo mismo digo. Yo no fui.

—¿Se puede saber qué ocurrió?

Arthur le relató los sucesos del domingo por la tarde mientras Gus abría dos latas de cerveza.

—¿Y a ti qué te dijo tu hermano?

—¿A mí? ¡Nada de nada! ¡Ni a mí ni a nadie más! ¡Yo le quité la escopeta de las manos! Estaba sentado en su cuarto con el arma..., unos dos minutos después de dispararla. Ahora dice que hizo lo correcto y no sale de ahí.

—¿Qué quieres decir? —Gus seguía de pie en el centro de su pequeño cuarto.

Arthur se hallaba sentado en el suelo, con la espalda apoyada en una pata del escritorio.

—Pues, por si no te has enterado... ¿No te lo han dicho? ¿Lo de Irene, la del Silver Arrow?

—No. ¿Qué?

—Pues, ella dice que fue mi padre quien la dejó..., hum..., embarazada.

—¡Bromeas!

—No, no bromeo. También a mí me lo dijo el viernes pasado por la noche, cuando fui al Silver Arrow yo solo. No la creí, ¿sabes? Luego supe que le había dicho lo mismo a mi madre... y después a Robbie...

—¿Quieres decir que es verdad?

—Podría serlo. Creo que sí. —Arthur miró de reojo la puerta cerrada. Lo que decía Irene acabaría por saberse y prefería contárselo a Gus él mismo—. No les dirás nada a tus padres, ¿eh? Ya ha llegado a oídos de demasiada gente.

—No, no, descuida. —Gus se sentó en la cama—. ¿Qué dice tu madre?

—Me consta que no quiere creerlo. Pero es forzoso que lo crea. ¡Porque mi padre prácticamente corroboró el rumor! Yo no le oí, desde luego, porque no estaba. –Arthur miró fijamente la alfombra, luego alzó los ojos hacia Gus–. Solo pensarlo y ya da grima... acercarse a Irene. ¿No opinas igual?

Gus hizo un gesto pensativo con la cabeza.

–Mira, hace solo un par de días leí en el periódico que un chico de catorce años, en Texas, había matado a tiros a sus padres simplemente porque su padre no le dejaba llevarse el coche. Imagínate. Pero Robbie es en verdad un chico raro. Incluso me resulta más fácil comprender lo del chico de Texas.

Gus le hizo más preguntas. ¿Cuánto tiempo estaría Robbie en el centro de detención? ¿Y podría su madre mantener la casa? Arthur contestó que no estaba seguro. Gus bajó a buscar más bebida mientras Arthur ponía un «cassette», con el volumen muy bajo.

–Tengo un canuto. Marihuana –dijo Gus al volver–. ¿Nos lo fumamos entre los dos?

Se arrodillaron en el suelo y se pusieron a fumar junto a la ventana abierta. Gus dijo que sus padres tenían olfato de zorro. Arthur intentó convencerse de que disfrutaba mucho del porro. Quería experimentar la sensación de estar flotando hacia el espacio, hacia cualquier parte.

–Ahí va una –dijo Gus con una sonrisa señalando la calle oscura–. ¡Fuego! –Apuntó con un dedo–. ¡Pam, pam! ¡Muerta!

Arthur reprimió una risotada. Una mujer sola pasaba por la acera caminando lánguidamente bajo los árboles.

–Adivina adónde no querría ir esta noche.

–¿Adónde?

–Al Silver Arrow.

–¡Ja!

Arthur dio su última chupada al porro, que ya empezaba a estar blando, y se lo devolvió a Gus.

29

Arthur se encontraba en el dormitorio de sus padres, sacando la ropa de Richard del armario y amontonándola para donarla al Ejército de Salvación. Era una tarea odiosa y seguramente su madre se la había encomendado porque las cosas que había en el armario eran «de hombre». En la cómoda encontró camisas, suéteres, varias bufandas, pañuelos para el cuello y de bolsillo, etcétera. Según Lois, debía separar las prendas que Robbie pudiera aprovechar, que seguramente serían las camisas y los suéteres. A los diez minutos de comenzar, Arthur ya se sentía desconcertado y deprimido y pensó en pedirle a su madre que terminara ella; pero Lois estaba en la cocina contestando a las cartas de pésame, unas cincuenta o sesenta, de modo que Arthur siguió vaciando el armario.

Era la tarde del sábado, llovía ligeramente y Arthur hubiera preferido trabajar en el jardín. Aquella mañana, al ir a visitar a Robbie, su madre se había llevado algunos libros creyendo que eran sus favoritos, entre ellos uno de Jack London y otro, titulado *Woodlore*, cuyas portadas de cartón eran muy llamativas y le daban aspecto de libro para niños de diez años; probablemente lo era. Lois también le había llevado a Robbie un tarro de mermelada de fresas hecha por ella misma meses antes. El lunes iban a trasladar a Robbie a Foster House.

Arthur entró en el despacho de su padre para recoger unos sellos que recordaba haber visto sobre el escritorio. Después los dejó en la mesa que su madre empleaba para escribir.

—¿Café, mamá?

—Sí, por favor. Algunas de estas cartas son tan cariñosas. Escucha esta. ¿Dónde la he metido? Es de Cora Bowman, del asilo. ¿La recuerdas?

Arthur no la recordaba.

—«Richard siempre tenía tiempo para los demás y sabía decirles las palabras de consuelo y cariño que necesitaban.» Es un pensamiento hermoso, ¿verdad?

—Sí —dijo Arthur. Lois parecía cansada. Después de comer se había lavado el pelo, que ya casi estaba seco, aunque no peinado—. Mamá, ¿quieres que algunas las conteste yo?

Lois puso reparos porque, según dijo, las cartas iban dirigidas a ella, pero él la convenció con el argumento de que seguramente algunas eran «mixtas». Así, pues, Arthur cogió una pluma y se dispuso a contestar a la primera carta que abrió. Era de Myra y Jack O'Reilly, perfectos desconocidos para él. Escribió:

«En nombre de mi madre y en el mío propio, les escribo la presente para agradecerles sus palabras de condolencia en nuestros días de dolor...»

A medida que fue despachando más cartas, variando las palabras pero no la idea, desapareció la sensación íntima de estar interpretando una farsa descarada. Pero hacía lo que era correcto. Las cartas que escribía y firmaba no tenían nada que ver con él mismo. Seguramente los demás creían que en aquel momento el dolor reinaba en casa de los Alderman, pero ya empezaba a notarse en ella una alegría desconocida durante los últimos doce meses. Y, a decir verdad, ¿hasta qué punto eran sinceros los que les daban el pésame? Después de escribir durante casi tres cuartos de hora, Arthur dejó la pluma y telefoneó al Ejército de Salvación. Le prometieron pasar a recoger las cosas antes de las nueve de la mañana del lunes.

–Podríamos hacer cambios en la habitación de Robbie. ¿No te parece, Arthur? –preguntó su madre.

–Desde luego.

–Así la encontrará más alegre..., distinta, cuando vuelva a casa. Podríamos poner la cama junto a la otra pared, con la cabecera cerca de la ventana.

Arthur comprendió a qué se refería, pero el asunto no le interesaba. En los rincones del cuarto había varias cajas de cartón viejas y él sabía que algunas contenían juegos infantiles; las otras quizás contenían municiones. Robbie siempre había sido aficionado a atesorar cosas.

–Mamá..., hemos de pensar en la alfombra para el despacho.

El lunes por la mañana, cuando se marcharon los del Ejército de Salvación, Arthur y su madre fueron a unos grandes almacenes y escogieron el tejido para la alfombra, un tejido recio de un color llamado sencillamente «roble claro». El martes se presentaron dos hombres para colocar la alfombra y, siguiendo instrucciones de Lois, trasladaron el escritorio a otro sitio. Iban a tener que colgar algunos de los cuadros en otra parte. Al caer en ello, Lois tuvo una inspiración: cambiarían el papel pintado. A juicio de Arthur, cambiar el papel pintado era imprescindible, debido a las señales de perdigones que había en una pared y que Lois parecía no ver, aunque Arthur era consciente de ellas en todo momento.

–¡Papel blanco! –dijo Lois–. Quiero que esta habitación sea luminosa y alegre. Y estoy segura de que podré ordenar el escritorio y aprovecharlo –agregó, sonriendo.

Arthur asintió con la cabeza. Él mismo pondría orden en el escritorio, en una sola tarde, cuando su madre se fuera a trabajar, y le daría una agradable sorpresa cuando volviera a casa. El escritorio era de roble y necesitaba una buena limpieza, además de un poco de barniz. Arthur decidió sacar del escritorio todos los papeles de

Richard y así el mueble pertenecería verdaderamente a su madre. Puso manos a la obra aquella misma tarde, al quedarse solo en casa. Los tacos de papel y las carpetas que probablemente contenían papeles inservibles o caducados (o la mujer de la oficina no los habría dejado allí) los metió en una bolsa grande de plástico que luego depositó en un rincón del garaje. Qué lío dejaban las personas al morir, pensó.

Pero después se fue a recoger a la abuela en el aeropuerto de Indi. La vio mucho más animada que la semana anterior. La abuela le hizo preguntas, principalmente sobre su madre, mientras iban en el coche hacia casa.

—¿Habéis tenido más noticias de cómo se llame..., Irene?

—No, gracias a Dios. —Arthur se la imaginó más embarazada que nunca, acarreando tazones de café en el Silver Arrow.

—¿Y cuándo va a nacer el retoño?

—Creo que en septiembre —dijo Arthur—. ¿Quién lo sabe exactamente?

—¿Y qué me dices de tus exámenes? ¿Conoces ya los resultados?

—El viernes —repuso Arthur—. El viernes iré a echar un vistazo al tablero de anuncios.

En casa encontraron a Lois, que se había puesto unos pantalones de color azul claro y una camisa blanca, preparando la cena. La abuela llevaba apenas dos minutos en casa cuando Lois dijo:

—¡Ah, la alfombra nueva, mamá! ¡Ven a verla!

La alfombra nueva, de color roble claro, limpia como si nadie hubiera puesto los pies en ella, cubría todo el suelo del despacho. El escritorio se encontraba ahora a la izquierda, y entre él y la pared cabía una silla, de modo que, al sentarse ante él, uno quedaba de cara a la puerta ventana del jardín de atrás. Arthur quería tirar los sosos archivadores metálicos, de color gris, pero Lois dijo que los aprovecharía después de que él los pintase de blanco. Una vez más, los ojos de Arthur se desviaron hacia los agujeritos de la pared situada a su derecha.

—Ahora le toca el turno al papel pintado —dijo Lois al salir—. Es posible que nos ocupemos de ello esta misma semana, mamá.

Después de cenar, cuando estaban tomando el café, la abuela dijo:

—Vamos a ver, en lo que respecta a esa criatura que va a nacer... Gracias, Arthur. —Arthur se había apresurado a encenderle el cigarrillo de después de cenar—. ¿Qué actitud piensas adoptar, Loey? Eso es importante. —Colocó un cojín detrás suyo en un rincón del sofá.

—No estoy absolutamente segura de que la criatura sea de..., ya sabes lo que dice esa mujer —contestó Lois.

—Sí, Loey —dijo la abuela, mirando a Arthur—, pero si ella te pide apoyo total o parcial...

Arthur no había pensado en ello.

—Contestaría que no, lo juro —dijo Lois.

—¿Y si ella desea internar la criatura en el asilo? No cuando todavía sea pequeña, sino a los dos años... o antes? —preguntó la abuela.

Lois suspiró.

—La autorizarían a hacerlo. Sí. No olvides lo que dijo Bob Cole: que la Iglesia le daría algo de dinero.

Ninguno de los tres habló durante unos segundos.

—¿Y si el bebé se parece mucho a Richard? ¿Qué actitud adoptarás entonces, Loey? Es mejor estar preparados.

Lois reflexionó.

—No haré el menor caso.

Se produjo otro silencio, pero a Arthur le pareció que era un silencio mejor. La criatura sería de su padre, el parecido tal vez no dejaría lugar a dudas. Pero al menos su madre ya se estaba formando «una actitud». Sin embargo, ¿qué pensaría la gente de Chalmerston si Lois hacía caso omiso del recién nacido? La gente de la iglesia, las amistades de su madre, todos mostrarían interés por la criatura y desearían ver a quién se parecía.

—Podría pedir que le hicieran un análisis de sangre —dijo Lois—. Quizás Richard quedaría libre de toda sospecha.

—Sí, querida —dijo la abuela—, y también podría suceder exactamente lo contrario. Me preocupa tu postura.

Arthur, sin inmutarse, dijo:

—La sangre de mi padre era del grupo 0. Recuerdo haberlo visto en alguna parte. Es el grupo más corriente. El cuarenta y cinco por ciento de las personas tienen la sangre del grupo 0.

30

La abuela anunció que la alfombra del cuarto de Robbie estaba gastada y que le regalaría otra. El miércoles por la tarde se fue con Lois a comprar el papel pintado y la alfombra. La abuela se tenía por buena empapeladora y dijo que si Arthur la ayudaba un poco, haría el cuarto de Robbie y también el despacho.

El jueves Arthur recibió el encargo de comprar una brocha nueva, un cubo y yeso. Adquirió todas estas cosas en Schmidt's, la principal ferretería de la ciudad. Al salir, reparó en que estaba a solo una manzana de la zapatería y decidió ir a saludar a Tom Robertson.

Arthur vio con sorpresa que habían demolido la fachada de la tienda adyacente y que unos obreros seguían dándole a la piqueta mientras otro empujaba una carretilla de cemento por una rampa. El letrero de la zapatería, un tanto primitivo pero pulcro, continuaba en su sitio, sin embargo, y la tienda seguía abierta. Al entrar, vio que habían derribado la pared de la derecha.

—¡Hola, Arthur! —exclamó Tom, sudoroso y en mangas de camisa—. ¿Cómo estás, muchacho? ¿Qué opinas de esto? —Señaló la pared derribada—. Estoy haciendo ampliaciones. He comprado el local de al lado. Solo la planta baja.

—¿De veras? ¿Tan bien va el negocio?

—A lo mejor el mío es de los pocos que van bien en estos tiem-

pos –dijo Tom con una sonrisa satisfecha–. ¿Qué me cuentas? Ya
ha pasado un año, ¿verdad? La universidad... –Súbitamente pareció
recordar algo desagradable–. Tu padre..., no sabes cómo me sorprendió la noticia, Arthur. ¿Cómo está tu madre?

–Creo que bastante bien, gracias. Mi abuela ha venido a visitarnos y eso es una ayuda.

–No me cabe duda de ello. ¿Y qué hay de tu hermano?

Arthur sintió vergüenza a pesar suyo.

–Está en un sitio llamado Foster House..., pasará seis meses allí.
Cerca de Indi.

Tom meneó la cabeza despacio. Luego dijo:

–Si quieres un empleo para el verano..., aunque tal vez no lo
quieras.

–¡Pues, sí, podría ser! –Arthur sonrió.

–¡Podrías ser mi encargado! –Tom se volvió para atender a una
clienta–. Los encontrará allí abajo, a la derecha, señora. Allí están
todos los de charol. –Luego se dirigió de nuevo a Arthur–. Podrías
ayudarme a pedir existencias, a... Ya tengo un chico. –Miró detrás
de Arthur–. Es un vendedor bastante bueno, pero tú vales más para
encargado. Sueldo normal si puedes trabajar la jornada completa.
¿Te parecen bien doscientos a la semana?

Arthur pensó que era un buen sueldo.

–Muy bien. ¿Puedo darte la respuesta mañana? Me gustaría trabajar aquí, Tom. Gracias.

–Claro, claro, no hay ninguna prisa, pero... –miró hacia el hue-
co que dejara la pared derribada– ... cuanto antes, mejor. He pedido un montón de existencias nuevas.

Arthur salió de la tienda más animado. ¿Por qué habría titubea-
do? Quizás porque su madre y la abuela, tras hacer números, deci-
dirían que a la familia Alderman, lo que quedaba de ella, le convenía vender la casa y mudarse, tal vez a otra ciudad. En aquel
momento las dos estarían repasando los papeles del seguro en casa.

Al llegar, Arthur recibió la orden de rascar las paredes del cuarto de Robbie para quitar los últimos restos de papel pintado. Era desagradable pensar que estaba trabajando para Robbie, pero se dijo que quizás pasaría mucho tiempo antes de que Robbie volviera a vivir en la casa, probablemente mucho más de seis meses.

Aquella noche, mientras tomaban el postre, la abuela, como si la cosa no tuviera importancia, dijo:

—No veo ninguna razón que te impida ir a Columbia en septiembre, Arthur, si todavía lo deseas.

Arthur, que tenía la boca llena de pastel, quedó asombrado, pues se figuraba que en lo sucesivo la familia iba a tener menos en vez de más dinero.

—Sí —dijo la abuela—. Está el seguro... considerable. La viudedad de tu madre. Eso sin contar que ahora puedo aportar algo... Espero que esto te anime, Arthur.

—Claro que me anima. —Pensó que la renovación de su beca para el año siguiente también podría aportar algo, pero no quiso mencionarlo hasta estar seguro—. Tengo otra buena noticia, mamá. Tom Robertson me ha ofrecido un empleo a jornada completa. De encargado, como dice él. ¿Qué te parece? Doscientos a la semana. Tom ha comprado el local contiguo..., ya sabes, donde había un pequeño comercio de electrodomésticos.

—¿De veras, Arthur? ¿Y has aceptado?

Al ver la cara de felicidad de su madre, Arthur comprendió que ella daba por sentado que sí.

—Lo aceptaré. Le dije a Tom que le contestaría mañana.

Aquella noche Arthur y la abuela trabajaron hasta después de las doce y consiguieron empapelar más de la mitad de la habitación de Robbie. Arthur puso un par de sus «cassettes» de Brandemburgo para que les animasen mientras trabajaban.

El viernes por la mañana Arthur se fue a la universidad para ver los resultados de los exámenes. Las notas de todos los cursos aparecían expuestas en el sótano. Los tableros de anuncios estaban bien iluminados por unas bombillitas colocadas arriba, pero los pasillos semejaban mazmorras y los estudiantes caminaban arrastrando los pies, rígidos, ansiosos y callados. Algunos se quedaban mirando fijamente el tablero, como paralizados por una conmoción terrible. Arthur buscó primero en Filosofía P 112 y vio que había sacado un notable. Era mejor de lo que esperaba. Pasó junto a un grupo de estudiantes vestidos con tejanos y camisetas de manga corta que charlaban y reían, tal vez de alivio. La siguiente nota fue la de francés: otro notable. ¡También era mejor de lo que esperaba! Al cabo de un rato, se tropezó con Gus.

—Me han aprobado —dijo Gus con una sonrisa cansada, pero feliz.

—Estupendo. —Arthur no ignoraba que a Gus le tenía muy preocupado aquel curso, que exigía una memoria prodigiosa—. ¿Has venido con Veronica?

—No. Tenía que ayudar a su madre a hacer no sé qué. Me dijo que tomase nota de sus resultados. —Le mostró una agenda que llevaba en la mano—. Hasta el momento ningún suspenso.

—Pásate por casa algún rato. La abuela ha venido a vernos. Estamos empapelando. No es que quiera hacerte trabajar.

—De acuerdo. Pero antes te llamaré.

Física 126. Un tercer notable. Otro éxito. Luego buscó deliberadamente el pasillo de biología en aquel laberinto. Microbiología 310. Su nombre se encontraba cerca del principio de las listas alfabéticas y era fácil de localizar. Había un sobresaliente junto a él. Arthur sintió calor en el rostro, como si se estuviera ruborizando en presencia de alguien. De un vistazo comprobó que ningún otro nombre tenía un sobresaliente al lado, y había solo dos notables, uno para Summer, aquel chico que le caía simpático. Se alejó del tablero sin mirar a los estudiantes que le rodeaban. No le interesaban mucho los resultados de inglés, pero buscó el tablero y vio que tenía un notable. Una nota muy respetable, aunque no fuera la máxima.

Cuando salía del edificio, Arthur vio a Francey con sus tejanos descoloridos, de perneras recortadas, y una camisa con los faldones colgando por fuera.

–Un asqueroso aprobado en artes dramáticas –le dijo Francey con ojos casi llorosos–. ¡Es increíble! ¡Ese instructor está chalado! ¡Un aprobado no tiene sentido con lo que llegué a trabajar!

Arthur frunció el ceño.

–Lo siento, Francey. –Un segundo después, ella se había ido.

Al llegar a casa, la abuela le dijo que Lois estaba en el supermercado.

–¡Mira cómo hemos progresado! –La abuela, arrodillada en el despacho, cortaba tiras de papel pintado con la ayuda de una vara de medir–. Ya lo tengo todo medido y listo para ponerlo en su sitio. ¿Qué tal las notas?

Arthur la puso al corriente, reservándose lo del sobresaliente para el final.

–¡Qué maravilla! ¡Un sobresaliente! ¿Por ventura eres el favorito del profesor?

Arthur se rió a la vez que volvía a ruborizarse.

–Sí, puede que sea eso.

–No se te olvide escribir a Columbia hoy mismo, como dijiste que harías.

–Sí.

–Tu madre y yo iremos a visitar a Robbie esta tarde. Supongo que no querrás venir.

La idea de visitar a Robbie resultaba de lo más deprimente.

–No, abuela. Dale recuerdos. No sé de qué serviría ir a verle.

Arthur se sentía violento al salir del despacho. Subió a su cuarto, se puso a buscar las cartas que recibiera de Columbia y encontró dos. Temía haberlas tirado a la papelera en un arranque de rabia tras una de las broncas con su padre. Acababa de dirigir el sobre al departamento de matrículas cuando oyó el coche de su madre y salió con la intención de ayudarla a descargar los comestibles.

Lois traía más golosinas para Robbie. Ostras ahumadas, cierta clase de embutido que a Arthur le desagradaba de modo muy especial, helado de vainilla, en un envase grande que Robbie podría compartir con su compañero de cuarto, si tenía uno, dijo su madre. Durante el almuerzo, que fue breve, la abuela hizo alusión a las notas y Lois pareció más animada durante unos segundos, pero Arthur comprobó que tenía el pensamiento puesto en Robbie.

Al quedarse solo en casa, Arthur escribió el primer borrador de una carta al encargado de las matrículas en Columbia. En ella le recordaba que le habían admitido el año anterior y mencionaba también la beca que había tenido que aplicar a la Universidad de Chalmerston. Arthur preguntaba respetuosamente si podían concederle una beca para el siguiente curso. Se le ocurrió que el profesor Jurgens podía interceder por él, así que le escribió una carta breve. Al ir a franquearla, pensó que podía dejarla en su casa aquella misma tarde. Buscó la dirección del profesor, el 121 de Cherry Street, y hacia allí se fue en coche. Dejó la carta en el buzón de los Jurgens y subió la banderita roja para indicar que dentro había algo.

—¿Diga? ¡Ah, eres Arthur! —El profesor se hallaba en el umbral—. ¿Me has dejado una nota? ¡Pasa, pasa!

Arthur sacó la carta del buzón y explicó al profesor qué le traía por allí.

—Lo haré con mucho gusto, Arthur. Si aguardas un par de minutos, escribiré la carta ahora mismo.

—Oh, no, gracias, señor. —Arthur pensó que iba a resultar bastante grosero esperar en la salita mientras el profesor escribía una carta hablando de sus notas.

—En tal caso, la escribiré ahora mismo y luego la echaré al correo personalmente. Estoy seguro de que te corre prisa. —El profesor Jurgens sonrió y sus ojillos azules se iluminaron tras los cristales de sus gafas—. Sé que deseas ir a Columbia desde hace tiempo.

—Sí. Y, al parecer, ahora me lo puedo permitir... económicamente. Si hay una plaza para mí.

—Seguro que la habrá —dijo alegremente el profesor.

Arthur volvió al coche lleno de euforia. El profesor acababa de estrecharle la mano, además de hacerle grandes cumplidos. El apretón de manos le impresionó más: daba a entender que había cierta igualdad entre ellos. Al poner el automóvil en marcha, Arthur cayó en la cuenta de que el profesor no había aludido a la muerte, mejor dicho, al asesinato de su padre. Podía ser que el profesor ni siquiera se hubiese fijado en la noticia del periódico. ¡Típico de Jurgens!

Arthur telefoneó a Tom Robertson desde casa para decirle que aceptaba el empleo con mucho gusto.

Le entraron deseos de celebrar una fiesta aquella noche y comprendió que tendría que ser una fiesta para uno solo, en su propia cabeza, si su madre y la abuela volvían deprimidas de ver a Robbie, a causa de alguna novedad inesperada. Y eso fue más o menos lo que sucedió.

Cuando regresaron, la abuela desapareció para darse «una ducha fría y rápida». Lois fue a lavarse las manos y la cara en el fregadero y luego se las secó con una toalla de papel. Arthur le pidió noticias.

—Me han dado un informe por escrito... si quieres verlo. —Sacó un sobre blanco del bolso.

Arthur se puso a leerlo mientras su madre sacaba cubitos de hielo del frigorífico.

—No me han dado a entender que Robbie vaya a empeorar —dijo Lois—. Y no hablan de él como si fuera un criminal.

Arthur supuso que no lo harían. En la fotocopia del formulario había veinte o más tildes que indicaban síes o noes y variantes de los mismos. En «potencialmente violento» el tilde indicaba que sí, y lo mismo en «obsesivo», «religioso», «introvertido», «asocial» en vez de «gregario» y «antisocial» e «indiferente» ante el sexo opuesto en lugar de «activo», «interesado», «inhibido» o «anti». Arthur hubiera marcado esta última casilla. Acompañaba al formulario la fotocopia de una página mecanografiada.

—No da la impresión de sentirse desgraciado —dijo Lois—. Si

371

quieres saber la verdad, parece el mismo de siempre. «Reconciliado», dice la abuela.

—Pues... muy bien. —Arthur siguió leyendo una prosa que unía la jerga especializada a un inglés chapucero, algo que unos desconocidos habían escrito acerca de su hermano, al que él conocía tan bien. ¿O no?

«... que reaccionó violentamente a una situación en su círculo familiar inmediato. El sujeto dependía insólitamente, a nivel emocional, de la víctima, a saber, su padre, y parecería haber excluido todas las demás relaciones aparte de unos cuantos hombres de mayor edad a quien el sujeto conoce fuera de la familia y que colectivamente, y no individualmente, forman su único círculo social. Notable ausencia de sentimiento de culpabilidad. Al mismo tiempo, el sujeto expresa ahora pesar por la ausencia de su padre. Marcada indiferencia a cómo valoran su acción los demás miembros de la familia o la sociedad.»

La abuela entró en la cocina, donde se estaban preparando unas copas. Arthur leyó las últimas líneas sin mucho interés, como si fuera una obligación. El informe no le decía nada nuevo.

«... probablemente responderá mejor a un medio ambiente bien organizado... emocionalmente retrasado. Incapaz de razonar bien en situaciones nuevas (véase Test 9)...»

Después de cenar, mientras terminaban la habitación de Robbie, la abuela dijo:

—Nunca he visto nada parecido. Ni pizca de pena... realmente. Ni pizca de piedad. Se limita a mirarnos con un leve asomo de sonrisa, como si nada hubiera pasado, cabría decir. —La abuela miró por encima del hombro hacia la puerta entreabierta, pero en aquel momento Lois estaba en la salita, ordenando unos papeles—. Ni tan solo se le ocurre que otras personas pueden no aceptar tan fácilmente lo que ha hecho.

Desde lo alto de la escalera de mano Arthur cogió una tira de papel pintado que la abuela le pasaba y la pegó en la pared previamente encolada. No tenía ganas de hablar de su hermano, pero al final dijo:

—¿Y después de los seis meses?

La abuela profirió una carcajada despectiva, cosa muy rara en ella.

—*Si* deciden soltarle, puede que el ejército sea el lugar más indicado para él. O la infantería de marina, que es más dura, o al menos eso me han dicho.

Ritual. Instrucción. Igual que la iglesia, pensó Arthur. Robbie podría enorgullecerse otra vez de hacer lo correcto. Posiblemente matar personas en lugar de conejos. Uniformes y una palabra de elogio. Ascenso.

—Coge esto, Arthur.

Arthur alargó la mano para coger el trapo húmedo.

31

Lo primero que hizo Arthur en la zapatería el lunes por la mañana fue cambiar la presentación del género, tanto en el escaparate como en el interior, aunque Tom insistió en conservar los aparadores de ofertas especiales. Cada dos por tres Arthur tropezaba con un par de escaleras de mano, ya que los trabajadores aún no habían terminado de instalar las luces del techo. Las escaleras dieron a Arthur una idea: colocaría unas en los escaparates con un zapato y su precio en cada peldaño.

Betty Brewster invitó a Lois y a la abuela a tomar el té en su casa, y también invitó a Arthur, pero él no pudo ir debido al trabajo. Gus y Veronica cenaron en casa de Arthur una noche y después, cuando se encontraban en la salita, Gus, como al descuido, dijo:

—La otra noche estuve en el Silver Arrow y observé que cómo se llame no estaba. Veronica y yo fuimos a tomar algo y aproveché para preguntar por ella. Una de las camareras me dijo que el bebé nacerá en agosto.

—Agosto —repitió Arthur, sorprendido.

En aquel momento Lois, la abuela y Veronica estaban en la cocina. Más tarde, al quedarse a solas con su madre, Arthur le comunicó la noticia.

–Sí, ya me lo habían dicho. Me lo dijo Bob Cole –contestó Lois, empezando a dar muestras del nerviosismo que se apoderaba de ella siempre que hablaban de Irene–. Según Bob, Irene va a la iglesia casi cada día. Allí hay alguien que le abre la puerta. Y otra persona, supongo que una vecina, la lleva en coche. Bob fue a ver a Robbie el martes pasado. ¿Te lo había dicho?

–No. –Y Arthur no sintió interés.

–Recibí una nota simpática de ese hombre que se llama Jeff –prosiguió su madre–. Es uno de los amigos con los que Robbie iba al lago Delmar. Debo reconocer que es una nota tardía, pero, a pesar de todo, ha sido un detalle simpático. Dice que irán a visitar a Robbie. Sé que esto le animará.

Lo asombroso era que no le hubieran visitado antes. ¿Les permitirían entrar en Foster House? Sin duda los guardianes los cachearían antes. Arthur estaba de mal humor desde que su madre y la abuela habían vuelto de tomar el té con Betty. Al preguntarles si Betty tenía alguna noticia de Maggie, su madre le había contestado que Maggie estaba veraneando en la costa Este y que en septiembre pasaría unos días en casa antes de regresar a Radcliffe. En vista de ello, Arthur supuso que las cosas iban maravillosamente bien entre Maggie y Larry Hargiss y familia. ¿Sería muy alto el señor Hargiss? No importaba. Arthur se imaginó a sí mismo abordando a Larry algún día, tal vez cuando estuviera con Maggie, y atizándole un puñetazo en la barbilla; Hargiss caería al suelo, inconsciente. Otra invitación a tomar el té que Arthur no pudo aceptar, lo cual le dolió más que la otra vez, fue la del profesor Jurgens, cuya esposa le telefoneó una noche. La invitación era para un día laborable y la señora Jurgens no le propuso otra fecha.

Arthur seguía frecuentando la biblioteca pública y le dijo a la señorita Becker que en septiembre iría a Columbia, de donde le habían mandado una carta diciéndole que estaba admitido como estudiante en régimen de internado; a modo de propina o cumplido, al menos así se lo pareció a Arthur, la carta incluía un impreso para solicitar una beca de mil quinientos dólares, «que tal vez le sea concedida en este curso pero quizás no en el próximo». Arthur ya sabía que la Administración Reagan estaba haciendo economías. Pero no le habrían mandado la solicitud de no existir la probabilidad de que le concedieran la beca.

La abuela se había ido diez días antes, dejando la casa transformada: en el dormitorio de su madre había una nueva cama de matrimonio con un cobertor azul y gris; el cuarto de Robbie parecía otro después de cambiar la vieja mesa llena de arañazos por otra muy bonita que su madre y la abuela habían encontrado en una tienda de muebles de segunda mano. Lois hablaba de buscarse un empleo de secretaria en septiembre. Era una mecanógrafa excelente y se había comprado un método de taquigrafía. La abuela se había brindado a pagar el cincuenta por ciento de las facturas de Columbia, y si eso decía, haría eso y un poco más. Arthur pensó que cuando se graduase y empezara a ganar dinero, le devolvería el dinero a la abuela, de modo que consideraría un prestamo el dinero que le diese la abuela. Tendría que seguir estudiando dos años, quizás en Columbia, después de los cuatro habituales. En la mente de Arthur el futuro giraba en espiral hacia un punto nebuloso y distante, como uno de los diagramas tridimensionales de física. ¿Serían muy altas las matrículas al cabo de *cinco* años?

¿Volvería su madre a casarse? Solo tenía unos cuarenta y tres años, por lo que no era precisamente vieja. Pero Arthur era incapaz de ver o imaginar con quién podía casarse. Le hubiera gustado que la abuela se instalase a vivir con ellos, pero sin duda la vida de la abuela y su escuela de baile en Kansas City eran más interesantes que Chalmerston. Arthur procuraba consolarse pensando que se había librado de las arengas y la desaprobación de su padre, que septiembre significaba ir al este, a Nueva York. Pero seguía echando de menos a Maggie, cuya ausencia le dolía, como si fuera una enfermedad y él no lograra curarse de ella. Francey no le había curado. De hecho, Arthur se preguntaba si Francey había surtido algún efecto, el que fuera, en lo que se refería a Maggie. Gus le había presentado a Leonora, una rubia medio polaca y medio francesa que pasaba unos días en casa de unos parientes de los Warylsky. Leonora era una muchacha interesante y atractiva, pero no se había producido ningún chispazo, limitándose todo a una velada agradable.

Lois visitaba a Robbie en Foster House cada cuatro o cinco días y Arthur seguía negándose a acompañarla. Arthur sacó la consecuencia de que Robbie nunca preguntaba por él ni expresaba deseos de verle. Su madre siempre volvía llena de optimismo: Robbie obedecía todas las reglas sin que, al parecer, le importara; decía que la comida era buena; tenía un nuevo compañero de cuarto porque el anterior, que era portorriqueño, se había quejado de ciertos comentarios de Robbie que Arthur supuso que habían sido de índole racial.

–¿De modo que saldrá al cabo de seis meses? ¿Volverá a la escuela de aquí?

–Dicen que depende de su comportamiento. Hasta ahora lo consideran muy bueno. Verás, cada vez que voy a verle hablo con el señor Dillard.

Arthur sabía que el señor Dillard era uno de los encargados. Seguramente Robbie volvería a casa en diciembre, en libertad condicional.

Al volver de la siguiente visita, las noticias que traía Lois no eran tan buenas: Robbie se había peleado a puñetazos con su nuevo compañero de cuarto al acusarle este de romper una caja de herramientas. Robbie afirmaba que el culpable era alguien que se había colado en el cuarto.

–Cada uno de los chicos está construyendo una caja de herramientas –explicó Lois– y por la noche se la llevan a su cuarto, hasta la siguiente lección de carpintería.

Robbie le había roto la nariz al compañero. Él, por su parte, andaba con el cuerpo rígido a causa del esparadrapo que llevaba pegado a las costillas. El otro chico, más fuerte que Robbie, se había vengado.

Arthur apenas hizo comentarios.

Un sábado por la mañana, a principios de agosto, Arthur fue a los almacenes J. C. Penney's a buscar algo para su madre. Arthur se hallaba ante el mostrador de «novedades» con la lista de su madre en la mano, esperando que le atendieran, cuando vio a Maggie. Al principio no creyó que fuera ella, sino una chica que se le parecía bastante, pues llevaba el pelo más largo, hasta los hombros, cepillado hacia atrás y sujeto con un prendido o una cinta. A Arthur le pareció que se le paraba el corazón. Sí, era Maggie. Vio que se inclinaba para decirle algo a la dependienta. Al parecer, Maggie iba sola. Entre ella y Arthur había muchas personas que iban y venían.

—¿Desea algo, señor?

—Es-esto —dijo Arthur; entregó el papel a la dependienta, renunciando a leérselo en voz alta. De hecho, no entendía los números de la lista, que hacían referencia al peso de ciertos hilos. Volvió a mirar a Maggie y vio que tenía el pie izquierdo extendido, reposando sobre el tacón. ¡Muy propio de ella!

—Sí, aquí tiene. ¿Es este el color amarillo que desea? —La dependienta le mostraba tres carretes en la palma de la mano, dos blancos y uno amarillo.

—Seguro que sí —dijo Arthur, buscando dinero en el bolsillo.

Tenía tiempo. Maggie seguía en el mismo sitio.

Tras recoger el paquetito blanco, Arthur echó a andar hacia Maggie; se detuvo, luego siguió andando.

Maggie alzó los ojos del mostrador y le miró con una sonrisa de incertidumbre o timidez.

—¡Oh..., Arthur!

—¡Eres tú de verdad! No podía creerlo. —Sus dedos aplastaron la parte superior del paquete, que no pesaba nada—. Creía que no pensabas volver hasta septiembre.

—Cambié de idea. Mamá...

Alguien tropezó con Arthur al pasar por su lado.

–¿Qué?

–Mamá dice que irás a Columbia en septiembre.

–En efecto.

Maggie desvió la atención hacia la dependienta, que en aquel momento le entregaba una bolsa grande con su compra. Luego ella y Arthur empezaron a andar hacia una de las salidas, sin darse prisa.

–¿Vas a pasar aquí el resto del verano? –preguntó Arthur.

–Hasta el diecisiete de septiembre.

Arthur hizo un gesto con la cabeza y aspiró hondo.

–¿Te acompaño hasta el coche? –se preguntó si Larry Hargiss estaría con ella, si la esperaría en el coche en otra parte.

–Todavía he de hacer algunas compras.

Salieron a la acera. Maggie iba en dirección opuesta a Arthur, que debía volver a la zapatería. Tom le había dado permiso para salir a buscar el hilo para Lois. ¡Qué afortunado había sido el encarguito! Arthur estaba aturdido, casi hipnotizado, por el hecho de tener a Maggie junto a él, tan cerca que sus brazos casi se tocaban. Hubiera podido abrazarla como un loco, abrazar su cuerpo firme y real. Pensó que si no se lo preguntaba en aquel momento, sería un cobarde. O un imbécil.

–¿Puedo llamarte alguna vez, Maggie? –preguntó con voz firme.

Maggie volvió a sonreír, más tranquila que un minuto antes.

–Desde luego, Arthur. ¿Por qué no?

–Bueno. –Arthur se detuvo–. Tengo que ir en la otra dirección. Ahora. Ya te llamaré, Maggie. –Dio media vuelta y se alejó a buen paso, mirando la acera. ¡Era como un sueño! Pero la voz de Maggie seguía en sus oídos: *Desde luego, Arthur. ¿Por qué no?* ¿Cuánto tiempo llevaba ella en la ciudad? ¿Cinco días? ¿Más? ¿Acababa de irse el señor Hargiss de casa de los Brewster? El modo en que acababa de decirle *por qué no* ¿no significaba que seguía gustándole?

Arthur estuvo eufórico y a la vez desconcertado durante el resto del día. Se decía a sí mismo que la euforia solo podía obedecer al hecho de que Maggie estaba en la ciudad, físicamente cerca. Al dar las cinco de la tarde, ya había llegado a la conclusión de que Maggie le hubiera dicho *por qué no* del mismo modo aun en el caso de seguir teniendo relaciones con el señor Hargiss. Arthur se dijo que hacerse ilusiones era una estupidez, exponerse a un chasco. A pesar de todo, decidió invitar a su madre a cenar en el Chowder House, donde servían pescado y mariscos excelentes.

–¿Qué te ha puesto de tan buen humor? –preguntó Lois–. No me lo digas. Tom ya te ha concedido un aumento. ¿Es eso?

–No, aún no. Me pareció que sería agradable cenar fuera para variar. –Pensaba hacer alusión a Maggie durante la cena. O quizás decidiría no mencionarla en absoluto.

Cuando Arthur estaba a la mitad de la deliciosa ración de conchas fritas y se disponía a empezar con un «a propósito», Lois dijo:

–Hoy he visto a Jane Griffin en el asilo. También a ella le dijeron que la iglesia se proponía pagar los gastos del hospital... cuando Irene dé a luz.

Era un tema desagradable y Arthur pensó que echaría a perder la velada. Pero no tenía más remedio que compartirlo con su madre, pues para ella era importante.

–Vaya, vaya. ¿Acaso el reverendo lo proclamó desde el púlpito?

–¡No, tonto! Bob se lo mencionó a Jane, porque ahora Jane trabaja todo el día en el asilo. Puede que la criatura vaya a parar al asilo, ¿sabes?

La comida ya no le parecía tan buena a Arthur.

–¿Dijo algo Jane acerca de quién podía ser el padre?

–Pues... dijo que estaba al tanto del rumor. Porque Richard solía visitar a Irene, pero Jane le quita importancia y dice que el rumor podía referirse a Eddie Howell o a Bob Cole, que también la visitaban.

Arthur se echó a reír.

—¡Eddie Howell! ¡Ese semental! Seguramente lo que hacía Jane era dar palos de ciego…, a ver si tú confirmabas o negabas el rumor.

Lois encogió los hombros.

—Puede ser. Pero no quise picar el anzuelo. Todo el mundo sabe con qué clase de gente alterna Irene en su lugar de trabajo.

Arthur deseaba cambiar de tema, pero no podía.

—¿Te pareció que Jane relacionaba todo esto con lo que hizo Robbie?

—No. No insinuó nada en ese sentido. Robbie sigue negándose a aprovechar la ropa de Richard.

Arthur lo sabía desde el mismo instante en que empezara a vaciar el armario de su padre. Cierto día su madre había vuelto a casa con cara triste: Robbie se negaba a aceptar la ropa de su padre. Pero Lois había dejado los suéteres y pañuelos en Foster House, para que se los dieran a otros chicos, y más adelante había probado suerte con otras prendas de Richard.

Arthur, tratando de animar un poco el ambiente, dijo:

—Hoy he visto a Maggie.

—¿A Maggie? ¿Está en la ciudad?

—Sí. Estaba en los almacenes y me encontré con ella por casualidad.

—¿Por qué no me lo has dicho antes? Ahora ya sé por qué estás de tan buen humor. ¿Vas a verla otra vez?

—Le dije que tal vez la llamaría. Sí. ¿Qué te apetece para postre, mamá?

Aquella noche Arthur soñó que Maggie embarcaba con rumbo desconocido y él la despedía en el muelle. La muchacha tenía un camarote para ella sola y la rodeaban muchas personas, todas ellas desconocidas. Maggie decía que se iba al Ártico, aunque Arthur no logró averiguar por qué. Estaría ausente mucho tiempo, dijo ella, y él se sintió desdichado ante semejante perspectiva. Maggie llevaba el pelo mucho más largo, hasta la cintura, y luego, al agitar él la mano en señal de despedida —desde algún lugar muy alejado del buque, pero no desde el muelle–, el pelo fue acortándose más y más hasta quedar como antes y Maggie entró en el camarote y cerró la puerta. Arthur despertó con los ojos húmedos y la frente bañada en sudor.

Se frotó el mentón con el puño cerrado. Dios mío, es solo un *sueño,* pensó. ¡Maggie estaba en la ciudad! ¡Y no se iba al Ártico!

Aquel día Arthur aprovechó la hora del almuerzo para llamar a casa de los Brewster.

Betty contestó en tono alegre y le pasó a Maggie.

–Art –dijo Arthur, aunque Maggie nunca le llamaba así–. Dijiste que podía telefonearte, de modo que aquí me tienes. ¿Hay alguna probabilidad de verte?

A los pocos segundos quedó en que iría a casa de Maggie sobre las seis y media, «para tomar una Coke o algo».

Arthur estaba convencido de que allí encontraría a Larry Hargiss. En vista de ello, prestó atención a su atuendo. Después de ducharse, se puso unos tejanos y una camisa limpios y una chaqueta de verano que no estaba tan limpia pero tampoco sucia. Vio en el jardín una rosa especialmente bella, pero decidió no llevársela a Maggie por si el señor Hargiss se encontraba presente.

El señor Hargiss no estaba cuando llegó Arthur, al menos no se hallaba en la salita. Betty le recibió efusivamente y dijo que llevaba más de un mes sin verle.

–Tomad lo que os apetezca, chicos. Yo me voy arriba –dijo Betty.

Maggie preparó un «gin tonic» para Arthur. Llevaba un vestido color verde claro, sandalias blancas, y Arthur la encontró más bonita que nunca. El brazalete de oro que él le regalara seguía en la muñeca derecha. ¿Se habría acostado con el señor Hargiss con el brazalete puesto? Arthur recordó en seguida que él se había acostado con Francey sin quitarse del cuello la cadenilla de Maggie; Francey incluso se la había elogiado. ¿Quería decir ello que eran tal para cual? ¿Importaba algo?

—¿Por qué pones esa cara? —preguntó Maggie.

—No lo sé.

Arthur se dijo que el señor Hargiss iba a aparecer de un momento a otro, aunque decidió no preguntar si estaba allí, no hacer la menor alusión a él. Pero iban pasando los minutos y el señor Hargiss no hacía acto de presencia. Maggie habló de Radcliffe y de lo mucho que le gustaba su curso de sociología, que había podido empezar en el segundo semestre. Le habló de un proyecto de campo que debía realizar con una compañera de estudios. Visitarían varias oficinas de empleo en Cambridge y harían un estudio de los clientes que lograban encontrar trabajo y de los que no, indicando la edad, los estudios, y utilizando gráficos para ilustrar las conclusiones.

—¿Qué me dices de la raza como factor?

—¡Ya sé! —Maggie se rió—. Es que en este estudio concreto la raza no cuenta.

La visión de un bebé medio negro en brazos de Irene revoloteó ante los ojos de Arthur. ¿Estaría Maggie enterada de lo que Irene iba contando por ahí?

—Lamento lo de tu padre, Arthur.

Arthur jugueteó con su vaso.

—Pues... yo no..., no mucho.

—¡No hables así!

Arthur titubeó.

—Bueno, mira lo que hizo. A ti..., a nosotros. La forma en que se comportó. ¿Crees tú que a mí me gustó? No tienes idea de lo agradable, mucho más agradable, que es ahora la vida en mi casa. Deberías venir a verlo. Hemos vuelto a decorar dos habitaciones. ¡Mamá y yo tenemos espacio! Paz y tranquilidad...

—Ah, sí, Robbie se ha ido.

Arthur se rió al tiempo que volvía a mirar hacia la escalera, aunque tal vez el señor Hargiss realmente no estaba en la casa.

—Sí, así es. Y por lo menos no volverá hasta diciembre. Está en un lugar llamado Foster House, cerca de Indi. Es un lugar lleno de delincuentes juveniles como él. Menores de dieciocho años.

Maggie preguntó qué harían con Robbie después de diciembre y Arthur repuso que saldría en libertad condicional; más adelante quizás se alistaría en la infantería de marina.

—¿Cuándo quieres que me vaya? —preguntó Arthur.

—No hay prisa. No tengo ninguna cita esta noche. —Maggie se hallaba sentada en el sofá, con los antebrazos cruzados sobre las rodillas, y a menudo miraba la alfombra, como si Arthur la hiciera sentirse tímida.

—En tal caso, ¿quieres que vayamos a cenar en alguna parte?

Arthur la llevó al Mom's Pride. La refrigeración funcionaba y el «jukebox» sonaba bien. Animado por la primera mitad de su hamburguesa, Arthur rompió la palabra que se había dado a sí mismo y preguntó:

—¿Y cómo está el señor Hargiss?

—Oh..., bien..., supongo.

—Has vuelto a casa antes de lo previsto. Por eso te hago esta pregunta.

—Sí, es verdad, he vuelto antes.

No debía preguntarle más de momento, pensó Arthur. A Maggie no le gustaría un interrogatorio.

—¿Tienes ganas de bailar?

Bailar era mejor. Arthur pudo relajarse. Durante una canción lenta la tomó entre sus brazos. La magia seguía allí, para él. ¿Y en Maggie? No estaba seguro.

Cuando volvieron a sentarse, Arthur preguntó:

—¿Te ha dicho algo tu madre sobre Irene Langley?

—No. ¿Te refieres a aquella rubia...?

—Sí. La que te mencioné el verano pasado. Va a la iglesia de mi padre. Bueno..., ya veo que no sabes nada. Será mejor que te lo diga yo antes de que lo haga otra persona. Está embarazada... y dice que mi padre es el responsable.

Maggie levantó las cejas.

–¡¿Qué?! ¿Se lo dijo a tu madre?

Arthur asintió con la cabeza.

–Y también a mí. Y Robbie, al enterarse... de esto, se volvió contra mi padre. Fue entonces cuando disparó contra él, cuando mi padre...

–¡Oh, Arthur, no tenía la menor idea!

–Sí..., bueno... –Apuró nerviosamente su cerveza–. Y ahora..., es decir, ahora no, sino cuando mi padre vivía, parece ser que mi padre reconoció que era verdad ante mi hermano. –Ahora ya se lo había dicho y Maggie se apartaría de él aquella noche, en aquel mismo momento. Se mostraría cortés. Pero se iría al Ártico.

–Pero no es verdad, ¿eh? ¿O sí lo es?

–Puede que lo sea. Mi padre veía a Irene con mucha frecuencia, no... –Volvió a empezar–. No quiero decir que a veces pasara la noche con ese adefesio, pero iba a verla del mismo modo que visitaba a varias personas más de esa iglesia. Irene trabaja en un restaurante. Es una exprostituta, un verdadero espantapájaros. –Arthur miró la mesa con ojos huraños.

–¿Y tú lo crees? –El tono de Maggie no era tan ansioso y grave como él se temía.

–No tengo más remedio. Sí. ¡Menuda familia! Un hermano en la cárcel, el padre des..., deshonrado. La criatura nacerá este mes. Espero que sea medio negro. Varias veces he estado a punto de decírselo a mamá y al final no me he atrevido.

La mirada de Maggie reposaba en el vaso vacío mientras jugueteaba con él sobre la mesa. No quiso tomar otro whisky con agua.

–He decidido contarte todo esto porque si no... habría sido como engañarte o algo por el estilo. –Arthur reflexionó que si Maggie optaba por decírselo a su madre, él no podía hacer nada por impedirlo. Por otra parte, también era posible que Betty ya lo supiera y no hubiese querido decírselo a Maggie.

Arthur quiso otra cerveza y se levantó para ir a buscarla. Mientras esperaba que le sirvieran, comprendió que aquella noche no podía ponerse a discursear alegremente sobre lo que pensaba hacer, lo que quería ser al cumplir los veintitrés años. ¡Científico! Sacaría un título antes de cumplir los veintitrés y encontraría un empleo interesante en alguna parte; y si un empleo fijo le resultaba aburrido, entonces emprendería alguna exploración o trabajaría como investigador donde le apeteciese. ¡Respetado entre sus colegas! ¡Sueños! ¿Pero por qué no podía convertirlos en realidad? Sin embargo, ¿cómo podía contarle aquello a Maggie sin que ella creyese que estaba fanfarroneando, que eran palabras huecas, un intento de compensar lo ocurrido últimamente? Acudió a su cerebro la imagen de un volcán en erupción. ¡Justo lo que era él! Cogió su cerveza y arrojó un dólar sobre el mostrador. Incluso reconocía la imagen del volcán: recordaba haberla visto en un libro sobre los viajes de Von Humboldt, un libro que la abuela le había regalado cuando tenía unos diez años.

Se quedaron en el Mom's Pride hasta la medianoche, y hablaron de otras cosas. Arthur trató de detectar algún cambio en Maggie, un cambio debido a lo que acababa de contarle, pero no vio ninguno. ¿Sería posible que no siempre tuviera el hijo que pagar por los pecados del padre? Al acompañarla a casa, Maggie no le dijo que entrara, pero a Arthur no le importó.

—¿Te doy el beso de las buenas noches? —susurró Arthur. Era igual que hacerle una pregunta acerca del señor Hargiss, una pregunta a la que tuviera que contestar con un sí o con un no. La besó. Y una segunda vez. Luego fue a su coche con la seguridad de que volvería a verla.

¿Había roto Maggie con el señor Hargiss? Maggie no era de las que iban pregonando por ahí que le habían dado calabazas a alguien. Aunque así fuera, Arthur tendría que cortejarla otra vez. La idea tenía su atractivo.

32

–Vengo a ver a Robert Alderman –dijo Arthur al guardián del vestíbulo de Foster House.

–¿Tu nombre?... Firma aquí, por favor.

Tras firmar Arthur en el libro de registro, el guardián añadió la fecha y la hora. Luego miró dentro de la bolsa de papel que llevaba Arthur y se colocó a un lado de la puerta. El detector de metales emitió un zumbido: Arthur llevaba las llaves del coche y un poco de calderilla en el bolsillo izquierdo de los «levis». El guardián le dejó pasar.

–Recto hasta el final. Allí encontrarás otro guardián.

Arthur vio la silueta del segundo guardián recortándose sobre una puerta abierta mientras caminaba por el pasillo de paredes desnudas y bastante ancho del edificio de una sola planta. Había habitaciones a derecha e izquierda, la mitad de ellas con la puerta abierta. Lois había insistido en que le «hiciera una visita» a Robbie y allí estaba a las diez y media de una mañana de domingo cuando hubiera preferido dormir hasta aquella hora, porque la noche antes había estado con Maggie hasta muy tarde.

–¿Alderman? Me parece que está por ahí fuera –dijo el segundo guardián armado–. Si no, es que está en su cuarto. –Consultó una lista–. El número setenta y dos.

Arthur salió. El sol picaba fuerte y había por lo menos treinta muchachos trabajando con palas y azadas en un terreno muy extenso. Vio filas de tomateras y de coles a medio crecer. Los muchachos llevaban pantalones cortos o largos de color caqui y algunos iban desnudos de cintura para arriba. Un vistazo le bastó para darse cuenta de que no se estaban matando a trabajar. Titubeó un poco antes de ver que una cabeza rubia y un cuerpo flacucho pertenecían realmente a Robbie. Arthur echó a andar por un sendero angosto entre los plantíos. Rodeaba el espacioso huerto una valla de grueso alambre de púas cuya parte superior se inclinaba hacia adentro.

–¡Eh, Robbie!

Robbie alzó la vista, luego se apoyó en la azada.

–¿Sí?... Hola.

–Solo venía a visitarte. ¿Cómo van las cosas?

Robbie tiró la azada al suelo, puso cara de mal humor y se acercó a Arthur. Al dar el primer paso, tropezó con una col cuyas hojas quedaron destrozadas. Evidentemente, Robbie tenía permiso para dejar el trabajo, pues eso fue lo que hizo. Arthur le siguió hasta el vestíbulo. Robbie se detuvo ante una fuente y se mojó la cara.

–La habitación está aquí –dijo Robbie, echando a andar hacia una puerta.

Las paredes de la habitación eran del mismo azul claro que las del pasillo. Había dos camastros estrechos de hierro, una sola mesa en el centro del cuarto y dos anaqueles con libros forrados con plástico transparente. Robbie se sentó en su cama.

–Mamá me encargó que te diera esto –dijo Arthur, ofreciéndole la bolsa de papel. Sabía qué había dentro: una porción de tarta de fruta envuelta en papel de cera, dos ejemplares de *Newsweek,* chocolatinas.

Robbie, sin alterar su expresión huraña, registró rápidamente la bolsa y puso el contenido sobre la cama. Sus movimientos hacían pensar en los de un animal.

–¿Dónde está tu compañero de cuarto?

–Esta mañana tiene turno de cocina.

–¿Te llevas bien con él?

Robbie se encogió de hombros.

–Es un pesado –dijo, evitando mirar a Arthur.

–¿Tienes ganas de que llegue diciembre para poder salir?

Robbie le dirigió una mirada hosca.

–Sí, puede ser. Pero no quiero volver al estúpido instituto de Chalmerston.

–¿No quieres seguir viviendo en casa? ¿Por qué no? –Arthur se dio cuenta de que lo preguntaba solo por curiosidad.

Robbie mostraba su habitual expresión hermética. De pronto se puso en pie y cruzó los brazos.

–Los chicos del instituto son unos pesados y unos estúpidos. No pienso volver allí. No, señor. No comprenden nada. Son unos zombies.

–Entiendo. Bueno, no intentes fugarte de aquí. Solo conseguirías que te atrapasen y te encerraran por más tiempo. –Arthur procuraba mostrarse amable y amistoso pese a que distaba mucho de sentir afecto por la figura de cara malhumorada que tenía ante sí–. ¿Algún mensaje para mamá?

–No. No se me ocurre ninguno.

Arthur se acercó a la puerta, que estaba cerrada.

–Bien, ¿qué quieres hacer, Robbie? Cuando salgas de aquí en diciembre. ¿Tienes alguna idea alegre?

Robbie volvió a encogerse de hombros.

–¿Por qué iba a decírtelo? No me importa dónde esté. Puede que me aliste en la infantería de marina. Ese cuerpo...

–¿Te admitirán teniendo solo dieciséis años?

–O puede que viva en el cobertizo para botes del lago Delmar todo el año. Allí tengo amigos, Bill y Jeff y todos los demás. No estoy obligado a volver al instituto si no quiero. No me gusta nada salir en libertad condicional, de acuerdo, pero no pueden impedirme que viva donde me dé la gana.

Arthur pensó que sí podían, pero no dijo nada.

—Mis amigos no me abandonarán. Podría trabajar para ellos en el lago o donde sea... cuando haya salido de este agujero de mierda. —Robbie movió un brazo para señalar las paredes, el edificio entero.

En el pasillo se oyeron tres campanadas fuertes.

—¿Es el aviso para el almuerzo? —preguntó Arthur.

—No. Es para ir a la iglesia dentro de cinco minutos —dijo Robbie en tono de mal humor.

La puerta de la habitación se abrió bruscamente y entró un chico de pelo negro que vestía unos pantalones caqui y una camisa con los faldones fuera. El recién llegado pasó junto a Arthur y tiró con violencia del último cajón de una cómoda pequeña.

—¡Me cago en el turno de cocina! ¡Y en la *ba-su-ra* de los cojones! —chilló el muchacho, sin dirigirse a nadie salvo a él mismo; tras quitarse la camisa de cualquier modo, sacó otra limpia del cajón. Entonces se fijó en Arthur y puso cara de pasmo.

—Ya me iba —dijo Arthur—. Cuídate, ¿eh, Robbie? —Temía que los dos muchachos se burlaran de él si le recomendaba a su hermano que se portara bien y así saldría antes de allí—. Hasta la vista.

Al abandonar la habitación, encontró el pasillo lleno de adolescentes que hablaban en voz baja, se reían y caminaban en dirección contraria a la suya. De algún lugar del edificio llegaban los sones trémulos de un órgano.

—¡Eh! ¡Señor!

Arthur tuvo que firmar otra vez en el libro de registro antes de salir. Fue una satisfacción poner el automóvil en marcha y emprender la vuelta a Chalmerston.

Al llegar Arthur a casa, su madre acababa de volver de la iglesia y lucía aún sus galas domingueras, entre las que había un sombrero de paja color azul marino que a él le gustaba bastante.

—¿Qué tal ha ido la iglesia? —preguntó Arthur con buen humor deliberado.

Lois le miró de soslayo, como diciéndole que «igual que siempre». Después encendió el horno y se quitó el sombrero con delicadeza.

—¿Has visto a Robbie? ¿Cómo está?

—Bien. Muy bronceado. Le encontré trabajando en el huerto... hasta la hora de ir a la iglesia.

—Espero que al menos estuviera amable contigo.

—¡Ja! Bueno..., al menos pareció recordar quién era yo.

—¿Pero qué te dijo?... ¿Qué actitud adoptó?

—Mamá, ¿crees que habla conmigo? No quiere volver al instituto de Chalmerston. —Arthur sacó una lata de cerveza del frigorífico—. Puede que ya lo supieras. Me pareció muy categórico al respecto.

Lois estaba abriendo un envase de sal.

—¿Has hablado con el señor Dillard?

Arthur se sintió culpable y molesto a un tiempo. No había querido ver al señor Dillard y preguntarle qué tal «le iba» a su hermano.

—No, mamá, no he hablado con él. ¿Quieres que haga algo?

—Prepara un poco de ensalada, por favor. He hablado con Jane al salir de la iglesia. Dice que Irene ya está en el hospital.

Arthur sintió una leve sacudida. Ya se había percatado de que su madre estaba nerviosa y suponía que era debido a algo que habría oído en la Primera Iglesia del Evangelio de Cristo.

—¿Significa eso que el bebé nacerá hoy? ¿O es que ya ha nacido?

—Es muy probable, creo yo —contestó Lois, inspeccionando el horno.

Arthur se preguntó si su madre esperaba que alguien la llamase para decirle si el bebé era niño o niña, blanco o negro. Decidió no preguntarle nada. De todas formas, el resto del día ya estaba estropeado y, al fin y al cabo, su madre lo pasaba peor que él. Al menos él tenía algo que esperar con ilusión, una cita con Maggie a las cinco de la tarde. Trabajaría un poco en el jardín de los Brewster, y, que él supiera, Maggie tenía la tarde libre. La muchacha estaba trabajando en un proyecto para el curso de sociología, en colaboración con otra chica de Radcliffe que vivía en Chicago, y las dos muchachas no debían comunicarse por teléfono, sino por carta, y presentar finalmente un «estudio coordinado». Aquel trabajo tenía a Maggie bastante ocupada.

Arthur aliñó la lechuga. La comida estaba lista, así que cogió el cuchillo y el tenedor de trinchar. Tenía un hambre atroz. Intentó encontrar palabras para consolar o animar a su madre. Le hubiera gustado decir que esperaba que «naciera muerto», pero no se atrevió.

A las cinco Arthur, vestido con unos «levis», zapatillas de tenis y una vieja camisa azul, llegó a casa de Maggie. En el coche tenía una camisa limpia. Encontró a Betty Brewster sentada en un rincón soleado del espacioso jardín, escribiendo cartas. Llevaba pantalones cortos, una blusa y un sombrero de alas anchas, pues el sol seguía picando lo suyo.

Al cabo de diez minutos Arthur se quitó la camisa. Estaba desbrozando una franja con la ayuda de una horca y una pala, levantando terrones de césped que Maggie depositaba en otra parte. En aquella franja querían plantar narcisos, si bien era aún demasiado pronto para hacerlo.

—¿Viste a tu hermano esta mañana? –preguntó Maggie.

—Sí –dijo Arthur con una sonrisa, clavando la horca en la tierra–. Preferiría no hablar de ello. ¿Te importa?

—No –repuso Maggie con aire de paciencia–. Pero me interesa. ¿Cómo es ese lugar? ¿Estuvo amable contigo?

—Mamá me hizo la misma pregunta. Yo no diría «amable». No conmigo. Foster House parece una prisión. –Arthur hizo una pausa para ahuyentar un mosquito.

—¡No hace falta que trabajes tan aprisa, Arthur! –Maggie levantó más terrones de césped para echarlos en un capazo.

Betty entró en la casa y al poco salió de nuevo con una jarra de limonada fría y galletas.

—Seguro que esto no os va a quitar las ganas de cenar. ¡Caramba, Arthur, a eso llamo yo hacer progresos!

La franja medía ya unos treinta centímetros de ancho y llegaba hasta casi la mitad del jardín. Y, por si fuera poco, era en línea recta. Arthur se sintió bastante orgulloso al mirar la tierra recién removida.

Transcurrida una hora más o menos, Arthur se metió bajo la ducha de los Brewster, aquella ducha que él conocía tan bien, se lavó de pies a cabeza y finalmente abrió el grifo de agua fría. Se sentía muy bien. ¿Cómo se sentiría Irene?, se preguntó, frotándose el torso con la toalla e inspeccionándose los músculos pectorales y los bíceps en el espejo. Su medio hermano o media hermana, ¿estaría respirando ya el aire de este mundo, el mismo aire que respiraba él? ¡Era un pensamiento disparatado, pero podía ser verdad! Arthur se puso una camisa color de rosa, de tejido Oxford, con botoncitos en el cuello.

Volvieron a cenar en el Mom's Pride porque a Maggie le gustaba aquel sitio. Gus y Veronica se reunirían con ellos más tarde. Gus había ido a casa de Veronica aquella noche, para echarle un vistazo a la máquina de coser de su madre, y ver si podía repararla. Maggie y Arthur comieron hamburguesas y patatas fritas.

—¿Y el señor Hargiss? —dijo Arthur como al descuido—. ¿Volverás a verle cuando regreses al Este?

Maggie tomó aliento.

—Sí, volveré a verle... porque sigue un curso de química en Radcliffe.

—Me refería a si... —Arthur estaba seguro de que ella le entendía perfectamente. Era la tercera vez que salían desde la vuelta de Maggie; la segunda vez habían ido al cine, pero Arthur no había querido preguntarle por Hargiss—. Me refería a si estás enamorada de él.

—No. Ya no.

—Ah. —Pero lo había estado, naturalmente—. ¿Quieres decir que rompisteis?

Maggie clavó los ojos en el plato casi vacío.

–Pues, sí. Su familia no me cayó demasiado bien. –Alzó los ojos hacia Arthur–. Me parecieron muy mandones. Teníamos que hacer ciertas cosas en días determinados, Larry y yo. Todo lo tenían planeado con muchos días de antelación. Había un club náutico cerca de allí..., muy elegante, eso sí, pero era una..., una lata. Me di cuenta de que toda la vida iba a ser así.

–Convencional.

–Sí, pero no en lo relativo al modo de vestir y cosas así. Era más bien que había que hacer lo que te ordenaban.

Arthur vio con alivio que el señor Hargiss quedaba eliminado.

Al cabo de un rato, mientras bailaba con Maggie, lleno de confianza en sí mismo, Arthur estuvo en un tris de decirle que aquel mismo día, tal vez aquella misma noche, nacería el bebé de Irene. Pero decidió dejarlo correr porque no era capaz de decirlo en un tono suficientemente despreocupado. O quizás fue porque no era cosa de broma. Prefirió mirar los ojos sonrientes de Maggie mientras bailaban un poco separados, encontrarse a solas con ella en otro mundo donde las figuras que giraban a su alrededor no eran más que parte de las paredes.

–¡Ahí está Gus! –dijo Maggie.

Arthur volvió la cabeza y alzó un brazo.

En la mesa había espacio para los cuatro. Gus y Veronica pidieron cerveza; Maggie y Arthur, ensalada y más cerveza.

–¿Has reparado la máquina de coser? –preguntó Arthur.

–No –repuso Gus, agachando la cabeza.

–¡Sí la has reparado! –exclamó Veronica–. ¡Te juro que funcionaba cuando salimos de casa, Arthur! No sé por qué Gus habla así.

–Ya veremos si funciona mañana. No acabo de estar convencido –comentó Gus.

–¡Perfeccionista! –dijo Veronica–. Háblame de Radcliffe, Maggie. Me muero de ganas de oír los detalles. –Se echó el pelo negro hacia atrás al tiempo que ponía cara de expectación.

–¿Los detalles de qué? –dijo Maggie, riéndose.

–Del alojamiento, por ejemplo. ¿Tenéis que estar en…? Quiero decir, ¿cuántas veces a la semana podéis salir de noche?

Arthur soltó una carcajada.

–Supongo que todas las que queramos –dijo Maggie–. A menos que tus notas sean fatales. Entonces tal vez...

–¿Y a qué hora tenéis que *volver* por la noche? –preguntó Gus, poniendo voz de chica.

–Calla, calla –dijo Veronica–. Me refería al alojamiento, sí. ¿Son privadas... las habitaciones?

–¿Es que piensas ir allí? –preguntó Gus.

Cada chica tenía su propia habitación, según dijo Maggie. Veronica quiso saber si eran muy grandes. ¿Y los cuartos de baño?

–¡Eso! ¿Qué nos dices de los cuartos de baño? –dijo Gus–. ¿Hay una doncella para cada habitación?

–¿Teléfono? –preguntó Arthur–. ¿Televisión en color?

–¡Alderman!... ¡Hay alguien aquí que se llame *Alderman?* –chilló una voz de hombre en medio de la música y el ruido de las conversaciones. Se levantó para ver mejor.

–¡Aquí! ¡Sí! –Primero creyó que le llamaban por algo relacionado con su coche. Pero, en tal caso, ¿cómo sabrían su nombre?–. Perdonadme –dijo a los demás.

–Te llaman por teléfono –le informó el ajetreado camarero, siguiendo luego su camino–. La primera cabina a la derecha –añadió, señalándola.

Arthur se dirigió a un rincón cercano a la puerta del local donde había dos cabinas. Una estaba ocupada, en la otra el teléfono estaba descolgado.

–¿Diga?

–Hola, Arthur –dijo su madre con voz agitada–. Dijiste que tal vez estarías ahí, de modo que...

–Bien, mamá, pues aquí estoy.

–Irene acaba de tener una niña. Pensé que debía decírtelo.

—Entiendo. Bien. –Arthur se apretaba la otra oreja con la palma de la mano para poder oír.

—Bob Cole me telefoneó hacia las siete, poco antes de que llegaran los Griffin. Irene está en el United Memorial Hospital.

A Arthur le importaba un bledo dónde estuviera. Lois parecía alterada. Arthur sabía que los Griffin cenaban en su casa aquella noche y supuso que ya se habrían ido.

—Bueno, mamá, no te preocupes. ¿Estás bien?

—¡Claro que estoy bien! –se apresuró a decir ella.

—Bueno, pues procura seguir así. No tardaré esta noche, mamá.

Al volver con los demás, Arthur vio a Roxanne en otra mesa, muy a su izquierda; se reía locamente, como siempre, en compañía de un grupo numeroso. Según sus noticias, Roxanne se había casado y ya no vivía en la ciudad. Podía tratarse de un rumor falso. Arthur se puso a mirar a su alrededor, buscando caras conocidas. Vio uno o dos estudiantes de la universidad, pero ellos no le prestaron atención. Volvió a sentarse al lado de Maggie.

—¿Ocurre algo malo? –preguntó ella.

—No, no. –Arthur decidió darle la noticia. Después de todo, la ciudad entera lo sabría a la mañana siguiente, o al cabo de un par de días. Gus y Veronica le estaban mirando–. Bueno, era mi madre. Dice que Irene ha tenido una niña.

—Vaya, vaya –dijo Gus–. Me parece que voy a tomarme otra cerveza.

—La camarera –dijo Veronica sin inmutarse.

—Sí. –Arthur supuso que Gus le habría dicho a Veronica que se sospechaba que Alderman padre había engendrado la criatura. ¿O no se lo habría dicho? *Supongo que ahora tengo una media hermana,* estuvo a punto de decir, pero habría sido ir demasiado lejos, era demasiado horrible.

Maggie le acarició la mano que reposaba en el banco entre los dos. Arthur abrió el puño para coger la mano de Maggie mientras se frotaba los ojos con la otra; luego cogió el vaso y apuró su cerveza. El bebé viviría. No había nacido muerto. ¿De qué grupo sería su sangre? Arthur se recordó a sí mismo la decisión de no preocuparse. Pero se daba cuenta de que sí le importaba. Miró a Maggie al mismo tiempo que tragaba la cerveza con cierto esfuerzo.

–¡Qué diablos! –dijo Arthur, dirigiéndose a los tres.

Tal vez no le oyeron a causa del ruido.

–¿Y el Estado va a cuidar de la pequeña? –preguntó Gus a voz en grito.

–¿El Estado? No lo sé, de veras que no. La Iglesia, un poquito... según me dijeron. –Arthur se rió sin muchas ganas.

Terminaron las cervezas, pidieron otras y se levantaron para bailar. Gus parecía feliz aquella noche, más seguro de sí mismo. Gus no tenía a la hija de Irene metida en la cabeza. Cuando bailaba con Maggie, Arthur lograba olvidarse de todo menos de ella y de la música, la batería, el tintineo de los platillos. Tenían una vida común a los dos, al menos de momento. El resto del mundo se convertía en algo aparte, incluso en algo lejano, cuando estaba con Maggie.

33

Eran poco más de la una cuando Arthur llegó a casa. Su madre estaba en la cocina, lavando unos cacharros en el fregadero.

—¿Todavía levantada, mamá? ¿Quieres que acabe de lavarlos yo?

—Es que me he quedado a ver una película en la televisión. —Lois parecía tensa y evitaba mirarle.

Arthur abrió el frigorífico para tomarse una última cerveza. Momentos antes le había dicho a Maggie que «ojalá pudiera pasar la noche con ella, en la cama estrecha de arriba». Tal vez hubiera podido hacerlo, siempre y cuando se marchara a primera hora de la mañana. Y sabía que hubiera sido posible en ausencia de Betty, aunque Maggie no le dijera nada. Era seguro que una de aquellas noches Maggie le saldría con que «mi madre no volverá hasta la una de la madrugada. Lo sé». Al pensar en ello, Arthur se sentía muy alegre. Y teniendo la cabeza llena de agradables visiones del futuro, esperaban que pensara solo en Irene postrada en algún hospital con una recién nacida al lado, por el simple hecho de que Lois no pensaba en otra cosa.

—¿Hicieron los Griffin algún comentario sobre Irene? —preguntó Arthur.

—Ni una palabra —repuso su madre por encima del hombro—. Es casi de mal agüero. ¡Ja! —Se volvió de cara a él.

—A lo mejor es que no saben nada. ¿Qué tiene el retoño de Irene que le haga tan fascinante? No te lo tomes tan en serio, mamá.

Lois se secó las manos con una toalla de papel.

Arthur apretó la lata de cerveza fría contra la frente e intentó continuar.

—¿Bob Cole fue al hospital?

—Sí, porque Irene le pidió que fuera. Según Bob, el bebé tiene un poco de pelo rubio.

Como lo tendría un hijo de Richard, pensó Arthur con repugnancia y mal humor. Sabía que él y Robbie tenían «un poco de pelo rubio» al nacer.

—¿Y por qué se tomó la molestia de mencionar ese detalle?

—Oh... Bob habla por los codos. Dijo que Irene quería que yo fuese a ver el bebé.

—¡Por el amor de Dios! —Arthur reprimió el impulso de arrojar la lata de cerveza al fregadero y la dejó sobre el frigorífico; luego cogió las manos de su madre entre las suyas, por primera vez en su vida—. Mamá, no dejes que todo esto te afecte. ¡Haz como si no pasara nada! Si no hablas con conocidos... y si ellos no te hacen preguntas... o si te las hacen, ¡no les hagas caso! Deja que sea Irene quien se encargue del asunto. Y desentiéndete de ella también. Si...
—Lois le escuchaba, mirándole con sus ojos azules, un poco tristes, y de pronto Arthur le soltó las manos—. Mamá, cómo me gustaría darte siquiera un poco de lo que siento esta noche. ¡Todo va tan bien! En septiembre me iré y Maggie... Estoy seguro de que eso también funcionará. Me gustaría verte... —Feliz o más feliz quiso decirle, pero las cosas no le iban bien a Robbie y Robbie también formaba parte de la vida de su madre. Librarse de Robbie no podía resultarle tan fácil como lavarse las manos con Irene—. Esta noche he tenido una idea.

—¿De qué se trata?

—Deberíamos mudarnos a otra ciudad. Puede que a New Jersey.

O tal vez a Pensilvania. ¡Cambia de vida, mamá! Vende esta casa...
Mamá, ¿has pensado alguna vez en volver a casarte?

—¿Volver a casarme? No, Arthur. ¿Por qué?

—¿Y por qué no? Por la compañía. ¡Aún eres bonita!

—¿Ya me has elegido novio? —Lois se rió como si la idea de volver a casarse fuera absurda.

—No, porque no he pensado mucho en ello. ¿En esta ciudad tan aburrida? ¡Cualquiera excepto el reverendo Cole! ¡Válgame el cielo! —Arthur profirió una sonora carcajada. Bob Cole era soltero y Arthur no había logrado detectar en él ningún indicio de homosexualidad. Sospechaba que el reverendo era prudente y que sus correrías tenían por escenario otras ciudades.

—Me parece que estás un poco bebido, Arthur.

——Me parece que tienes un poco de razón. Pero... diré lo mismo mañana. Lo de mudarnos es una buena idea. Si vendiéramos esta casa...

—¿Y Robbie?

Arthur volvió a mirar a los ojos de su madre.

—Robbie no volverá, mamá. No volverá aquí..., a esta casa. Apostaría la vida a que no. No quiere volver. —Y en la casa estaba el despacho recordándole a Lois que Richard había muerto allí—. Esta casa es triste, mamá.

Lois agachó la cabeza.

—Sí, lo sé.

Arthur le besó la mejilla.

—Vete a la cama, mamá. Pero piensa en lo que te he dicho. Consúltalo con la almohada.

* * *

Lo primero que pensó Arthur al despertarse por la mañana fue en *mudarse de casa*. Instalar a su madre en otra ciudad, quizás en el norte de Pensilvania, como dijera la noche antes. La costa este era más cara que la zona donde vivían en aquel momento, pero no había ninguna necesidad de buscar una cosa igual de grande como aquella. Él mismo podía buscarla a principios de septiembre, antes de que empezaran las clases en Columbia. Se le ocurrió que podía llevarse el coche al este y venderlo por cuatro chavos en Nueva York o en alguna ciudad pequeña, toda vez que en Nueva York el coche resultaba inútil y era una fuente de gastos. Su madre podía conservar su propio coche y buscarse un empleo de secretaria en la ciudad donde estuviera la nueva casa, suponiendo que ella quisiera o necesitase un empleo. Arthur pensó que no estaba soñando cosas imposibles.

La luz del sol penetró en el cuarto por la ventana, una luz hermosa, fresca y cálida al mismo tiempo, y bañó la sábana blanca con que Arthur se cubría. Eran casi las ocho. Arthur soltó un suspiro de satisfacción; el mundo le parecía bueno en aquel momento.

Su siguiente pensamiento no fue tan agradable: Irene y su retoño. Arthur se sentó en el borde de la cama. Posiblemente el *Chalmerston Herald* de la fecha daría la noticia del nacimiento y, si no, la daría al día siguiente, pues todos los nacimientos y defunciones recibían cuando menos un par de líneas. ¡La señorita Irene Langley como progenitora única de la recién nacida! ¡Los lectores pensarían que era un caso de partenogénesis! Probablemente Irene ya le había puesto nombre a la pequeña.

Lois llamó a la puerta.

–¡El café ya está servido!

–¡Ah, estupendo! Buenos días, señora –dijo Arthur, abriendo la puerta–. ¿Ha pensado la señora en lo que dije anoche?

–Sí. Y me parece una buena idea. Le preguntaré a la abuela qué piensa ella. –Su madre le miró con unos ojos que ya parecían más felices, más jóvenes, por el simple hecho de pensar en ello.

–Deja el asunto en mis manos. Exploraré un poco. En la costa Este. Pero no puedo pensar sin antes tomarme el café. –Arthur cogió el tazón y bebió un sorbo.

Poco después de las doce Arthur llamó a Maggie desde la zapatería y le habló de la idea de que su madre se instalase en otra ciudad del Este. Maggie dijo que la idea le parecía *muy* buena, porque la casa donde vivían «debía de resultar triste para ella». En la voz de Maggie había un tono de comprensión que caló muy hondo en Arthur. La muchacha dijo que en su casa había algunos folletos sobre casas y fincas en Pensilvania y New Jersey. Los folletos eran de seis meses antes, pero quizás aún serían útiles. Durante el invierno pasado los Brewster le habían dado vueltas a la idea de trasladarse a la costa Este. Quedaron en que Arthur pasaría por casa de Maggie después de cenar.

Maggie le dio los folletos y otros impresos con fotos de casas cuyo precio no estaba por encima de las posibilidades de Arthur y su madre. Arthur comunicó sus intenciones a Tom Robertson y le dijo que trabajaría en la tienda solo la primera semana de septiembre, en vez de la primera y la segunda. Tom dijo que lo sentía —sobre todo sentía que Arthur pensara en abandonar Chalmerston—, pero le dijo que contaba con su «bendición». Arthur cayó en que Tom era una de las pocas personas conocidas que, al parecer, no sabía nada de la relación de Irene Langley con su padre.

Un día de principios de septiembre, cuando faltaba poco para que Arthur se fuera al este, Lois dijo:

—Esta mañana vi a Irene empujando un cochecito en Main Street. He de confesar que fue la gorda de su hermana la que me llamó la atención. ¡Pensé que era una tienda de campaña impulsada por la brisa! —Lois se rió—. Luego parpadeé y vi que era Louise con un amplio vestido azul. Caminaba despacio e iba comiéndose un cucurucho de helado... Y a su lado iba Irene... empujando un cochecito.

Arthur sonrió torcidamente.

—¿Le echaste un vistazo a la criatura?

—Pues, confieso que sí. A riesgo de que Irene se fijara en mí y me dirigiese la palabra. Pero parecía estar en trance... y su hermana tenía toda la atención puesta en el helado. Yo iba detrás de ellas, así que me adelanté y luego volví la cabeza. El bebé parecía dormido. No vi ni pizca de pelo rubio, ahora que lo pienso. Aunque si Bob Cole dice que lo tiene, tendré que fiarme de su palabra.

¡El condenado crío existía! Lois lo había visto. Su media hermana. Arthur cayó en que se le había olvidado buscar la noticia del nacimiento en el *Herald*.

–Bueno, si madame Irene ya anda por la calle, seguramente podrá volver pronto al trabajo. Puede que ya haya vuelto al Silver Arrow.

–Sí, ¿por qué no?

A Arthur no se le escapó que Lois estaba algo nerviosa. Se le pasaría en cuestión de unos minutos. Se alegró de que hubiera *visto* al crío con sus propios ojos, porque ahora el bebé tenía menos de fantasma, era un ser de carne y hueso, destinado a morir algún día, igual que el resto de la humanidad, ni más ni menos.

–Hablando de Irene y de su vuelta al trabajo..., ¿no crees que sería divertido que volviera a su antigua profesión? Ya sabes a cuál me refiero..., prostituta callejera.

–¡Oh, Arthur! –exclamó Lois, riéndose de buena gana.

–Sin la guía de la iglesia –prosiguió Arthur, y en seguida pensó que sin la guía de su padre. La tarea le correspondía ahora al reverendo Cole. ¿La cumpliría? ¿Podría cumplirla? Arthur trató de mostrarse serio–. En realidad, se gana más dinero haciendo la calle que trabajando en el Silver Arrow –dijo con voz solemne.